有种后宫叫德妃

阿琐/著

{壹}

北京联合出版公司
Beijing United Publishing Co.,Ltd.

目录

有种后宫叫德妃

目录

有种后宫叫德妃

第一章

钟粹宫宫女

{壹}

康熙十三年五月，赫舍里皇后难产而终，苍白缟素笼罩宫宇，初夏的紫禁城宛若寒冬腊月。

三日后，钟粹宫里，王嬷嬷满头大汗地从产房中跑出来，口中嚷嚷：“生了，答应生了。”门外的小太监忙不迭拦住，低声提醒她：“嬷嬷，可不敢笑啊。”

王嬷嬷闻言面色一紧，捂住了嘴，回头见宫女岚琪端着盆血水从屋里出来，正要去换干净的热水，便扬手叫住：“你到乾清宫去一趟。”

“奴婢？”

问话的工夫，王嬷嬷已拿下岚琪手里的水盆，把她拉到面前细细看，见素服干干净净没有染上污迹，便说：“去乾清宫禀告李公公，说布答应生了小公主，母女平安。”

“可是……”

“啰嗦什么，赶紧去。”王嬷嬷将岚琪朝外头一推，“一定要小心说话，别说错话连累了答应。”

“是。”

走出钟粹宫，岚琪闻到风里潮湿的气息，仰面看天，东方果然黑沉沉一片乌云，幽长的宫道里挂满了白纸灯笼，而去往乾清宫的路她并不熟悉。

眼下举国治丧，钟粹宫布答应生女本是喜事，可天大的喜事也无法抵消皇后薨逝的悲伤，听说皇上已经三日不进米水，这会儿去乾清宫，哪怕是禀告皇上又添一女的喜事，也免不了被李公公责备。

朝着大概的方向走，宫道幽长繁复，又有层层高墙挡住视线，岚琪到底还是迷了路，已然不知自己身在何处。

“怎么办……”心下着急，却见远处有步辇走来，为避免冲撞哪一宫主子，岚琪唯有先跪在一旁。

步辇缓缓行来，听见一声“停”，岚琪心头一紧，果然又听见问：“为何一个人在此转悠，你是哪儿的宫女？”

岚琪稍稍抬头，入目是面色苍白的女人端坐步辇之上，正是她认得的荣贵人。忙磕头请安，怯怯将缘故说罢，便听荣贵人轻轻一叹，旋即吩咐身旁的宫女：“带她去乾清宫，指明了方向远远离开就好，不必上前。”又似自言自语，“连阿哥所的人也顾不上了，倒也是她的福气，能和孩子多待一会儿。”

岚琪重新伏地不敢抬头，不多久步辇远离，留下的宫女与她道：“快起来吧，我领你去，你怎么胡乱走，这里可是错了方向的。”

“是奴婢愚笨。”岚琪起身跟在那宫女身后走，忍不住回眸看荣贵人的背影，心叹她年初才丧子，两个月前分娩皇子却又当日夭折，去年风光时还被后宫所有人羡慕着，转眼就失去了一切。

“看什么，快走吧，这瞧着要下雨了。”那宫女好不耐烦，岚琪不敢怠慢，一路低头相随，终是靠近了乾清宫。

“你自己去，我可不过去了。”那宫女撂下这句话，转身就走。

岚琪不敢阻拦，心里却犯嘀咕，她可能不认识回去的路。但眼下总要先去禀告答应产女的事，深深呼吸后硬着头皮，怯怯地走到乾清宫门前。

“哪儿来的宫女，这么不懂规矩？”门前小太监一见她便呵斥。

岚琪忙道：“奴婢是钟粹宫宫女，布答应刚刚产下小公主，母女平安，劳烦公公向李总管通禀一声。”

她话音才落，天际惊雷炸响，崩天裂地般的动静吓坏了所有人。突然从宫门口出来许多太监宫女，岚琪被人潮推搡到了台阶下，就听见那些人说：“赶紧的，皇上摆驾。”

天色随着雷声瞬间暗沉，狂风四起大雨倾盆，黑压压的天边闪电狰狞，轰隆隆的雷声不绝于耳。

“万岁爷您不能淋雨啊，万岁爷，让奴才给您撑伞……”

伴着李公公焦急的声音，皇帝旁若无人地走出乾清宫，举目望着漆黑的苍穹，任凭雨水打落在脸上，李公公撑伞赶来，被他大手挥开，呵斥一声：“滚！”

“皇上。”李公公跪在雨中，痛哭哀求，“念着太皇太后，您可千万保重龙体！”

皇帝双拳紧握，脸上已然分不清是雨水还是泪水，字字沉重道：“可朕再也听不见皇后说一句话，再也听不见……”他毅然走入雨中，朝着皇后梓宫停放的殿阁而去。

李公公一路紧跟，再不敢为皇帝打伞，宫女太监纷纷冒雨相随，乾清宫前所有人呼啦啦散去，谁也没注意到台阶下角落里，那个早已浑身湿透的乌雅岚琪。

狼狈不堪地回到钟粹宫，王嬷嬷得知岚琪没有把消息送给李公公，劈头盖脸一通骂，却被布答应叫进去说："前头那么忙，谁顾得上我这里，没有人来也好，我能和小公主多待一会儿。"又吩咐岚琪，"赶紧去换衣裳吧，着凉不好。"

且说王嬷嬷原是钟粹宫主位慧妃娘娘的乳母，慧妃娘娘早年就殁了，她便留下打理这一处殿阁，布答应来了后也常看她脸色，直到有了身孕太后发话要嬷嬷好生照顾，才多了些尊重，但对岚琪这些小宫女，依旧是可劲儿地欺负。

岚琪回房匆匆洗漱换衣裳，少时另一宫女盼夏进来，端了碗姜汤给她："你喝了发发寒气，阿哥所的人不来接小公主，答应坐月子，公主要照顾，咱们统共这几个人，可不敢生病。"

"幸好乳母一早就选定了。"岚琪轻叹，之后闷头灌下姜汤，辣得她直冒汗。

"你早些去答应跟前，答应只习惯你伺候的。"盼夏又嘱咐一句，便拿了碗出去。

岚琪穿戴好衣裳，麻利地擦干头发，坐在坑坑洼洼破旧的铜镜前，瞧见里头铜黄色朦胧的自己，眼前却莫名浮现出暴雨中皇帝的身影。

这几乎是她第一回近距离看见皇帝，皇帝平日里不来钟粹宫，答应侍寝由内务府的人接送。她只在元旦那日跟在答应身后才远远见过一次，彼时赫舍里皇后坐在皇帝身旁，雍容华贵红光满面，谁能想到不出半年，伊人已殒。

皇帝雨中的背影在岚琪心中久久不散，在她看来，九五之尊的帝王在那一刻，只是个难以承受丧妻之痛的深情男子。原来帝王也是有血有肉的，没来由的，想在那一刻走近他，捡起被他挥手打开的伞，为他遮挡些许风雨。

"傻子，哪儿有你的事。"脸上浅浅作烧，岚琪自嘲一句，赶紧梳好了头发。不等她出门，王嬷嬷已经来催，骂骂咧咧着："小蹄子又偷懒，还不快去伺候答应。"

说起来，布答应和岚琪同年入宫，只是主子奴才不同的命，但因年纪相仿且本性又柔和，布答应对宫里人向来宽仁，偏是王嬷嬷仗着旧主拿大，颐指气使的，也没人敢计较。

这会儿赶来伺候主子吃药，布答应反安抚她："她一直指望我这胎平安生产后，好在太皇太后面前邀功，谁晓得会是如今这模样，她气不过，拿你们撒气也是有的。看在我的面上，你们别和她计较。”

岚琪心疼道：“答应养好自己要紧，我们早习惯了，平时不服气，也是瞧不上她对您不尊敬。”

“她是跟过慧妃娘娘的，在我这里当然委屈她了。”布答应叹了一声气，忽听婴儿哭叫，忙让岚琪去叫乳母，之后看乳母给女儿喂奶，却又潸然泪下，哭泣道，“公主之后去了阿哥所，一年见不上几次，我倒宁愿哪位娘娘要了她去，往后还能常常见一面。”

岚琪默默地立在一侧，想到今日遇见的荣贵人，才记起她一岁的女儿也是今日生辰，去年今日同样诞生一个公主，相较当时的热闹，更显今日凄凉。

“答应，荣贵人派人送东西来了。”王嬷嬷突然进来，身后跟了方才给岚琪领路的宫女。那宫女此刻倒十分谦和，笑盈盈地将礼物放下，给布答应行礼说：“贵人说眼下要紧时候，一切以皇后丧仪为重，或有照顾不到答应的地方，请您自己千万保重。”

那之后隔了两天，阿哥所的人终于缓过神来，匆匆忙忙派人来把小公主接走。如是六宫才知皇帝又添一女，可因为皇后丧仪，钟粹宫里终究冷冷清清门可罗雀，唯一好的，便是内务府给足了份例，小厨房里也能好好给答应补身体。

小公主走的那一日，布答应哭得几乎昏厥，拉着岚琪的手一遍遍说：“我几时才能再见她……”

岚琪也不禁落泪，唯有王嬷嬷冷冷地说：“您养好身子，哄得皇上喜欢，将来有一日出头做了主位，还怕皇上不叫您抚养公主？”

盼夏忍不住说了句：“您老说得轻巧。”结果触怒了王嬷嬷，一时吵闹，惹得布答应愈发伤心。只是再闹也终有限，如今皇后大丧中，哪一个敢做出格的事犯忌讳，王嬷嬷也知收敛，不似平日那般嚣张，啰唆几句便罢了。

私下里盼夏则对岚琪抱怨：“那老货也不想想，真等咱们答应出了头，还能像现在这样忍耐她，我若是答应，到时候定赏她一顿板子送去做苦役。”

岚琪向来能忍，反劝盼夏：“这些话你别总挂在嘴边，叫她听见，不等答应出头，咱们先叫她收拾了，终究是经年有资历的嬷嬷，我们不能得罪。少搭理她多做事，只看着答应对咱们的好吧。”

盼夏便总笑：“难怪答应喜欢你在跟前伺候，你这好性子真是难得呀。”

这样的话岚琪听得多了，就连王嬷嬷也曾如此评价她，而入宫前她就知道，在紫禁城这个世界里，多一事不如少一事，能忍则忍方是生存法则。无视王嬷嬷，能跟布答应这样温顺的主子，她已经很满足。

不知不觉，五月一晃而过，为大行皇后持服二十七日后，宫里才真正显露出夏日的绚烂，随着日头越来越浓烈，悲伤的气氛也渐渐淡了。

这一日，阿哥所上奏大阿哥染风寒，皇太后奏请太皇太后，下懿旨赐惠贵人前往探视，惠贵人便又请旨与荣贵人同往。

荣贵人已连丧三子，如今唯一的女儿自然是她心头肉，平素不得探视，又兼皇后大丧，那一日布答应产女，恰也是公主生辰，勾起她无限思念。今日惠贵人为她求得恩典，委实感激不尽。

姐妹俩看过孩子自阿哥所出来，荣贵人便请她到殿阁一聚，路上偶遇安贵人，遂三人同往。

待至殿阁坐定喝茶，安贵人问起："大阿哥可大安了？"

惠贵人忧心忡忡："瞧着不要紧，可我心里放不下，加上这几日时常为大行皇后哭，心里本就沉甸甸的。"

"看着小公主倒是十分健壮，才足月的娃娃，个头儿可不小。"荣贵人一边给两位妹妹斟茶，一边说起那天的事，叹息着，"想来也可怜，好容易生下女儿，连阿哥所的人都不惦记着。"

安贵人却道："生女儿才好，若也生个阿哥，那才真叫可怜，有二阿哥在，还有他什么事儿？"此语一出，顿觉失礼，想惠贵人膝下大阿哥原是十足金贵，如今皇上再得嫡子，大阿哥一下没了光芒，妃嫔之中本忌讳说这些，她此刻却当着人面说。

好在惠贵人性情内敛，如今只盼儿子康健，哪有心情与人争执，淡淡一笑只顾喝茶，又听荣贵人说起："昭妃娘娘这些日子辛苦，上侍奉太皇太后和皇太后，下代理六宫之事，昨晚就听说半夜宣了太医，也不知是不是病了。"

惠贵人却是不知，忙道："你何不早说，我们该去请安才是，怎好娘娘那里忙得累病了，我们倒坐着说闲话。"

三人说话便撂下茶点，敛了衣容往翊坤宫来。彼时昭妃才服了药，只穿了常衣坐在榻上看内务府呈送的单子，听闻三人结伴而来，稍稍整理仪容，便让宫女宣召进来。

三人行礼请安，安贵人嘴甜心巧，抢了话头说："听闻娘娘昨晚宣召太医，嫔妾很是担心，此刻见娘娘气色尚可，才安心一些。如今六宫无主，全仰仗娘娘主持打理，您可千万保重。”

昭妃很是受用，笑道：“可惜本宫太过愚笨，若能有大行皇后一二，也好为太皇太后、太后和皇上分忧。”

话音甫落，外头竟高呼皇帝驾到，这会儿工夫谁能想到皇帝会来，众人皆吃惊不小，昭妃仪容不整略显尴尬，便让三人先去门前接驾，自己忙喊宫女取衣裳来。

可玄烨早已进了寝殿，见屋子里诸多人，倒未见不悦，只是问：“朕可打扰了你们说话？”

昭妃也顾不得仪容不整，忙越前行礼，伏地告罪：“臣妾不知圣上驾临，衣衫不整愧对圣颜，还请皇上恕罪。”

玄烨却亲手搀一把，温和地说：“这些日子全仗你掌管后宫，朕谢你不及，何来怪罪？今日向太后请安，才知你昨夜染病，辞了太后即刻就来瞧瞧你。”

昭妃闻言顿时双目通红，颤巍巍起身立定，垂首道：“皇上体恤，臣妾愧受。实因太过愚笨，不及大行皇后千百分之一，而今宫内诸事也皆照大行皇后身前所定章法行事，才得以妥善，臣妾怎敢居功。”

提起皇后，玄烨眸中顿时黯然，沉沉地道一句：“你们情同姐妹，由你替她做这些事，皇后也安心了。”一时没有心情再与昭妃说话，且见三位贵人也在，更不愿多留，嘱咐昭妃好生保养，便走了。

昭妃反松一口气，虽说妃嫔哪有不乐意见皇帝的，可如今皇帝满心只有大行皇后，见了也没甚意思，且自己病体倦容，唯恐叫皇帝生厌。要紧的是，皇帝当着三位贵人的面夸赞她、感激她，安贵人不足为道，但惠、荣二人皆曾产子产女，向来圣宠多于她，眼下也算扬眉吐气了。

三人是极有眼色的，皇帝走后侍奉昭妃坐回榻上，安贵人巧言夸赞几句，惠、荣二人在一旁附和，渐渐解了尴尬。午时皇太后赏赐饭菜，昭妃邀三人共享。

席间说起大阿哥的身体，便提起才足月的小公主，昭妃幽幽叹道：“布答应生女有功，是该升常在的，如今没有顾得上她的空，只能先委屈她了。”

膳后昭妃要休息，三人退出翊坤宫，因无心再聚，便各自取道回宫。荣贵人走后不久，便带了人转去钟粹宫，宫女吉芯劝说：“如今没人搭理布答应，您何苦去照拂，若叫安贵人知道了，又要说出不好听的话，白白叫人捉了话柄。”

荣贵人却笑道：“皇上子嗣皆早殇，如今膝下稀薄，便是生了公主也是极大的功劳，只因大行皇后之故，太皇太后、太后都还没缓过神，等过阵子缓过来，岂能不怜爱公主？爱屋及乌少不得赏赐布答应，到时候若提起曾经有谁照拂，便是我的善心。哪怕日后她依旧落寞，我也是做件好事，积一分功德。”

吉芯恍然大悟：“还是主子有心，奴婢却想不到。”

荣贵人笑而不语。待至钟粹宫，布答应忽闻她来，扶着岚琪匆匆赶到门前迎接，荣贵人却虚扶一把：“才出月子，好生保养要紧。”

布答应不敢失礼，将她迎至屋内上座，复又行了礼。

岚琪奉茶来，荣贵人抬眼瞧她，笑问：“可是那一日在路上遇见我的宫女？”

“是，奴婢乌雅岚琪。”岚琪忙屈膝伏地，“奴婢愚笨，那日若非贵人相助，奴婢再一通乱闯，恐怕就要冲撞了其他主子犯下大错，奴婢叩谢贵人恩典。”

荣贵人叹：“果然是跟你家主子学的规矩，这样懂礼数，起来吧。”

且说岚琪如此感激，并非只谢她派人领路这样简单，倘若当时未有遇见荣贵人，而是撞见了别的什么人更失了礼，恐怕连布答应也要受到牵连，毕竟这宫里头不是人人都像荣贵人这样温和好脾气的。

“今日惠贵人与我得太皇太后恩旨去了阿哥所，我们也去瞧了瞧小公主，足月的奶娃娃长得很健壮，这会儿特地来告诉你一声，也好叫你安心。”荣贵人一边悠悠说着，一边喝了茶，才搁下茶碗盖，便见布答应双目通红似强忍着泪，亦是感同身受，好言劝一句，“圣恩浩荡，总有相见之日，你如今一切以保养身体为重。”

布答应哽咽道：“多谢贵人，嫔妾记着。”之后絮絮话些家常，荣贵人坐了不过两盏茶的工夫便离开了。

岚琪随主子送到门前，待回来收拾茶碗时，走到廊下却见王嬷嬷在那儿悠闲自在地跷腿坐着，宫女静堇托了碟果脯伺候在边上，太监小赵子则巴巴儿地围着她打蒲扇。

盼夏从后头跟来看见，啐一句：“狗东西，不知伺候主子，专哄这老货开心，瞎了狗眼的。”

“你小声些。”岚琪拦住她。两人从后头绕着走，却还是听见王嬷嬷在那儿说：“这做奴才就要有眼色，你们以为荣贵人怎么有的今天？模样儿也瞧见了，不过中上姿色，可就是在乾清宫端茶送水把皇上伺候高兴了，一宠就是这些年，就连昭妃娘娘都不及她一个手指头。可惜啊，出身下贱，再得宠也做不上主位。”

离得远了，盼夏又骂：“赶明儿想法子叫她得罪上头主子，好好整治才行，对着我们母夜叉似的，一到外头就是条哈巴狗。这会儿又坐着说荣贵人闲话，方才低眉顺眼的模样，恨不得去捧贵人的脚来亲。”

岚琪笑：“你的嘴也毒，计较她做什么，她这样口没遮拦，早晚要闯祸。我们只管安安分分做事，伺候好答应才是。”

盼夏才笑起来：“你这佛爷脾气，做奴婢可真委屈了。”又搂着岚琪说，“细细瞧着，咱们钟粹宫里你可是最好看的，方才你站在荣贵人前头，把荣贵人也比下去了，那老货说的话你可听见？岚琪呀，你要是也有那一天，可不能忘了我们姐妹一场。”

岚琪这才恼了，在她屁股上使劲儿掐了一把：“你再胡说，我叫主子打你，你说这些话，不怕主子伤心吗？再不许提了，不然我真不理你，下次王嬷嬷折腾你，我也不帮你了。”

正嬉闹，王嬷嬷循声而来，冷脸骂道：“小蹄子又偷懒，鬼鬼祟祟编派我什么呢？还不快去伺候答应，答应正找人呢。”

岚琪拉着盼夏就走，之后忙忙碌碌也没想别的。直到夜里布答应睡下，岚琪在外间值夜，盘膝坐在地上看着繁星满天，眼前竟又莫名出现那一日雨中皇帝落寞悲伤的身影。

布答应曾感慨，也许她死了皇帝也不会记得她是谁，赫舍里皇后不能陪伴皇帝一生，但走在他前头能被他如此思念，何尝不是福气。

当时岚琪什么也没说，这会儿却觉得不然，相爱之人能相守一生才是真正的福气，若有一日她也能得觅良人，一定好好守护他，直到生命的尽头。想到这些，不禁脸上发烧，暗暗笑自己不知羞。

炎炎夏日转瞬即逝，秋风染了红叶，一阵秋雨一阵凉。

皇后大丧后，前朝紧跟着三藩吃紧，皇帝日夜勤政，连带后宫气氛也十分压抑。

从夏日到秋天，皇帝除去向太皇太后和太后请安，极少来后宫，若翻牌子，侍寝最多也是荣贵人和惠贵人，昭妃娘娘权理六宫却极少能见圣颜，布答应这一类，自然更没有机会。

如此一来，王嬷嬷越发嫌弃跟了没用的主子，平日里的活计一味推给小宫女。静堇每天哄着她，女儿似的，当然不必干活。布答应手下统共三个宫女，岚琪和盼夏不得不担当起大部分的活计。

可盼夏不服气，偶尔发脾气也撂挑子，唯有岚琪能忍，多做一些也无怨言，布答应看在眼里，总私下与她说："我这样子不好，最是连累你。"

岚琪怎会计较，在这里不挨打不挨骂，只要不理会王嬷嬷，真的平静又安宁，多干活忙碌一些，日子过得也快。

但入秋后，布答应在月子里吹风落下的病症渐渐显出来，每添一分寒意，她的咳嗽便越重。岚琪求王嬷嬷去请昭妃娘娘宣太医来瞧，王嬷嬷只冷冷地说："昭妃娘娘那儿忙得脚不沾地，我去了跟前也不敢开口，且再养一养，答应年纪轻轻的，咳嗽几声怕什么？"

可这日到了夜里，布答应咳嗽得越发严重，虚汗湿透了衣衫，脸上烧得通红，渐渐连意识也变得模糊，咳猛了就搜肠刮肚，瘦削的身子跟着颤抖痉挛，盼夏急得都哭了。

"我去求荣贵人。"岚琪咬牙，"王嬷嬷是指望不上的，只有靠我们自己，不然答应这条命都要保不住了。"

盼夏没主意，只哭着说："你可小心些啊。"

当然要小心，莫说岚琪这样的宫女不能随意在宫内行走，这大半夜跑出去，叫侍卫瞧见乱棍打死也是常有的。岚琪壮着胆子，悄声出了钟粹宫后，索性大方地提起钟粹宫的灯笼，若是遇见巡查的，她也决定照实说，照实说还有一线希望，若偷偷摸摸被发现，真的可能有去无回。

好容易摸索着找到荣贵人的住处，却是扑了空。守门的小太监心善，听说她的来意也没惊动旁人，只好心地告诉她荣贵人今晚被皇上翻牌子侍寝去了；又跟她说，太医院里的小太监们也略懂些医术，若是不惊动上头，帮着抓几服退热的药也不难。

想到布答应咳得只剩半条命，岚琪将心一横，向那小太监问了路，又摸索着一路往太医院走去。

仿佛是上天注定，平日里她容易迷路，这大半夜的却没走错半步，而且周遭时而有侍卫列队走过，偏偏谁都没注意她，不可思议地一路顺利直抵太医院。

门前遇见一个小太监，岚琪把身上值钱的首饰都塞给他换钱买酒吃，煞费唇舌地求了好一会儿，那小太监才答应，悄悄带着她进了药房。这会儿太医院只剩几个值夜的太医，无不在打瞌睡躲懒，要拿一些药材确实不难。

"你们主子光咳嗽？还有什么症候？"那小太监问，"我只敢给些温和的药，吃着缓一缓，要是吃错闹了人命我们可都别想活了，你好歹求了昭妃娘娘正经来宣太医瞧。”

“多谢公公，奴婢实在是没法子了，您的善心我们答应会记着的，等她好了一定谢您。”岚琪很谦卑，小太监瞧她这模样，也实在心软，包了两包驱寒退烧的药，又拿了一包薄荷草给她，“叫答应拿着闻一闻，顺顺气也好。”

“谢谢您……”岚琪接过手正要道谢，药房的门突然被打开了，不知是谁说着话走进来。她和那小太监猝不及防都吓了一跳，没到手的药材硬生生落在了地上，一时惊动了进来的人，立刻有人呵斥：“小兔崽子，你在这里做什么？”

岚琪不认得开口骂人的老太监，却认得边上那一个，正是统管宫里所有太监宫女、后宫里头皇上跟前第一得意之人——李大总管。

“李公公，您看这事儿……奴才回头一定狠狠教训这狗东西，您边上坐着歇息，奴才先给您取药去。”那老太监殷勤地说着，一边还道，“往后您那儿要什么，派个小太监来便是，怎敢劳您亲自来。”

李总管坐下，蹙眉斜眼看了看跪在地上的岚琪，冷冷地说：“宫里最容不得男盗女娼私相授受，你这小丫头哪儿来的？”

那老太监似乎还有护短儿的心，忙在旁附和：“这小宫女瞧着眼生，断不是太医院的，您看怎么处置好？”

“李总管，奴婢求求您……”岚琪受惊过度反而不怕了，跪行到李总管脚下，把心一横将钟粹宫里的事悉数说了，豁出脑袋不要，也要求李总管好歹让她把这药送去给布答应续命，之后她再回来，任何惩罚都愿意承受。

“瞧不出来，这宫里如今还有你这样护主子的奴才，布答应倒是好福气。”李公公冷然一笑，又叹，“你这丫头好命，今儿晚膳时太皇太后还问起小公主，你说这要是赶明儿闹出小公主生母突然病死的事，追究是哪一个奴才怠慢了，还不得一竿子人等着受罚遭罪。”

“公公……”岚琪意识到了希望。

果然见李公公与那老太监说：“今晚的事就到这儿了，且派你这徒弟送她回去，明儿一早请太医去钟粹宫，昭妃娘娘那里自有人去回话。”

“多谢李总管，多谢公公……”岚琪连连磕头道谢，李总管不耐烦地一挥手，老太监连忙把他们俩赶了出去。

摸黑回去的路上，那小太监哭诉道：“你可害死我了，回头我师父一定打死我。”

岚琪心里好不愧疚，待回到钟粹宫给主子熬了药，就把自己平日攒的月银都塞给他："小公公，我对不起你，等我们主子好了，一定再谢你。"那小太监哭丧着脸，拿了银子便走。

折腾了一整夜，布答应总算缓过一口气。

翌日天刚亮，就有太医来，昨晚睡得死死的王嬷嬷根本不明白发生了什么事，按例没有昭妃娘娘示下，太医院不会来人，又不知是谁去说的，问盼夏和岚琪，两人都一问三不知。

之后不久昭妃娘娘就派人来垂问病情，再晚些荣贵人和惠贵人也一起来了，备受冷落的钟粹宫，一时之间成了宫里的焦点。最后竟连太皇太后和太后都惊动了，派了苏麻喇嬷嬷送来几样补药。

苏麻喇嬷嬷更是亲自探视布答应，温柔地对她说："晨起阿哥所就抱了小公主给太皇太后看，太皇太后很是喜欢，这会儿听说您病了，连忙打发奴婢来瞧瞧。另有一句话带给您，说前阵子委屈您了，生了小公主是大功劳，且等腊月里选个好日子，晋封您为常在。所以啊，您可得好生养着身子。"

布答应受宠若惊，含泪难语，苏麻喇嬷嬷问谁在跟前伺候，王嬷嬷排开岚琪几个挤在跟前殷勤道："奴婢伺候着答应呢，您老可有什么指示？"

苏麻喇嬷嬷便嘱咐了几句，王嬷嬷低眉顺眼地巴结着，一路亲自送出门，盼夏恨得啐了一口："她又捡现成的便宜，也不看看我们熬得眼圈儿乌黑。"

"你歇着去吧。"岚琪推她，"别计较了，这次的事原是我先违了规矩，千万别再闹出什么事来，她得意便得意吧，谁稀罕呢。快去睡一觉，她若找你，我就说是主子的意思。"

盼夏也实在累了，站着脚也飘，说自己先去睡过一会儿再来换岚琪，便摇摇晃晃地走了。

岚琪回身见布答应独自垂泪，忙绞了手帕子来伺候，小声说："您哪怕念着小公主，也得把身子养好不是？苏麻喇嬷嬷多尊贵的人，太皇太后能派她亲来，可见恩重。"

"岚琪……"布答应抽噎着，挽着她的手说，"太皇太后恩重如山，我自然感激，可是岚琪，我最感谢你，入宫以来若非你在我身边，这日子我断熬不下去。"

"主子别说这些话，能侍奉您也是奴婢的福气。奴婢在您身边从不曾受过打骂，若是去了别处，也未必能过得好。"岚琪替她将被子掖好，"您若真心疼奴婢，可得把身子养起来。"

奈何布答应生性柔弱，又感伤了好一阵子，才见平息，之后昏昏沉沉的，醒了吃药，吃了药又睡，虚汗湿透了几身寝衣，直到王嬷嬷嚷嚷被褥都不够换时，娇弱的身子才总算见好。

岚琪日夜服侍，累了只坐在床边脚踏上睡一会儿，布答应咳嗽几声她就惊醒上前伺候。如此反复，数日后主子见康复，她却病倒了。

布答应这一病，莫名其妙地惊动了上上下下的人，翊坤宫里少不得留心，这日荣贵人一众来请安，昭妃喝着茶似不经意地说："那天是李公公派人来告知本宫，说钟粹宫的布答应病了，他那儿赶不及先请了太医，再来回本宫的话请罪。本宫自然是不怪罪的，只是如今想想，他好好在皇上跟前伺候，怎么会知道钟粹宫的事。"

惠贵人与荣贵人对视一眼，果然听安贵人在那儿冷笑："从前就是狐媚着皇上宠幸了她，一夜工夫竟也叫她有了龙种，偏生赶不上好时候，又只生了个女儿，这一下子给冷落得，当然变着法儿地要引起万岁爷的注意。"

昭妃冷然，安贵人这话她听着很不舒服，因为她在后宫固然十分尊贵，可长久以来皇帝并不喜欢她，"冷落"二字，是梗在她心里的刺。

心里不由得一股子火，便挑剔安贵人的话斥责："小公主是皇上的女儿，何其尊贵，太皇太后更是十分宠爱，怎么在你嘴里就这样不堪，什么叫'又只生了个女儿'？安贵人，莫怪本宫不给你脸面，你这话换了别处去说，惹恼了太皇太后或太后，可谁也帮不了你。"

安贵人闻言惊慌不已，忙屈膝跪地，连连告罪："娘娘息怒，嫔妾失言了。"

碍着其他贵人、答应都在，昭妃也没再多训斥，可如此也足够安贵人没脸，之后众人散了，不似平日结伴而行，早早地一个人气哼哼就走了。

荣贵人和惠贵人走在后头，惠贵人无奈地叹："她总是这样管不住嘴，得罪多少人。"

荣贵人瞧见四下无外人，才轻声道："那一晚皇上翻了我的牌子，我不在殿阁之中，第二天回去才听吉芯说，有小太监告诉她晚上来了个钟粹宫的宫女求见我，说是布答应病了，那小太监指使她自己去太医院求人，之后的事不得而知，我也就不便提起。如今昭妃娘娘说是李总管派人告诉她，那该是遇上皇上那边的人了。"

"你瞧，果然不是安妹妹所说的。"惠贵人苦笑，唏嘘不已，"那日你我同去也是看见的，病得都脱形了，不说引皇上注意，躲还来不及呢，这模样还不把万岁爷吓跑了？"

荣贵人颔首，又道："昭妃娘娘既然不知道这件事，李总管那里必定是瞒下了，我这会儿与你说了，也就算了吧。”

然而，天下无不透风的墙，那一晚的事多多少少透出去些，王嬷嬷便算计着是岚琪鼓捣出来瞒了她，暗恨她若闯祸要牵连所有人，心里恼怒不能对布答应发作，满心等着折腾岚琪。

几日后布答应完全病愈，要亲自去翊坤宫谢恩，岚琪因病不能相随，王嬷嬷便也推托走不开，待主子离去后，立刻冲进岚琪的屋子，一把掀开棉被将她从床上拖下来，岚琪以为这老婆子发疯了要打她，可王嬷嬷却说：“赶紧穿衣服，内务府分过冬用的炭，你还不快去拿回来，要冻着主子吗？”

若是盼夏，必然拼死也要和这婆子闹一场，可岚琪能忍。

哭闹纠缠，只会满足王嬷嬷变态的心，反而自己硬着头皮扛下来，才能让她落一场空。左右主子去过翊坤宫就会回来，总有人为她做主。

好容易穿戴整齐，岚琪拖着软绵绵的身子去内务府领炭，虽说布答应身份低微，份例也少，可这也绝不是她一人能带回来的。去年冬日还是小赵子带着她和盼夏一起才搬回来的，今日唯有且行且看。

这边厢，内务府的人因念布答应近日得六宫瞩目，有心巴结着，炭给得也较旧年多些。可钟粹宫却只来了一个病恹恹的小宫女，惹得那里的人抱怨：“回去喊了人再来，你一个人怎么能搬得动。”

空手而归必然被王嬷嬷借题发挥，少不了一顿责罚，岚琪不愿由着她折磨自己，咬牙求得允许她搬回去。倒是遇见一个好心的，给她装了一个大箩筐，但也嘱咐说：“可别放在地上拖，拖了一地的炭，糟蹋不说，弄脏了地小心掉脑袋。”

岚琪深知宫规森严，岂敢随意弄脏宫里的路，出门时暗中带了一块儿包袱皮，这会儿将箩筐底下包住，搬着走几步歇几步，摇摇晃晃竟也走了好一程。

宫道幽长，岚琪在这头步履维艰，那一头銮驾缓缓而来，宫女太监前后簇拥，玄烨坐于步辇之上，今日散朝晚些，正赶往慈宁宫向太皇太后和太后请安。

因耽于明珠所提的撤藩之计，玄烨蹙眉凝神，周遭宫女太监一众皆步伐轻盈不敢出声。然而过路口时，忽听不远处重物落地的声响，思绪被扰断，玄烨循声望去，却见一个宫女背对此处跪跌在地上，正扶着面前一大筐看似两三人才抬得起的黑炭。

一旁李公公见皇帝不悦，又慌又怒，忙要遣小太监去斥责，玄烨抬手拦住，淡然一句：“着人帮她一把便是，不必追究。”

李公公这才放下心，派了两人跟上去，便继续伺候皇帝往慈宁宫走。

岚琪这里累得眼虚耳嗡，根本没察觉到身后的动静，正跌坐在地上喘气儿，身后突然来了两个小太监合力替她抬起了箩筐，和善地问着："姑娘是哪一个宫里的？"

"小公公……你们……"岚琪呆呆不解，不知眼前人为何来相助，待听他们说明缘故，吓得忙回身瞧，却只看见队伍尾端几个宫女闪过，皇帝一行已经走远。

朝着皇帝所行处深深叩拜谢恩，岚琪扶着墙缓缓站起来，撑一口气说："有劳二位公公，奴婢是钟粹宫的人……"

第二章

风雪遇圣驾

时日一晃便入腊月，几场大雪落下，紫禁城重现银装素裹的景象，不同夏日悲凄，如今清冷白雪之中，唯见天家气象，炫目耀眼。

这一日前朝传出消息，皇帝有意御驾亲征平定三藩，众臣劝说不得，再奏太皇太后，老人家不得不亲自出面将皇帝召入后宫劝解，半日后才听说皇帝答应作罢，前朝后宫方舒一口气。

而午后不久，太医院突然上奏荣贵人有喜，直将宫内气氛扭转。

这会子钟粹宫里，布答应正敦促岚琪准备贺礼，总怕失礼或又过了，不得其法。

王嬷嬷进来瞧见，酸溜溜地说：“奴婢劝答应还是别去的好，何必去看别人风光。”

布答应心里不服气，难得与她辩驳说：“荣贵人待我极好，便是她再如何风光，我也要去贺一贺的，嬷嬷你既不乐意瞧见，不去便是了。”

王嬷嬷素来欺软怕硬，见布答应真的生气，也不敢胡言乱语，倒是正正经经地说：“奴婢可不是那个意思，您且想想，这会子荣贵人那里正热闹，少不得皇上也要去，若是已经去了也罢，偏是到现在也没见说去过了。您说您万一过去撞见皇上也在，知道的人说是碰巧，不知道的，还当您巴巴儿地去万岁爷面前做什么，若是说出不好听的话坏了您的名声，何苦自讨没趣。”

这些话不无道理，布答应听着怔了，自言自语嘀咕着：“那真该是过些日子再去，万一撞见万岁爷，荣贵人还当我有什么心思……”

王嬷嬷上来将贺礼翻了翻，不觉新鲜也未觉不妥当，她本有心去荣贵人那儿讨个彩头，正要开口领了这活儿，布答应却唤岚琪：“你赶紧去一趟，把这些贺礼送给贵人，就说我过两天再去。贵人认得你，若见你也能说几句话，若不见也不打紧，早去早回。”

“奴婢知道了。”岚琪只管听命，没看王嬷嬷扭曲的脸色，捧了贺礼就转身出去。而布答应分明看见，却有心不叫王嬷嬷得意，只当作不知道敷衍了过去。

离了钟粹宫，岚琪捧着贺礼一路往荣贵人的住处来，那晚摸黑都找见的路，这会儿大白天自然不怕走丢。

可还真叫王嬷嬷说中了，才进荣贵人的居处，就见皇帝从里头出来，岚琪慌忙回避到路边，垂首侍立，直等圣驾悠悠然从前头过去才敢动。

然不知是不是心念那一天的事，岚琪忍不住回眸看圣驾远去的背影，明明连皇帝的身影也看不见，却也看得出神，直到吉芯在不远处唤她："岚琪，你怎么不过来？"才匆匆转身去办正经事。

这一边，玄烨回到乾清宫，正在东暖阁更衣，李总管奉了茶来，笑悠悠道："钦天监已选了腊月十九为封印吉日。"

玄烨颔首，吃了茶随手将茶碗递过，忽想起一事，问道："方才从荣贵人处出来，朕在暖轿里瞧见宫道上站了个宫女，似在哪儿见过，你可见到了？"

李公公当然看见了，跟在皇帝身边可不就要眼观六路耳听八方么，忙不迭应着："回皇上，奴才瞧见了，您说的莫不是钟粹宫的宫女，那一日您往慈宁宫去的路上，让奴才派小太监帮她搬东西来着。"

玄烨也想起这回事，自顾笑道："不知怎么，竟是记住她的身影了。"

因提起钟粹宫，便问是不是住了小公主的生母，念着小公主出生至今自己不曾上过心，一时觉得亏待了她们母女俩，便吩咐李总管："封印前选个吉日，着内务府拟了折子，由昭妃督礼，晋升她为常在，并赏赐母家。"

李公公应答着，又小心翼翼提醒皇帝："您看荣贵人怀着身子，若只晋封布答应……"

玄烨心里却有数，一边在明窗下的暖炕上坐了翻看折子，一边抬眸与他道："太皇太后早有懿旨，恐荣贵人身单福薄，太多恩赏会压着她的福气，等她安产了再说，至于其他人……大行皇后过世未满周年，宫内不必太热闹。"

见皇帝神情越发黯然，李公公唯恐勾起他的伤心事，赶紧拿其他话题引开皇帝的注意，忙忙碌碌一阵子，终不再见皇帝伤神。

腊月初七那天，布答应被正式晋升为常在，皇帝免了她谢恩，便只来了慈宁宫。太皇太后因为喜欢小公主，对她便格外厚待，赏赐了许多东西，甚至恩准她去阿哥所探望女儿。

这本是布常在私下与岚琪说过，她若能见一见女儿，哪怕什么赏赐都不要，甚至常在答应的位上也无所谓，没想到太皇太后如此仁厚体贴，能想人所想，这么快就圆了她的心愿。

岚琪有幸随主子看望一回小公主，小人儿很是健壮可爱，不禁叫她想起家中小妹妹，她去年入宫时，妹妹才出生不久，一时起了想家情结。

可容不得她多愁善感，离开阿哥所，性子柔弱的布常在又忍不住垂泪，岚琪赶紧劝道：“腊月里大过节的，主子可千万不敢在外头落泪，叫人看见了可不好。”

布常在害怕，忙收敛泪容，一行人匆匆回钟粹宫去，却在半道上遇见一乘仪轿从前头过来，那边随侍的小太监探头探脑往这儿瞧了瞧，回去不知说了什么，仪轿便停了。

打起黛蓝云缎的门帷，上头下来拢着藕色大氅的丽人，岚琪记得元旦那日曾见过这一位，悄然在主子耳边说：“是董常在。”

布常在忙领了岚琪上前行礼，恭敬地唤了声：“姐姐。”

两人都是常在位，虽说董常在也是包衣出身不如布常在，但毕竟久在宫中，只因去年刚失了女儿，悲伤过度一直抱病在寝殿之中，少在宫外走动。布常在年纪小，喊一声姐姐也应当应分。

董常在也是客气，下了仪轿来打招呼，这仪轿本是因她体弱，皇帝赐了其代步用，可见虽沉寂许久，圣恩并不浅。

“果然妹妹好福气……”听说从阿哥所来，董常在幽然一叹，眼底凄然，“我最后一次见公主，她已经没气儿了。”

岚琪心头一紧，稍稍抬眼看，董常在清丽秀美，姿色远在荣贵人之上，原也是乾清宫的宫女，可这些年来，远不如荣贵人过得好。荣贵人连失三子岂不比她悲痛，结果却又截然相反。

寒暄几句，两边便散了。

布常在似乎被董常在的悲伤感染，回宫后越发患得患失、泪眼楚楚。岚琪知道王嬷嬷人虽不怎么好，有些话却能一语惊醒人，便故意在她面前提了董常在，王嬷嬷果然嚷嚷开：“主子您就不该看着那一位，您该学学荣贵人，这后宫里的日子都一样，过得好不好全在自己。”

布常在泪眼婆娑，王嬷嬷很瞧不惯，又哼道：“如今太皇太后、皇上都疼惜您，您再不能这般模样，谁不爱见个喜庆的人。您看荣贵人、惠贵人，成天脸上笑盈盈的多讨人喜欢。您说您没事儿就抹个泪，奴婢们是心疼不过的，可旁人瞧着，未必不嫌呢。”

“嬷嬷。”岚琪知道这老婆子越说越来劲，忙岔开话题，“太皇太后和太后给了好些赏赐搁在外间没来得及收拾，盼夏笨手笨脚的，还得您去支应着。”

王嬷嬷一听，算计起能不能挑一些东西自己先拿了，便随意敷衍了几句，匆匆去外头看恩赏之物。

岚琪再哄了几句，总算将主子劝住，也跟出去收拾。因知布常在不在乎这些东西，见王嬷嬷贪得无厌也懒得理会，将剩下的分门别类收好，忙忙碌碌一天也过去了。今晚静堇值夜，她准备好主子明日去翊坤宫请安的衣裳，便和盼夏去歇着。

而该睡觉的时候，盼夏不知出去做什么，好半天才回来，把岚琪从床上拉起来，打开纸包抓了把核桃仁给她："你也吃些，瘦得什么似的。"

岚琪本不爱核桃仁，还是让给盼夏了，问她哪儿来的，盼夏笑嘻嘻地说御膳房里她的老乡小姐妹送的，今晚御膳房通宵熬果粥，这些核桃仁很富余，拿一些也无人察觉。

"去年腊八咱们主子怀着身孕，也得了永安寺和太皇太后赏的腊八粥，不知今年能不能再分一口。"盼夏嚼着核桃仁，嘀咕着，"那些老和尚也真是的，做什么不多熬一些，宫里这么多主子娘娘都分不匀，不是存心找事儿吗。"

岚琪拉上被子又躺下了，淡淡笑道："所以才是恩典哪。"

"咱们小厨房几时也能熬粥就好了。"盼夏也不再吃了，漱口洗了手来和岚琪一起躺下，数落起王嬷嬷今天拿了多少东西，问白天怎么又听她在对主子颐指气使。

岚琪将董常在的事说了，盼夏凑近她轻声道："我听其他宫里的小姐妹说，董常在如今这模样，都是荣贵人压着的，她们从前一起在乾清宫当差，一起做了皇上的人，先后生下皇子公主，到如今一个已经是贵人，都怀上第五个孩子了，董常在却病恹恹完全沉寂。你说荣贵人看起来那么温柔的人，暗底下也不简单呢。"

岚琪听得一愣一愣的，半晌才嗔怪她："你又听嚼舌根的话，少管闲事才好，再不许听了啊。"

盼夏却紧张兮兮的，越发轻声说："我是想呀，咱们主子这柔弱的性子，万一将来被谁盯上了，可就要被吃得死死的了，哪有招架还手的本事？"

岚琪默默不语，心里却怪慌的，深宫大院，弱肉强食，这里从来都是如此。

翌日腊八，两人早早起来伺候主子更衣洗漱，直等外头来消息说昭妃从慈宁宫回翊坤宫了，才忙出门。

众贵人、常在、答应等在翊坤宫向昭妃道贺节日，昭妃将太皇太后赏下的腊八粥和自己宫里熬的粥分给大家，一起坐着说笑一回，也早早就散了。

离了翊坤宫，惠贵人与安贵人同行，岚琪陪着主子不远不近地跟在后头，隐隐听见安贵人嬉笑道："钦天监拟了腊月十九封印，封印后万岁爷可要清闲许多，如今荣姐姐养着胎，惠姐姐可别错过好时机。"

惠贵人则笑道："我每月正是那几天好日子，哪有福气伺候皇上。"

正说着，安贵人稍稍侧脸，瞧见身后不远处的布常在和岚琪，一时心里泛酸，停下脚步等了等。惠贵人十分和气，待走近了只是说："又是从前水灵灵的模样，可算养好了。"

安贵人故意长长一叹："真是忘记了，有这么水灵灵的在，哪还有我们姐妹什么事。"说着凑近布常在，笑悠悠冲她说，"好妹妹，万岁爷那儿过了十九就封印，一时清闲，少不得来宫里逛逛坐坐。钟粹宫里日头晒得可好？皇上若是去了，记得要沏浓浓的茶，万岁爷喝茶很讲究，若伺候不好，小心掉脑袋。"

布常在被这样说，脸上又红又烫，怯怯退后几步，却不小心撞在岚琪身上，那花盆底子又不稳，眼看要摔下去，亏得岚琪死死搀扶住，可也足够她狼狈的。

惠贵人有些看不下去，但也不愿阻拦安贵人惹她抱怨，只道一声："宫里温着药等我去喝，先走一步。"

她这一走，安贵人也没意思，冷冷剜了主仆二人一眼，便扶着宫女扬长而去。

布常在软软地跌在岚琪怀里，禁不住哽咽："她为什么要吓唬我？"

"主子，有委屈也回去说，这儿是翊坤宫外头呢。"岚琪轻声安抚她，牢牢搀扶住，几乎推着她往前走，生怕翊坤宫的人发现又惹麻烦。

可布常在回钟粹宫就病了，王嬷嬷骂岚琪照顾不周让主子吃风着凉。岚琪默默承受着，不敢提起在翊坤宫外被安贵人吓唬的事，不然越发显得主子柔弱无用，往后越发镇不住这老嬷嬷。

布常在自己也不说，每日进了药便浑躺着，一直挨到腊月十九，皇帝在交泰殿封了印，她才稍稍有了精神，私下与岚琪说："这样可好了，我病着皇上也不会来，安贵人她们也就挤对不上我。我是争不过她们的，只求日子安生些。更不愿自己福气太盛，压着小公主……"

岚琪很心疼，除每日花费心思哄主子用膳进药外，更常常想些有趣的事逗她开心，布常在自然更加依赖岚琪，少不得惹王嬷嬷等人眼红。

小年的前一日，天色阴沉沉的，午后荣贵人做东请众姐妹过去喝茶，却在临出门时起了大风，刀子似的寒风卷着雪粒子，打伞都挡不住风雪往脖子里钻。

布常在身子才好些，这会儿出门恐怕又要染风寒，王嬷嬷劝着不让去，便打发岚琪去跑一趟，向荣贵人问安。

原本这种事，该小赵子去跑腿，王嬷嬷有心作弄岚琪，偏要她顶着风雪出门。岚琪不愿和她争辩给主子添堵，把自己裹严实打了伞，就离了钟粹宫。

她撑着伞一路顶着风往荣贵人处走，大风在耳边呼啸，眼前又有伞挡着视线，完全没察觉前头路上的动静，直到突然被人冲过来推倒摁在路边的墙上，骂骂咧咧着："哪儿的宫女这么混账，万岁爷过来了，也不知道让开？"

身体一下子暴露在风雪之中，雪粒子硬生生剐在脸上，岚琪不仅睁不开眼睛，更被风呛得张不开嘴，依稀只看到前头过来一队人，还有那金灿灿的御辇。

摁着她的是两个大力太监，恐怕是怀疑她乃不轨之徒，才会不由分说冲过来就摁住，可已来不及把岚琪拖去别的地方，便把她藏在墙角下，两个人立在前头挡住了。

圣驾缓缓而行，玄烨坐在暖轿里，宝座底下的炭盆烧得很旺，门帷窗幔皆严严实实地挡着风雪，从乾清宫过来有些路了，一时坐得闷热烦躁，信手挑开窗幔透气，却见路边突兀地站着两个太监，风雪飒飒地吹起他们的衣摆，隐约从身后露出一个宫女模样的人。

"停。"仅是一念闪过，玄烨出声。

暖轿即刻稳稳停下，李公公打着伞赶过来，心里也知皇帝该是察觉路边这档子事儿，正恼火得很，却听皇帝问："做什么把那宫女摁在墙角下？"

李公公忙道："大风雪的天，这宫女没事在路上瞎走，瞧见圣驾过来也不知回避，奴才怕是不好的人冲撞惊扰了圣驾，才……"

"带来朕瞧瞧，到底是不是不好的人。"玄烨不等李公公说罢，便冷笑一句，"深宫里头一个小宫女能做什么？"

李总管不敢怠慢，赶紧让太监把人送过来。岚琪被推在暖轿边跪着，方才缩在墙根底下已经明白是怎么回事了，此刻已不惊恐害怕，规规矩矩行了大礼，自责冲撞圣驾之罪。

玄烨封了印后，这几日已闲惯了，刚才那一眼，不知勾起了他心里什么，此刻喊岚琪抬起头，瞧见一张被冻得通红的脸，风雪里实在看不出什么姿色。

可皇帝却问："朕是不是见过你？"

暖轿里炭盆烧得红彤彤的，将皇帝的脸色衬得温润无比，这是岚琪头一回和皇帝四目相对，原以为自己会吓得什么都说不出来，可不自觉地就张口：“皇上没见过奴婢，但是您帮过奴婢，上一回奴婢在路上搬炭，您让小公公给奴婢搭了把手。”

玄烨点点头：“是有这么回事。”他打量了眼前人，不禁笑，“怎么每次遇见你，都这样狼狈，难道有人故意欺负你？”

岚琪顾不得积雪冰冷，伏地道：“奴婢是正经在当差，能偶遇皇上是奴婢的福气，并没有人欺负奴婢，只是风雪太欺人。”

玄烨深谙宫闱之道，几次三番遇见这宫女，显然她一直被欺负，但这小宫女身上有一股子气性，却叫他很看重。抬头瞧见墙根下那把折坏了的伞，便吩咐李公公：“给她一把新的伞。”说罢就放下了窗幔，里头悠悠传出一声，“走吧。”

圣驾复行，缓缓从面前走过，不久有个小太监来搀岚琪起来，塞给她一把伞。

御辇渐行渐远，岚琪久久驻足，不知是风吹的，还是心里暖的，热乎乎的东西从眼睛里涌出来，她抬手一抹，满手背的泪水，忍不住嘲笑自己：“傻瓜，你这会儿哭什么？”

可若圣驾不停，若皇帝不干涉问一句，岚琪定会被直接带去慎刑司。大过节的谁愿意去慎刑司捞人，布答应那般柔弱，王嬷嬷第一个就拦着她不叫搬救兵，她怕是死在那里，也无人知。

玄烨这边，一路到了慈宁宫，因听说太皇太后把阿哥、公主们领来身边过节，便有心来看看孩子们，也陪着玩一会儿好哄祖母高兴。

大阿哥将满三岁，牙牙学语最是可爱的时候，玄烨把着手教写了几个字，之后嬷嬷乳母们领阿哥公主去午睡，玄烨搀扶祖母入寝殿小憩。

太皇太后抚着孙儿的手说：“我这里用不着你，外头风雪也停了，去别处坐坐。”又语重心长地说，“大行皇后在你心里的伤，总要渐渐淡去方好，皇祖母只嫌重孙太少，再多些吵闹，皇祖母才更长寿。”

玄烨只淡淡笑：“孙儿记着了。”

记着了，终究是一句敷衍的话，太皇太后心里很明白。皇帝离去后，苏麻喇嬷嬷来侍奉太皇太后入寝歇息，问起翊坤宫的事，苏麻喇嬷嬷道：“太后颇花费了一番心思，可皇上终究是淡淡的，再这样下去，反而让昭妃娘娘脸上挂不住，太后那儿似乎也不愿再管了。”

太皇太后道："我这儿媳妇也曾是可怜人，难免能体会昭妃的心，能帮一些便帮一些，只别帮了倒忙，反叫皇帝和昭妃生分了。如今和和气气的也不是坏事，皇帝的脾性骨子里比他皇阿玛还强得多，只是如今没显出来，又自知年轻，好生克制着呢。"

苏麻喇嬷嬷知道主子担心什么，先帝爷那会儿的事，怕是要一辈子梗在她心里，故而荣贵人、董常在这两个当初放到皇上身边的人，也是细心挑选了好一阵子的。

"李总管那里处处留心着呢。"苏麻喇嬷嬷替太后掖好被子，"奴婢也留意看着宫里的人，若有好的也叫您先瞧一瞧。奴婢知道，您不求新人多聪明能干，只要能解皇上的忧愁，又知分寸进退。"

太皇太后阖目休息，悠悠呢喃："太能干的孩子，气性压不住，怕心比天高命比纸薄。"

如是，直至除夕前，玄烨在翊坤宫留宿了三晚，比起平日真真频繁许多，可这三个晚上帝妃之间做了什么，个中冷暖，唯有昭妃自己知道。

除夕、元旦一晃便过了，皇帝自元旦启印后，又如从前那般忙碌，入后宫不过是向太皇太后、太后请安，少有在妃嫔宫中逗留，侍寝如惠贵人、安贵人等有几次，昭妃娘娘那里，又几乎没了动静。

这一日闹元宵，宫里比元旦那天还热闹。夜宴摆在慈宁宫里，布常在也受邀列席，王嬷嬷本想来凑热闹，可布常在硬是只肯带岚琪和盼夏出门。

因位分低微，布常在随几位贵人坐在席末，她身子弱不喝酒不吃肉，不过陪坐说笑，或看台上戏文。

席间阿哥所的人送阿哥、公主们来请安，瞧见乳母抱着小公主磕头，布常在情不自禁探头往上座看，边上正巧坐了惠贵人，她的大阿哥也在上头，可惠贵人却将她一把拉到身边："可不敢这样子，你要忍一忍。"

布常在难免心内悲戚，岚琪眼见主子要落泪，便借口为主子补妆，一时离席退到了慈宁宫的偏殿，将随身带的脂粉拿了出来，给主子重新扑了粉。

小心翼翼劝说几句，待收拾妥当，主仆俩就要回席上去，可未闪过屏风，但见雍容华贵的昭妃娘娘气哼哼地进来，她身后跟着一个三十来岁光景的男子。只听昭妃怒言："你也瞧见了，太皇太后这样夸我打理六宫的功劳，皇上只是笑了笑，连一句夸赞的话也没有，这就是我在宫里过的日子，你们可看清楚了？你们在外头自己不好了，却来算在我头上，阿玛还在时怎么不见你们来找我？我让你们当初别和鳌拜有牵扯，你们听不听？如今好了，连带我也被皇上讨厌。”

男子正是昭妃的兄弟阿灵阿，今日也奉旨入宫过节，可能是在朝廷上遇了什么不顺心的事，仿佛来找昭妃想法子，可昭妃娘娘在宫里不过表面风光，要她去皇帝面前说什么话，简直比登天还难。

隐约听阿灵阿大人说什么皇子公主的话，素来在人前端庄贤惠的昭妃竟勃然大怒：“说给你听你也不信，皇帝根本就不碰我，你让我跟谁生孩子去？”

布常在最怯懦不过，昭妃这一怒吼，吓得她连连往后退，不小心碰倒了身后的花架，花盆碎裂声惊动了屏风外的人，只听昭妃呵斥：“是谁？”又吩咐阿灵阿，“你先退下。”

但见昭妃直直冲进来，发现是布常在和岚琪在后头，顿时怒火攻心，一声“来人！”吓得布常在腿一软登时便跪了下去。

偏殿外头，玄烨因被顽皮的大阿哥闹得洒了一身酒，李公公引着正要往太皇太后的寝殿去更衣，半路瞧见阿灵阿从偏殿急匆匆出来，鬼鬼祟祟的模样叫人起疑，玄烨突生了好奇心，跟着就进了偏殿。

入目，却见昭妃宫里的冬云正撕扯着地上一个小宫女，那小宫女却又死死护着身后的人，玄烨不怎么认得那身后的人，反是这正挨打的宫女，他记得。

玄烨本就不喜钮祜禄氏一族仗着是满洲旧贵，在朝堂上颐指气使。当年除鳌拜时，若非念遏必隆在太宗皇帝、世祖皇帝时功勋卓著，他们一家早已落得和鳌拜同样下场，又怎会有如今，由着他们在朝堂之上造势，要逼自己立昭妃为后。

“听说你幼年认鳌拜为义父，一直以为不过是传闻，现如今瞧着，你这暴戾毒辣的手腕子，真是随了他。”

玄烨冷然出声，那边昭妃闻声回眸，一见皇帝在这里，登时就僵了神情。

“皇上，不是您想的那样。”昭妃醒过神忙为自己辩解，“皇上，您误会了……”

因事情闹得不小，更深知皇帝心里对钮祜禄氏有怨气，恐他年轻气盛伤了君臣和气，太皇太后不得不出面，把一干人叫到寝殿质问。

昭妃依偎着苏麻喇嬷嬷万分委屈似的抹眼泪，却什么话也不肯说。太皇太后看不惯她这模样，便来问皇帝，可玄烨明知祖母会为了息事宁人偏袒昭妃，少年脾气上来，也赌气不张口。

“那你来说，到底怎么回事？”老人家只能逼布常在，可这是个最怯弱的人，魂都要吓散了，哪里还说得出一个字。

眼瞧着殿内气氛越来越尴尬，太皇太后刚才在宴席上还红光满面，这会儿一脸铁青，只怕真要等她发了怒，连昭妃都不能有好果子吃。

“太……太皇太后。”跪在人群后的岚琪突然出声，众人齐刷刷看向她，太皇太后也紧紧蹙了眉，生怕这宫女说出不该说的话。

却见岚琪膝行了几步，深深叩首后道：“奴婢和常在去偏殿补妆，不多久昭妃娘娘和冬云姑姑来了，娘娘与常在说了几句玩笑，奴婢在旁凑趣，一时嘴上没了分寸，常在就喊冬云姑姑撕奴婢的嘴，那也不是真的，只是打闹嬉笑，万岁爷突然进来，就……就看错了，冤枉了娘娘动用私刑。”

“你？”玄烨听得目瞪口呆，正要发作动怒，太皇太后及时制止了他，“皇上，你自己看错了，还要责怪一个小宫女不成？”

玄烨气不过，还想让阿灵阿来和昭妃对质，可见祖母含怒瞪着，就知道这件事必须到此为止，不然祖母真的会生气。

苏麻喇嬷嬷忙笑着说：“主子们也忒贪玩，今晚王公大臣、福晋夫人们都在，瞧瞧这动静闹得，该叫人笑话去……”

玄烨却狠狠瞪着岚琪，也没听苏麻喇嬷嬷说什么，想着自己救下这小宫女，结果被她把责任全扣到自己头上，怎么也咽不下这口气，竟冲口而出，打断了苏麻喇嬷嬷的话，道：“皇祖母，孙儿想要了这宫女。”

殿内气氛立刻又凝滞，太皇太后知道今天这事稀里糊涂让玄烨背了黑锅，他已经满肚子委屈，若是不依了他，真惹他生了气，也没意思，便不动声色地递过眼神给苏麻喇嬷嬷。

苏麻喇嬷嬷会意，忙笑着拉岚琪起来，笑悠悠与皇帝说：“主子早替皇上选好这丫头了，先放在布常在那儿，就等过了正月给您送去乾清宫当差，您看您……”

“不必送去乾清宫做宫女，今晚就要她侍寝，明日封了常在，就这么定了。”玄烨板着脸，说罢朝太皇太后行了礼，转身撂下一屋子人就走了。

所有人目瞪口呆，终究是太皇太后一声叹息：“就这么定了。”

突如其来的变故，岚琪直到被几个教引嬷嬷带走，由着她们给自己洗澡梳头，并教导伺候皇帝该怎么做时，她才终于明白过来，皇帝说要了自己是什么意思。她乌雅岚琪，就要做皇上的女人了。

曾经的一幕幕浮现在眼前，雨中的背影，病中的相助，还有风雪交加时，一把伞免去了自己即将面临的恐怖刑罚。她记得那天望着圣驾远去时，抹在手背上的眼泪里包含的，不单单是感激，而如今那份不敢奢望的念头，竟然成真了。

这一场闹剧，知道的人知道，不知道的人，苏麻喇嬷嬷已预备对外宣称，是太皇太后做主把岚琪赐给了皇上。因谁都知道，大行皇后去世后，皇帝一直沉浸在悲伤之中，对后宫也冷淡为多，作为祖母为了皇嗣着想给皇帝身边安排新人，再正常不过。

且说岚琪被带走后，太皇太后因生气而不愿再见昭妃。昭妃魂不守舍地回到宴席上，见皇帝与裕亲王谈笑风生，似乎刚才什么也没发生过，一时更加委屈悲戚，咬牙强撑着体面不让人看出来。

慈宁宫寝殿里，李总管被太皇太后叫来，战战兢兢地说起些他所知道的乌雅岚琪，连带在太医院遇见她冒死为布常在求药的事也说了，苏麻喇嬷嬷听了不禁啧啧："主子您看，皇上虽胡闹些，要的却是个好姑娘，这样年纪这样懂事，就刚才那些顾全大局的话，连昭妃娘娘都想不到，娘娘只顾着自己委屈。"

"看模样确是个可靠的孩子。"太皇太后终于释然，又嗔责李总管，"你既然冷眼瞧了这么久，难得这样好的孩子，怎么不来回话？"

李公公见太皇太后转怒为喜，立刻自责疏忽了，哄得老人家愉快下来，又搀扶着送回宴席上，听她吩咐苏麻喇嬷嬷："布常在那里你着人照应着，皇帝要了她身边的人，怕要想不开，别再闹出什么事了。"

苏麻喇嬷嬷答应着，与李总管使了个眼色，两人都安心，便送太皇太后回宴席。吃酒谈笑直至散席，此时宫里各妃嫔才晓得，皇上今晚要了钟粹宫的宫女。

布常在因被昭妃吓得不轻，早就被送回了钟粹宫，听说岚琪就要被送去乾清宫，王嬷嬷瞠目结舌，急得在布答应面前跺脚，抱怨着："主子啊，您以后还怎么在宫里抬起头，竟叫身边的奴才爬在了自己头上。"

可布答应却意外地冷静，反倒训斥王嬷嬷："她这样好的人侍奉皇上，有什么不好？倒是嬷嬷你，往后说话要小心些，明日她可就是常在了。"

王嬷嬷呆了半晌说不出话，心里本嗤笑布常在这样懦弱无用活该被踩在头上，可又一想，自己平时折腾岚琪，若她真因此得势，岂不是要报复自己，这一整夜都不得安生。

乾清宫寝殿内，岚琪早早就被裹着棉被送来这里。她身上已没有蔽体的衣裳，只有亵裤和兜肚略略遮盖羞耻，只是前后几个时辰，她白天还是妃嫔身边的宫女，这会儿却已经要裸裎面对帝王，并成为他的妃嫔。

她反复回想和皇帝的每次相遇，不知过了多久，圣驾归来。外头熙熙攘攘一阵喧闹后，又突然宁静若无人之处，须臾才听不急不缓的脚步声慢慢靠近。明黄绸缎的帐子被猛地掀开，岚琪一颤，皇帝出现在了眼前。

再见小宫女，她已经被收拾得干干净净，不是那日风雪中冻得脸颊通红，也不是刚才被冬云撕扯后衣衫褴褛的狼狈模样，白皙柔和的肩膀露在被子外头，纤长的脖子，精致小巧的脸颊，眼眉清秀，莫名地透着叫人忍不住要亲近的温柔可爱。

玄烨看着，不禁怔了。

床上的人因为害羞，稍稍把被子往上拉了拉，这一下动作却让玄烨缓过神，他侧坐到榻上来，指着岚琪一副不耐烦的模样："朕坐着，你躺着？快坐起来说话。"

"可是……"岚琪不敢辩驳，把被子紧紧捂在身上，磨磨蹭蹭地坐起来，手里的被子只要松开，就会露出她只穿了兜肚的身体，羞红了一张脸，越发显得娇嫩可人。

"是朕看错了吗？"玄烨问，几乎是瞪着岚琪。她连忙摇头说："是奴婢撒谎了，皇上没看错。"

"所以是朕救了你，可你却对太皇太后撒谎。"

岚琪抿着嘴，用力点了点头，脑袋低垂得快陷进被子里去，轻声嗫嚅："皇上，当时当刻奴婢若不这么说，我家主子一定会受责罚，奴婢只是想小事化了。"

"你要小事化了，就把朕推出去背黑锅？"玄烨的声音更大了些，好像故意要吓唬眼前的人，"乌雅岚琪，你胆子可不小，朕这辈子还没尝过背黑锅的滋味。"

岚琪却倏然抬眸看向皇帝，他在叫自己的名字吗？乌雅岚琪，他竟然知道自己的名字？

"看着朕做什么？"

"奴婢是想……"岚琪情不自禁地紧紧盯着皇帝，想要把他刻在眼睛里似的，笑靥如花地说道，"您连江山都担得，背一次黑锅算什么。"

玄烨一愣，笑了。

他本就没那么生气，倒是想着，若回来看到一个战战兢兢吓得半句话也不敢说的女人，那今晚真是自己给自己找麻烦。他不喜欢这样的女人，可在皇祖母面前撂了话又不好轻易收回，难道要硬着头皮上？

却没想到这小丫头不仅不怕，一双清澈的眼睛里满是温柔可爱，看着就让人舒服。而之前莫名其妙就记住了她的身影，几番相遇，仿佛就是缘分。

算起来，从赫舍里皇后，到如今宫内形形色色的妃嫔，几乎没有一个人是他自己选的，当初皇后自然是皇祖母的意思，其他如荣贵人之类也是皇祖母安排在自己身边的，便是选秀留下的惠贵人、布常在这些，也并不都是他的意思。

对后宫妃嫔的感情固然有，与皇后更是结发情深，但玄烨却从未自己选过一个女人，眼前这个，竟是头一人。

“朕问你，那天你为什么一个人在宫道上搬那么大箩筐的炭？就这样对你的主子，值得你今天拼着脸都要被抓花了，也要保护她？”

玄烨凑近了岚琪，很随意地坐在了她身边，歪着脑袋皱眉看她。

岚琪被皇帝看得好不自在，索性与他四目相对，在他漆黑的眸子里看到了渐渐镇定的自己，便照实说了那天的事，感谢皇帝派人帮她。

“是啊，宫里这样倚老卖老的嬷嬷们还真不少。”玄烨听过，不屑地一笑，又问岚琪，“过了今晚，你就是常在，是不是要好好教训一下那老婆子？”

岚琪摇头，道：“不说奴婢不记恨了，就是记恨也不能这么做，过去了就算了。”

玄烨看着她，若是旁人，他会觉得这只不过是拣好听的要表白自身大度宽容的说辞，可那天风雪里的一番对话，和她今晚在慈宁宫的表现，都让玄烨觉得这几句可信。

“你怕不怕？”皇帝突然伸手抬起了岚琪的下巴，故意欺负人似的问，“你若怕，朕立刻送你回钟粹宫，你照旧做你的宫女。若是不怕，现下就把被子掀开了，遮遮掩掩做什么？”

岚琪的心咚咚直跳，见玄烨脸上带着笑意，她不舍得走又不敢自己掀开被子，急得几乎要哭，却突然蹦出一句：“皇上，您想奴婢走吗？”

玄烨佯作含怒，收回了手，哼笑着：“是朕问你，答非所问，还想犯欺君之……”

话未完，眼前的人竟呼啦一下掀开了明黄锦缎的被子，纤柔白皙的身体突然展现在眼前，但见她紧紧抿着嘴，眼圈已经通红，羞怯到极致又很不服气的模样，直叫人看得心软。

“看来，朕今晚该谢谢昭妃。”玄烨脸含笑意，伸手将被子替岚琪捂上，“晚宴前还有两本折子没看完，朕一会儿就回来，你若是闷了，那里桌上的书可以看。”

岚琪乱跳的心渐渐平静，皇帝替她盖上的被子，不只暖了身体，更是暖了心，所有的彷徨害怕跟着都散了，更坦白地说："皇上，奴婢只识几个字。"

玄烨却不在意："那就等朕回来教你。"

皇帝来去匆匆，批完那两本折子真的立刻就回来了，拿自己的衣裳给岚琪披着，拉她到桌前把着手写字。岚琪的手白皙柔软，握着笔有几分力道，做师傅的很高兴，哄她说："明日朕赏你笔墨纸砚，你闲了的时候就学着写字。"

这一晚，岚琪头一回握笔写下自己的名字。包衣旗的女孩子都是进宫做宫女的命，宫女太监不能识文断字，所以自幼家里都不敢教。岚琪跟着母亲看账本，才认识"牛""羊""米""面"这些字，自己的名字虽认得，却从未拿笔写过。

寝殿外头，几个小太监送夜宵来，李公公拦在门前不让进。不多久苏麻喇嬷嬷也来，他殷勤迎上去，问怎么这么晚还不歇着，苏麻喇嬷嬷苦笑道："主子还是不放心，打发我来瞧瞧。"

李公公忙笑："好着呢，正教新常在写字。"

"写字？"苏麻喇嬷嬷也奇了。

李公公又说："先头进去不知说什么话，皇上突然跑去东暖阁看折子，把奴才吓得哟，结果看了两本又风风火火赶回来，这会子里头时不时有笑声，要说新人侍寝不少，还是头一回瞧见万岁爷这么高兴。"

"阿弥陀佛。"苏麻喇嬷嬷合十念了一句，由李公公送她出去，路上说，"主子就怕皇上一时兴起，明日又撂下不喜欢了，闹得宫里宫外看笑话。说是既然要了，就好好疼着，也给……"瞧了瞧周遭没人，才轻声说，"也给翊坤宫一个警醒，你知道这些日子外头闹得，大行皇后尸骨未寒，就算计着中宫了，也忒不把皇上放在眼里。皇上不高兴，太皇太后几时又高兴了，不过是碍着亲贵的脸面，不愿撕破脸罢了。"

"可不是吗，何苦这样着急。"李公公亦叹道，"今天晚上，昭妃娘娘那儿也够受的了。"

翊坤宫如何，旁人不知，钟粹宫这里，翌日天才蒙蒙亮就有许多太监宫女闯进来，开了空置的东配殿，忙着布置床褥家具。惊扰了布常在，这边也都早早起了，一屋子人站在门前看热闹。

只等天大亮，外头才有轿子到，已然改头换面的岚琪缓缓走进来，抬眼就瞧见立在廊下的布常在，一时忍不住红了眼睛，刚要走过来，却被身旁的嬷嬷拦住了。

等岚琪在东配殿升座，受了宫女太监拜贺，再来见布常在时，盼夏正热了药伺候主子吃，瞧见她来，先是愣了愣，醒过神忙到跟前屈膝行礼。

岚琪鼻尖一酸，伸手搀扶她起来，姐妹俩却是相顾无语。反是布常在走过来，轻轻拉过她，看她身上天水蓝的云缎宫装，笑着说："真好看，你才配穿这样的花色颜色，岚琪啊，我替你高兴。"

此时外头又来了许多人，为首的正是李总管，笑盈盈地吆喝道："乌常在接旨，皇上有赏。"

不同于之前赏赐布常在的珠钗，玄烨果然只给岚琪送来笔墨纸砚，但也眷顾布常在的心情，另赐其镂花金镯一对。

李公公最了解皇帝，知道现下乌常在是他心尖上的人，不论日后如何，一时的新鲜总免不了，故而也对岚琪殷勤客气，这会儿指着她东配殿里三个宫女说："她们昔日都在苏麻喇嬷嬷手下学过本事，如今支配给常在您使唤，若有不好的，只管和奴才说，再另挑好的来。"

又见岚琪眼圈红肿，知道必然是哭过，忙又轻声说："一会儿皇上散了朝，就往慈宁宫请安，听苏麻喇嬷嬷的意思，您少不得也要过去，您红肿着眼睛可不行，太皇太后和太后面前，可不是要讨个喜庆才好？"

岚琪忙拿绢子拭了眼角，尴尬地颔首答应："多谢公公提点。"又问，"今日是不是也该去向各宫娘娘主子请安行礼。"

李公公却笑："早晚的事儿，您且去过慈宁宫再说。"

且说慈宁宫这边，昭妃一清早过来请安，却被拦住说太皇太后晨起头疼不想见人，明摆着是不见她，她只得在门前行了礼，规规矩矩地回去。

又辗转到宁寿宫，总算太后还肯见她，见了面昭妃便垂泪。太后虽怜惜昭妃眼下境遇不济，可也不愿再插手她和皇帝之间的事，毕竟自己还在太皇太后跟前做儿媳妇，且又不是皇帝的生母，想要继续在这宫里立足，怎么也得先揣摩好他们的意思。

此刻见昭妃哭诉昨晚的委屈，她只能劝一句："你出身贵重，家世显赫，她一个包衣宫女能有什么前途，皇上不过一时新鲜，你和他多年相伴，等他冷静下来，自然就回心转意了。"

这样不痛不痒的话，在宫里最体面也最无用，谁都知道皇帝不喜欢昭妃，从前是，将来也不会改变。

而这日，临近正午玄烨才散了朝，新得佳人的欢喜并没有冲淡他对朝政的重视，只是一踏进后宫便想起岚琪，身上的几分疲惫仿佛也散了，就唤李总管立刻差人去找，要和她一起去慈宁宫请安。

李公公笑着说："久等不到皇上下朝，眼看着要大正午了，乌常在已经先去了慈宁宫，这会子怕是都快伺候传膳了。"

玄烨欣然，忙坐进了暖轿里说："那就赶紧过去，朕也饿了。"

匆匆赶来，果然慈宁宫已经传膳，玄烨进门就见岚琪跟着苏麻喇嬷嬷在膳桌边支应着，冲她笑一笑便先去了祖母跟前。

岚琪被皇帝这一笑，立刻双颊绯红，苏麻喇嬷嬷看着欢喜，但还是轻声在她耳边说："您一会儿在主子面前可不敢这样，瞧着不稳重。"

"嬷嬷的话我记着了。"岚琪忙收敛心思，正色应答，只专心帮着布置碗碟。

不多久玄烨扶着太皇太后出来，苏麻喇嬷嬷迎上去说："太后刚又派人来请安，说昨天多吃一碗元宵撑着了，太医让今天断食一日，午膳就不过来了。"

太皇太后嘱咐几句，让人过去问候，便要皇帝也坐下用膳，抬眼见岚琪捧着碗碟跟在苏麻喇嬷嬷身后，小小年纪很是端庄稳重，再瞧皇帝一双眼睛只盯着新人看，便嗔笑孙儿："赶紧让新常在到皇上身边坐着，这样看下去，还吃不吃饭了？"

苏麻喇嬷嬷便接过岚琪手里的碗碟，拉着到玄烨身边让其坐下，一边说笑："奴婢让常在歇歇，就是不肯，非要跟着一起侍奉主子。"

玄烨欣然望着岚琪，温和地对她说："不必太拘谨，皇祖母最仁慈。"

太皇太后却道："你便欺负我老太婆仁慈，近些时候尽给我找麻烦。"

原是那些亲贵们也暗暗向后宫施压，希望太皇太后和太后能左右皇帝再立中宫之心，弄得慈宁宫里很不消停。玄烨知道祖母说的哪件事，一时也沉了脸色，不敢顶撞祖母，只是说："孙儿心里也明白着，皇祖母您且看看，偏不信他们还能闹到天边去。"

岚琪默默听着，她虽然不大明白在说什么，但少不得担心，昨晚之后必然得罪了翊坤宫，她和布常在往后的日子，还不知该怎么过。

"才说吃不吃饭呢，怎么又说起这些，主子您瞧瞧，咱们新常在好容易摆的膳桌，菜都要凉了。"苏麻喇嬷嬷笑着岔开话题，领着宫女太监给主子们布菜，又说些别的趣事逗太皇太后高兴，一顿饭倒也吃得安逸。

膳后玄烨怕祖母食积，搀扶着要在院子里走走，一边朝岚琪使了眼色让她也来，岚琪怯然不置可否，却被苏麻喇嬷嬷推了一把，忙上前为太皇太后拢了御寒的氅衣。

太皇太后顺势挽过岚琪的手，又将这孩子细细看了几眼，慈祥温柔地说：“你从前护着布常在那份心，往后要数百倍地用在皇帝身上，我见不得精明能干求上位的人，可但凡体贴稳重，我都看在眼里。”

岚琪昂首看着太皇太后，她慈祥的双眸内有不可撼动的威严庄重，可她并不害怕，反而虔诚地答应下：“臣妾一定用心记着您的话。”

太皇太后欣然对苏麻喇嬷嬷笑道：“这孩子，可比我们玄烨懂事多了，若身边有这么个孙女，该多贴心。”

玄烨却与祖母道：“可惜只能做孙子媳妇，不能认孙女了。”

“你听听。”太皇太后指了苏麻喇嬷嬷说，“那些年你教他的规矩，可不全忘了。”

苏麻喇嬷嬷忙道：“哪是皇上忘了，是如今咱们皇上帝王之气更甚，不必再记住那些小事。”

说着玩笑话，午膳倒也克化了。因天气依旧寒冷，老人家午后要养一养精神小睡片刻，便打发皇帝回去，并要他顺道去宁寿宫请安，也带岚琪叫太后看看。

宁寿宫里，太后本在明窗下太阳心子里歪着，晒得暖融融一脸红润，瞧着也不像有病，但玄烨来后还是殷切问了，又说祖母让领乌常在来行礼。

太后看着她规规矩矩磕头，心想不过是个常在，但慈宁宫如此上心，自己也不能随意轻慢，便温和地问了岚琪一些话。彼此还有些陌生，又怕皇帝不耐烦在这里坐着，忙借口要诵经，请皇帝早些回去。

玄烨果然松口气，心里欢喜，一出宁寿宫就挽了岚琪的手，问道：“这下总算没事了，接下去该朕考你了，昨晚学的字还记得多少？”

岚琪不禁皱了眉头，一边跟着皇帝往乾清宫走，一边使劲儿回忆昨晚学了哪些，玄烨见她憨态可掬，脸上不自觉地就有了笑容。

一路牵着手到了东暖阁，皇帝却不再吓唬她，反而把着手把昨晚的字又写了几遍，好声哄她：“这回可要记住。”

岚琪甜甜笑着点头，玄烨喜欢看她这样笑，便要她也在明窗下坐了，自己看折子，她在一旁磨墨。两人近在咫尺地待着，一下午却没说几句话，安静得连李总管都歪在门前晒着太阳打瞌睡，一晃就把一整天工夫都打发了。

可外头的人不知道东暖阁里是如此单调无趣的光景，只看到皇帝牵着新常在的手从慈宁宫晃到宁寿宫，又这样一路进了乾清宫，这份子故意显摆似的亲昵，宫里头都传疯了。

翊坤宫素来知晓六宫事，皇帝对新人如此招摇又怎会不知。起先冬云唯恐主子不高兴还不敢提，后来乌常在进去乾清宫一下午都没出来，也知道再瞒不住。

彼时昭妃手里还捏着内务府刚送来的元宵礼单，听着这些话，一下一下把礼单捏成团，最后疯了般塞在嘴里怕自己大声哭出来似的，呜咽着："他就是要恶心我，他就是要恶心我……"

冬云吓得半死，上来夺下纸团，哭着求："主子再气，也不能折腾自己啊。"

昭妃转身伏在枕上号啕大哭，隐隐约约听见说："我做错什么了，他为什么这样对我……"

这样的哭声，乾清宫里听不见，皇帝怕是听见了也不会在乎。岚琪在乾清宫待了大半天，顺理成章留下过了夜，可她陪着皇帝又睡了一晚，两人却仍旧只是天南地北地闲话。

玄烨把自己一些所见所闻告诉她，岚琪则告诉皇帝她自幼在家看到的市井街坊，彼此听着都是十足新鲜。聊着累了，两人依偎着便睡过去。如是，内务府始终都未有记档，乌常在在皇帝身边睡了两天，还是完璧之身。

本来这该是后宫最大的笑话，意味着一个妃嫔的彻底失宠，乌常在将很难在后宫抬起头，可她却自那日后，每天陪着皇帝，皇帝与她，就如平头百姓家的小夫妻似的出双入对形影不离。

再有皇帝每日各色赏赐不断，连带慈宁宫、宁寿宫对乌雅氏也很是疼惜，慈宁宫的御膳时不时有菜往钟粹宫送，太后更是将手抄佛经的原稿赠给岚琪。小小一个常在，一时风头无二，却依旧还是个姑娘身。

一日午后，玄烨因夜里看书太晚，眯不过两个时辰便又上朝，晨起一直忙到大中午，疲倦之下倒了胃口，回来由岚琪伺候吃了清淡的米粥，便歪在明窗下看折子。太阳晒得暖融融的，困意袭来，不知不觉就睡了过去。

岚琪奉茶来瞧见，心疼皇帝辛劳，不愿喊醒他，便拿毯子在他身上搭一角，自己静静坐在旁边，还是头回这样清楚地看皇帝的睡颜，胆怯又高兴。

回想这些日子，他们平平淡淡地相处，皇帝每天都很忙，可每天都不忘教她写字，写得不好会挨骂，写得好便是手背上轻轻一吻的奖励。虽然已开始有肌肤之亲，但皇帝一直还没真正碰过她，连布常在都私下问岚琪怎么回事，她却一点儿也不在乎。

玄烨的睫毛长而浓密，岚琪自己就没生得这样好看，她还见过惠贵人也有浓密的睫毛，一双眼睛又大又亮，在人群里一眼望过去特别显眼。反观自己，好像什么都是清清淡淡的，正所谓女为悦己者容，她近些日子越来越在乎自己的容貌了。

凑近了细细看皇帝的眼睛，岚琪一时起了玩心，伸手想要摸摸玄烨的睫毛，颤巍巍将手指靠近，睫毛才触及肌肤的那一瞬，玄烨倏然睁开眼，不等她躲开，就牢牢把她的手捉在了掌心。

岚琪满心以为自己惊扰了圣驾，可不等开口请罪，突然被玄烨往前拽了一把，身子跌入他暖融融的怀里，玄烨的脸就凑在她眼前，吐息暧昧地问："青天白日的，乌常在这是做什么……"

"就……就是想看看……"岚琪犹自不觉男人眸中的色气，只等玄烨猛地吻上来，唇齿交融，腰下被抚摸揉捏时，她才意识到要发生什么，嘴里禁不住一声呻吟，更勾起玄烨的欲望，一把翻过身将岚琪压在身下，伸手解开她领子下的扣子，温和地哄着："朕会好好疼你。"

不知是明窗下日头太浓烈，还是周身被爱抚着才发烫，岚琪不自禁地稍稍抬起身子，一下亲在玄烨的唇上，而后娇俏不已地望着皇帝，心头怦怦直跳。

而玄烨被突然啄了这一口，更勾出了心里的火，越发爱怜喜欢，搂着小人儿深深吻下去，一手渐渐摸向腰际，解开了她的裙衫。

暖阁外头，李公公张望到动静，忙将侍立门前的宫女太监都打发走。心里发笑面上装着正经，这些日子他很不踏实，太皇太后那里也私下问了好几次，谁也不明白看着那么要好的小两口儿，怎么就不同房。今日总算都开了窍，可也忒热烈了些，他伺候皇帝这么些年，还头一回撞见主子大白天就忍不住。

初涉云雨，缠绵缱绻，更在如此不可思议的情形下，事后软软窝在皇帝怀中，岚琪竟迷迷糊糊地睡了过去。这一觉黑甜绵长，醒来时正在皇帝寝殿的龙榻之上，她明明记得之前还在东暖阁，倏然站起来不见人，不由得害怕紧张，轻轻唤了一声："有人在吗？"

玄烨从外殿走进来，手里卷了一册书，瞧见岚琪醒了，负手而立，似嗔似笑："怎么这样贪睡，可睡醒了？"

岚琪赧然垂首，又抬眸偷看玄烨，皇帝已近了身，拿书册轻轻敲在她的额头上，说："是知道下午要问你生字，才偷懒睡的是不是？"

岚琪只是傻傻地笑着不说话，弄得玄烨爱怜不已，便唤人来侍奉她洗漱，更在耳边暧昧轻语："今晚也不许走了。"

那之后几天，乌常在几乎不曾离开过乾清宫，如是专房专宠、承恩之盛，自皇帝大婚亲政以来，几乎不曾有过，引六宫侧目不说，只怕再这样下去，朝廷大臣也会有所非议。

未免皇帝失了颜面，不等那些亲贵老臣张嘴，太皇太后先把孙子叫到跟前，好生劝他要爱之惜之，圣恩太重对一个出身低微的常在而言，并不是什么好事。玄烨面上答应，却依旧放不下对岚琪的喜爱，这样简简单单一个人在身边，那份安心安逸的感觉，只有他自己明白。

不久，皇帝侍奉太后携宫眷离宫行围。那一日队伍轰隆隆震动着整个四九城，一路往外城去，直至京郊围场，已是大晌午。太皇太后那里便来人告诉皇帝，说难得出来一趟，要搭了帐子住一晚，明日再回去。

玄烨便要与裕亲王、恭亲王等前去伺候，又有人来传太皇太后的话说："我这儿有岚琪支应着，你们不必过来了，有打来好吃的野味，送一些就好。"

裕亲王与皇帝笑道："听说皇上新得的常在很能干而且伶俐，连皇祖母也拿来当孙女似的疼。"

玄烨嗔他："她一个小丫头会哄人罢了，哪儿比得上皇兄的福晋好。"

此时李总管来禀告，说昭妃娘娘在外头求见。玄烨虽不喜欢她，但在兄弟亲贵面前还是要给足面子。不多久昭妃领着冬云施施然进了帐子，不似平日在宫中的旗装花盆底子，今日换得一身英姿飒爽的骑马装，很叫人眼前一亮。

众人互相见了礼，裕亲王便笑："刚刚冷眼把女眷们都看了，宫里娘娘主子自然不敢胡乱瞟，但比起我等兄弟的福晋格格们，昭妃娘娘真真是丽压一方的绝色。"

昭妃入宫十载，与裕亲王、恭亲王等早已相熟，今日出门本就不拘什么规矩，不禁也说笑："你家福晋领着新人才刚去我那儿请安，新格格俏生生的模样，王爷这会子夸我，不是打我脸吗？"

玩笑着，昭妃才与玄烨说明来意，实则也非什么要紧事，不过是知道亲王兄弟们都在，她来露个脸罢了。而所求之事，是讲几位贵人、常在也都想骑马，问皇上讨了恩旨，好让大家去选马。

恭亲王则笑："臣弟可知道，娘娘是个中好手，今日可要让臣弟等开开眼界。"

昭妃看一眼皇帝，见他未露出厌恶之色，便笑着答应："你们到时候可要好好看着。"

玄烨默默不语，他对此不喜不恶，宗室里总要有一个人送往迎来拉近关系，至少眼下不论是身份地位还是关系亲疏，昭妃都是不二人选，虽然她永远比不上皇后，玄烨也不好轻易抹杀她的存在。

待昭妃退下，不久恭亲王与几位贝勒贝子也退了，只留裕亲王一人在。见四下无人，福全便与皇帝说："阿灵阿那里可倒腾着好一阵子了，这是不把昭妃送上后位，誓不罢休的。"

玄烨正绞着他的马鞭子，忽然"唰唰"在空气里抽出令人寒战的声响，抬眸看一眼皇兄，冷然笑道："那就继续折腾下去，看看朕和他们谁更有耐心一些。"

午后稍作休息，皇帝便换了衣裳张弓搭箭。太皇太后那里听说孙儿们要入林子打猎，也换了衣裳来凑热闹，让皇帝和兄弟们进林子给她打好吃的来，她带岚琪等人留着看驯马师们表演马术。

玄烨见昭妃迎上说要和他一起入林子，本十分不悦，奈何太皇太后给昭妃面子，说钮祜禄家的女孩儿都是个中好手，让皇帝领着一起去，这才勉强同行。

待马蹄轰隆隆掀起滚滚尘土，岚琪站在帐篷底下张望，皇帝一马当先冲在前头，明黄色的铠甲特别显眼，但见玄烨英姿飒爽威风凛凛，一时看得定了神。苏麻喇嬷嬷在一旁笑道："主子您瞧，还是把乌常在放去林子里才好，在这儿伸长脖子看怪累得慌。"

岚琪回首见说她，不禁赧然脸红。惠贵人端了茶来给太皇太后，大方地笑着："能不新鲜么，那年臣妾头一回看皇上和几位爷比箭，瞧见万岁爷拉弓搭箭的架势，眼珠子都要掉出来了。"

众人皆笑，惠贵人又笑说："如今呀，就盼着大阿哥能快快长成，好伺候他皇阿玛一块儿骑马射箭。"

太皇太后听了，却感慨不知自己是否还能有幸看到惠贵人所说的光景，一时难免有夕阳垂暮的伤感，惠贵人跟着尴尬。岚琪见状，忙请太皇太后往远处瞧，笑道："您看马队过来了，臣妾还是头一回看马术。"

太皇太后果然又高兴起来，一样样指给岚琪看，告诉她这里头的门道，便把刚才那些话和淡淡的伤感忘了。

惠贵人退下后捧着心口喘息，苏麻喇嬷嬷跟过来安抚道："贵人别放在心上，太皇太后近来时常感慨，也不只是因为您一句话。"

"我也是，不知分寸。"惠贵人自责，又感激道，"幸好有乌常在哄了才高兴起来，不然就是我的罪过了。"

苏麻喇嬷嬷笑道："乌常在年纪小小的，却很会体贴人，但毕竟是新人，贵人往后可要多多提点才是。"

惠贵人心下了然，连连点头："这是自然的。"

第三章

盛宠惹众怒

今日圣驾游幸围场，众宫嫔伴驾，往年赫舍里皇后在时，銮帐里头自然只有她的位置，如今皇后不在了，排资论辈也该是昭妃在身边伺候。可皇帝之前不情不愿领着她进了林子，之后直接在里头撂下，回程时还是恭亲王遇见给带了出来，又怎会要昭妃陪在身边。而昭妃再能忍，也忍不住在脸上露出不悦。

太皇太后看在眼里，也就不提让她跟在皇帝身边伺候的事了。

夜里，皇帝和兄弟臣子们在前头燃了冲天的篝火烧烤取乐，太皇太后则领着一众女眷在大帐子里头说笑。待酒足饭饱众人都散了，唯有岚琪留下和苏麻喇嬷嬷一起侍奉入寝。

这会儿正伺候更衣，小宫女搬了炭盆进来，笑着说："李总管在外头，奴婢喊他进来，不知犹豫什么不肯进来呢。"

苏麻喇嬷嬷让架了屏风，出去喊李公公进来，他在那儿行了礼，笑呵呵地问候太皇太后："皇上打发奴才来问太皇太后安，奴才听说正要入寝，便想等您睡踏实了，再回去复命。"

太皇太后怎不知孙儿的心思，笑问："皇上睡了吗？"

"还没有呢，就是……"

"得了吧，哪儿是瞧我睡不睡，是指望我睡了乌常在好脱身是不是？"

这一句话吓得岚琪要屈膝，却被太皇太后一把拦住，嗔笑着："去吧去吧，你若不去他今晚是睡不得了。玄烨好容易出来玩一次，不惦记朝政学问，你好好伺候，让他开开心心才好。"

往年游幸围场，銮帐内只有皇后的位置，不论彼时是惠贵人得宠，还是荣贵人得宠，也不敢有人僭越。如今皇后不在，皇帝渐渐从悲伤里走出，昭妃权理六宫如日中天，可这大帐子里，却仍旧没有她的位置，如此境遇，难免会遭人背后耻笑。

翌日晨起，昭妃匆匆起身洗漱穿戴，要赶往太皇太后那里侍奉，可才梳头，就有小宫女来说："苏麻喇嬷嬷传话来，请主子不必过去，等回程再见不迟。"

冬云见主子蹙眉，冷声问那小宫女："太皇太后那里，谁在支应着？"

"乌常在，听说一清早就从皇上那儿过去了。"小宫女应了，便欠身退下去。

昭妃手里本捏着一把象牙梳子，不知不觉将梳齿深深陷在皮肉里，等冬云惊觉夺下来，已是一排深红的印子，幸好没破了皮，冬云屈膝扶着她劝："您千万想开些。"

"他那里喜新厌旧，这么多年我也计较不过来了。"昭妃目色凄楚，怨气满满，"太皇太后那里为何也如此委屈我，当年皇后在时她都多待我几分好，如今皇后不在了，竟为了一个小宫女这般亏待我，我究竟哪里做得不好？就说这六宫里的事，还有哪个能做得比我更尽心尽力，我还要忍气吞声到什么时候？难道由着那些下贱女人，在背后嘲笑我不成？"

冬云暗叹不好，这一次，主子怕是再也忍不住了。

岚琪这边，一清早离了玄烨过来伺候太皇太后。老人家心疼她一夜辛苦还如此尽心费力，便要坐着一同进了早膳，之后吩咐回程与她同坐车，岚琪推辞不过，只能从了。

待至回程，玄烨亲自来侍奉祖母上车，后宫皆在，岚琪一时不敢当众跟着太皇太后上去，反被玄烨嗔怪："你愣着做什么，皇祖母不是叫你陪驾吗？"

一旁昭妃忽而越前来至皇帝身边，温柔笑着说："皇上，臣妾也愿陪驾在太皇太后身边。"

众人齐刷刷看向昭妃，玄烨也不知所云地看她一眼，却冷漠地说："皇祖母不喜欢人多，乌常在一人就够了。"

皇帝一语出，众人皆哑然。昭妃脸涨得通红，冷冷地看向了岚琪，眸中的嫉恨，玄烨何曾不看在眼里，竟稍稍往她面前一站，挡住了她的视线，言语间戏谑："不如你去朕的銮驾，陪朕一起回去。"

谁人不知为妃之道有所谓却辇之德，便是赫舍里皇后，也从未与皇帝同辇而行，她昭妃今日若接受皇帝之邀，便是失德失仪。皇帝这一句看似圣宠隆恩的话，实则是让她成为所有人的笑话。

气氛瞬间尴尬，谁也不知昭妃会如何应对，但见太皇太后悠悠掀开窗幔，似不曾听见外头的动静，只笑着唤一声："怎么都立在下头？赶紧都上车走了，再晚些赶不上大正午到宫里，半路上再折腾午膳不成？"

边上苏麻喇嬷嬷和李公公纷纷上来伺候，苏麻喇嬷嬷更是扶着昭妃往她的车辇去，见惠贵人在身后，忙嘱托："惠贵人，娘娘易晕车，奴婢可就把娘娘交给您照顾了。"

惠贵人兰心蕙质，最懂分寸进退，一边上来搀扶昭妃，一边说："嬷嬷赶紧去太皇太后那儿支应吧，这里有我呢。"

苏麻喇嬷嬷再赶回太皇太后这里，皇帝已经离开了，她悄然上了车辇，正听主子对乌常在说："皇上虽年长于你，可到底还是年轻，很多时候许多事一时想不明白，难免意气用事。你陪在身边，要察言观色，要知轻重，虽然人微言轻，但必要的时候不能傻站着，哪怕把错背在自己的身上，要紧的是维护皇帝的体面，维护六宫的体面。"

苏麻喇嬷嬷笑着打圆场，说些有趣的事儿，不多久队伍动身，一路浩浩荡荡往宫里去。路上太皇太后打盹歇息，再醒来时，也就到了。

皇帝本欲恭送皇祖母回宫休息，太皇太后让全免了，玄烨便独自回乾清宫，众妃嫔等一等也散了。

因见乌常在没有伴驾，和布常在同行在人群后，只待昭妃也走远了，安贵人便与左右姐妹说笑，故意大声嚷嚷："还以为多有脸的人，这会儿皇上也不叫她陪着了，你说咱们伺候皇上，虽都是一样的，可地位身份摆在那儿，何时何地都不能忘了尊卑。人说无知者无畏，我说是无知者无耻，一个小常在，还想越在娘娘前头。"

安贵人本是被昭妃禁足的，又因不想上次的事叫上头知道，若不让她此次也随行，难免有人要问，再者昭妃有意留荣贵人、董常在，便松口把她也带上了。倒是安安分分了一天一夜，不敢有所造次，这会儿却不知是纯粹鄙夷岚琪，还是想要替昭妃娘娘出口恶气，毫无顾忌地指桑骂槐，旁人听见大多沉默，并不敢随便起哄。

而安贵人再不济，也在岚琪和布常在之上，两人只能默默忍受，一直等走远了并回到钟粹宫，布常在才愤愤道："她也太欺负人了。"

岚琪累了，今日的事还有太皇太后的话都沉沉地聚在心里，一时懒怠不想再说什么，便与布常在告辞，自己回东配殿去歇着。直至傍晚时分，乾清宫来人请乌常在过去，环春才出来说："我家主子病了，烦请公公禀告皇上，今日不能前去伺候。"

那小太监好生讶异，忙问乌常在何病，可要宣太医。环春暗下塞了一块碎银子说："不是什么病，只是累着，一路晕车罢了，宣太医必然惊动翊坤宫，不敢给娘娘添麻烦。公公但凡禀告了李公公知道，他自然会周全。"

小太监匆匆离去，将这些话转告了师傅。李总管叹一声，敛了心神往皇帝面前来，玄烨见他而不见岚琪，已然蹙眉，又听说岚琪身上不舒服，便要往钟粹宫去。

李公公忙劝："乌常在的心意，皇上还不明白吗？今日之事，只怕昭妃娘娘那儿再容不得乌常在，后宫自有后宫的门道，您今日若再亲临钟粹宫，只怕乌常在未及感恩圣宠，新的麻烦又纷至沓来。"

玄烨本就不悦，听说这一句，更是怒意冲头："朕如今喜欢谁，还要她钮祜禄氏答应不成？当日朕与皇后琴瑟和鸣，怎不见她来碍手碍脚，不过是仗着自己如今在这后宫独大罢了。既是如此，这皇后之位断不能给她，朕便是给了岚琪又如何？朕的妻子选哪一个，为何要别人左右？"

李总管大骇："万岁爷，这话可说不得啊……"

玄烨愤然瞪着他，可到底理智犹在，皇祖母的教诲也不曾忘记，他不能害了岚琪，终究是冷静下来，沉沉吩咐一句："派人常去问好不好，实在是不舒服，立刻宣太医去瞧。"

李总管松了一口气，见皇帝果然不再冲动，方转身出来，吩咐手下徒弟时常去钟粹宫问一问，心下又很不安，再差遣最可靠的一个，让传话去慈宁宫。

这厢，太皇太后不胜车马劳顿，已要安寝，正唤苏麻喇嬷嬷来，却不见她人，好些时候才从前头过来，太皇太后便问："可是你也晕车不舒服了？我们真真是都上了年纪。"

苏麻喇嬷嬷却笑道："奴婢好着呢，是刚才去前头听见几句话，寻思着说出来，您该不高兴。"

太皇太后略思量，便阖目休息，唇间苦笑："可是皇帝又糊涂了？"

"只是嘴上说了几句话，没正经做什么，不算糊涂。"苏麻喇嬷嬷笑着替玄烨遮掩，避重就轻地说，"皇上才刚还派人来，问您歇息得可好。"

太皇太后轻轻一叹："你不必替他遮掩，我一手带大的孙儿，还不清楚他心里的想法？对乌雅氏是真喜欢了，可他还不明白身为帝王，该如何保护喜欢的女人，只能等他自己吃过苦头跌了跤，才能明白。"

苏麻喇嬷嬷称是，侍奉主子躺下，掖了被子说："您看今日晚膳，是不是送去翊坤宫好些，哪怕昭妃娘娘吃不下，也是一份体面。"

"送去吧，我这里也懒怠吃，夜里若饿了，小厨房里熬着粥便好。"太皇太后翻身过去，再不理事。

苏麻喇嬷嬷离了寝殿，便派人去吩咐御膳房，将今日太皇太后的晚膳赏赐给翊坤宫。不久冬云来谢恩，说自家主子不胜车马颠簸正犯晕，苏麻喇嬷嬷便让好生照顾着，又派人去请惠贵人明日一早来侍奉。这一天总算太平地度过。

翌日一早惠贵人便来了慈宁宫，苏麻喇嬷嬷笑说太皇太后还没起，与她在偏殿坐了奉茶点。惠贵人知道嬷嬷喊她来是做什么，说起昨日回程车马上的事，感慨道："不算大行皇后才没的那些日子哭灵，我还是头回瞧见昭妃娘娘的眼泪，看得人怪心酸的，说不好听一些，唇亡齿寒。只是我能想得开，她想不开。"

"您何来的唇亡齿寒，只要有大阿哥在，万岁爷心里还有这宫里，总有您的位置。"苏麻喇嬷嬷笑言，又道，"主子常说，宫里最七窍玲珑心是惠贵人，大阿哥有您这样的额娘，她放心。"

惠贵人目色微晃，似乎明白苏麻喇嬷嬷的意思，却又不敢奢求。

嬷嬷却含笑言明："翊坤宫那儿，惦记抚养大阿哥可有些日子了，照宫里的规矩虽也应当应分，可太皇太后总觉得，大阿哥有这样好的亲额娘在，没必要另寻谁来养，只是遇上大行皇后的事儿，就一直把您这里也耽误了。"

惠贵人温柔敦和，在宫内人缘好，不落寞也不风光，旁人瞧着无欲无求的主儿，实则日夜惦记自己的儿子，最怕的便是昭妃开口要去。如今苏麻喇嬷嬷这一颗定心丸送来，直叫她感恩戴德，一时眼眸湿润，反叫嬷嬷挽手笑着哄："一会儿主子瞧见您眼圈红，还当奴婢欺负您了呢。"

"嬷嬷，"惠贵人哽咽了一下，稍稍呼吸后平定情绪，恭敬地问道，"太皇太后，可是要吩咐我什么事？不说她老人家这份恩典，便是没有，我也必然尽心尽力的，如今……反显得我不诚意了。"

苏麻喇嬷嬷乐不可支，却又正经道："本也不是什么要紧事，主子只是看着如今宫里这光景，预估着往后的日子难免风波不断，她历经三朝还有什么看不透的？"

"那太皇太后的意思是……"惠贵人用心思量，怯怯然开口问，"可是要我，多照顾一些乌常在？"

苏麻喇嬷嬷笑而不语，昂首看窗外天色，起身道："主子该起了，等您今日来侍奉梳头呢。"

这宫里，皇帝的恩宠是求不得的，自己的儿子尚能求得，可这身份地位要熬过昭妃，不知要到猴年马月。对惠贵人而言，只要儿子一天不养在自己膝下，就有一天会被高过自己的人要去，不论做什么都要熬住这口气，守着儿子，她的人生才有未来可言。

离开慈宁宫后，惠贵人心中一遍遍想着苏麻喇嬷嬷的话，回到住处便唤来宫女，吩咐着：“前日明珠府送来的阿胶蜜枣存在哪里了，拿红纸重新包了，我要去一趟钟粹宫。”

至钟粹宫，只见里里外外静悄悄的。惠贵人进门时，没叫人通报，到东配殿只见岚琪专心致志伏在炕桌上，悄然走近她都不曾察觉，直等动了桌上的纸，写字的人才头也不抬地笑着说：“最后一张了，我写完就歇。”

惠贵人笑：“这是要考状元吗？”

岚琪闻声倏然抬头，惊见是惠贵人来，忙匆匆下了炕要行礼，被惠贵人拉着一起坐下，和和气气地说：“你继续写，我只是来瞧瞧你好不好，听说你不舒服，明珠府前日送的阿胶蜜枣最养气血，就想拿来给你尝尝。”

“多谢您惦记着嫔妾。”岚琪还是不敢撂下客人继续写字的，忙唤环春奉茶，亲手端给惠贵人，环春几人见惠贵人的宫女都自觉离开，也识趣地退下了。

果然，惠贵人一面欣赏着岚琪写的字，一面似不经意地说：“昨儿车马颠簸着回来，昭妃娘娘身子便不大爽利，虽然马上功夫极好，偏偏坐不得马车，怪有意思的。”

岚琪淡淡一笑，实则昨日太皇太后车驾前的事，此刻依旧哽在她心里，再有太皇太后叮嘱的那些话，让她明白“独善其身”四个字，在这宫里太奢侈。

惠贵人抬眸见她如此神情，便知心里在想什么，轻轻一叹说：“我多嘴说的话，也不知会不会惹你厌烦，也不过是久在宫里看得多了，比旁人看得穿些。”

“惠贵人若有指教，嫔妾感激不尽。”岚琪明知她有话说，也不再谦虚，起身福一福，“嫔妾年轻不经事，必然有不足之处，请贵人不吝赐教。”

“你坐下……”

殿外，环春拿手炉给惠贵人身边的宫女暖手，抬头瞧见王嬷嬷鬼鬼祟祟地出去，不禁嘀咕：“又跑去哪里偷懒？”

这一边，翊坤宫里的地龙出了毛病，宫阁里烟熏火燎，内务府正急忙派人修缮。昭妃立在廊下怒视着来来往往的人，冬云不停地扇着周遭的空气，劝主子：“不如去别处坐坐吧，这里好大的气味。”

昭妃却冷笑：“我已熏了一身，怎么还要去别处？皇上已经不来翊坤宫了，我再把晦气带给别人，还嫌被人背后耻笑得不够？”

冬云讪讪不敢再多说什么，只小心翼翼伺候着。不多久有小宫女跑来，昭妃瞧见她们窃窃私语，不耐烦地问：“又有什么事？”

冬云也莫名地说：“好端端的，钟粹宫的管事嬷嬷来请安，真是个老糊涂的东西，也不瞧瞧我们这里的光景。”

昭妃先是不在意，略想一想，禁不住面上纤长的眉毛微微颤动，抬起手略捂着嘴，似嫌弃宫殿内的味道，实则轻声吩咐冬云：“这老嬷嬷你留心着，日后我自有用处。”

冬云会意，让身边宫女来小心伺候主子，自己慢慢退下，往外头来找王嬷嬷说话。

王嬷嬷原也胆怯，虽然她偶尔会来翊坤宫上报钟粹宫一些琐事，但今日毕竟揣着其他心思，怕见了昭妃反而吓得不敢说话，此刻见冬云姑娘出来，不免安心许多。待二人相见，寒暄几句，慢慢便说起“正经事”，冬云久在昭妃身边历练，几句话便听出这老嬷嬷的来意，心下几转，便有了主意。

待王嬷嬷离去，冬云回来时，内务府的人也忙停顿了，正跪在昭妃脚下请罪。昭妃素昔在宫中端得宽仁温和的形象，此刻也不过随意嘱咐几句，便将人都打发了。

冬云赶上来搀扶着送回寝殿，一边吆喝小宫女拿香料来熏屋子，一边轻声对主子说：“那王嬷嬷不知在钟粹宫犯了什么错，慌得直说日子过不下去，奴婢叫她安心待着，但往后听见什么看见什么，都要来告诉奴婢。”

昭妃沉默须臾，方点头：“就先这么办。”

那王嬷嬷暗喜有了靠山，匆匆赶回钟粹宫，东配殿里惠贵人还没走，布常在也不敢再睡觉，起身过来陪着说话，之后竟是连晚膳也在这里用，而乾清宫又赐了御膳过来，倒是热闹乐呵了一阵子。

惠贵人直到夜里各门将落锁的时辰才回去，岚琪一路送到门前，之后请布常在也早些歇息，等自己回来时，瞧见炕桌上还铺着白天没写完的字，刚要走过去，环春拦着笑道：“主子若是这会儿偏要点灯熬夜把眼睛写坏了，奴婢可不愿让皇上责备，一定先去告状说您不听皇上的吩咐，大半夜也要写字。”

岚琪好不服气，被推着往屋里头去，环春哄着道：“身上不爽利的时候，再熬夜可要熬坏了。”

玉葵和香月捧着热水手巾进来，也帮衬着说：“主子就算心疼我们，您要是再掌灯写字，我们不也得在边上伺候着？今天皇上来过，惠贵人又来，一整天的我们腰都直不起来了。”

岚琪才想起这些来，如今她不再做宫女，竟是把做宫女的辛苦忘光了，忙让她们都去睡，却被三人摁着梳头洗漱。好半天玉葵和香月下去了，环春侍奉主子躺下，随口说：“今日惠贵人来，倒是很新鲜，惠贵人虽然在宫里人缘极好，可也就和荣贵人走得近些，从不见她去哪位主子宫里坐大半天。”

岚琪轻声道：“惠贵人来，是有好些话对我说，我今日听她说那些话，心里的不痛快也散了许多。果然在这宫里，做妃嫔和做宫女完全不同，往后的日子还很长很长，我若不长进，也是给皇上添麻烦。”

环春为她掖了被子，安抚道：“谁也不是生来就会的，主子也说日子长着呢，咱们慢慢来。”

如此一夜相安，然翌日晨起便狂风大作，各宫皆避风不出门，玉葵和香月笑说今日可以偷懒一天。谁想到午后不多久皇帝顶着风来了，只因岚琪身上不便，这几日不能去乾清宫侍奉，玄烨却只想见她，所以哪怕大风卷着沙粒，也要来看一看她。

立在门前，岚琪轻轻掸落皇帝身上的尘土，忍不住怨一句：“哪怕坐轿子来呢？”

玄烨笑了，捏捏她的脸颊，道：“等换了轿子又要迟一刻钟，你就不想早些见到朕？”回身便埋怨李总管，“宫里为何这么大的沙尘，还有没有人打扫了？你瞧瞧乌常在都埋怨上朕了。”

李公公忙逗着岚琪说：“乌常在可疼一疼奴才们，满口沙地伺候皇上赶来，怎么就还要挨骂？”

岚琪羞得脸红，转身拉了玄烨进去，告诉他上午自己写的字极好，要皇帝赏她，结果玄烨看了直摇头：“这也叫写得好？”便握着岚琪的手，一笔一画写了许多。

“眼下你认的字也多了，朕明日挑几本书给你读，自己先读，有不明白的朕再与你讲解。”玄烨真是做师傅做上瘾了，但也嘱咐，“夜里不许看书写字，朕理着国家大事忙不过来，你好端端熬夜做什么。”

岚琪柔顺地答应，但好奇地问玄烨要给她看什么书，玄烨反问她想看什么，岚琪率直地回答：“臣妾才刚认得字，又怎么知道天底下有多少圣贤书？”

玄烨就喜欢她这份真，笑道：“朕给你挑好的书，让你明白天下道理，做一个贤明聪慧的人。”

岚琪笑：“贤明聪慧怕是天生才有，如皇上这般，臣妾只求侍奉好皇上。”

玄烨看她一眼，似不屑她这份浅薄的心气，似笑非笑说：“朕要你变得贤明聪慧，才可在将来封你为皇后。”

岚琪呆住，前日的事一幕幕浮现眼前，太皇太后的话更在耳畔响起，缓过心智立刻跪在地上恳求：“皇上真心疼臣妾，这样的话往后断不能再说，不然臣妾也不能再识字看书了。臣妾知道您疼我，可皇上不能忘祖宗家法，臣妾是什么样的人，您还不明白吗？”

玄烨不禁恼怒，喊她起来，岚琪却强硬地要皇帝必须答应。到底年少气盛，见自己的好意不被接受，更被反过来质问祖宗家法，一时气恼，也顾不得那份喜欢的心情，怒而起身唤李总管进来，即刻就要走。

李公公吓得不行，风声大又不曾听见里头的动静，只能劝：“万……万岁爷，外头风越来越大，您看是不是再等一等？”

“立马就走，废话什么，如今朕……”玄烨说这话时，本要指着岚琪责备，可一转身看见她跪在那里，不仅不见委屈害怕，还满脸倔强，一副你爱走不走的神情，顿时满肚子的火，冲李总管喝了声，“出去！”便走过来，一把将岚琪从地上拎起来扔在了炕上，小人儿这才有些害怕，被玄烨瞪着问：“你刚才巴不得朕立刻就走了，是不是？”

岚琪只觉得这个高高在上的皇帝，现下根本在闹小孩子脾气，本也满腹委屈忘了分寸要顶嘴，但见他如此模样，竟傻乎乎地喜欢，不禁微微一笑：“臣妾若说舍不得，您是不是就不走了？”

玄烨也被自己弄得莫名其妙，但这一笑真真解了怒意。待坐着冷静下来，他明白刚才不由自主地把这些日子在前朝积压的怨气撒在了岚琪的身上，长长一叹，将岚琪揽在身边：“朕往后不说了，你别放在心上。”

外头廊下，盼夏正想来东边借一把掸子拂尘，远远走来却瞧见王嬷嬷独自一个人鬼鬼祟祟站在窗下。若非她从这边过来，李总管他们站在门那里，是看不到王嬷嬷的。她难免疑心，不愿叫这老婆子也发现自己，便又原路返回，进门时布常在瞧见她脸色不好，问怎么了，盼夏摇摇头：“风大，呛着了。”

布常在则说：“皇上在那头呢，你有什么事晚些再过去，别叫岚琪觉得不自在。”

“奴婢只是想找环春借一把掸子。”盼夏敛下心神，她知道主子怯弱，有些事对她说还不如不说。

如是，直到傍晚才见风停。皇帝未在钟粹宫留用晚膳，趁着暮色离去，岚琪送到门前来，回身见盼夏似等在廊下，忙笑问：“有事吗？”

盼夏笑着过来说：“殿里攒了好多尘土，常用那把掸子的柄坏了不好使，正想问环春姐姐借一把来用。”

一边说着，一边上来亲热地搀扶了岚琪，背过人小声说：“王嬷嬷今日好像在屋外听壁脚，您可要留神当心些。”

翊坤宫里，当昭妃听说，皇帝许诺要册封乌雅氏做皇后时，气得几乎要呕出血来，怒而将一桌子的茶碗盘碟都扫在地上，吓得宫人们心惊胆战。

数日后，昭妃坐在寝殿内看阿灵阿送进来的信函，看罢就让冬云端炭盆来烧了。这几日因见主子阴阳怪气冬云都不敢多嘴一句，这会儿却听昭妃冷冷吩咐她："那老婆子说来的话，照样儿地传出去，外头已经准备好了，一等宫内谣言四起，便要大做文章。我倒要看一看，他有没有这个本事让一个小宫女上位。"

果然不出几天，安宁许久的后宫，突然风波大起，连苏麻喇嬷嬷都不曾想竟敢有这样的谣言，惴惴不安来禀告主子，太皇太后听罢怒道："钟粹宫都是什么奴才在，这些话必然是她们传出去的，通通送去慎刑司拷问，看还有哪一个敢胡言乱语。"

可她老人家怎么也没想到，不等她这里收拾几个多嘴多舌的奴才来压制歪风邪气，这事儿竟迅疾传到宫外。大臣们更仿佛是早有所准备，奏折谏言一夜之间纷至沓来，矛头直指乾清宫里年轻的皇帝。眼下正是三藩吃紧的时候，竟又添出这一桩立后风波。

"他自己闯的祸，自己收拾去。"太皇太后怒不可遏，在慈宁宫内指着苏麻喇嬷嬷责骂，"你瞧瞧，让你们劝他悠着一点，一个个都只管纵容，如今又要我赔上老脸去应付那些亲贵老臣吗？"

苏麻喇嬷嬷忙劝道："您千万别动气，您若真不管，皇上如何招架得住那些亲贵们的口舌，您可是皇上唯一的靠山哪。"

太皇太后沉下心来，盛怒之下实则满是心疼，一时眼圈也红了，沉甸甸道："日夜盼他长成，就是希望他能有一天不再依仗我这个祖母，我这把年纪还能活多久？若是明日我便归了西，他失了靠山，难道就要从那金銮殿上下来吗？"

"主子，这话您说不得，这话太重皇上承受不起。"苏麻喇嬷嬷含泪恳求，"这话若叫皇上听见，只怕他要在殿门外跪上三天三夜都不能原谅自己，您还能疼哪一个，还不是疼自己的孙儿。"

"苏麻喇，我冷眼瞧着，这宫里终究还没有一个能让我托付皇帝的人。"太皇太后缓缓起身，走向佛龛，面对佛像合十祝祷，口中念念有词良久，方转身来说，"那小乌雅氏本以为不错，可如今看来，恐怕也是无福的。"

苏麻喇嬷嬷却道："奴婢愚见，乌常在有无福气，便看这一回她如何应对，一时输赢不重要，要紧的是赢的人可有气度，输的人可有心胸。您这里不能撂下皇上不管，亲贵大臣们总还要帮着应付，至于宫里那几位，且看她们自己的造化。您说呢？”

且说此刻乾清宫里，年轻的皇帝一本一本翻看着那些显然不是仓促所成的奏折，千篇一律众口一词，字字句句无不咄咄逼人，只怕若不点头将钮祜禄氏送上后位，过些日子就该闹到乾清宫门前来了。

“可笑。”玄烨虽怒，却不至于因此失态。一来他想让岚琪成为皇后不过是个念头，大可不必在乎这些口舌；二来那些亲贵老臣不就是想看到他束手无策的模样吗？既是如此，岂能让他们遂愿。

“去查，查一查钟粹宫里哪一个如此厉害，那一日朕对岚琪说这句话，你伺候在门前也听不见，难不成那殿阁里还有暗阁藏了人？”玄烨目色犀利，吩咐侍立一侧满面愁绪的李总管，“好好查一查翊坤宫那位，别又说有人故意这么做，引导朕误会她。若不是她，朕就还她清白，若是她……”

“万岁爷。”李总管冒死打断了皇帝的话，“若是昭妃娘娘，就算了吧。”

玄烨神情大怒，但未真正发作。年轻的帝王早已有成熟心智，从那一日生擒了鳌拜起，他就再不容许自己被这些大臣左右操纵，可他知道李总管这一句“算了”，并不是要他认输。

玄烨冷然一笑：“你且去查，朕可以算了，但不能不明白。”

“奴才遵旨。”李公公总算松口气，想他堂堂大内总管，要查几句谣言的来源，实在易如反掌，吩咐手下得力的小太监四处查探一番，果然查出谣言出自翊坤宫，而翊坤宫里要听见钟粹宫的闲话，必然是钟粹宫里，先有了内贼。

环春、玉葵几人，是李总管亲自挑选送去的人，人品错不了，待喊来跟前细细问几句，便知道哪几个是鬼鬼祟祟的人。

两天后，慎刑司的人突然闯进钟粹宫，将王嬷嬷、小赵子、静堇三人捉了去。要说慎刑司是何等恐怖的所在，王嬷嬷几个挨几下板子就受不住，该说的不该说的，通通都招了。

这日下午，安贵人、惠贵人几个正在翊坤宫陪昭妃喝茶，近来宫内传言敏感，旁人都不怎么提，偏安贵人叽叽喳喳，昭妃娘娘脸上不好看，惠贵人忍不住劝她少说几句话。安贵人正要反驳，却见冬云匆匆从外头进来，与昭妃道：“乾清宫的人传话来，皇上请您去下棋。”

这些日子，昭妃天天都在等皇帝找她，如今算算他那里也该查清楚了，她当初决定做，就不怕玄烨查她，费尽心血，为的不过是再逼一逼皇帝。他们之间早没什么情分可言，那么即便撕破脸皮，她都要争一争本该属于自己的东西，她钮祜禄氏坐不得中宫，旁人也休想入住。

这边厢，玄烨在暖阁明窗下摆了棋盘等人来。乾清宫里好几处暖阁，那一日与岚琪缠绵之处，他再不会与旁人相会。而那边原是皇帝时常待着的地方，故而昭妃今日来，李总管引着她换方向走，也让她觉得奇怪。

进门瞧见皇帝在拨弄棋子，正要行礼，玄烨已温和地笑道："坐上来吧，不必行礼。"

这温和的笑容，昭妃多久没见过了？那一日皇帝来探她的病，偏偏她仪容不整，偏偏几位贵人都在，那时候还没有乌雅氏，倘若她能温存地和皇帝待上一会儿，哪怕看在她尽心尽力操持六宫事的分上，他们的感情也不至于到如今这个地步。

昭妃感慨万千，不及坐上暖炕，已然眼眶通红，玄烨瞧见便问："你怎么了？"

"臣妾没事。"昭妃定了定心神，坐下来与皇帝下棋，她早不记得上一回和玄烨下棋是什么时候，每每回忆自己和皇帝的往事，都只有一声叹息。

钮祜禄氏是名门贵族，昭妃自幼所学，皆是为了他日成为后妃而做准备，不像乌雅岚琪只会做伺候人的事，连写字都还要皇帝一笔一画来教，她的贵重岂是一个小宫女能比的。

可就因为她的完美，在皇帝面前也始终端着尊贵，却忘了皇帝是个男人，男人喜欢的是可爱的女人，而不是规规矩矩的礼教尊贵。

便是这下棋，昭妃会不经意地步步险招不愿输给皇帝，可皇帝若真要好生切磋棋艺，自然会找兄弟或大臣来对弈，何须与自己的女人一较高下。后宫里下棋，无非是打发时间，彼此耍赖嬉笑图一乐，便是赫舍里皇后曾经也明白这道理，可是昭妃不明白。

玄烨并不真正厌恶昭妃这个人，相伴十年，一起度过那一段动荡不安的少年岁月，没有功劳也有苦劳；他厌恶的，是钮祜禄氏一族对皇族的倨傲不敬，而昭妃日渐被家族左右，早就背离了皇帝的心。

那天李公公求皇上算了吧，就是求皇帝周全这多年的情分，而今日玄烨请她来下棋，一来是要把谣言的事说清楚，二来也希望能消除彼此的误会。可事与愿违，玄烨怎么也没想到，这一盘棋输的人，竟会是他。

棋局过半时，玄烨见昭妃步步狠招，随口笑一句："你是一定要赢了朕？"

骄傲的昭妃竟回答说："臣妾的棋是家父所教，自幼只知下棋必要赢，不似旁人那样会哄人玩，皇上若喜欢那些哄人的，不如找乌常在来，臣妾退避。"

这样的话，换作谁听了都不高兴，玄烨眼下的脾气更是容不得这样的顶撞，想说的话一时也不愿再说，便撂了棋子道："朕乏了，你跪安吧。"

昭妃也慌，颤颤离了炕，可怎么也咽不下这口气，福身行礼时竟再三说："皇上要不要臣妾去请乌常在来侍奉？"

玄烨再也按捺不住性子，冷笑道："你若这般心胸涵养，也不至于在宫内传谣言，一个小小的常在能将你如何，你要这般陷她于不义？"

"难道不是皇上为了她，几次三番在人前不给臣妾脸面，难道不是皇上亲口说要册立一个小常在为皇后？"昭妃真真是疯魔了，竟含泪质问皇帝，"您还问臣妾，她能把臣妾怎么样？她若做了皇后，臣妾还有活路吗？"

"放肆！"玄烨大怒，瞪着昭妃道，"可见朕也不必费心思去查什么，也不必找他们来与你对质，这话从你嘴里说出来了，还有假吗？朕再问你，是不是你知晓了阿灵阿他们，联合他们送这些折子来逼朕？"

一摞折子被玄烨摔在了地上，更有几本直接飞掷在了昭妃的身上。昭妃已然泪流满面，低头看着散了一地的折子，越是悲伤越是迷了心窍，竟狠狠地说："是臣妾又如何，难道臣妾受了委屈，还不能跟娘家说几句，皇上要砍了臣妾的脑袋不成？"

"呵……说得好。"玄烨的心彻底冷了，他竟然还试图和这样的女人消除彼此的误会，真真可笑至极。

"朕不会砍你的脑袋。"玄烨冷笑道，"朕要留着你的脑袋，让你好好看着，朕如何册封一个小常在做皇后，让你一辈子屈居人下。"

"皇上！"昭妃羞愤至极，脸颊涨得通红，痛哭道，"那臣妾，也不必苟活于世了。"言罢竟转身就朝梁柱撞上去。

玄烨手里早染过人血，却从未想过，会有一个女人在他面前撞柱身亡。当一声闷响后，年轻的皇帝脑袋一片空白，只看着昭妃软绵绵地顺着柱子滑下去，外头李总管和冬云急急忙忙赶进来，瞧见这情景，冬云一声惨叫便吓晕了过去。

越来越多的人赶来，昏迷的昭妃被抬了出去，玄烨终于回过神，吩咐李总管："找太医给她看，救不活就提脑袋来见。"

所幸，昭妃并无求死之心，这一撞未下狠劲，她到底还是个明白人，妃嫔自尽，祸连全族，故玄烨之后也回过神，他晓得昭妃死不了。

可因此牵连出的麻烦，却纷至沓来，不管昭妃是生是死，乾清宫里出了这样的大事，前朝后宫都瞒不住。

太皇太后盛怒至极，称病不愿理事，唯有苏麻喇嬷嬷和太后前来翊坤宫探望，彼时昭妃已醒转，一见太后便泣不成声，问其缘故一概不言语，最后还是冬云战战兢兢哭着说："万岁爷要册立乌常在为皇后，要我家主子一辈子屈居人下。"

苏麻喇嬷嬷闻言大惊，立即呵斥她："胡言乱语，再敢胡说半个字，立刻拿你去慎刑司打死。"

太后连声叹道："皇上这又是发的什么脾气。"

病榻上的昭妃越发哭得伤心，太后便留下安抚她。苏麻喇嬷嬷赶回慈宁宫复命，可回来却见皇上立在太皇太后寝殿外头，也不知来了多久，但不问也知道，是被他皇祖母拒见了。

"皇上……"苏麻喇嬷嬷上来唤一声，玄烨反冷冷地问："她可死了？"

却是这四个字，叫太皇太后走出来听见，原本心疼孙儿站在外头，想着他们祖孙不能先生了嫌隙，正要出来喊他进去，偏偏听见这四个字，登时恼怒，指着玄烨骂："赶紧出去，这慈宁宫是不配请皇帝来了，你但凡念我抚育你这些年，让我清清净净再多活几天。"

"皇祖母，孙儿何错？"玄烨跪下了，苏麻喇嬷嬷急得不行，想要劝，太皇太后却转身撂下话："立刻送皇帝回去，他在这里跪着，是要逼死我吗？"

此刻，更有小太监来禀报，结结巴巴说："外……外头……几位老大人求见太皇太后。"

玄烨起身怒斥："让他们跪到午门外去。"

"皇上，不要再说了。"苏麻喇嬷嬷拉着玄烨往外走，让李总管好生将皇帝送回乾清宫暂时不要见谁，再三劝皇帝，"太皇太后身子不好，您再气她，真病了可怎么办？"

那天之后，前朝后宫皆不得安宁，玄烨竟有一日怒不可遏地当面呵斥老臣目中无人，这一下闹得人家要乞骸骨告老还乡，几个亲贵大臣还跑来慈宁宫哭诉，太皇太后面上赔笑安抚，背过人实则气得身子也打战。

"这件事，总要有人给台阶下，却不知谁能站出来圆了此事，皇上不服软是不行的，非要硬这一口气，到头来吃亏更大。"苏麻喇嬷嬷忧心忡忡，此刻正侍奉太皇太后喝药，有小宫女来禀告："主子，乌常在在外头求见。"

太皇太后怒意横生："她来做什么，还嫌眼下不够乱，来问我要中宫之位吗？"

"解铃还须系铃人，主子何不见一见？"苏麻喇嬷嬷觉得，反正眼下什么平息前朝后宫的法子都没有，好久不见这小乌雅氏，才想起这件事的源头是什么，而源头那一人，竟平静地忍耐了这么多天。

“请进来。”苏麻喇嬷嬷吩咐着，不多久见瘦瘦小小的人缓步进来，恭敬地伏在地上行礼，抬起头时，只见满面憔悴，她咬了咬唇后说：“太皇太后，眼下宫里的事……都是臣妾的错。”

且说这几天，因事关岚琪，玄烨也忍耐着不见她，唯恐给她又加什么罪过，满心想着等过了这段日子，再好好补偿她的委屈，每日只闷在乾清宫，数日来竟未见后宫任何一人。

今日散了朝，虽仍旧满腔怒意不散，可到底还能静下心来处理朝政，上午更与裕亲王约定下月赴南苑大阅，心情才略好一些。这会儿在书架前，想选一本书送给岚琪念，忽见李总管匆匆进来，他蹙眉问：“翊坤宫又寻死了？”

李公公却道：“皇上，乌常在被太皇太后叫去慈宁宫，刚……刚传了家法……您快去瞧瞧吧。”

玄烨手里的书应声落在地上，缓过神的一瞬立刻冲了出去，吓得李公公吆喝太监宫女跟着伺候。一路紧赶慢赶，终于到了慈宁宫。

玄烨不顾一切地闯进来时，只见几个宫女将岚琪摁在长凳上，边上一个粗壮的老嬷嬷挥着藤鞭往她臀上打。藤鞭划过空气的呼啸和抽在皮肉上的闷响，激得他五脏六腑剧痛，冲到太皇太后面前跪求：“皇祖母饶了岚琪，这不是岚琪的错。”

太皇太后神情冷漠，不曾看皇帝一眼，只道：“再打！”

那老嬷嬷已经手软，可畏惧太皇太后威严，咬着牙又抽下几鞭子，岚琪熬不住吭出声。玄烨急红了眼，冲过来要拦住这嬷嬷，太皇太后厉声呵斥：“放肆！皇帝，你可还记得祖宗家法？还记得你自己是谁？”

玄烨连声哀求：“皇祖母，孙儿知错，您饶了岚琪，求您饶了她……”

太皇太后却愈发盛怒，怒指老嬷嬷：“再打，重重打，问她还敢不敢魅惑主上。”

老嬷嬷不敢偷懒，又一鞭子一鞭子抽在岚琪的身上，她渐渐扛不住，连吭声的力气也没了，满头满脸的虚汗，衣裳都湿透了。

“万岁爷，您听奴才的话，离开吧，您再在这儿待着，太皇太后真要打死常在了。”苏麻喇嬷嬷和李公公上前来劝皇帝，使劲儿把他带出去，一路劝着，“您还不知道您皇祖母的脾气吗？您这样求，不是把常在往死路上推吗？”

皇帝一离了寝殿，太皇太后便示意老嬷嬷停手，不多久苏麻喇嬷嬷赶回来说：“主子，皇上不来了，皇上说他回乾清宫去闭门思过，求您开恩饶乌常在一条命，老臣们他亲自去安抚，封后的事再不敢提了，翊坤宫他也会去关心，他知道错了……”

太皇太后方舒一口气，立刻让苏麻喇将岚琪抱起来，自己也颤巍巍跟到她身旁，亲手抱过这被打得奄奄一息的孩子，万分心疼地哄她：“疼就哭出来，哭出来就好了，我在这儿呢。好孩子，你这份恩德，我记下了。”

岚琪渐渐缓过气，睁眼看见太皇太后垂泪，又听了这些话，一时也悲痛难当，“哇”的一声哭了出来，太皇太后抱着不许别人碰，一边让喊太医来瞧。

玄烨回到乾清宫，坐立不安，魂不守舍，一遍遍催李总管去问情况，好容易听说不打了，太皇太后还给宣了太医瞧，三魂七魄才算归了位。

“让朕静一静。”冷静下来，玄烨不想见任何人，只把自己关在了暖阁里。

而乌雅氏在慈宁宫遭太皇太后家法重责的事，很快传遍六宫，随之皇帝要册封她为皇后的谣言也不攻自破。一鞭子一鞭子打下的，是乌雅氏圣宠不倦的荣光，元宵一夜恩宠，突然而起骤然而落，不等春花烂漫，便已似颓然消散。

岚琪被送回钟粹宫时，已伤重不能起，太医跟着一起过来，可伤在那样的地方，她死活也不让看，一时僵持着。终究是苏麻喇嬷嬷奉命来看望，在太医的指导下，给清理了伤口上了药。

那老嬷嬷打得十分狠，衣裳不见破，却是几处鞭痕都破了皮，上药时岚琪疼得直哆嗦，眼泪将枕头湿了一大片。

苏麻喇嬷嬷很心疼，安抚着她说：“往后的日子，总还有太皇太后做主，那一句话可不是随便说说的，但您必须先忍耐着。太皇太后抚育皇上幼年登基，这一年一年地过来，何尝不是靠着忍耐。皇上终有羽翼丰满的时候，终有一日不用再看大臣们的脸色，您可要熬得住。”

“嬷嬷……我记着了。”岚琪含泪答应，今日主动去慈宁宫，便想着是这样的结果，她不懂什么经世治国的大道理，可她明白这一次的事，总要有一个人出来领罪，才能给皇帝一个台阶下，才能堵上那些人的嘴。

苏麻喇嬷嬷离去后，盼夏扶着布常在来，布常在知道她的心意，可眼见打成这个样子，心疼得泣不成声，哭着说：“只怕你这样做，皇上不能明白你的心意，还要委屈冤枉了你，你何苦呢？”

岚琪伏在枕上，身上疼得她直打哆嗦，眼泪也禁不住落下，可内心却平静而坚毅，无论如何，这一次的事该压下去了，哪怕玄烨误会她错怪她，自此两人再不得见，哪怕她从此要在这钟粹宫里孤寂一生，她也不愿皇帝因为她遭大臣相逼，更不愿皇帝因为她而祖孙不和。

乾清宫内，李总管不放心皇帝长久地独自闷在暖阁内，冒死进来瞧瞧，却见万岁爷在桌前写字，他转身要走，玄烨喊住了他问：“伤得如何？”

李公公一早就派人盯着消息，忙说道：“伤得不轻，已经送回钟粹宫，因为伤在要紧的地方，常在不肯让太医看，僵持了许久才等苏麻喇嬷嬷去给上了药，这会儿怕是已经歇下了。”

玄烨手里的笔微微颤动，墨色凝聚在纸上，他放下了笔，掀过一张新纸，再问道：“真是皇祖母要打她？”

李总管忙跪下请罪：“奴才该死……实则今日的事，是乌常在求太皇太后这么做的，乌常在说她不受重罚，难平悠悠之口，所以……”

玄烨沉沉闭上了眼睛，再睁眼，便吩咐李公公：“让内务府停了她的绿头牌，今日起朕不再见她。”

李公公一惊，应着起身要走，皇帝又喊他：“那边一摞书送去给她，告诉她朕罚她在钟粹宫里念书写字，如今不得见，但日后朕再见她时，便要考她。”

“奴才遵旨。”李公公这才舒口气，过去捧起厚厚十来本书，可皇帝又说：“不必叫旁人知道，该怎么做，你明白。”

“奴才明白。”李总管答应着，想了想又问皇帝，“万岁爷，奴才这里可要留心钟粹宫？”

玄烨抬眸看他，迟疑良久方道：“留心着，不要叫人欺负了她。”

待李总管退下，怀揣着十来本书不敢假手他人，只管苦笑：这紫禁城虽大，也终有限，好好一对有情人困在里头，却再不得相见，皇帝说来日再见要考乌常在的学问，却不知来日是何日，更不知到了那一日，还能否有如今的情分。

这一晚，皇帝亲自前往翊坤宫探病，在昭妃寝殿内坐了很久才离开。帝妃之间说些什么话外头的人不知道，只是昭妃娘娘自那一日后，身子渐渐不好，太医往来频繁，医药不断，却始终不见利索。皇帝却隔三差五就来瞧一次，平日也打发人来问候，亲和之态远胜从前，偏偏昭妃无福消受，终日病恹恹的。

而皇帝那十来册书被送去钟粹宫时，已是乌常在挨打后过了大半个月。李总管是有分寸的，那节骨眼儿上多少人看着，他若走一趟，乌常在拿命换来的后宫宁静恐怕又要搅乱了，哪怕皇帝时不时问他，总也要拖上一些时日。

这日李总管来时，岚琪已经能下床活动，被环春搀着在院子里散步，瞧见李公公时都愣了，他们这钟粹宫，可是落寞好一阵了。

引至殿内说话，李总管将一摞包得齐整的书展开在岚琪的面前，温和含笑说：“皇上讲，罚您在钟粹宫写字念书，这些书都要看通透了，等看通透了皇上便来考您，答不上来的话，万岁爷那里还要再罚。”顿一顿又说，“原是当日就吩咐的，可奴才怕节外生枝，硬拖了这些时日才来，只求常在心里明白，您的心意，万岁爷都知道。”

岚琪怔怔地看着这些书，平静了好些日子，心头委屈又汹涌而至，但玄烨到底是懂了她的用意，明白她的苦心，她还有什么可求。

慈宁宫内，苏麻喇嬷嬷送太后离开，折回来时听见主子说要喝蜜枣茶。她记得那些日子乌常在调的很合主子的脾胃，自己试着调来一杯奉上，太皇太后果然摇头：“不是这味道。”

苏麻喇嬷嬷笑：“过些日子，请乌常在来侍奉罢，奴婢学不会。”

太皇太后颔首答应，转着腕上的佛珠，慢声说：“她自然不必永远沉寂在钟粹宫里，又没真正做错什么，皇帝也不曾将她禁足，养好了伤还叫多出来走动走动，闷在屋子里不见世面，人也就傻了。此外另一件事，也着人去办，就说我的旨意，虽然皇后大丧尚不足一年，但皇帝膝下子嗣稀薄，这才是皇室之重，让各旗选新人进宫。”

苏麻喇嬷嬷轻声道：“孝康皇后的侄女，可在年纪了。”

太皇太后问：“可是佟国维的女儿？是该来两个贵族家的孩子，别让钮祜禄家以为光他们家有女儿。”

第四章

嚣张小佟妃

慈宁宫吩咐的事，岂有耽搁的道理，过不多久，紫禁城里就迎来新人入宫。虽说此次新人多为各旗贵族家的女儿，但仅以皇帝表妹佟妃为尊，其他如郭络罗氏等，皆不过在贵人、常在之位，散居宫中。

新人里，唯佟妃独自入主承乾宫，皇帝对表妹也青睐有加，众以为佟妃即将圣宠不倦风光无限，却又是随居昭妃住在翊坤宫的宜贵人郭络罗氏，先得了恩宠。宫内的光景一时看不透，但总算相安无事。

转眼夏日渐至，赫舍里皇后忌辰祭奠后，皇帝拟于闰五月游幸玉泉山。这日众妃嫔聚在慈宁宫内，佟妃起的头，要请太皇太后和太后也移驾前往，顺带着她们都去逛一逛。

佟妃虽然进宫时日不久，与宫内之人却毫不见生，到底是幼年就常进宫玩耍的名门千金，如苏麻喇嬷嬷几位，也算看着她长大。当年孝康皇后就曾抱着小侄女对太皇太后玩笑似的说："这孩子将来给您做孙子媳妇可好？"

而今侄女终于长成入宫，孝康皇后却无福等到这一天，玄烨敬重生母，对表妹爱护有加，也无可厚非。

此刻，太后懒懒地笑道："天怪热的，虽说玉泉山凉快一些，可折腾半天去那里，我实在懒怠动，皇额娘，臣妾可就不去了。"

太皇太后嗔笑："你这个年纪都犯懒不肯去，我若跟着去，更显得为老不尊，只爱和年轻人混着玩。"

佟妃起身依偎到太皇太后身边，满面娇气地说："您和太后若都不去，皇上定然也不肯带我们去，又或者您心疼臣妾，跟皇上讨一个人情？"

边上苏麻喇嬷嬷和太后对视一眼，两人眼中都有笑意，太后便起身要走了，说免得一会儿佟妃又来央求她，苏麻喇嬷嬷笑着去送，其他人也都跟着离开了。

太皇太后这才私下与佟妃道："皇上去玉泉山，为的是一个人去那里悼念皇后，你们跟着做什么？方才人多我也不便讲，好孩子，你年纪轻可位分高，做事不可轻率，叫旁人看轻了。”

佟妃心里不满，但不敢拂逆太皇太后的意思，福了福身子说知道了，便也跪安。苏麻喇嬷嬷进来时正好遇见，与她说话，佟妃也爱答不理，冷着脸便走了。

嬷嬷回到太皇太后跟前，本不想提，却听主子叹一声：“若说这脾气性子，我断不喜欢，佟国维竟把个好好的闺女宠坏。可再把她这份性子放在宫里看，也好得很，至少比着翊坤宫，不怕这孩子吃亏。”

苏麻喇嬷嬷也笑：“年纪还小，等过几年自然就懂事了。”

闰五月，皇帝独自游幸玉泉山，算着日子要在六月初才回宫。

天气越来越热，钟粹宫里再冷清也挡不住太阳毒辣辣地晒。这日玉葵和布常在的宫女锦禾从内务府领了份例回来，因布常在在岚琪这边坐着，两人一起过来复命，锦禾感慨道：“打从前头过去时，瞧见佟妃娘娘宫里已经开始用冰，咱们这儿我随口问一句，说是要等六月才行呢。”

岚琪只笑：“我也不怕热，你家主子更不能用冰了，夏天贪了凉，冬天又要咳嗽了。”

锦禾却又叹道：“您是这心思，可内务府那儿，却是故意短了咱们的，各宫时辰都是一样的，只是多一点少一点罢了。”

布常在幽幽一叹：“还以为他们不曾轻贱我们，到底还是开始看人下菜了。”

岚琪不以为意，如今她所能得到的用度，在她看来很满足且有富裕，内务府照规矩办事，本来也不会轻易亏待了哪一处，这样做多半是上头有人往下压，那么去闹一场，最终只落得撕破脸皮的难堪。

布常在叹她从前就佛爷脾性，能忍人所不能忍，如今书越发读得多，那心胸宽阔得，就快看透红尘了。

岚琪总是笑：“好些字都还不认识，还是安安分分在红尘里待着好。”

而这天晚上，内务府急急忙忙就把钟粹宫该有的冰送来了，还有小太监磕头请罪，说备着荣贵人那里待产用，一时白天忙不过来，疏忽了两位常在。

岚琪和布常在都觉得新奇，让环春赏了几个小公公，她们俩都还不怕热，把冰赏给玉葵、锦禾她们用了。

睡前，环春来给主子熏蚊帐，岚琪那儿轻轻摇着团扇坐在灯前看书，环春熏好了放下帐子来，笑着把书拿下来：“您又来了，夜里看书眼睛要坏了。”

岚琪也不和她争辩，被赶着往帐子里去，又要了半碗茶喝，喝茶时听环春讲：“若真是备着荣贵人那里，也是有道理的，但要是有人故意亏待咱们，又叫谁发现了压过去来给咱们补缺，那就是上头的心思了。”

“上头的心思？”岚琪把茶碗送出来，自己又拿扇子摇了一会儿，待浑身凉快下来才躺下，“乾清宫里的人几乎都走了，李公公就算一向照拂着我们，眼下也未必顾得上，兴许是太皇太后那里。”

说话工夫，外头隐隐有琴声传来，岚琪静心听了一会儿，但听环春说：“佟妃娘娘喜欢弹琴，这曲子夏日里听着倒是很凉快。”

岚琪心里有些羡慕，轻声道：“皇上喜欢有才的人。”

此刻承乾宫内，佟妃弹罢了琴，唤宫女上茶。她并不喜欢弹琴，可阿玛说皇帝喜欢闲情逸致，她总要会一些什么才好，便想着这些日子好好练练，等皇帝从玉泉山归来，能听见她更有长进。

宫女静珠奉茶来，顺便说：“钟粹宫用的冰，内务府已经送过去了。”

佟妃懒洋洋地喝茶，“嗯”了声，道：“内务府的人瞎巴结，难道我还把她们俩放在眼里不成？就在前后头住着，万一有人计较起来，还当是我的主意欺负人，反给我泼脏水。”

“奴婢会留心些。”静珠称是，服侍主子歇下。佟妃又想起一事来，问道：“今日宜贵人被昭妃罚跪在翊坤宫门外，为了什么事？”

静珠道：“听说是昭妃娘娘指责宜贵人奢侈浪费，宜贵人顶嘴犯上，才叫罚跪在门外头，不过跪不到半个时辰就中暑昏厥了。”

“钮祜禄家的姐姐还真厉害，和一个小贵人较劲做什么。”佟妃傲然一笑，指了静珠说，“皇上去玉泉山了，宫里头闷得慌，明日让内务府安排，后日传戏班子来，把各宫都请来承乾宫坐坐，太皇太后那儿我去请，顶好她们不来，不然都不能好好玩一玩。”

静珠慎重，提醒说：“今日昭妃才为了宜贵人用度不节俭动怒，您明日让传戏，一应的花销可不小，只怕昭妃娘娘那儿……”

“怕什么，不过是孝诚皇后忌辰花了不少银子，她巴结着万岁爷说要节省后宫开销，那我后天看戏就不花宫里的钱，你去跟内务府说，一应花销用多少银子，只管派人来领。”佟妃愤愤，不屑地嘀咕道，“我不过年纪小些，在这宫里从不比她矮一截，还真以为我怕了她？”

静珠不敢再多言语，翌日便亲自往内务府去安排。那边因听说佟妃自己花钱，也不顾忌昭妃势威，殷勤地就给安排下了。静珠便又遣众宫女太监去宫里各处邀请。

佟妃一大早就去慈宁宫请安，太皇太后和太后虽不反对，但都推说天热懒得动，如此倒中了她的心怀，可以自由自在地玩上半天。

承乾宫广发请帖，钟粹宫两位自然也在受邀之列，她们没多想外头的事，也不敢拂逆佟妃的好意，岚琪和布常在把春上省下来的好茶拿精致的罐子装好，又拿锦缎裹了，准备明日随礼带去承乾宫。

可她们怎么也没想到，隔天去承乾宫，这里戏台也搭了，戏子优伶也齐全了，可桌椅竟是空空落落，她们俩坐了好久，不见佟妃出来，也不见旁的人来。终于环春打听来消息，急急告诉二人说："奴婢竟没听见风声，说是昭妃娘娘重饬了内务府，眼下各宫碍着娘娘的威严，都不敢来了，可咱们却来了。"

话音才落，承乾宫正殿的门突然开了，衣衫华丽的佟妃从里头出来，冷冷看着院子里的光景，那纤长的眉毛几乎要拧在一起，目光倏然落在岚琪和布常在的身上，不禁发出冷笑，而后走过来，看着正行礼的二人说："跟本宫走一趟，咱们去翊坤宫请昭妃娘娘来看戏。"

旋即又高声呵斥宫女太监们，骂道："都不长眼睛吗？娘娘主子们不来，也不知道去请，赶紧各宫各院再去请，告诉她们，佟妃娘娘也去请昭妃娘娘了。"

静珠知道主子脾气大了，赶紧打发众人散去，又唤来肩舆搀扶坐着，连同不知所以的布常在和乌常在一起带着，一行人逶迤往翊坤宫来。

翊坤宫那儿得知佟妃往这里来，也早早做了准备，再怎么样也不能当众撕破脸皮。昭妃敛理衣容，稳稳当当在正殿坐了，不时便见佟妃进来，身后竟还跟了两个小常在。

"姐姐安好。"佟妃稍稍一福，不过行的平礼，岚琪和布常在则必须行大礼，西配殿宜贵人也赶来向佟妃行礼。

昭妃在人前素来端得温婉和气，都让免礼赐座，却听佟妃笑着说："妹妹不坐了，来却是想请姐姐到承乾宫坐坐，我那里搭了戏台，一应都齐全了，就等您大驾光临好开戏。"一边说着，也不管昭妃答应不答应，转身看向宜贵人问，"妹妹可好些了，听说前日里中了暑气？"

中暑不可小觑，宜贵人圆圆的脸蛋都瘦了一圈，这会子笑容也苍白，可心里怨昭妃苛待她，也知今日两宫杠上了，一时就想着看佟妃让昭妃下不来台，便应着道："臣妾好多了，臣妾也爱看戏，娘娘那儿若多一张椅子，可否赏赐臣妾也去凑一回热闹？"

"椅子多的是，可就怕昭妃姐姐不去，旁人也不敢去，空落落的不热闹呢。"佟妃说着看向昭妃，眉眼间尽是挑衅之态。

座上昭妃神情不冷不热，淡淡地说："天热懒怠动，本宫就不去了。只是昨天以为内务府乱花销，不知是妹妹自己拿银子出来，我那几句话也不是冲着妹妹来，你可别放在心上。"

佟妃笑悠悠地看她一眼："您是在责备奴才，我多什么心？但这会儿有您这句话，可就不怕坐不满了。"一边唤岚琪和布常在："宜贵人脚下虚着，你们可小心搀扶好了。"

二人愣愣地不置可否，但见佟妃转身满脸怒意地瞪过来，赶紧去到宜贵人身边，一左一右搀扶她，一同向昭妃行了礼，便躬身退了出来，在外头稍等不久，佟妃也出来了。

这一趟走得，不等一行人回到承乾宫，各宫各院的贵人答应们都赶来了，佟妃下了肩舆进门时，乌泱泱满院子的人行礼问安，她傲然一笑："这下子，可有好戏看了，赶紧开戏吧。"

待佟妃在上首落座，敲锣打鼓大戏开幕，承乾宫登时热闹起来，渐渐地众妃嫔也放开了。热闹之下，布常在拉了拉身边的岚琪，轻声问："咱们会不会得罪昭妃娘娘？"

岚琪心里也在思量着，只能说："且看看，昭妃娘娘总还有些气度。"

岚琪说昭妃有气度，却不知她今日被佟妃气得呕血，冬云吓得要喊太医来瞧，她却强撑着说请太医就等于让人看笑话，冷笑道："越发看不清这世道了，小小年纪这么嚣张，当年我和皇后入宫时，皇后都不曾这般张扬。万岁爷瞧不惯我们钮祜禄氏仗着自己是贵族，怎么就纵容这小蹄子如此刁蛮跋扈，说到底不过亲疏有别，那是他亲舅舅的女儿，我算什么？"

冬云含泪劝道："您再生气也要保重身子，健健康康的才能和她计较，让奴婢去请太医来瞧吧，万一您又病重了，上头若怪罪下来可怎么好。"

"上头？哪里的上头？"昭妃含悲冷笑，"这宫里早没有可为我做主的地方。"

纵然如此，冬云还是劝得主子答应请了太医来瞧，幸而只是气血攻心并非大症候，但也劝昭妃静养保重，呕血非同小可。

这件事很快传得六宫皆知，众妃嫔还未离开承乾宫，就已知晓昭妃那里请太医，安贵人笑悠悠地对宜贵人说："妹妹不回去瞧瞧吗？可是你宫里的主位娘娘病了。"

宜贵人目不转睛看着台上的戏，随口应一句："我也不是太医，去了何用？"

这一句不轻不响，周遭的人都听得见，上首佟妃也听见了，笑着说一句：

“妹妹这会儿回去也帮不了什么忙，不如把戏看完了，回去好给昭妃姐姐说说戏，让她也解解闷。”

宜贵人起身福了福：“嫔妾正如此打算。”

然而，这一场闹剧，表面上看佟妃占尽颜面，但过后不久，太皇太后便私底下把她叫到跟前说教了一顿。虽然因此更加深两宫嫌隙，可太皇太后总觉得说几句尚能压制一些，不然这小佟妃越发跋扈张扬，再闹出大的动静，前朝又该非议四起。

六月初，皇帝回銮，荣贵人隔天就生下小阿哥，三日后皇帝亲自前往探问，众人都说荣贵人福气好，太皇太后赐名小阿哥长生，盼着荣妃这一子可以长命百岁。

小阿哥满月在七夕，太皇太后、太后、皇帝纷纷颁下赏赐，荣贵人出了月子，便请众姐妹在她那里聚一聚。翊坤宫、承乾宫自然不能不请，只是昭妃一如既往不肯亲近众人，佟妃倒是乐得凑堆玩耍，至于是否会羡慕嫉妒荣贵人的福气，她如今正得圣宠又年轻高贵，心气很高。

不巧这天，布常在身上不方便很不爽利，但荣贵人相邀怎好不去，只好央求岚琪独自去那里陪一陪，岚琪自不再侍寝后，出入皆与她做伴，竟还是头一回自己出门。出门不久就遇见佟妃一行，安然跟在她身后，路上再遇见什么人也看着佟妃不敢对岚琪如何，倒是稳稳妥妥到了荣贵人那里。

女人们聚在一起，不看戏不听曲，自然就是天南地北地闲聊，岚琪有一搭没一搭地听着，和谁也说不上话。热闹了一阵子，因夜里要在这里摆酒，众人都不散去，荣贵人却来与她说：“你回去替我问候布常在。”便让吉芯拿来精致的礼盒，今日来的姐妹们都有一份，京城里眼下最时兴的吃食。

岚琪也不愿留下，且惦记一个人在家的布常在，谢过后向佟妃及几位贵人行了礼，便告辞了。

出了荣贵人的住处，外头天已沉甸甸的，橘红的暮色垂在西边天际，她昂首看了会儿，笑着说：“不论时辰方向，你们瞧这光景，和晨起的日出不是也一样？我这会儿有看日出的心情，看着就觉得是日出，任何事，终究自己心里喜欢就好。”

玉葵却笑着拉环春说：“姐姐瞧，咱们主子又参悟起大道理了。”

岚琪不愿被她们笑话，气呼呼便要走了，主仆三人一行往钟粹宫去。说说笑笑走了半程，前头却见黑压压一行人过来，玉葵眼睛好，立刻提醒主子：“是皇上过来了。”

正好走在岔路口，她们三人无处躲避，只能沿着墙根儿跪下等待。岚琪低低垂着脑袋，听得见脚步声越来越近，再后来大部队就从面前缓缓拐过去了。

玄烨从那边过来时，李总管老远就告诉他前头有人瞧着像乌常在，他只是淡淡说了声“知道了”。这会儿从面前过，许久不见的人，蜷缩着小小的身子跪在墙根儿，他瞩目一路看着过去，可底下的人却始终没抬起头。

“停下。”肩舆过了拐角处，玄烨突然下令，而后自行下来往后走，李总管等跟上来，被他挥手拦住了。

悄然步行到拐角处，才走近，便听见环春的声音：“皇上该走远了，主子，咱们也该走了。”

便听见岚琪的声音柔柔地说着：“我想再待会儿。”环春问做什么要待在这里，好半天岚琪才说：“倘若皇上没走远，瞧见我怎么办，又或我忍不住去看他，我怕看到他……”声音越来越小，玄烨不得不又往前走了两步凑近了听，便似乎听见她在哽咽，“我怕看到他，夜里又忍不住想哭。”

玄烨心头微微揪紧，便听环春和玉葵笑着哄她，之后便说那就不往前走，往回绕别的路回去，这样谁也看不见谁。岚琪那边迟疑了会儿，就答应了。

听着环春的声音越来越远，玄烨知道她们走了，没有拐过来也没有径直往原来的方向走，她们真的去绕远路。他不知心疼还是气恼，稍稍犹豫后，便从拐角处出来，瞧见了岚琪远去的背影。

娇小的人扶着环春走着，都多久日子了，这花盆底子她还是走得摇摇晃晃。玄烨无奈地笑了，也知不便久留，转身正要走，忽听前头“啊呀”一声，转身看，那人好端端竟然又跌在地上了。

下意识地想走上去，可那里三人嬉笑着互相搀扶起来，环春屈膝给主子掸落衣裙上的灰尘，嗔怪着：“您瞧瞧，总不好好走路，摔坏了可怎么好？”说话时头稍稍往后一转，乍见皇帝立在那路口，心中吃惊不小，但很快镇定下来，把目光收回未动声色。

岚琪软绵绵地撒娇：“刚才跪在地上久我脚麻呢。”便扶着两人继续走，似乎心情并不坏。

玄烨又看了会儿才回去。李公公见皇帝回来脸上有淡淡的笑容，也松了口气，一路侍奉着回到乾清宫，说起今日荣贵人和各宫娘娘们聚在一起的事，不知道乌常在怎么会一个人在那里。

“大概是先回去的，不必去打听。”玄烨换下衣服，盘膝在炕上坐了。秋后有许多事等着他做，再等一等，他就能把那路也走不好的人重新带回身边了，随口问起："她是不是过得挺好？"

李公公应着说："内务府那里奴才偶尔派人去叮嘱几句，该有的东西没人敢缺了钟粹宫的，此外乌常在自己性子好，听说每天在宫里都乐呵呵的。"

"心思简单的人，才活得好。"玄烨嘀咕一句，又问，"哭过吗？"他想起了岚琪刚才说，若是彼此看见了，她夜里又会哭。

李公公略略有些尴尬，硬着头皮说："奴才也私下问过环春、玉葵，说上次又送书过去的那天，乌常在开始还好好的，后来突然哭了，还是哭着睡过去的，不过第二天就好多了。此外平时也不怎么会难过，性子又平静又安宁。"

纵然如此，玄烨依旧听得心里沉沉的，手里拿着折子半个字也没看，好半天才说："眼下宫里新人多，不要叫人欺负了她。"

"是。"李公公答应着，慢慢退了出来，正要找人去问问荣贵人那里的光景，却见外头小徒弟急匆匆赶过来："慈宁宫传消息来，太皇太后发烧病倒了。"

李总管大惊，忙进去禀告皇帝，玄烨听闻不及换衣裳，便让摆驾慈宁宫。

匆匆赶来时，太医院的人都已经在，知道皇帝最紧张祖母的健康，急忙不等发问便禀告说："太皇太后是前几日多吃了一些，体内有食积，且如今夏暑散去，夏日里不当心积在身体里的寒气都散出来了，服几服清俊的药便好。"

玄烨再三问了，得知并无大症候，才松一口气，待进寝殿探望。太皇太后正歪在床上就着小宫女的手喝药，玄烨亲自来侍奉，老人家笑悠悠道："便是为了我们皇上，我也要好好康健着，从前多咳嗽两声你就撂下所有事跑来问候，弄得我嗓子痒都只能忍着。"

见祖母还有精神头开玩笑，玄烨更放心了，笑道："多大的事，也比不上皇祖母要紧。"

太皇太后则示意苏麻喇嬷嬷让宫女们下去，只与皇帝道："我年纪大了，虽然自觉身子骨还硬朗，可人不能不服老，有些事怕晚些与你说，会来不及说。"

玄烨不忍道："皇祖母不要说这样的话。"

太皇太后却笑道："人都会老的，这没什么可怕的。皇祖母知道，你眼下绝无立后之心，但你如今到底还年轻，后位虚悬并非好事，那个位置空着，便总有人会想尽办法要得到，这就不单单是后宫女人们的麻烦。再过几年，还是要重新立后才好。"

玄烨神情凝重，眼下祖母抱病，他也不愿此刻拂逆她的心意，点了点头算是答应了，便又想起一事，禀告祖母："有了继后兴许就再会有嫡子，二阿哥却是没了生母的孩子，孙儿不愿有人轻贱了他，正打算秋后设詹事府，立二阿哥为太子。”

“这是好事，有了东宫太子，后妃亲贵们也少些算计。”太皇太后称好，之后祖孙俩又说了些别的话。玄烨要离开时，祖母才又想起什么来，笑着问：“乌雅氏好好的，皇上真的不打算再亲近了？你若拂不开面子，我替你出面呢？”

玄烨却笃然笑道：“孙儿自有打算。”

可太皇太后却道：“总这样沉寂着，你若突然又喜欢上，别人就该奇怪了。是皇祖母把她从你身边打走的，皇祖母再替你要回来可好？”

这一边，因得知太皇太后突然抱病，远在承乾宫请安的荣贵人与惠贵人，一起跟着佟妃往慈宁宫来。到门前却见昭妃侍立等待，比她们先了几步。

两边见了礼，昭妃冷然说：“皇上一早就到了，偏是我们这些闲人，不紧不慢地跟在后头。”

佟妃知道她有意指责其他人聚会玩乐，傲然笑道：“这与闲人不闲人无关，是咱们对太皇太后的孝心，怎么也比不过皇上，难道昭妃姐姐要和皇上比吗？”

惠贵人和荣贵人彼此看了眼，都垂首不插嘴，荣贵人也是第一次见她们正面交锋，心头只有苦笑。

此刻却见里面有小太监出来，他见外头几位娘娘在，忙先行了礼，昭妃和气地问道：“这是要去哪儿，又要宣太医吗？”

小太监忙说不是，而是太皇太后刚传话，要钟粹宫的乌常在来侍疾，说罢便匆匆走了。

四人脸上皆是不同的神情，昭妃自然不会轻易表露心迹，可小佟妃却很不屑地说：“太皇太后怎么还喜欢她来侍奉，不是说当初狠狠打了一顿的吗？”回身问惠贵人：“我没亲身经历，可有此事？”

惠贵人忙说是，也不敢胡乱说些别的话，而且里头一直不让她们进去，也不来人说让不让散了，心里猜想，该是太皇太后故意要让她们看着乌雅氏来，侧过脸默默看了荣贵人一眼，她那里也是点一点头，彼此会意。

果然不久后，乌雅岚琪匆匆赶来，见宫门外站着的四人，先是惊了惊，忙规规矩矩行礼。此刻苏麻喇嬷嬷却从里头出来，笑盈盈地一边搀扶岚琪起身让赶紧进去，一边对几位妃嫔说：“主子说今日不烦二位娘娘和贵人进去瞧，过几天她大安了，再说话不迟，里头有乌常在和奴婢照应着呢。”

昭妃端得稳重，含笑应付几句，又请太皇太后保重，便扶了宫女转身就走。佟妃却又和苏麻喇嬷嬷磨叽了一阵子，见是真的不让见，才老大不情愿地离开。

荣贵人和惠贵人不与她同行，两人结伴离开，路上惠贵人叹："看样子，皇上是觉得乌雅氏那里养伤的日子足够了。"

慈宁宫里，因苏麻喇嬷嬷还在外头说话，岚琪自己急匆匆就先跑进来，满心担忧太皇太后的病，熟门熟路地就往寝殿闯，跨进门时一不留神，竟和里头正要出来的人撞了个满怀，穿着花盆底子站不稳，眼瞧着往后跌下去，却被一把拦腰抱住，耳边就听见气哼哼一句："走路不长眼睛吗？"

待岚琪站稳，乍见皇帝在跟前，却只呆呆看着他，心里头万千情绪汹涌而至，什么都忘了。

两人这么静静地傻傻地对视着，很快苏麻喇嬷嬷打了帘子进来，瞧见这光景，掩口笑着："皇上这是和乌常在玩儿木头人呢？"

两人皆一恍神，岚琪忙屈膝行礼。玄烨定下心思，似吩咐苏麻喇嬷嬷，又似在嘱咐岚琪："皇祖母嘴馋时要劝一劝，哪怕遭埋怨，也别让她多吃了回头不舒服。"

"臣妾记下了。"

"奴婢知道了。"

两个声音同时响起，岚琪听见苏麻喇嬷嬷应时，委实吓了一跳，自己显然自作多情了，皇帝好像没在与她讲话。

玄烨转头看了她一眼，眼中淡淡有笑意，不知在为什么喜悦，又朝嬷嬷指了一指她，嬷嬷含笑点头，应一句："皇上放心吧。"

岚琪听得莫名其妙，但玄烨很快就离开了，嬷嬷来搀扶她起身，笑悠悠说："太皇太后要喝蜜枣茶呢，您去冲调一杯送进去吧。"

岚琪连忙答应，转身往茶水房来。在廊下走着，便见皇帝离去的身影，许久不见了，觉得皇帝和之前微微不一样了，可若说哪儿不一样，她此刻也不明白。

待端着蜜枣茶来寝殿，进门便听见太皇太后的笑声，到了跟前将茶给了苏麻喇嬷嬷，自己叩首行了大礼，被太皇太后叫到跟前挽着手打量："平日偶尔来请安，跟着乌泱泱的人我也不曾细细看你，总觉得是许久不曾见了，这会儿瞧着，果然眉眼似长开些，比从前更漂亮。"

岚琪赧然，垂首轻声说："臣妾自己照着镜子，也觉得有些不一样，可您说是变好看，臣妾就安心了。"

等太皇太后睡着后，岚琪想要回钟粹宫，苏麻喇嬷嬷说那样来回太辛苦，指不定太皇太后夜里还要发烧，便让在寝殿外间炕上铺了被褥，让将就歇着。

可说是将就，实则能在慈宁宫住几天，是莫大的恩宠，但岚琪没想这么多，只觉得这样能更好地照顾太皇太后。

果然太皇太后因服多了汤药，夜里起夜了两次，两次都稍稍才有些动静，岚琪就翻身起来进去询问，连苏麻喇嬷嬷都没惊动，起夜后又给捶着腿再哄睡着，一整夜太皇太后睡得极好，岚琪却没怎么休息。

如是整整三天，乌常在都留在慈宁宫照顾太皇太后。倒是皇帝因朝政繁忙每日只遣李总管来问安，也不晓得是避着乌常在不见，还是因为有她在而放心，众人冷眼瞧着，都觉得等太皇太后病愈，这乌雅氏的势头又该起来了。

但恰恰相反，又过两天太皇太后精神爽朗病痛全消，可累得瘦了一整圈的乌常在回到钟粹宫后，皇帝对她仍旧不闻不问。那几天里，要么宜贵人几位在乾清宫侍寝，要么皇上就留在承乾宫，几乎没乌常在什么事儿。

转眼入了八月，中秋在即，宫里渐渐有了过节的气氛。去年因赫舍里皇后薨，丧期未有节庆，但太皇太后、太后健在，过悲则不孝，故而今年皇帝下旨要好好庆一庆中秋。

眼下因三藩之故，前线军费耗用极大，但国宴的奢靡并非纯粹浪费不可取，国宴的豪华隆重，彰显着清廷天朝上国的繁华昌盛。玄烨知道昭妃持宫节俭，虽是好事，但这一次节俭不得，便亲自往翊坤宫叮嘱，昭妃面上是答应了，转身却仍旧克扣用度，惹得宫内议论纷纷。

只是别的人哪怕怨怼，也不过关起门私下里说，昭妃毕竟还是众妃之首，谁敢不敬畏。唯有承乾宫里佟妃不好惹，内务府唯恐她挑事，什么都紧着承乾宫给，等佟妃察觉到宫里近来日子紧巴巴的，中秋宴就在眼前了。

这一晚玄烨歇在承乾宫，听佟妃款款一曲古琴后，笑盈盈地说："眼下赏菊的时候，为何不搬几盆放在屋子里，和着这琴声，才更有几分意境。"随口说起，"朕刚才一路走进来，三两日不来你这里，倒觉得冷清些了。"

佟妃起身让静珠收了琴，亲自端茶奉上后在一旁坐下，只等宫女们离开，才叹一声："据说是为了后日中秋宴上装点，宫里的花眼下都不能随意用，哪怕去御花园摘一朵也有罪，还说一些养得好的，大可以拿出宫去卖钱。臣妾听说这些，也不敢要了，反正花总要败的，还不如换了银子好。"

玄烨越听眉头越紧，哪里听说过御花园里种的花，不是供帝王妃嫔赏玩，而是拿去换钱的，那他还摆什么国宴，张扬什么国威，不如全折现换银子好了。

佟妃见皇帝脸色变了，心下暗自得意，不必她明确说出是哪一个的主意，也不管有没有这件事，皇帝总要去问那一边克扣宫里用度的事。不过弄巧成拙的是，皇帝因为生气不想留下，一碗茶喝不过两口，便撂下要走。

“朕明日让他们送花来给你。”玄烨走时只说了这一句。佟妃怎么留都没用，等皇帝走远了才跺脚抱怨：“若之后昭妃那里什么事也没有的话，我这一晚算什么名堂，皇上来了都不留，明天那些个嘴碎的，不知怎么编排我。”

恼了好半天不能消气，便指使静珠：“去给我派人盯着，皇上今晚若又去了别处或谁去了乾清宫，我可要让那一个好看。”

而玄烨这里出了承乾宫，因心烦该怎么去找昭妃说这些话，还不能伤和气，便让随行的人先回乾清宫，只和李总管领着三四个小太监掌了灯笼，要在宫里散散心。

这边往后就是钟粹宫，不远不近走到门前时，他停下来看了看，都不记得上次来是什么时候了，心里觉得这一处并不十分好，将来岚琪再回到身边时，要给她换了地方住才行。

正想得出神，钟粹宫的门突然开了，玄烨忙示意身后人熄灭了灯笼，便听岚琪的声音在说：“黑咕隆咚的找也找不到的，别又惊动了前头佟妃娘娘，明儿再来看吧。”

“那怎么行，明天一早叫洒扫的宫女太监捡了去，还有还回来的吗？”说话的是环春，便见三两个宫女掌着灯笼沿着路找，似乎是掉了什么东西。

岚琪却懒洋洋地在门前站着不动，还埋怨她们：“你们再不回去，我可要回去了，我真不在乎的，不就是一只耳坠吗？我可说好了，万一改天在枕头褥子下找见了，你们可别怪我大半夜把你们推出来折腾。”

玉葵在那里笑道：“主子可真是够心疼奴婢们的，刚才谁急得眼睛都湿了？”

玄烨听了直笑，这小丫头的性子竟是半点儿也没变。而他这静悄悄的一声笑，却惊动了细致的环春，那里“呀”了一声问谁在前头，掌着灯笼靠近，一见是皇帝，吓得登时跪下了，后头玉葵、香月也跟过来屈膝行礼。

偏只有岚琪傻乎乎地站在门口，可这会儿不傻也不行，谁能想到大半夜的皇帝没事在自家宫门前站着呢。

“主子……主子快过来……”环春见岚琪一直不过来，急得转身唤她，她这才恍过神，忙疾行到跟前。

李公公这儿也让小太监们重新点了灯笼，一时周遭亮堂堂的，便看清岚琪身上一件常衣，梳着小两把头，鬓边簪了一朵翠玉珠花，干干净净的模样，宛若当初见她还是宫女的样子，想着是要准备安寝，身上的首饰都摘下了。

“不必行礼了。”玄烨在岚琪屈膝时突然开口，又问，“身上凉不凉？”

岚琪愣一愣，忙摇头，玄烨便道：“陪朕走几步，环春你们跟在后头。”

环春大喜，起身见皇上已朝前走去，而常在却愣着不动，忙往前推了一把，低声说：“您可别呆呆的了，快跟上啊。”

岚琪醒过味儿来，快了几步跑到玄烨身边，玄烨转身见她慌慌张张的模样，蹙眉说：“急什么，不怕摔着了？”

岚琪却伸出脚笑了笑：“才要入寝了，已经换的软鞋。”

她这一笑，玄烨的心莫名就暖了，方才散不去的怨气也少了许多，一时不知说什么好，又往前慢慢走着。

如今秋高气爽，是京城四季里最宜人的时节，寒冬未至盛夏已过，不必担心暑热难耐，也不会被冰雪冻得手脚哆嗦，能自在地舒展筋骨、赏月观星，本就不该心情郁闷辜负了这大好的秋夜。

“朕给你的书，在看吗？”走了一小会儿，玄烨突然发问，想他说过等岚琪把书都看通透时才再见她，可今日一遇不想视而不见，心里正不痛快，哪怕她只是在身边待着，也能让自己安心。

“皇上……现在要考臣妾吗？”耳边听来的声音里透着胆怯，玄烨驻足回身看她，佯装含怒问道：“没在看？”

岚琪忙摆手否认：“都在看，每一本都翻到底下了，可是您若现在要问，臣妾脑袋里什么都记不得。”

玄烨心里好笑，其实那些书也不是为她挑的，而是玄烨自己近来在看并与诸大臣进讲之书，给她只是想，哪怕不能相见，也能做些一样的事，并不曾真正指望她读懂什么。

“皇上，那些书太难了。”岚琪终于找到机会说这些心里话，“您能让臣妾读一些有趣的书吗？”

“寒窗苦读，何来的有趣，你当朕的朝臣们，都是玩儿着读的书？”玄烨没来由地就想欺负眼前人，这一句含怒说着，真把她吓蒙了，脑袋低垂着不再言语。

“走吧，立定了吹风会冷。”玄烨无奈地一笑，伸手去牵她的手。

岚琪被这一举动戳中了心内柔软之处，她曾经以为，自己的手再也到不了这个人的掌心里，曾经握着的温暖恨不能镌刻到心头上。如今他又握住了自己的手，大而温柔的手掌，稳稳地握着自己。

身子被轻轻一拉，她忙跟上来，却听玄烨问：“宫里过得可好，有没有少什么，缺什么？”

“一切都很好。”岚琪说着，忽而赧然，邀功似的说起，“入秋裁衣裳时，臣妾的尺寸比年头宽了些，若是过得不好，怎么能这样？”

玄烨看她一眼，依旧单薄纤瘦，便是嫌弃的眼神瞪她：“你宽在什么地方了？”但旋即又叹，“偏你就觉得什么都好，别的人就不行。”之后也不晓得哪儿来的诉说欲望，竟是把佟妃那些事都讲给了岚琪听，也问岚琪，“你不觉得昭妃这样子，宫里的日子不好过？”

“臣妾的所求，自然和别人不同，或许别人觉得不好过，也不是没有道理。可昭妃娘娘这样做，钱也不进她的口袋，还是为了朝廷能少些负担。”岚琪静静地说起来，“眼下您若追究，也赶不及后天的中秋宴，不如等一等中秋宴，若是不曾让皇上觉得失了颜面，那昭妃娘娘怎么也有苦劳；万一很不妥当，您追究起来也有话说，但现下就气冲冲过去质问，昭妃娘娘费尽心血操持一切，换作臣妾也会心寒的。”

玄烨的心渐渐平静，这些道理早在走出承乾宫时他就想到了，所以才会烦恼要怎么去对翊坤宫说，这会儿听岚琪说出来，他心里欢喜的，是对她言辞想法的刮目相看。半年不曾亲近，眼前人再不是那个娇娇软软的小常在，她有了智慧有了看待世事的眼光，不禁暗笑，该再给她送几本深奥难懂的书才好。

“皇上，臣妾说错了吗？”岚琪见玄烨怔着出神，不禁有些紧张。玄烨却伸手捋一捋她鬓边的散发：“可惜她曾经那样针对你，她总不愿亲近别人，越来越孤立自己，人若能真正所谓的一面独当，朕还要大臣将军做什么。”

说罢见岚琪呆呆的，知道她又没听懂，拍了拍她的额头：“还是念书太少了，回去吧，明日好好背几篇，朕可时不时要来考你的，别以为时日很长可以偷懒，再长的时日也会过去。”

听说要分别了，岚琪心里头才有酸涩感冒出来，可知道分寸不敢纠缠，福了福身子，便转身往后头环春那里去。等她和环春在一起，又忍不住回头看，皇帝已经走开了，才刚满了的心，又忽然缺了一大块。

“主子，咱们也走吧。”环春搀扶她回去，玉葵、香月在前头掌灯，只等回了钟粹宫进寝殿歇下，环春才放开胆子说，“您突然和万岁爷说上话，奴婢竟瞧着好像从来没分开过，还是从前的模样呢。”

岚琪自己也讶异，抱膝坐在床上回忆刚才的一幕幕，她一直以为自己若能有再到玄烨身边的日子，一定会哭会很委屈。可刚才突然说让陪着走一走，她不知不觉就回到了从前的心情，好像从来没有分别过，好像从来没有那些不愉快和委屈，竟然还嘚瑟了一下自己穿着软鞋不怕摔。

两日后的中秋宴，体面又隆重，昭妃克扣的用度全花在了这一场宴会上，太皇太后再次当众夸赞她，让小佟妃好好跟着学学，人家还老大不情愿的。

玄烨心中感激那一晚遇见岚琪，让他笃定了等中秋后再和昭妃提点用度之事，不论如何六宫她在操持，一切稳稳当当，闲言碎语不足以用来指摘她的心血。故中秋这一晚，更是留在了翊坤宫正殿里，帝妃二人难得好好说了许久的话，连昭妃自己都觉得不可思议。

中秋之后六宫宁静，时日不知不觉过去。十月中旬，那拉答应生了小阿哥，皇帝本稀薄的子嗣不知不觉又繁盛起来。待至十一月下旬，朝廷重设詹事府。腊月初，皇帝下旨册封二阿哥为太子，遣百官告祭天地太庙社稷，颁诏海外，加恩肆赦。热热闹闹一直到了小年，宫里又添一桩喜事，承乾宫佟妃娘娘有了身孕。

可是到了正月十四，岚琪从慈宁宫回来晚了，又兼起了风雪，主仆几人撑伞沿着墙根走得极慢。好容易到钟粹宫前，但见远处有许多人匆匆往这里来，怕是来找自己的，立定等了一等，可那些人却转道拐进了承乾宫，环春唯恐有什么麻烦，搀扶着主子赶紧就进门去。

回到寝殿，脱了氅衣在炭炉旁取暖，环春来给主子换湿了的鞋袜，岚琪嬉笑说："下回我可不踩雪了，你别不高兴，太皇太后赏我的糖我都给你吃。"

环春撅着嘴埋怨："您总这样调皮可不成，奴婢才不稀罕吃糖。"

正高兴地说着话，外头帘子被挑起，一阵寒风灌进来，冻得岚琪直哆嗦，见是布常在来，也不顾礼节自己先钻上了暖炕，嚷嚷说："姐姐快来坐，冻死我了。"

可布常在却一脸愁云，侧身在炕上靠了一点儿地方坐，轻声道："刚才你进来时，瞧见承乾宫那儿有人进出是吗？"

岚琪点点头，从玉葵手里捧过姜茶喝了两口，见布常在紧张，便问她是不是出什么事了。布常在点头说："你从慈宁宫回来，没听说什么吗？"

"没有。"岚琪细想想，那里确实没什么特别的事。

布常在压低了声音说："我这几日打从承乾宫过，总闻见的药味很熟悉，我怀端静那会儿也吃安胎药，可若仔细闻一闻，又不太一样。刚才前头有动静，不知道出了什么事，我让盼夏去看看，说进进出出好些人，风雪大看不清，我真担心是不是佟妃的胎儿不好。我虽不喜欢她，可孩子无辜呀。你从慈宁宫过来没听见什么的话，可见没报上去。”

话音才落，外头帘子又被掀起，盼夏裹着一身寒意进来，急急忙忙说：“不好了呢，佟妃娘娘那儿小产了。”

因佟妃流产，承乾宫里布了阴云似的，皇帝几番安抚才哄得佟妃振作精神。可她积怨颇深，看谁都不顺眼，出月子后有妃嫔来请安，也是冷嘲热讽的让人难堪。时日一久别人不来了，她又心里愤愤不平觉得自己被轻视，原本仗着威势和金钱笼络的人心，几乎都要散尽了。

入夏前，宫内有喜讯，沉寂许久的董常在又有了身孕。想她和荣贵人一样最早侍奉在皇帝身边，那些年的岁月何种光景，后来的人无法想象，可却都印刻在皇帝和她们的心里，哪怕近年来新宠不断，皇帝总念一份旧情。

又因近来朝廷捷报频传，后宫再添这一喜事，太皇太后一高兴，便破例将董常在晋为贵人，更赐封号端，以示恩宠。妃嫔之中当属荣贵人最高兴，可她们姐妹说好要保持距离以求不成为众矢之的而各自平安，不能亲近相贺，颇叫人难耐。

这一日端贵人前往慈宁宫谢恩请安，当初她和荣贵人都是太皇太后亲自挑选送去皇帝身边的。十来年光景一晃而过，回想这长长一段日子里前朝后宫的跌宕起伏，老人家不免感慨万千，叮嘱了几句，便让同在的岚琪送她回去，自己因感恩上苍庇佑，入佛堂诵经，不许外人打扰。

岚琪和端贵人并无往来，只记得从前跟着布常在时见过一面，彼时这个女人脸上的忧愁哀切记忆犹新，如今却只见满面红光喜气洋洋。端贵人性子柔静很好说话，因有皇帝所赐代步的软轿，便邀岚琪同坐，请她去自己的殿阁喝杯茶。

因太皇太后叮嘱要她亲自送回去，岚琪也不敢偷懒，与她同坐软轿闲话几句家常，便离了慈宁宫。

半路上正说岚琪从前照顾布常在待产的事，软轿忽然一震，慌慌张张地停下了，岚琪扶着端贵人紧张地问外头：“怎么了？”

只听环春的声音响起，隔着帘子说：“佟妃娘娘在前头。”

两人对视一眼，端贵人虽极少出门露面，也知佟妃性子厉害，忙搀扶着一起下了轿子。果然见佟妃那边肩舆缓缓过来，高高在上的睥睨之态，不禁叫人望而生畏。

“本宫说是谁挡着去路呢，原来是端贵人，失敬失敬。”佟妃冷然笑道，眯眼瞧见身旁的岚琪，不屑地问，“端贵人的轿子是皇上赐的，乌常在怎么也跟着坐？真是没规矩。”

岚琪不敢辩驳，却担心身旁同样跪着的端贵人长久不起来会挨不住，一时心急竟脱口而出：“娘娘可否让端贵人起身，刚才轿子震了一下，嫔妾怕……”

“你这话，是说本宫要害人？”佟妃目色犀利，狠狠地瞪着岚琪，唇边勾着冷笑，“都说你是闷在钟粹宫里最不起眼的，可本宫倒觉得，你比谁都有心思。哄得太皇太后高兴不算，妃嫔之中哪里热闹就往哪里钻。皇上时常去承乾宫，你仗着自己就住在后头，时不时做那些下作的勾当，还当本宫不知道？”

按说佟妃性子再不好，也不至于莫名其妙说这么一车子话，只是她刚从乾清宫吃了闭门羹来，昭妃先她一步去了皇帝身边，也不知做些什么，皇帝竟说不再见旁人，那些奴才也不去通报，硬生生把她挡在了门外。正是满肚子怨气的时候，就遇见这么两个人，一个刚有了身孕风光无限，另一个悄摸摸的一直霸踞在皇帝心里，她怎会有好脸色。

而端贵人性子虽好，到底是十几年在这宫里的，总有气性在心里，见佟妃有心挑事，也一时气了，替岚琪解释着：“是嫔妾请乌常在同行，太皇太后让乌常在送嫔妾回去。”

佟妃心内倏然起了怒火，刚刚那些奴才张口闭口皇上有旨不见旁人，这会子又被人拿太皇太后来压，合着是知道她近来两边都不得脸，故意恶心她呢。愤愤然瞪着两人道：“那好，本宫这就去慈宁宫问问太皇太后可有此事，你们在这里跪着，跪着等本宫派人来送话，若有假话，以下犯上，罪可就不轻了。”

端贵人昂首道：“嫔妾有了身孕，还请娘娘让嫔妾站起来等候。”

佟妃目色凌然，嗤笑一声，冷幽幽吩咐身边人：“放下。”便见肩舆缓缓落地，佟妃扶着静珠的手走来，俯视着跪在地上的岚琪和端贵人，“乌常在，端贵人方才说什么？”

岚琪一怔，垂首照实说：“端贵人有了身孕，还请娘娘让端贵人起身等候。”她话音才落，肩上突然被猛踹了一脚，身子朝后跌去，只听边上端贵人的小宫女惊叫，一时更惹恼了佟妃，厉声唤身边的太监过去掌嘴。岚琪匍匐在地上，只瞧见那宫女被摁着左右开弓，噼噼啪啪的皮肉声听得人心颤。

“你们在嘲笑本宫才失子是不是？有了身孕就那么金贵了，礼法规矩也不用管了，一个两个都是宫女出身的贱婢，也敢在本宫面前提站起来，好啊，你们喜欢站起来。”佟妃眼如嗜血，站直了身子指着身边的宫女，“把端贵人和乌常在的鞋袜脱了，让她们好好沾沾地气，好好站着。”

端贵人护子心切，毅然正色道：“地上寒凉，嫔妾万不能脱了鞋袜，腹中胎儿若有好歹，只怕娘娘也担当不起。”

“你还敢说……”佟妃怒火攻心，正要发作，被静珠拦住轻声劝道：“娘娘，皇嗣若真有什么好歹，您可真担当不起。”

“可乌雅氏没怀孕吧。”佟妃目色如刃，冷笑着指着地上的岚琪，呵斥身边宫女把两人都搀扶起来，让端贵人就这么原地站着，岚琪则被硬生生脱光了鞋袜赤脚站在地上，她今日随行的只有香月，胆小不经事，吓得只会跪在一旁哭。

裸足的耻辱，岂是地面的寒冷刺骨所能相提并论，幸而衣摆及地遮盖了脚面，还不至于真的完全裸露。岚琪红唇紧咬，袖中双拳紧握，抑制着身体的颤抖。

她自入宫至今，做宫女时都不曾受过如此羞辱，心中怎能不恨，可没来由的，正如当日佟妃罚她跪在庭院中一样，她更可怜眼前这个女人，怜悯她扭曲龌龊的心，耻笑她自甘堕落的行径。

而佟妃素来看不惯乌雅氏，前些日子听说皇帝大半夜跑去待了半个时辰，谁知道半个时辰能干什么，在她眼里乌雅氏就是下贱，总站在宫门口等路过的皇帝，和那青楼里倚门卖笑的娼妇有什么两样。

“你们好好站着，本宫这就去问问太皇太后，有没有这回事。”佟妃看着岚琪被冻得瑟瑟发抖，好生得意，扶着静珠的手坐回肩舆，一行人扬长而去，却不知是不是去向慈宁宫。

可想想也知道，她如此虐待妃嫔，又怎会自己跑去慈宁宫张扬，必然是绕道去了别处，可几时才能来放行，谁也不知道。

“今天连累你了。”端贵人还有几分气性在，虽然早已脸色苍白，但还是伸手搀扶着岚琪，“她肯定不会再回来的，我们不能在这里站死，你快把鞋袜穿好，别冻出病来。”

香月哭着去把主子被扔掉的鞋子袜子捡回来，哆哆嗦嗦地要给岚琪穿上，可岚琪却躲开说：“你回去拿干净的来，那些人碰过的，拿去全部烧了。”转身则要搀扶端贵人坐回轿子里，双目通红却死也不落泪：“您赶紧回去养着身体，宣太医瞧一瞧，可没有比胎儿更重要的了，嫔妾在这里等一等，一会儿也走了。”

端贵人的宫女被打得双颊红肿口角流血，幸而未及伤了几个抬轿子的小太监，岚琪命他们好生抬着轿子，赶紧把主子送回去要紧。这边香月还在哭，岚琪拉她起来：“你还不快回去，我可要冻坏了。”

香月哭着脱下自己的夹袄铺在地上让岚琪踩着，立刻就跑回钟粹宫去拿干净的鞋袜，一时人都散了，只留她一个人站在这里，初春未暖的风扑在脸上，一阵一阵寒意沁入心头。

可是，这里距离慈宁宫不远，再走些路也要到乾清宫，不晓得佟妃究竟痰迷心窍还是恶意挑衅，乌雅氏虽然低微，可太皇太后喜欢，皇帝更喜欢，偏在两宫之间羞辱折磨他们都喜欢的人，换谁听了都无法理解。

当苏麻喇嬷嬷听说这件事，因不能打扰诵经的主子便自己先跑来时，环春、玉葵和香月都已经在了，正伺候给岚琪穿鞋袜。

“嬷嬷……”香月大哭，抱着苏麻喇嬷嬷的腿哭诉刚才的事，玉葵和环春架着被冻得发僵的岚琪，小常在却只是努力扯出笑容说：“我没事的，嬷嬷能派人去瞧瞧端贵人吗？”

苏麻喇嬷嬷面色凝重，佟妃什么德行她再清楚不过，自己虽是个奴才，可也是皇帝的老师，顺治爷和当今皇上的满文都是她手把手教会的，宫里宫外无人不敬，赫舍里皇后和昭妃都对她恭敬有加，唯有这小佟妃不同，入宫以来倨傲无礼，在她眼里，苏麻喇嬷嬷不过就是个奴才。

“回去好好照顾你家主子。”嬷嬷沉了沉心，又吩咐手下宫女，“去把软轿请来，送乌常在回去，常在这样子被架回去太狼狈，失了尊重。”

众人应诺，分散去忙碌，也有人去端贵人处问安，嬷嬷上来握了岚琪的手，纤柔十指凉得直叫她心寒，却语重心长道一句：“来日方长，您要记着今天的耻辱，可为的不是复仇或憎恨，为的是有朝一日您在高位，不要迷失了心，不要让今天您所见佟妃的恶容，来日也出现在您自己的身上。”

岚琪眼角方沁出晶莹，这亦是她悲悯佟妃的所在，已然冻得虚弱的她用力点一点头：“嬷嬷的话，我记着了。”

当乌常在被佟妃罚裸足站在地上的事传到乾清宫时，昭妃刚和皇帝说完宫中开春用度，正要离开。她今日并非有心挑衅佟妃而先一步过来，本是和皇帝约定好了时辰，来说要紧的事，且因叛域各地清剿收回不少银两，国库比往年宽裕许多，帝妃二人本心情甚好，却突然传来这样的事。玄烨浓眉紧蹙，昭妃侍立一侧，半晌轻声道：“臣妾可否去看一看乌常在？”

玄烨冷然看她，昭妃眼神一恍显然有怯意，但还是定心继续道：“臣妾再不敢如从前糊涂，乌常在为人端正心思灵巧，臣妾忙着宫内事，全靠她侍奉太皇太后和太后，臣妾若还如从前那样糊涂计较，也……也白白病那一场了，还望皇上不要误会。”

玄烨神色沉沉，不敢想象在寒风里光脚站了半个时辰，岚琪的心该冷到何种地步，她最需要人怜惜的时候，最该怜惜她的那个人，却浑然不知。心痛和恼怒交叠反复，玄烨一时说不出话来。

又想起昭妃从前的荒唐，可她折腾的是自己，并未真正伤害岚琪；相反，佟妃却是一次比一次恶毒地折磨别人。他不过是想有一个人来压制眼前这一个，没想到却养出表妹如此扭曲的狠毒，害了岚琪，实则也毁了表妹好好一个人。

“皇上……”昭妃轻轻唤了声。

玄烨终是缓过神来，淡然道：“不必去了，你再和佟妃起了争执，你的心意朕明白，不会误会你，跪安吧。”

昭妃心头微微发紧，揣测不出皇帝的意思，福了福身子退下。李公公送她到宫门口，昭妃忍不住问：“本宫是不是惹恼皇上了？”

李总管苦笑道：“惹恼皇上的自有人在，娘娘若听得奴才一句话，这些事儿您别管，管了惹一身麻烦，也没人说您好啊。”

昭妃恍然明了，含笑道一声谢，安然回她的翊坤宫去。可不是吗，佟妃要作死，自己作壁上观便好，不必在这节骨眼儿上显摆自己的贤德，有她这么上蹿下跳的，自己什么事都不做，就够贤德的了。

钟粹宫里，岚琪被送回来时，已然浑身发烫，太医院得了苏麻喇嬷嬷的话立刻派人来瞧。听说光着脚在地上站了半个时辰，太医叹气说：“这寒气侵入，谁晓得要钻在身体哪一处，之后肺热咳喘甚至宫寒，且要调养了。”

病榻之上，岚琪已烧得昏昏沉沉，环春拿湿帕子盖在额头，不消半刻就滚烫了。熬了药掰开嘴灌下去，不多久就抽搐着吐出来，再熬药再灌。反复折腾到深夜，终于身上汗如雨下，亵衣被褥都黏糊糊的。

布常在把她那里的炭炉通通搬来，等屋子里暖得穿一身单衣还嫌热，便拿白酒给她擦身，在炕上放干净的被褥换地方睡，一整晚没有人合眼。直到翌日天明，岚琪原本烧得通红的脸颊退烧了，呼吸也渐渐平稳，太医又赶来瞧，惊讶乌常在脉息已经平稳许多。

可这样烧一场，粗壮的汉子都未必能承受，何况纤弱的女人。岚琪神志清醒时，已是下午黄昏，沉甸甸在榻上醒转，只看见身边环春伏着也睡着了。

意识恢复，便觉脑壳儿裂开似的疼，嗓子眼儿一股股火气往外头冒，想要开口说话又因干涩张不开嘴，能感觉到嘴角一溜燎泡，稍稍动一动就疼得不行，这才忍不住身体难受觉得委屈，眼泪跟着落下了。

环春警醒，睁眼见主子醒了，忙喊人进来。因她这里缺不得人，布常在让盼夏几人都来轮班，此刻盼夏和稻穗进来帮着伺候，忙碌许久，终于清清爽爽地靠在大枕头上，皱着眉头一口一口喝下汤药，虽然形容狼狈孱弱无比，可她恢复得很快，比太医预估得好太多了。

吃了药见她皱眉头，盼夏掰了一小块冰糖让她含着，嘴里有了甜丝丝的感觉，岚琪脸上神情轻松了好多，盼夏哄她笑："这糖还能吃，可不能沾荤腥了，太医说了，近些日子只能青菜白粥对付。"

岚琪娇娇软软地笑了，伸手无力地推了推盼夏。此时布常在听说醒了赶来瞧，奈何性子弱，一见面就掉眼泪，岚琪还好好的没事，反是她哭得伤心，好半天才说："太皇太后和皇上那里，竟然谁都没过问一下，平日里那样疼你，都是做样子的吗？"

环春来劝，也怕岚琪心里不好受，等布常在离开后对主子道："苏麻喇嬷嬷那些话，您还记得吧，奴婢觉得太皇太后和皇上不过问，总有他们的道理，主子千万别想不开，反添了烦恼。"

岚琪微微笑着点头，因无力气说话，之后被抱着躺下去，捏了捏环春的手，似乎是谢她照顾自己，没多久又安然睡过去。

她现在无心去计较这些事，身上还被病痛折磨着，脚底下始终有留存的冰凉的寒意散不去，她要保重自己的身体，如苏麻喇嬷嬷所说，若她有朝一日在高位，绝不要变成第二个佟妃，可若要有那一日，没有命去等，一切都是空的。

两三日后，乌常在病体渐愈，太医院上下本悬着的心也放下了。先有苏麻喇嬷嬷派人来过问，后来李总管亲自去了一趟。虽然太皇太后和皇帝都看似不闻不问，但实在态度摆在那儿，谁也不敢怠慢。且初日见时病得沉重，都以为要不好，不想小小的身子竟如此坚毅，两三日工夫精神头都足了，这才人人都松口气，也敢去禀告两宫，说乌常在没事了。

最宽慰的，当属玄烨，每天一停下国事，就只记挂她一人。去向太皇太后请安时，祖孙俩虽避而不谈，可看彼此眼神都很明白，皇祖母更挽着他的手说："我的孙儿，到底是长大了。"

然而皇帝忍了，太皇太后也忍了，可事情却并没因此结束。乌常在眼看着病体康复，谁能想端贵人的胎却保不住，那日后过了七天，端贵人终因宫血不固小月了。

对于一个曾经失去女儿的人而言，这份残忍不啻要了她的命。荣贵人也不再顾忌旁人的眼光，在端贵人身边日日夜夜照顾，数日后总算把悲伤过度、几乎要轻生的姐妹拉了回来。

虽然端贵人是七天后才小月的，可谁都会把这件事联想到，那天她和乌常在一起受辱才导致的这个结果，闹得宫外都传说这件事，一时谣言纷纷。佟国维亲自入宫向皇帝请罪，请求皇帝饶恕佟妃年轻不懂事，更往慈宁宫向太皇太后告罪。

太皇太后却只幽幽苦笑："入宫前让你宠坏了，入宫后也没人拘着她，说到底咱们做长辈的也有错。何况端贵人毕竟不是当天小产的，太医也说她前些年久病积弱，这一胎原就难守，这件事不能全算在你闺女头上。罢了，皇上都不提，只当没这件事吧。"

承乾宫这边，佟妃呆呆地坐在正殿门里。听说父亲入宫了，便想等他来见见自己。那天的事到如今，她大半个月没出门了，也大半个月没人来理会她，只晓得后头钟粹宫天天有太医往来。刚开始她还盼着乌雅氏病死干净，再后来听说她好了，又希望她能恢复如初，直到端贵人小产的事传来，佟妃才真的傻眼了。

此时静珠从门前进来，见主子还坐着，忙走近身边说："佟大人已经离宫了。"

佟妃一怔，直直地看着她，突然又醒过神，急急地问："为什么离宫了，怎么也不来瞧瞧我？是皇上赶他走的，还是太皇太后赶他走的？阿玛他受辱了吗？"

"具体怎么样，奴婢也不清楚，只知道皇上那里说了几句话就退了出来，之后太皇太后那儿倒留了许久，似乎没什么不好的事。但奴婢去请时，大人只是冷冷地一笑，就出宫去了。"静珠说着，又道，"看样子，还是不会追究您的责任，娘娘放心吧。"

"放心，怎么放心？他们就是故意这样撂着我的，或骂或打又如何，便是这样冷落了，才什么指望都没了。"佟妃眼泪汪汪、哭哭啼啼起来，"连阿玛都不管了，我去依靠谁？我那天到底怎么迷了心窍，你们怎么也不拦着我？你瞧瞧都多久了，我这里都快成冷宫了。"

静珠不敢多言，那天的事现在再说也没意思，该指望将来才对，只能劝她："不如等过些日子，您去看看乌常在，给自己一个台阶下，有些事说清楚就好了。您毕竟尊贵，乌常在也不能拂逆您的面子，她那里释怀了，太皇太后和皇上也未必再计较。"

"凭什么？"佟妃恨然道，"她一个小宫女，凭什么我去道歉，她配吗？"

"娘娘，不是道歉，只是探望一下。"静珠苦口婆心，"皇上那里一定是等您服软，可要的不是您去乾清宫门前跪着，皇上心里还稀罕谁，不就是乌常在吗？您过去慰问一下，大家客客气气说几句话，皇上也就知道您服软了，终究您是他嫡亲的表妹，还能把您怎么样呢？”

佟妃已哭得泣不成声，可还是咽不下这口气：“我为什么要去……姑母若还在世，看谁敢欺负我……”

承乾宫里哭成这样，乌雅岚琪在钟粹宫里却不曾哭过，顶多难受时委屈掉几滴眼泪，那也是身上太难受，而非她想哭的，布常在几人揉一揉哄一哄，她就又高兴了。懒懒养病大半个月，渐渐就开始磨人，起先瞧她病着可怜，要什么众人都答应，这几天知道她故意借口病着撒娇，多半就不理她了。

第五章

难得解意人

三月末时天气终于暖和，屋子里都不用烧炭了。因知道园子里春花烂漫，可苦于不得出门，岚琪今天见了盼夏让去折几枝花来，明天见了玉葵又要她去折柳条来编篮子，可是谁也不理睬她，知道她就一心想出去散散，每天只管骗她吃了药，其他的通通不应。

“你呀，从前都不见这样的，现在只会折腾人，环春她们伺候你都累瘦了，不知道体贴还总想要这个那个，等你病好了什么要不得，再不许胡闹了啊。”连布常在都没了耐心，听她央求自己去把环春藏起来的书找出来，哭笑不得地嗔怪，更忍不住提起皇帝，说，“乾清宫的奴才都愁死了，皇上脸上一直没见笑脸，你快快好全了，他们才能松口气。”

今春皇帝未赴围场行猎，三藩到了要紧的时刻，终日只盯着前朝的事，难得闲下来，也只偶尔见见荣贵人、宜贵人等，心情一直不见好，唯有李公公隔日禀告乌常在身体在慢慢康复时，才会见他眉头稍稍松一些。今日李公公又来禀告，笑着说岚琪最近天天在殿内发脾气，可见是好全了，连咳嗽也少了。

“她发什么脾气？”玄烨不解，“宫里的人怠慢她？”

李公公无奈地笑：“奴才也着人打听了，说是常在吃腻了白粥小菜要吃肉，也想下床走动出门逛逛，白天又要看看书写写字，可环春怕看书伤神把书都藏起来了，常在就和她生气，连环春喂药都不肯吃，好在有布常在支应着，总算每天还吃药。奴才想，乌常在的身子该是不要紧了，每天光和宫女们斗嘴，就足够精神了。”

玄烨不知该心疼还是该生气，怎么这样病一场，她还是没变样，原以为受了那么大的屈辱，心性多少要变一变，可还是这副长不大的模样，心里原是欢喜的，又担心她就是这么好的性子，才总让人欺负。

李公公见皇帝面色稍霁，忙趁热打铁，故意说：“奴才以为，皇上也该去瞧瞧常在了，常在心里一定盼着您去，您总不过去看也不派人问一问，万一不知道您的心意，常在憋闷在心里也不表露，才最让人心疼呢。”

一语说中玄烨的心事，他果然担心这小丫头把心事藏起来自己闷着，受了这么大的屈辱，怎么会完全没事，心下纠结良久，便吩咐李公公：“让御膳房想法儿做些清淡的荤菜来，她总吃白粥小菜也养不出精神，弄好了来告诉朕，带了一起去钟粹宫。”

李公公终于松口气，忙不迭出来派人去告知御膳房，一个时辰后那边准备妥当，便来请皇帝移驾。

玄烨来时，正好见布常在要过去东配殿，说是该吃药了，岚琪那里又撒娇不肯吃，环春、玉葵劝不动，才来请她。

玄烨赞她这些日子用心照拂，布常在欣然笑道：“这是臣妾该做的。”之后便退了回去，她对帝心圣恩早没了奢求，虽然性子弱不经事，可为了女儿，她就知道自己该怎么在这宫里过日子，和岚琪的姐妹情深，才是能支持她长久立足的信念。

皇帝慢步走到窗下，正听里头环春说：“主子这样磨人，奴婢们可真要哭了，怎么就不吃药呢？冰糖蜜枣都有，您还要什么？”

兴许是见环春真的着急了，岚琪听着也委委屈屈地说：“药太苦了，我每天灌一肚子，身上的气息都是苦的，我真的好多了，你们求求太医能不能换别的来？我每天和你们斗斗嘴，你们懒得理我，反而能歇歇不是。我这就把药吃了，环春你也把书还给我好不好？”

玄烨默默听着，脸上有了笑意。不久环春端了药碗出来，乍见皇帝在窗下站着，忙过来屈膝叩首，玄烨却比了个嘘声，让到了远处才问：“她每天都这样闹吗？”

环春笑着应道：“前些日子病得重时不闹的，主子每天自己就惦记着几时该吃药了，一心要把身体养好。就是这几天好了，才总爱撒娇，也是怕奴婢们担心她，才每天精精神神地闹着玩，自己一个人的时候，可安静了，只管养精神。太医们都说主子是自己养好的，说生病的人最怕期期艾艾，主子这样活泼再好不过了。”

“回头让李总管赏你们，想要什么自己说去。”玄烨心情甚好，转身到了门前，恰见玉葵也出来，问里头是不是没别人了，才悄声进去。

岚琪这边浑然不知皇帝到来，因环春终于熬不住把书还给她，正捧着上回读了一半的闲书兴冲冲地看着。身上只穿着寝衣，披着被子趴在床上，大概这样不舒服，自己裹了被子要坐起来，动作灵巧轻快，果真不是病人的模样，只是一转身就看到玄烨站在跟前，小人儿吃惊不小，可天知道她怎么想的，看到玄烨后最先想到的，是立刻把手里的书藏到背后去。

这个小小的举动，让玄烨实在怜惜不起来，走上来伸出手，绷着脸也不说话。半晌岚琪才抿着嘴，依依不舍地把书交了出来。玄烨卷了书，在她额头轻轻一敲："给你，是让你现在看的吗？"

可明明半玩笑的一句话，脸上也没那么严肃，眼前的人却鼻尖泛红双目晶莹，脑袋稍稍一晃眼泪就从双颊滑落，连忙又抬手抹去，拉开床上的被子腾出空地请皇帝坐，一边摸摸自己的头发怕太凌乱失仪。可手忙脚乱做这些时，眼泪还是止不住往下落。当玄烨过来将她抱入怀中，乌雅岚琪竟是第一次在皇帝怀里哭出声。那一声声，哭得人心都要碎了。

好半天才平静下来，玄烨轻轻抚摸她的背脊，含笑问道："是不是因为朕一直没来看你？"

"以为您生气，气臣妾没用，总让人欺负。"岚琪毫不避讳地用了"欺负"二字，哪怕那一个人是尊贵的佟妃呢，从皇帝怀里坐起来，哭花的脸上露出笑容，还含着泪的眼眸里更有坚毅之色，"一定再没有下回了，臣妾又不傻。"

玄烨嗔笑："乌雅岚琪不傻，还有傻的人吗？"

"可不是吗？"岚琪顺嘴就应了，可停一瞬回过味来，看见玄烨满目笑意，不禁又羞又急，被玄烨搂在怀里"可不是吗，是不是"地问着，她娇滴滴呜咽了几声，"臣妾可不傻。"

抚摸着岚琪的背脊，玄烨感觉怀里的人又瘦了许多，抱起来在额头轻轻一吻："健健康康的才好，朕要乌雅岚琪陪着朕一辈子，答应朕。"

"臣妾答应皇上。"岚琪重重地点了点头，就被玄烨轻轻捏了脸颊："先好好吃饭，把你这小身子骨养起来，朕给你带好些好吃的，环春不给你吃的，朕都给你带来了。"

岚琪闻言两眼放光，不过大半个月清淡饮食，好像被饿了十几年似的，听见外头传膳的动静，浑身都有劲儿，想让宫女来给更衣，皇帝却叫把菜都搬进来放在炕上，就让她穿着寝衣披一件衣裳，一起盘膝在小桌上对坐进膳。

玄烨近来因朝务繁忙每日御膳也懒怠动，为此御膳房还禀告到太皇太后那里，让他被皇祖母责备了一顿。可一边烦恼朝廷的事，一边又担心着岚琪，何来的食欲，当一个人面对一大桌毫无新意的膳食时，唯剩厌倦。

而此刻面前这个瘦瘦小小的人，大病初愈脸上气血还没完全恢复，看见满桌美味珍馐，却毫不客气地大口吃着，连后宫里司空见惯的矜持都没有。吃饭热闹才有趣，玄烨一时也动了胃口，陪着吃了不少，之后便只看着她细嚼慢咽神情满足地品尝每一样东西，但没多久也放下了碗筷，脸上好一阵惋惜之态。

“怎么了？你只管吃你的便是了，朕就想看着你。”玄烨哄她继续，还给夹了菜，可岚琪却摇头：“吃不下了，不久才吃的药，而且每天清粥小菜，胃口都变小了。”她说着，低头摸了摸肚子，一抬头见玄烨看着她，才想起该有的矜持，垂首赧然笑道，“臣妾失仪了。”

玄烨凑过来伸手也摸摸她毫不见肉的肚子，笑意深长地说道：“早些把身子养好了，给朕生个小阿哥，太子哥哥要一个聪明能干的弟弟。”

此语暧昧又甜蜜，岚琪不禁羞赧，又娇然笑道：“皇上才刚说臣妾傻呢，将来便是有弟弟了，也不会能干。”

“胡说。”玄烨在她额头上重重一扣，“朕的孩子怎会不聪明能干？快过来坐。”说着把岚琪拉到身边来，便懒洋洋道，“我们歇一歇，朕一会儿又要走的。”

两人依偎着说会儿话，可岚琪今天不犯困，身边的皇帝却先睡着了，也不晓得他多久没好好休息过了。听见平稳安宁的呼吸声，岚琪躺在他身上一动不敢动，生怕打搅他难得的好眠，必然是日夜辛苦积劳如是，入宫那会儿也不觉得皇帝有多辛苦，直到真正走近他身边，才明白有天下的重担有多沉。

“朕要乌雅岚琪陪着朕一辈子。”这一句他才刚说过的话，暖着人心，也不由得让岚琪想起赫舍里皇后去世时，黑压压的暴雨中，他对李公公说“朕再也听不见她说这样的话”，一时心疼不已。

乌雅岚琪不是皇帝唯一的女人，将来也许还会有更讨人喜欢的新人出现，可不论同在皇城不得相见，还是近在他身边日夜相伴，她都希望自己能陪他一辈子，要陪一辈子，就必须健康地活下去。

安然想着这些，春日阳光自明窗落下，暖融融的气氛里，岚琪竟也不知不觉睡过去。等她从梦中醒来时，玄烨已经不在了。

“主子醒了？”瞧见环春进来，带着这些日子必不可少的汤药气息，看着那一碗黑漆漆的药，而自己又是睡在床上，不免怅然，问环春：“我做梦了吗？”

“您睡得很香，做梦了吗？”环春笑问，一边已把药端到她眼前。

“我是说……”岚琪心中竟莫名忐忑起来，指着窗下已收拾干净的炕头问，“皇上来过吗？我刚才是不是和皇上一起吃饭来着，就在那里？”

环春笑悠悠道：“怎么没来过，真真切切地来过，主子睡糊涂了？是您靠着皇上就睡着了，皇上要走时喊了您几声也不醒，就亲自把您抱在床上才走的。”

空悬的心安稳落下，立刻就满足了，岚琪眼睛眨也不眨地伸手拿过药，“咕咚咕咚”就喝下去，环春“哎哟”了一声：“主子今天也太乖了，说到底，还是皇上有本事。”

岚琪把药碗塞给她，得意又欢喜地扭头撇着嘴道：“你们自然不能和皇上比的，可是皇上以外，也没人能和你们比了。”

玉葵正捧了手巾来侍奉，听见这句故意对环春笑道：“姐姐听听，主子最会说话哄咱们高兴，可撒娇发脾气的时候，也只会折腾我们。”

“我再不闹了，多苦的药都吃。”岚琪笑靥如花精神甚好，好好吃药身体才能完全恢复，她要健健康康的，给玄烨生小阿哥，健健康康地陪他一辈子。

不过那一日后，皇帝并未自此亲近钟粹宫，不过偶尔派李公公低调地来问一问，平日里侍奉在乾清宫的，仍旧是荣贵人、宜贵人几位，不管乌常在是否因病着不能侍寝，似乎皇帝的热情仍旧远不如从前。

而承乾宫的落寞，谁都看在眼里，可不论是乌常在被罚光脚站在寒地里，还是端贵人小产，所有的事都无人斥责佟妃，也无人追究缘故。看似太平无事，实则却把佟妃骄傲的耐心一点一点磨光。起先她还会在殿阁里哭，越往后越冷清的日子里，她就每天冷冷地发呆，静珠时时刻刻伺候在身边，却只感觉到主子身上的戾气越来越重。

这日针线房来人给佟妃量夏日衣服的尺寸，她冷笑着问：“昭妃娘娘如今这样大方了？皇后的陵墓还停着没复工，宫里倒做起新衣裳了。”

针线房的太监宫女都不敢接嘴，静珠在边上赔笑着，等人都走了，才劝主子说：“您何苦说这些话，传出去又是是非。”

佟妃不屑地笑道：“传出去又如何？那些人巴不得看我自此落寞没声儿了，我偏不要，太皇太后和皇上能冷落我，可她们一个个休想轻贱我。这些日子我想明白了，脸不是别人给的，是自己挣的，如今笑过我的人，将来我都要让她们哭。”

这一份气性果然随着些许闲言碎语传出去，碍于佟妃的地位以及传言的真假难辨，也无人敢挑衅承乾宫，或去太皇太后面前搬弄是非。可老人家心里明镜儿似的，每每听说些什么，只幽幽叹道：“好好一个孩子，生了这副心肠，她姑母从前是多柔弱温和的一个人。”

“皇上心里明白就好，皇上明白，好些事也就闹不出来了。”苏麻喇嬷嬷总是这样劝，可心里明白佟妃这样子，宫里早晚还得出事。

但因三藩大势渐尽、捷报频传，朝廷上下一派昂扬斗志，太皇太后为这件事高兴，其他的能不管也就不管了。昭妃准备着端阳节好好热闹一下，且正是不冷不热的气候，宫里宫外多有人走动往来，后宫合着前朝一样，生机盎然。

岚琪的身体也在这百花烂漫的季节里完全康复，头一件事自然是来向慈宁宫请安。这天等着妃嫔们请安散了，午前时一个人往太皇太后这里走来。

路上经过当日自己光脚站着的地方时，环春有心扶着主子快些走，岚琪却停下来驻足看了须臾，对她们说：“嬷嬷要我记着呢，所以往后每看见一次，就是提醒我不能忘了当日的屈辱，己所不欲，勿施于人，绝不能有一天也变得那样狰狞可怕。”

之后到慈宁宫门外，门前小太监都不等去通报，殷勤引着乌常在进去，笑着给她道安，说：“常在好久不来，太皇太后天天惦记呢。”

等到寝殿外头，苏麻喇嬷嬷已经迎出来，满脸喜庆亲和：“可算是大安了，这些日子奴婢不曾去探望常在，您心里可怨怼了吧？”

岚琪软软娇娇地笑着，挽着嬷嬷往里走：“哪里会怨怼，就是特别想您。”

嬷嬷笑呵呵地说：“太皇太后也想着呢，近些日子总念叨，听说您已经下床在院子里转悠了，责怪您都不记着先来这里瞧瞧。”

说话工夫已到了太皇太后面前，老人家正看宫女绣手帕，听见苏麻喇嬷嬷说：“主子瞧瞧谁来了。”抬眼见是岚琪，心里喜欢，嘴上却道：“你可是嫌弃我这里伺候人太辛苦，才折腾自己病一场，好偷懒不来？”

岚琪伏到膝下叩首行礼，再抬起头已经双目通红。太皇太后好不怜惜，让到跟前来，挽着手细细地看她，好些日子不见，这小丫头的眼眉竟开始生得妩媚，从前清秀娇俏的样子倒渐渐淡了，不免取笑她：“病一场，可长得难看了。”

岚琪笑道：“难看也不打紧，反正在您跟前伺候，好看不好看都一样。”

苏麻喇嬷嬷却在边上笑道：“可在皇上面前伺候，不好看可就不讨喜欢了。”

太皇太后大笑：“你再逗她，越发不喜欢咱们这里，又要偷懒不来了。”说着让岚琪在身旁坐下，把宫女的手帕拿过来递给她，“这块帕子等着用，你手上功夫好，可不许再偷懒了。”

岚琪接过来，一边绣着一边听太皇太后和她讲话。大家都不提当日的事，她自己也觉得挺好，过去了就过去吧，提起来也没意思。可之后要伺候传膳时，正说笑让她陪太皇太后坐着也受用一回别动，外头却有宫女来，将苏麻喇嬷嬷请出去说：“佟妃娘娘来了，在宫外头求见呢，奴婢瞧那架势，不让进就要跪着求了。”

嬷嬷不禁蹙眉，可也看透佟妃的心性，乌常在若不在，她兴许还会跪求一见，眼下人家在里头她必然知道，犯不着让自己没脸，便吩咐道："就说主子用膳了，请佟妃也早些回去用膳，其他不必多说，让她自己决定吧。要真跪在门口等，那就跪着好了。"

等嬷嬷回来摆膳，也不提外头来了什么人，直到午后太皇太后要歇觉，让岚琪有精神的话去瞧瞧端贵人，让她离开了，苏麻喇嬷嬷这才提起佟妃的事。太皇太后摇头叹道："不错，再过些日子见她不迟。"

岚琪这边奉命欲往端贵人处去，为她小产的事也曾难过一阵子，本不知若去探望该说些什么，今日不得不去，也就不顾忌这么多了。可想不到，离开慈宁宫不远，竟在那天遇见佟妃的地方突然再见到她，只听环春轻声说："出门时听讲来过，苏麻喇嬷嬷没让见，没想到竟然等在这里。"

岚琪按下情绪，领着她们过来行礼，佟妃忙笑道："乌常在的礼本宫可不敢承受，你多金贵的人。"

"嫔妾不敢。"岚琪徐徐而降，规规矩矩地行礼问安。

"如今宫里还有哪一个能陪着太皇太后用膳？本宫没资格，恐怕昭妃娘娘也没资格，就只有你了。"佟妃轻轻哼一声，唤静珠，"赶紧让乌常在起来。"

岚琪也不等人搀扶，自己稳稳地站起来了，垂首不看眼前的人，她不想看见她狰狞的笑容。可佟妃本就故意在这里等她，自然有些话要讲，清了清嗓子道："本宫那日或许气大了些，可到底没违了宫里的规矩，你们挡了本宫的去路，就是犯上有错，如今事情过去了，大家相安无事最好。但再有句话，还是要亲口嘱咐你，乌常在，任何时候也别忘了自己的斤两，日子还长着呢，有些话不说明白，你也能懂吧？"

岚琪心头一惊，玄烨曾笑她傻，可她从来都不傻，在这宫里不能听话听音，就白长一对耳朵。佟妃这句话的意思，可不就是在警告她，太皇太后年事已高，将来西归瑶池，还有谁来给她撑腰。

"记着了？"佟妃笑声得意不可一世，挽着静珠转身离去。岚琪的身子晃了一晃，环春扶着她急忙问："主子没事吧？"

岚琪摇了摇头，这个女人显然故意要在她心里种下阴影，才会跑来说这一句话，可惜白费了。她从来没把慈宁宫当自己的靠山，日子过得风光也好黯然也好，太皇太后疼爱她，她自己孝敬，为皇上孝敬，凭的都是心意。若说要以此求什么，那从一开始就错了，也就断不会有什么结果。

"刚才那些话，你们只当没听见，不要去搬弄是非。"岚琪吩咐身边的人，更难得露出严肃的神情，“咱们过自己的日子，犯不着她的，我心里从来都不害怕，你们也不要怕。”

去过端贵人的住处，再回钟粹宫，因不得不路过佟妃的殿阁，到了跟前自然也收敛低调一些。可刚要走过去，却见承乾宫门口吵吵闹闹，岚琪一时好奇往那儿瞧了一眼，但见一个宫女被摁在地上，一个小太监撸起了袖子正左右开弓地扇巴掌。宫里头素来有打人不打脸的规矩，怕的是万一脸上丑陋惊扰了圣驾，可真要打，也没人拦得住。

“主子，咱们别管闲事。”环春拉了拉岚琪继续朝前走，到了钟粹宫关了门才继续说，“佟妃娘娘脾气不好，打骂奴才是常有的事，就算有人要管也轮不到咱们啊。”

岚琪明白，只是觉得那宫女可怜，看着不过十二三岁的样子，她自然就想起自己才入宫时的光景，可惜她人微力薄，只能眼睁睁看着她挨打。

之后换了衣裳，洗手在窗下写字，许是大病初愈，又在外头晃悠好半天，手里笔颤得厉害，便想歇一歇，外头却有人来，玉葵进来说：“针线房的人来了，您前些日子病着，一直没能量着尺寸。”

岚琪笑盈盈地说：“他们量了便量了，可别告诉别人知道，特别是万岁爷那儿。”

她这一病瘦了不少，旧年还对皇上说自己的尺寸宽了好些，可病起后穿衣裳，无不在身上晃荡，这会儿宫女们给她量尺寸，也笑着说：“乌常在可又瘦了，不过您身量可长高些了呢。”

“是吗？”岚琪拉着香月比画，香月笑道：“奴婢也长了，主子和奴婢比可不成。”

因将布常在也请来一起在这里量了，她们几个人打了帘子进来，只听布常在问：“外头那个小宫女是你们的人吗？怎么脸肿成那个样子，还领着在外头走，撞见上头可就不好了，赶紧让她回去吧。”

岚琪听见，便自己走出来，才掀开门帘就看到那小丫头站在院子里，手里捧着针线篮子，身形瘦小单薄，脸肿得吓人，很是可怜。

针线房为首的嬷嬷便叹道：“刚才去佟妃娘娘那儿，娘娘让给做一套新衣裳，正给量尺寸，这丫头不知道犯了什么错，奴婢回过神来，娘娘已经呵斥人把她拖出去打了。因二位常在这里是最后一处，伺候好了您二位，就要回去的，怕她一个人在宫里瞎走冲撞了谁，才带过来，不想还是惊扰了二位主子。”

这老嬷嬷倒是和气心善的人，一边说一边就要给岚琪和布常在行礼告罪，岚琪忙叫环春搀扶住一旁坐着喝口茶，又转身挑起帘子看看。那小丫头若说可怜是必然的，不过站在那里脊梁挺得笔直，没有哭也没有惊恐，小小年纪很不一样。

“我这儿有些药。”岚琪说着指了玉葵去拿。要说那些创伤药，还是她挨太皇太后打的时候多出来的，所以拿来了又担心会不会坏掉。玉葵说那些开了用过的早就扔掉了，这些用蜡封得严严实实的，太医说过放几年也不要紧。

“嬷嬷拿去给那孩子用吧，瞧着怪可怜的，你们也不方便找太医。”岚琪让玉葵给了，老嬷嬷便要喊那宫女进来谢恩，岚琪让免了，“她心里一定不好受，我给她药也不图她来磕个头。”

布常在则问：“看着年纪很小，宫里近来新选的宫女怎么年纪越来越小了？”

嬷嬷应着：“这孩子家里犯了事儿，全家都给抄没了，所以这个年纪也给送了进来。叫奴婢说，在宫里总比在外头好些，一样做伺候人的事儿。很灵巧安静的孩子，别看岁数小，手上功夫可不弱，奴婢难得遇见一个有天赋的孩子，所以就亲自带着了。”

“怪可怜的。”布常在幽幽叹道，“不过能遇见嬷嬷您，也是她的造化。”

针线房的人不久便散去了，布常在和岚琪说一会儿话也自己去歇着。小宫女的事众人渐渐也淡忘，毕竟宫里头这样的事太多，时间久看得惯了，也就麻木了。

天气渐热，转眼就到了端午节，那日午宴后太皇太后就让亲贵女眷们各自散了去玩耍。宜贵人在御花园玩了半天回来翊坤宫，正见冬云出来，恭恭敬敬地笑着道：“宜贵人可回来了，您家妹妹等好久了，娘娘家的夫人们瞧见小姐要出宫，说既然住在一处的，何不来瞧瞧，可人带来了却找不见您，小姐等急了。”

宜贵人欣喜不已，没想到昭妃还会有这样的好心，忙往西配殿来，果然见妹妹坐在里头等，刚刚午宴上离得老远瞧不真切，这会子到了跟前，可看得清清楚楚的。姐妹俩性子都爽朗，欢欢喜喜地说了会儿话，宜贵人便领她去谢恩，之后也跟着钮祜禄家的夫人们离宫了。

宜贵人也要回自己的殿阁时，外头有宫女来禀告：“皇上今晚在慈宁宫用膳，李公公那里说今晚也不翻牌子。”

“知道了。”昭妃应一声，但又想起什么，唤人回来问，“谁在慈宁宫伺候着？”

“听说是乌常在。”

那宫女回答后，殿内便静了。宜贵人尴尬地站在那儿，朝冬云示意她是不是能走了，冬云只摆摆手表示不知道。良久，昭妃才似缓过神来，抬眸瞧见宜贵人在，便笑：“你和乌常在走得可近？”

“不怎么亲近，之前去她们殿阁里玩过一次而已，荣贵人她们好像走得近。”宜贵人垂首应答，“娘娘问这些，做什么？”

昭妃冷然笑道：“只是想提点你，和谁交好对自己有好处，冬云说你下午和安贵人在园子里逛？她那样的人不高不低的，又爱嘴碎，你没人来往了要和她去相处吗？”

宜贵人不敢驳斥，低着头继续听她说：“不要总惦记着玩耍，能有什么好处？既然太皇太后那里你插不进去，宁寿宫那儿呢？太后跟前就不要人伺候了？你总该给自己找点事做，终日无所事事的，皇上只怕看久了也心烦。”

宜贵人腹诽着，再心烦也喜欢我多过你，你究竟哪儿来的底气指教我？

“太后喜欢抄经文，往后没事就过去在边上伺候着，你也该静静心了。”昭妃很不耐烦地说着，不知道又把什么脾气撒在她的身上，教训了半天才放人走。冬云端了茶来劝：“宜贵人那性子，在宁寿宫怎么坐得住，只怕惹太后不高兴呢。”

“我知道。”昭妃喝了口茶叹气，抬手揉着太阳穴，“今天郭络罗氏那个小姑娘你瞧见了？再看看我那妹子，真是安静得过了，坐在边上半句话也不会说，怯怯弱弱看着心烦。我还以为她们现在这个年纪的女孩子个个儿都很厉害，还以为世道真的变了呢，皇上总说钮祜禄氏一族嚣张跋扈，可偏就是我们家出不来一个这样的女孩子，只怕往后进了宫，若没有我的荫庇，就等着叫人欺负吧。”

冬云笑道：“那也不能一样，小姐和您一样出身贵重，进了宫身份地位就不同，谁敢欺负她。”

昭妃摇头叹道：“再贵重总有先后，佟妃那里压着呢。”

“可到时候，您成了皇后，谁敢欺负您的妹妹？”冬云悄声说，“方才福晋不也说，国舅爷让她告诉您，就看明年了。”

昭妃暗沉的脸上终于绽出些许光芒，眼中也渐渐凝聚傲然之气：“是啊，怎么也要等到明年，那中宫里的位置，舍我其谁。”

然这一边宜贵人回到自己的殿阁，关了门好一阵发脾气，拉着桃红说：“她真是越来越过分了，在外头对谁都温柔大方，关了门就折磨我，怎么着我就那么好欺负？就这种人还一天到晚想做皇后，我是没见过赫舍里皇后，可看看她这副尊容，也知道当初皇上为什么没选她……哎哟……”

“主子？”

宜贵人正涨红着脸骂骂咧咧，可突然脸色揪紧，捂着肚子蹲下来，额头上瞬间就有细细密密的汗珠子冒出来，痛苦地抓着桃红的手说："我肚子疼……好疼……"

桃红惊慌不已，等低头瞧见宜贵人裙子上沁出鲜红的血迹，吓得魂都没了，立刻高声喊人，而宜贵人已经痛得晕过去和她一起跌在地上了。

昭妃这里也听见动静，正恼火宜贵人吵闹，冬云匆匆过去看光景，回来时吓得脸色惨白说："主子，宜贵人小产了。"

"小产？"昭妃登时呆住，"她几时有的身孕，从没听说过。"

不论如何，太医赶来医治时，确定宜贵人是小产了，两月余的身孕没了。翻翻侍寝的日子，的确是正正经经的皇嗣，可谁也没留神在意，再等发觉，孩子已经没了。

翊坤宫里出这样的事，对昭妃来说不啻是沉重的打击，宜贵人毕竟随她居住，场面上就该是她照顾这个妹妹，结果却闹成这副光景。当她亲自来慈宁宫请罪时，佟妃故意就先一步等在了那里，立在边上看她跪在太皇太后面前，脸上藏不住的笑意要往外涌，可到底碍于慈宁宫威严，好好地忍耐了。

太皇太后并没有责怪昭妃，到底是宜贵人自己不当心，昭妃管着六宫那么多事，哪里能面面俱到，只是她自责不已，把错都揽在自己身上。还是苏麻喇嬷嬷出面劝了会儿，昭妃才平复心情。

那之后没过多久，就在翊坤宫宜贵人的屋子里搜出东西，说是有人故意害得贵人小产。昭妃怕人说她闲话，就让搜整个翊坤宫。结果在冬云的屋子里搜出来一样东西，一时便说不清了，众妃都聚在慈宁宫求太皇太后做主。

可当所有人把矛头指向昭妃，说她指使冬云迫害宜贵人不能产育时，冬云却一口咬住了佟妃身旁的宫女静珠，说那些东西是静珠送来给自家主子，主子赏给了她，而宜贵人屋子里那些，也是这样得来的。

佟妃恼羞成怒，不顾太皇太后和太后在跟前，冲过来就扇了冬云一巴掌，叫嚣着："贱婢，信口雌黄，本宫几时给过你们这些东西？"

冬云却捂着脸故意反问："娘娘，奴婢可没说是您，奴婢说静珠呀。"

佟妃叫嚣："静珠怎么送东西，当然都是我让她送的了，贱婢，你胡说什么？"

周遭一时哗然，大家也都收到过佟妃赏赐的点心、香囊、团扇，如今想来都不禁背后冷飕飕的。

宜贵人那几天里一直戴着佟妃赏赐的香囊，就是小产后她也藏在了枕头底下。今天太医去请脉时闻见异味，让桃红四处摸了摸，果然摸出了这只香囊，里头自然都是凶猛的虎狼之药，可恶之处就是气味清香宜人，在这闷热烦躁的初夏很让人觉得安宁。宜贵人贴身带了几天，有了身孕自然是害处，没有身孕，身体一直寒凉，凭她如何在乾清宫“安胎”，也不能有什么好消息。

“又是这些伎俩，你们不玩儿点新鲜的？”太皇太后早腻烦了宫里这些龌龊的手腕，从她做妃子起，到太后到太皇太后，身边的女人们、儿媳妇们，如今终于也轮到孙媳妇了。

历朝历代都是这么过来的，女人扎堆的地方，男人只有一个，中宫和东宫也只有一人能做主，谁不想抢谁不想争，她近年来喜欢出身低微的孩子，也是因为她们自知身份守得住分寸，偏是这些高门贵族里出来的孩子，个个儿都自以为是唯恐天下不乱。

“太皇太后，臣妾是冤枉的……”佟妃有些弄不明白眼下的情况了，哭着跪在地上哀求，“求您一定要查清楚，真的不是臣妾……”

“太皇太后，臣妾身上这只香囊，也是佟妃娘娘端午节下的赏赐。”一旁安贵人突然走来，颤巍巍地将香囊双手奉上。小宫女接过来，照着苏麻喇嬷嬷的指示送给外头等候的太医去看，然后回话：“太医讲东西和翊坤宫里的两只是一样的。”

佟妃凄厉地驳斥：“那些东西究竟有什么不好，宫外头家家户户端午节都挂这香囊。”转身又指着众人问，“你们这些人家里从前不用的吗？在这里装什么无辜委屈，若是不好的东西，谁会带在身上……”

“闭嘴！”太皇太后一声怒斥，素昔慈祥温和的神情不见了，边上苏麻喇嬷嬷忙来劝：“各位娘娘主子都散了吧，恐怕这件事佟妃娘娘也是年轻不懂的，不知者不怪。”

大家都知道苏麻喇嬷嬷的话就是太皇太后的意思，都不敢再留下看笑话，一时行礼告辞。而她们出去不多久，冬云也扶着昭妃娘娘出来了，众人分立两侧让昭妃先走。她行至中间，却停下来目色幽幽将身边的人一一看过，果然不见钟粹宫两个在跟前，就连荣贵人和惠贵人都来了，她舒一口气，冷然道：“回去也翻翻那些东西吧，可人也好，东西也好，可都要睁眼看清楚了。”

众人怯然道一声是，便目送昭妃离去，之后才三三两两散了。便有人说，这件事昭妃没有继续咬着佟妃不放，便是给太皇太后和皇上面子，那这份人情日后再还起来，利滚利的可就不能同日而语了。

慈宁宫殿内，佟妃伏在地上哭得可怜，太皇太后由着她哭了好一会儿，才厉声道："这就是不知分寸的下场，你眼巴巴儿地来看好戏，结果被人拖下水弄得一身脏，你姑母的儿子为什么能做皇帝？她本本分分在这宫里，不讨人厌也不扎眼，好好把孩子生下来，哪怕养在阿哥所没见过面也不敢逾矩争什么，她若也去跟董鄂氏争，败光了自己的福气输光了儿子的前程，还有你今天在这宫里兴风作浪吗？"

"太皇太后，臣妾是冤枉的，那些香囊真的没有虎狼之药。"佟妃哭得泣不成声，一声声哀求着，却又听太皇太后道："香囊有没有动手脚我不愿再追究，可你派静珠去找布常在做什么？"

佟妃浑身一凛，又听见问道："大半夜拦着乌常在的去路，你又想做什么？"

"臣妾没有……"她眼中嗜血般深红可怕，怨念深重，可又在老人家一句句发问里挫败。太皇太后起身要离开，不屑地俯视她道："你姑母曾经的德行必然荫庇于你，可你若败光了这一切，那气数也就尽了，夹着尾巴好好做人，这宫里任何人任何事，都逃不过慈宁宫的眼睛。"又怒然指着地上的静珠说，"好好的人，都让这些刁奴挑唆坏了。"

苏麻喇嬷嬷一边让宫女们搀扶太皇太后去歇息，一边唤人来："把静珠送去慎刑司，该怎么处置他们明白。"

"娘娘救我……娘娘救我！奴婢什么也没做，娘娘……"在静珠绝望的呼救声里，她如一块绵帛般被拖了出去，声音越来越远，可直到旁人都听不见了，却好像还在佟妃耳边缠绕，她紧紧捂着耳朵蜷缩在地上，很快在自己的惊吓中失去了知觉，再后来就被七手八脚地抬了回去，一直昏昏沉沉不省人事。

这样的结果谁都没料到，可大家回宫纷纷拆开佟妃赏赐的香囊时，果然个个儿里头都有虎狼之药。端午节用来辟邪驱虫的香囊里虽然多气味浓重的药材，可也不至于有这些东西，但佟妃就算有天大的胆子，也不至于敢把后宫所有女人都坑害，可若说是谁从中插手调包，那也必然是有偷天的本领。一时人人自危，这宫里头的水，是越来越深了。

后宫的风风雨雨，传到乾清宫却只是几句话。玄烨冷冷听李总管一脸尴尬地说完，对这次的事，他心里有数，只满不在乎地说："既然皇祖母那里不追究，也不必让外头再风传什么，朕知道你时常在那些大臣中间行走，那就带几句话去，让他们少跟着生事端，后宫家事，轮不到他们说三道四。"

但李公公要退下时，玄烨又吩咐："翊坤宫里赏赐一些东西给昭妃和宜贵人压惊，承乾宫也不要少了太医问候，你以朕的名义去关心就好，皇祖母那里朕会去解释。"

如此，佟妃陷害妃嫔的事，来得莫名其妙，去得也异常迅疾。太皇太后以最高的权威压下来，只问责了佟妃不知之罪，以大宫女静珠为首，将她宫内若干太监宫女送入了慎刑司，而之后也按照妃位该有的份例，一个不少地给她派去了新的人。可所有人都明白，新的那些人，多多少少都看慈宁宫做事，佟妃往后一言一行，真真再不能如初入宫时那般自由了。

但皇帝态度似乎又很不一样，对翊坤宫体恤的同时，也未冷淡了承乾宫，对表妹依旧如从前那样看待，该有的不曾少，甚至问候关切更胜从前。没有人看得明白这里头的缘故，也因此，并无人敢随意轻慢了佟妃娘娘。

只是深宫里，圣宠争不得，福气更难求，有福之人总有上天庇佑。荣贵人旧年六月才生下小阿哥，转眼今年小阿哥周岁生辰时，太医又诊断贵人怀有身孕。好消息送到慈宁宫时，岚琪正给太皇太后打扇子哄了午睡。

苏麻喇嬷嬷乐滋滋来说给主子听，太皇太后笑悠悠道："当初你选她，就说身子骨好，如今瞧瞧可不是吗，宫里头数她最有福气。"说着拉了岚琪的手道，"你心里也不要着急，过些日子你身子渐渐更好些了，多与皇帝亲近，也会有福气，苏麻喇别的做不成，看人可准了。"

岚琪脸颊绯红，赧然笑着撒娇："您大白天这样说，臣妾该应还是不应呢？"

太皇太后笑得合不拢嘴，可才说了高兴的话，乾清宫却传消息来说，玄烨热伤风病倒了，几乎是抬着回宫的。太皇太后一时心情沉重，皇帝的身体是朝廷国家的根本，丝毫动摇不得。

"你去伺候着吧，原有荣贵人在我放心，可她现在养着胎不好乱动，惠贵人那里身上正是不自在的日子，没有可心的人了。"太皇太后瞧见无人值得托付，昭妃那儿会料理六宫，却不会伺候人，佟妃更指望不上，这些她心里都清楚，唯有眼前这个知冷知热最体贴，算着旧年的尴尬也该淡下，就更不在乎了，吩咐道，"这几天就不必过来，几时皇帝身体利索了，你也回去歇几天再来我这里。"

岚琪本就记挂玄烨的身体，如今奉命来伺候，脚下更是走得很急，到乾清宫时已是满头大汗。却在门前见到昭妃缓缓出来，听说是太皇太后指派了乌雅氏来侍疾，心里虽不乐意，面上还是很大方的，温和地嘱咐道："自己身体也要当心。"便就走了。

李公公瞧见乌常在来了，忙笑着说："您这边请吧，皇上正恼呢，要催奴才拿折子给他看，您快去劝劝，太医说了至少静养两天，不能耗费心思的。"

"太皇太后可不许皇上看折子的，外头的事有裕亲王他们在，不怕耽误。

你们把折子都收去别的屋子，这几天只管给皇上养身体，真有什么急事，就先送去慈宁宫。”岚琪煞有介事地吩咐着众人，李公公瞧见她这气势，却是很安心地笑了。

岚琪进来时，玄烨正歪在榻上皱眉头，也不知道她会来，以为李公公拿折子来了，带着沉沉鼻音说：“济南府昨天递来的折子，你先拿来给朕瞧。”

“太皇太后有旨，皇上这几日不能碰朝政。”岚琪立在仪门前说，玄烨听见她的声音，倏然睁开了眼睛，似乎很意外，虽不至于两人很久不相见，可突然瞧见她，心里说不出的欢喜，身上的不自在也松弛了些。

见皇帝脸上没有怒意，岚琪心里也松口气，才笑着走进来说：“皇上可别恼臣妾，是太皇太后的旨意，这几天皇上要吃什么容易，要看折子，臣妾就要先去慈宁宫问问再答复您了。”

玄烨伸出手，岚琪过来握住，在他身边屈膝陪着，只听他声音沉沉地问：“皇祖母要你来了？”

“皇上不喜欢？”小常在如今也学得矫情，被玄烨轻轻拍了额头：“朕头疼得厉害，给朕揉一揉。”

那边有小太监殷勤地搬来凳子。她起身去绞了冰凉的帕子给他盖在额头上，然后坐在一旁轻轻揉着玄烨的脑袋。浸过凉水的手冰凉柔软，手里的力道又恰到好处，榻上的人眉间的痛苦渐渐松弛，刚才还心烦意乱的人，很快就睡着了。

不过玄烨一来积劳，二来出门燥热不免贪凉，这一次热伤风来得凶猛，夜里身上就烧得滚烫。岚琪衣不解带地伺候在身边，整整两天才退了烧，之后也不敢大意，每日医药不断，太皇太后更是一天派两回人来叮嘱孙儿不能为朝务费心，足足养了七八天才完完全全恢复。倒也是这一阵好养，又在年轻的时候，皇帝比从前更精神了。

不过这七八天的工夫，可把小常在累坏了。她几乎没离开过乾清宫，每日洗漱用膳歇息都在这里，太皇太后让李公公特地收拾了一处殿阁给她住着，众人也不知道该不该羡慕，虽然侍疾十分辛苦，可连当年赫舍里皇后都不曾有这样的待遇。

好在羡慕的人还明白侍疾的辛劳，不至于嫉妒得恨上乌常在，她付出多少自己最明白。这天回殿阁里洗漱后，因知道皇帝正睡着，心里一时松了弦，累得不知不觉睡过去。头几天熬夜的辛苦一直积在身体里，这一觉睡得酣甜舒畅，悠然醒转瞧见外头天色都暗了，惊坐起来慌忙趿了鞋子穿戴衣衫。

好半天收拾妥当了，匆匆往玄烨这里来，李公公正问要不要传膳，只听见皇帝说不饿。岚琪进来问是不是没胃口，又问想吃什么，却见玄烨看着她皱眉头，但漂亮的眼睛里又含着笑意，朝她伸手让过去。

“怎么了？”岚琪才走近，皇帝突然伸手到她胸前，轻轻拉一拉衣裳：“扣子怎么不扣好？”

岚琪吓得半死，慌慌张张地扣上扣子，又摸摸自己的头发，生怕还有什么不好的地方。可突然被玄烨拉过去，人家又把她刚扣好的扣子解开了，笑意深浓地说：“还想你这几天辛苦，又要瘦了，没想到里头的小衣瞧着可还有些紧的，让朕再瞧瞧？”

“皇上不要取笑臣妾。”岚琪稍稍挣扎，却是这一挣扎，更勾出玄烨心头的念想，在她纤细的腰上轻轻抚过一把：“那一日是不是有人说，这几天朕要吃什么，很容易？”

“是，可是……”岚琪的心怦怦乱跳，可容不得她再反抗什么，已经被玄烨拉到榻上，刚才脖子下只是散开了几颗盘扣，眨眼工夫就全散了。

“皇上，您身体还没……”岚琪刚要劝，就被玄烨重重吻住了，缠绵的吻好容易松开滑到脖子里，玄烨却悠悠地说道：“朕可养好了，浑身都是劲头，你不让朕看折子，朕可只能看你了。”

曾经日日相伴的两个人，突然被拆开，虽然还能相见，却不知多久没再相亲。好长日子没碰过的小身体，竟有了如此新鲜的变化，这几天岚琪贴身照顾时，隔着衣衫也瞧得出她与从前的不同。之前病得身子沉重谁会想这些事，可这两天精神越来越好，温柔可爱的人时时晃在眼前，娇嫩的手动不动抚摸自己的额头，又伺候洗漱穿衣，玄烨可正年少气盛呢。

夏日衣裳本就不多，娇滴滴的小常在身子很快便毫不保留地露在皇帝眼前。前几日玄烨发烧烧得通红，今天轮到岚琪羞得肌肤泛红，她闭着眼睛几乎不敢看玄烨，曾经的美好历历在目，好久没再相亲，仿佛一切重新开始，她不记得自己该做什么了。

玄烨的手从岚琪腰际滑下，丝绸般柔嫩的肌肤，一直滑到腰下丰盈之处握在掌心，早不是从前瘦小的身体，眼前的人完全长大了。可脑中却突然出现那天岚琪挨打的情景，一时气躁，手里倏地用劲捏了一把，岚琪禁不住身子颤抖，睁开眼睛，涨红着脸嗫嚅道：“皇上……”

“还会疼吗？”玄烨轻轻抚摸娇嫩之处，勾得岚琪心里发痒，可听见皇帝问这一句，也回忆起当日惨痛，和那之后所承受的屈辱。

但这算什么，她的玄烨心里始终不偏不倚地装着自己，挨一顿打换来皇室后宫短暂的太平，以后的路虽然依旧布满荆棘，可只要在他身边，只要有他明白自己，什么都值了。

“不会疼了。”岚琪热泪盈眶，冲玄烨灿烂地一笑，玄烨伏下身来爱怜地亲吻她，暧昧地吐息着：“那朕一会儿也不会弄疼你。”

小人儿笑出声，挣扎着要躲开，却被身上的人更紧地束缚着，两边心里的火都呼之欲出，热烈相吻，旖旎爱抚。那日岚琪答应皇帝要吃什么容易，往后这句话，她可不敢再乱说了。

盛夏之夜，沁凉的寝殿内，阔别许久的缠绵，当香汗淋漓的小常在好容易缓过一口气时，玄烨爱不释手地吻了她说：“朕总是觉得，不曾和你分开。”

岚琪心头一颤，竟忍不住热泪盈眶，她自己不也一直这样想吗？

“不许哭。”玄烨轻轻擦去她眼角的泪花，温柔地问她，“乌雅岚琪答应过朕什么？”

岚琪软软地笑着：“臣妾答应过皇上，一辈子陪着皇上。所以皇上也不要再生病，自己吃苦，还把臣妾折腾得好辛苦。”

玄烨却笑悠悠贴在她脸上说：“朕也只有这几天的时间里，总能日夜都看到你。”

岚琪转过来脸，距离太近反而看不清彼此了，伸手指轻轻戳了戳皇帝的脸颊：“皇上胡说，生病这几天的时间，哪能和几十年一辈子相比？”

玄烨很欣慰，颔首笑道：“有道理，乌常在也不总是呆呆笨笨的，偶尔说出几句大道理，连朕都叹服了。”

岚琪娇然笑道：“那可不是，臣妾将来要生了小阿哥，总不能让他也随了额娘的呆笨，免得招惹他阿玛不喜欢。”

玄烨倏然凑上来，手滑在她平坦柔滑的小腹上，气息沉沉地笑道：“原来这里有个小常在，要给朕生小阿哥？”

岚琪羞赧不已，摆手求饶：“不行不行，皇上……今晚，可不行了。”

奈何春色无边，小常在自己曾说皇帝想吃什么都行，血气方刚的年轻皇帝，又岂能辜负这旖旎的夏夜。因皇帝病倒而沉郁的乾清宫，自那一夜春花烂漫起，又恢复了勃勃生机。

岚琪翌日就回钟粹宫歇息了。玄烨虽爱之深，可朝政不得荒废，那一晚岚琪主动说要离开，虽惹得皇帝发了脾气，可好好哄几句，也自知记挂朝政非一两日，又心疼岚琪日夜服侍的辛苦，隔天就让她回去休息。太皇太后和太后也纷纷下了赏赐，奖赏她侍疾的功劳。

两三天后岚琪自己休养好了，才往慈宁宫来请安，哄得太后一整日都十分高兴。夜里岚琪正在茶水房烹调蜜茶时，外头听见人来人往的动静，端着茶出来，就看到时不时有小太监跑进跑出送消息。走进正殿才听说，皇帝突然召集大臣商议三藩之事，眼下尚不知是喜是忧。

慈宁宫正殿里气氛沉甸甸的，岚琪侍奉了茶便立在一边，太皇太后面色凝重。岚琪默默望着老人家，知道她这一辈子跟着三代皇帝经历无数风浪，当年强忍失子之痛，坚毅地扶持年幼皇孙登基即位，十几年来多少辛苦和无奈，唯有她自己心里最明白。

当初皇上要撤藩，太皇太后极力反对，可拗不过孙儿满腔热血。一晃三年多过去，熬过了最辛苦的时候，眼看着胜利在望，自然是任何风吹草动，都会叫人心惊肉跳。

为解太后忧虑，岚琪在茶房泡了参茶，端着茶才出来，但听外头一阵动静，心头一紧知道该是皇帝来了，脚下不由自主就停了。不多久便见年轻的皇帝如一阵风般进来，可他突然看到岚琪站在廊下，一时也停住，给了她好安心的笑容才又往正殿跑去。

瞧见这一抹笑容，岚琪紧绷的脸顿时如花绽开，赶紧几步也跟过来，就见皇帝跪在太皇太后面前，兴冲冲地说："皇祖母，耿精忠降了。"

座上太皇太后长长舒一口气，岚琪瞧见老人家眼角似有泪花闪烁，亲自搀扶孙儿起来，祖孙俩往佛堂去上香。岚琪跟在苏麻喇嬷嬷身后等在门外，苏麻喇嬷嬷回眸见她笑得那么高兴，轻轻握了握岚琪的手说："咱们乌常在，可是有福气的人。"

岚琪笑得眼眉弯弯，心中喜悦难以言喻，刚才玄烨的笑容她真是要记一辈子了，那意气风发的英姿，哪怕是在黑夜里也炫目耀眼，乌雅岚琪何德何能，此生能博得皇帝对她如此灿烂地一笑。

原本气氛沉甸甸的慈宁宫终于又热闹起来，太皇太后听说孙儿晚膳也没吃，立刻让传膳留他吃一口才肯放回去。岚琪伺候在边上，可她忍不住就会去看玄烨的笑脸，而玄烨心情那么好，自然也时不时会看看她和她说话，苏麻喇嬷嬷看在眼里，扶着主子开玩笑说："奴婢的眼珠子一会儿跟着皇上飞去乌常在那里，一会儿又随着乌常在留在皇上身上，累得头都晕了。"

谁知太皇太后竟然和着说："说你蠢你还总不承认，我就瞧见他们眉来眼去的，看也不看一眼，省得跟着转得头晕。"

岚琪急得凑来太皇太后身边，满面娇憨可爱，心疼得老人家把她推给玄烨说：“你吃好了，就领她走吧，现在想想，你特地跑来亲自禀告，谁晓得是说给我听呢，还是说给心上人听。”

玄烨只乐呵呵地笑着，之后说吃好了，便向祖母行礼告辞。岚琪有分寸也不真跟着走，最后还是苏麻喇嬷嬷把她推出去说：“刚才也吓坏了吧，快和皇上散散心去。”

宫门外，岚琪缓步走出来，果然见玄烨等在那里，少年皇帝意气风发，朝她伸出手问：“今日乌常在可能不能陪朕散步了？”

不过这一晚，玄烨和岚琪慢悠悠走到钟粹宫时，岚琪望见前头早已熄了灯火的承乾宫，想起白天瞧见佟妃的模样，也不晓得心里头为什么冒出这样的念头，竟然问玄烨：“皇上不去瞧瞧佟妃娘娘吗？今天是好日子呢。”

玄烨的眼神微微一晃，他心里奇怪的是，岚琪为何会猜到自己的心思，今晚有心和她散步，但也有心去承乾宫，自然不是冲着佟妃去，而是去给钮祜禄氏看的。不过这些事说不得，他连岚琪也不会说，本来还担心岚琪会吃醋，可这小丫头却要把自己推过去。

“朕好好和你在一起，你就不怕朕不高兴？就不怕朕觉得你虚伪，枉做好人？”玄烨蹙眉，故意生气给她看。

眼前的人却满脸不服气，一副你爱生气不生气的样子，正经说道：“皇上又不能在钟粹宫过夜，臣妾也不会留您，倒是佟妃娘娘，今日瞧见她瘦了好些，臣妾也不是虚伪，就是不想皇上和外祖家生了嫌隙，这也是太皇太后教导臣妾的道理。”

玄烨欣然笑道：“你的心意，朕领了。朕一会儿就过去，可你先回去，等你关了门朕再走，不要又像上次那样，瞧见朕往佟妃屋子里走，自己回去偷偷哭。”

“才不会呢。”岚琪骄傲地哼一声，可眼中神情到底是舍不得眼前这个人，但她最明白轻重取舍，朝玄烨福了福身子，转身就走了。

看着钟粹宫的大门缓缓合上，玄烨面上的笑意依旧没淡去，吩咐小太监赶紧去承乾宫通报，心情甚好地往佟妃这里走来。

承乾宫里，佟妃早早睡下。这些日子她每天都睡得早，因为躺在床上就不用再看宫里那些人的嘴脸，只要一想到太皇太后在她这里安插了无数眼线，她就浑身都不自在。虽然不知道这样的日子何时才能结束，可阿玛传话进来说，让她忍耐。

今晚如旧早睡，可睡前听说皇帝召集大臣，心里也惦记着会有什么事，这会儿正胡思乱想，宫女突然跑进来说："娘娘快起身，皇上来了。"

宜贵人小产后，玄烨虽不曾亏待承乾宫，且时常派人来问候，但到底没有亲自来过，佟妃自己也不指望。可今晚突然跑来，而且之前才说朝廷有大事，佟妃心里很忐忑。

但见了面好好的，皇帝也很高兴地告诉她耿精忠投降的事，佟妃一边替他高兴，一边心里盘算着，终于没忍住亲口问道："皇上，臣妾没有害宜贵人小产，您信吗？"

玄烨淡然道："信，你脾气性子不好，但也不至于下毒手害人，朕知道。"

闻言心酸不已，佟妃眼中顿时有泪，万般委屈涌至心头，不久就哭出声来，玄烨不以为意，只是说："别哭了，今天可是朕最开心的日子。"

那几日后，皇帝隔几天就会来承乾宫看看，佟妃的气势又渐渐起来，前些日子在路上遇见谁还匆匆而过，这没几天又恢复了往日的脾气。后宫里时起时落是常有的事，但大多数人再起来后会收敛从前的锋芒，唯恐不多久又要败落，只有佟妃不一样，众人冷眼瞧着，佟妃娘娘的架势可比从前更大了。

转眼已近中秋，翊坤宫里，冬云捧着外头大臣孝敬的中秋节贺礼进来。这几天这样的东西一直没停过，多得昭妃都不稀罕看了，此刻正听冬云念着礼单，突然有小宫女奔进来说："娘娘快出来，李公公来宣旨了。"

"宣旨？"

这边厢，宜贵人正在钟粹宫里和几个小宫女踢毽子，正玩得高兴，桃红匆匆找来说："主子快回去吧，皇上刚下旨晋封昭妃娘娘为贵妃了。"

里头岚琪和布常在也听见了，忙放下手里的东西出来，就听桃红说刚刚李公公才送去的旨意，晋封昭妃为贵妃，中秋节行册封礼。

"我先回去了，你们也换衣裳吧，少不得要过去行礼祝贺。"宜贵人匆匆便走了。岚琪和布常在也不敢耽误，正经穿戴衣裳，等着外头的动静，等昭贵妃从慈宁宫回去便要过去行礼，可没多久出去打听消息的锦禾回来却说："承乾宫刚刚请太医。"

岚琪没想什么，布常在却说："不会是有了吧?"

当两人随众一起来翊坤宫向昭贵妃道喜时，昭贵妃正让冬云派赏赐给各位姐妹，却有承乾宫的人来禀告说："太医诊断佟妃娘娘有了身孕，已上禀太皇太后、太后和皇上，太皇太后下恩旨免了佟妃娘娘一切礼仪规矩，以养生安胎为重。"

众妃嫔皆唏嘘不已，如今翊坤宫终于实实在在地压过承乾宫了，可人家也不是省油的灯，皇帝一复宠就又有了好消息。但大家也同时松口气，她才小产过的人，这一次肯定不敢再大意，至少这一年半载里，佟妃不会出门作威作福了。

宫里这样的热闹，一直延续到中秋节，今年三藩之剿屡屡告捷，国库里查抄收回的银两不计其数，宫里的日子过得比往年宽裕许多，这一次又晋封贵妃，时间虽然仓促，也到底在中秋节时张罗出体面的册封大典。

岚琪在慈宁宫瞧见按品大妆的贵妃时，果然浑身珠光宝气与往日低调朴素的形容很不一样，而且大家都在说，赶着今年册封贵妃，来年就能册封皇后了。

每每提起册封中宫，岚琪都会想起赫舍里皇后，想起她故世后那天大雨中玄烨的背影，虽然再也没看到过皇帝这样悲伤的样子，她也宁愿皇帝天天快活，但那一幕映在脑子里始终挥不去。

在她心中有一个念头不敢对任何人讲，总觉得玄烨，不愿意再封任何人做皇后，哪怕他曾经对自己说过那看似玩笑一样的话，更因此惹祸把两人生生拆开，可在她看来皇帝的心里，没有人能取代赫舍里皇后的存在。

心里莫名其妙地藏着这些念头，岚琪的神情便一直沉甸甸的。中秋宴上也不知道看了什么热闹的戏，吃了什么好吃的菜，等被领着送回钟粹宫里要更衣沐浴时，才恍然醒过来，这一天竟也过去了，正嘲笑自己又犯傻，锦禾匆匆进来，隔着屏风说："主子快沐浴吧，李总管派人来传旨，皇上今晚翻了您的牌子。"

岚琪惊讶不已，皇帝翻她的牌子？内务府不是停了她的绿头牌了吗，旧年自己挨打之后，内务府那里就撤了乌常在的牌子。这些日子以来，自己莫不是偶尔撞见皇帝，就是上回奉旨去侍疾，几时内务府又制了她的牌子，自己竟然完全不知道。

环春赶紧把主子摁在木桶里洗浴，悄声说道："虽然今天贵妃娘娘大喜，奴婢也不知道贵妃娘娘算有福气，还是没福气了。"

自从主子挨打落寞后，环春一改从前的性子，稳稳重重地伺候在岚琪身边，苏麻喇嬷嬷让她照顾更要保护主子，坎坎坷坷地一路过来，她今天算是第一次在脸上露出得意的神情，哄着主子说："您今晚是正儿八经过去侍寝的，主子可要抬着头把腰杆挺直了出门。"

岚琪却赧然笑道："哪里轮得到我走出去呀？"

果然，乌常在又如初日侍寝那般，被人裹着棉被送到了乾清宫的龙榻之上，安安静静地等待皇帝的宠幸，可明明早就是玄烨的人了，她不晓得自己今晚为什么会那么紧张，听见熟悉的脚步声时，竟紧张得一下子坐了起来。

明黄色的帐子被掀开，玄烨微醺的笑意出现在眼前，岚琪裹着被子缩在里头，可一瞧见玄烨伸手，自己就主动过来了。

将香香软软的人搂在怀里，玄烨带着淡淡的酒气在她耳边吐息："这个小常在，今晚可愿意给朕生个小阿哥？"

中秋月圆夜，乾清宫内情意绵绵，但翊坤宫的寝殿里，昭贵妃仍旧穿着她厚重的吉服未脱去，冬云进来催了两次，这一次再来，却听昭贵妃问："乌雅氏过去了？"

"已经过去了。"

"过去了就好。"昭贵妃神色冷凝，"明年此时，咱们就要换地儿住了，冬云，皇上答应我了，明年中秋册封我为皇后。"

冬云大喜，忙屈膝恭贺主子，可却听主子冷幽幽地说："可我怎么总觉得，心里还是空荡荡的？"

昭贵妃继续道："如今这翊坤宫不大，还住了个宜贵人，我都觉得空荡荡的，往后住在坤宁宫，不是要更冷清了？屋子里哪怕都是人，心里若空荡荡的，就怎么也填不满。冬云，我是不是长得很难看？"

"娘娘说哪里的话，宫里若要论雍容华贵，谁能和您比？"冬云明知道主子在为什么惆怅，可那些话她不能说。

昭贵妃冷冷一笑："是吗？雍容华贵，我都不记得自己在她们那个年纪时是什么模样，倘若我也温柔灵巧些，他是不是就会喜欢我？"

"主子……"

"冬云，你可知这贵妃位，还有将来那后位，我是如何得来的吗？"昭贵妃伸手摘掉了发髻上的凤钗，扯掉了胸前的东珠，珠子散落一地，噼啪作响，把冬云吓得不轻。昭贵妃朝后退，一脚踩在大东珠上，脚下打滑重重地摔下去，幸好冬云及时抱住，主仆俩滚在了一起。

昭贵妃开始哭泣，可又捂着嘴不敢哭出声，蜷缩在冬云的怀里抽噎着，恨不能放声大哭，恨不能肆意宣泄心内的郁闷。她得到了想要的一切，可是终究失去了她曾经也渴望得到的人心。

玄烨告诉她，给她后位，让她保乌雅氏在这宫里的周全，除此之外再无别的条件，只要乌雅氏周全，她就能安安稳稳坐在坤宁宫里。

皇后之位，她一直想要却求而不得，皇帝如今给了，又不能不要，可连带上的责任太廉价太卑微，原来她这个母仪天下的皇后，只为了一个小常在存在，今天立于高位睥睨群妃时，她毫无荣耀之感，光芒万丈的华服背后，只有一颗满是屈辱的心。

而那个立于人群中，窈窕秀美的小常在，目光平和清澈，浑然不知她低微的身份上，正背负着中宫的光芒，人常说无冕之王，那她是不是无冕之后？

第六章

大阿哥之争

中秋节过后，佟妃娘娘一心在承乾宫安胎，少了她在宫里走动，六宫竟觉冷清不少。昭贵妃那儿已经开始打点除夕春节，终日忙忙碌碌，旁人也看不出她的心思。

然而到十一月末时，佟妃这一胎终究还是没保住，可荣贵人肚子里的孩子依旧稳稳当当，相形之下，越发显得承乾宫没有福气。

腊月里岚琪随众嫔妃来承乾宫请安时见过一次佟妃，神形憔悴，安静少语，往日骄奢暴戾的气势减了许多，甚至几乎看不见那些气息，完全变了一个人似的。

皇帝不曾少了对承乾宫的安抚，隔天就有赏赐，四五日便来瞧瞧，封印后头两天也都陪在她身边，钟粹宫时常能听见那里的琴声，想来佟妃的身体，该好了许多。

圣恩虽不倦，可承乾宫总透着几分清落可怜之态，但此刻宫里宫外都忙着春节，张灯结彩好不热闹，与这里的光景宛若两个世界。

布常在和岚琪也剪了许多窗花，难得慈宁宫那里放她歇一天，姐妹俩正窝在炕上一起贴窗花。前几日太皇太后开恩让阿哥所把端静抱来钟粹宫玩了两天，还许诺正月里也让领回来住住。布常在精神头十足，今年过年比往年任何一次都高兴，而她心里明白这些恩典都是怎么来的，更加把岚琪视作亲姐妹厚待。

只是比着承乾宫，钟粹宫不敢太铺张，仅在宫内贴窗花对联、挂灯笼彩球，门外头只贴了皇帝赏赐的金沙福字，这福字各宫皆有，也不怕太出挑。

正热热闹闹忙碌着，慈宁宫来人请岚琪过去，布常在笑道：“太皇太后实在喜欢你，说好今天放你在家里歇一天，可见不着又想念了。”

岚琪笑悠悠地说：“我去讨了太皇太后的赏赐，来分了给姐姐。”

心情甚好地往慈宁宫来，因岚琪日常都在这里，她进出慈宁宫早无人会阻拦通报，熟门熟路往寝殿来，正想着太皇太后找她做什么，未及进门，就听见苏麻喇嬷嬷说："梁太医也看过乌常在的脉案吧，乌常在多宠却一直没身孕，可有什么缘故？"

只听一个老太医说："老臣瞧过，乌常在之前大病一场，恐怕体内余寒未清，既是多宠无孕，必是宫寒，宫寒非几日几月能调理好，且要耐心等一等。"

便听太皇太后说道："有好的药好的食材都开方子出来，好好让那孩子调理调理，我这里也不能总劳动她了，日日辛苦，哪里还有时间调理身子。"

苏麻喇嬷嬷则说："只怕玉葵几个小丫头弄不好，正好主子这里每日也要熬补药，奴婢另开个炉灶给常在熬药，让她跟着您一起喝，回去了说不定几天就吃絮，您别看乖巧温柔，脾气也大着呢，环春几个又劝不住她。"

"这样好，我看着她日日进药……"

殿门外头，岚琪心内发沉，手不自禁地按在小腹上，仿佛那一日赤脚站在地上的寒意又一阵阵往那儿涌，心里头万般酸楚，却不能对谁说。

"常在来了，怎么不进来。"苏麻喇嬷嬷送太医出来，瞧见岚琪，她怯然应了，进门给太皇太后请安，太皇太后嗔笑她："也学了听壁脚的坏毛病？我可要罚你了。"可见岚琪满面委屈，又心疼地哄着，"听见了也好，你心里有个数儿，明日起跟着我好好滋补调理，身子养好了，总有你的福气在。"

岚琪答应："臣妾是委屈，可也不敢劳动您这样费心，臣妾何德何能要您这样宠爱。"

老人家却爱怜不已地说："我旧年入了冬总要发几次寒证，饶是苏麻喇这样尽心也躲不过。你这一年跟着我，知冷知热比谁都好，你瞧瞧我这精神头，皇帝前几日还说，等开了春去行猎，再带我们娘儿几个去凑热闹。好孩子，你可把身子养好，我盼着瞧瞧你给我生个重孙子呢。"

岚琪伏在老人家膝头，郑重地答应了。

除夕前，皇帝封印的日子里，虽然几乎都是乌雅氏陪伴，可实际侍寝的日子很少，皇帝似乎也念着她身子骨积弱，才更加体贴呵护，自然这又少不得引来风言风语，且听说太皇太后那里特地给一个常在开小灶熬补药，更是叫人嫉妒得不行。

不过如今若有什么针对乌常在的话传出，不消几天就会被压下去，总觉得有人在上头暗暗使劲儿，可慈宁宫和乾清宫向来不理会这些事。渐渐地，就有人察觉出是昭贵妃在袒护着钟粹宫。便又有人说她这样做故意讨好皇帝，却不知她背后的无奈和委屈。

但委屈也好无奈也罢，皇帝也给了她该有的尊贵。是年除夕夜宴，昭贵妃头一回和皇帝坐在一起。玄烨这样安排，显然是暗示朝野来年有立后之意，自赫舍里皇后去世后，皇帝身旁的位置，可空了好久。

转眼正月过半，元宵夜宴上，久养承乾宫的佟妃终于出现，一身吉服华贵隆重，几乎要压过昭贵妃的光芒，但奈何贵妃随皇帝列席而坐，她只能屈居席下，仅在众妃之首。

众人本以为佟妃复出，必将比从前更跋扈张扬，不想性情大变，吉服虽然华贵雍容，言行举止却谦和温柔。从前这样的场合里时常能听见她的声音，如今却变得少言寡语，安安静静地坐在那里。可越是如此反差，才越引人注目。

谁都知道元宵夜是皇帝与乌常在定情之夜，如今乌雅氏风头比从前更劲，谁也不惦记这一晚皇帝会翻哪一个的牌子，可这晚却是复出的佟妃将皇帝迎入了承乾宫。夜宴的热闹散去，承乾宫悠扬的古琴声又飘进了钟粹宫，岚琪盘膝坐在窗下昂首聆听，环春从头后给她披上一件衣裳，轻声问："主子心里不快活了？"

"有一些。"岚琪很坦白，但也笑，"其实我挺喜欢听佟妃娘娘弹琴，宫里和和乐乐才好，皇上少些烦恼是最要紧的，反正她不喜欢我我也不喜欢她，大家不相往来就是了。"

月末时宫里准备皇帝南苑之行，论起后宫哪些人陪同，昭贵妃头一个说不去，说荣贵人就要生养，而太后身子不好也要人在跟前侍奉；佟妃推说自己身体还羸弱也不去；惠贵人本也因荣贵人即将临盆不想去，被太皇太后说皇帝身边不能没有可靠的人照顾，故而惠贵人、端贵人等都随扈出行。而乌常在却不是要伺候皇帝去的，太皇太后早就令她跟着自己了。

于是此次出行，本说要各宫一起侍奉太皇太后同行，却因昭贵妃、佟妃都不去，想去的那些贵人常在也不敢冒头，犹豫不决，等她们醒过神，出行之人都已经定下，比不得上次后宫几乎都走空了，这回去的人却是一只手数得过来。

二月初，浩浩荡荡的队伍从紫禁城出发。此次皇帝大阅，因三藩之剿胜利在望，气势如虹，故而除武将侍卫等侍奉左右，命内大臣、大学士等诸文臣也披甲随行，虽然后宫随扈甚少，但此行之壮观，比前年更甚。年轻的皇帝也想以此彰显国威，再有太皇太后花甲之龄携年幼太子及皇子公主同行前往，更见皇室繁荣兴盛。

清晨出门，大中午后才到达南苑。太皇太后自然不胜车马辛苦，接受群臣叩拜后，岚琪与苏麻喇嬷嬷便照顾她进膳休息。而苏麻喇嬷嬷年纪也大了，拗不过岚琪一再催促，也回自己的帐子去休息了。

岚琪忙停顿了，便与布常在往惠贵人这里来。此次出行带了大阿哥、太子、纯禧、荣宪和端静几个孩子，虽有阿哥所的人随行伺候，太皇太后还是指派惠贵人和端贵人多费心照顾。皇帝那里眼下是宜贵人在跟前。岚琪知道布常在想见端静，就带她先过来了。

几个孩子在一起叽叽喳喳很热闹，不多久前头来人请惠贵人过去皇帝那里伺候，惠贵人却笑着推岚琪说："该是你去的。"

岚琪笑悠悠道："臣妾可是来伺候太皇太后的，李公公那里明白着呢。"

玩笑终归是玩笑，惠贵人不敢耽误，嘱咐众姐妹好好看着孩子们，便往皇帝那里去。而岚琪坐不多久，太皇太后那里也有人来找，因那边事情本不多，索性把布常在留下照顾孩子，自己匆匆赶回去。

半路上，却见明珠家的大公子容若往这边来，因他是御前行走一等侍卫，岚琪偶在宫中见到，倒也不奇怪，容若行了礼，岚琪且笑："大人来向惠贵人请安？惠贵人可是往皇上那边去了。"

容若脸上掠过淡淡的尴尬，垂首笑着："多谢乌常在，微臣本是替家父送些东西到惠贵人那里的。"

"端贵人她们在，你留下东西也行。"岚琪说罢，带着人大大方方地走了。

容若一直等乌常在走远，才直起腰来，旋身就见惠贵人帐子前有人站着看此处，两相对视神情都很不自然，而那边的人匆匆就回去了。

身后随侍便提醒道："公子，咱们还是回皇上那儿去吧，东西交在惠贵人手上才好。"

却见容若凝神远望驻足不动，随侍又来提醒道："公子，公子。"

"什么？"

"惠贵人不在帐子里，咱们该走了。"随侍无奈地说着，才见他家公子不知为何叹息一声，方怅然离去。

銮帐前头，惠贵人正与明珠说话，远远见容若过来，明珠蹙眉嫌恶道："饱食终日无所事事，这样年纪了，仍旧没长进，那些书也是白念了的。"

惠贵人则笑道："你这样讲可不对，我听说皇上那儿很器重，皇上爱才爱汉人的学问，容若对他的胃口。"

"惠贵人说得是。"明珠颔首，躬身又道，"之前的事，给您添麻烦了，若非他与他额娘绕过臣，臣断不敢让他们来打扰您。"

"举手之劳，那孩子也很好，怪可惜的。"惠贵人叹息道，"听说在针线房吃了不少苦，因为手里功夫好被人排挤，之前还莫名其妙被……算了，现在跟着我挺好的，嫂嫂是最稳重的人，她来开口求我，还有什么不行的。”

说话工夫，容若已到了跟前，免不了被父亲训斥几句。惠贵人笑说人家现在好歹是御前一等侍卫，劝明珠在外头多给些脸面。之后明珠有事离去，惠贵人与他道：“那孩子现在好好的，你不要太担心，再过些日子我就去求了恩典把她放出来，虽然是罪籍，你纳了做侍妾不给名分留在身边，应该不要紧，只要你家里几位不闹就好了。”

容若欣喜，迭声致谢，惠贵人却笑：“不必这样谢我，你有空儿好好教教我们大阿哥写字念书，让他和你一样有学问才好。”

这时銮帐里头有小太监来找，惠贵人便赶紧回来，帐子里宜贵人正在给皇帝穿戴甲衣，见了她便说：“姐姐快来帮帮我，臣妾伺候不来的。”

玄烨嗔笑她：“皇祖母怎么选了你来伺候朕？”

宜贵人嘻嘻笑道：“太皇太后是让臣妾来逗皇上高兴的，伺候人的事儿，臣妾手脚笨，脑袋瓜也不好使，学不会。”

“油嘴滑舌，都是皇上惯的。”惠贵人笑盈盈过来，灵巧麻利地给皇帝穿戴好甲衣，威风凛凛气势逼人，两人都看得痴痴的，玄烨却突然问她：“明珠来做什么了？”

惠贵人忙道：“只是来请安，没有别的事，臣妾打发了。”

那之后，皇帝与亲贵子弟围猎骑马，十分尽兴。但玄烨对岚琪很克制，明明希望夜里她能做伴，还是克制忍耐，倒让太皇太后看不过，这一晚主动打发岚琪去銮帐里伺候皇帝。小常在自然欢喜，伺候罢了太皇太后这边，便领着香月往皇帝这里来。

行至半路，她们的灯笼被风扑灭，香月没有带火折子，便请岚琪在路边等一等，她自己跑回去再点灯笼来。因圣驾和太皇太后及诸贵人、常在都在这里，帐子外头严严实实围着侍卫岗哨。里头白天时帐子间往来行走的人就极少，夜里更是几乎见不到人，岚琪怕风吹，就稍稍朝后头退了退，躲在两顶似无人在的帐子之间避风。

正等得百无聊赖，右手边帐子里突然进了人，便听见有女子的声音在说：“我现在很好，惠贵人说过些日子能想法子让我出宫，可我已是罪籍，你再不要想我们那些事了，孩提时的玩笑话，我不会当真。”

“你没有当真？你若不当真，又为何来见我？”

男子的声音一出，岚琪心下吃惊，刚才听见什么惠贵人她就很惊讶，这会儿听见男人的话，不正是近日常在皇上跟前的纳兰容若，那这个女孩子，又是哪一个？

“主子，你在哪儿？”却听玉葵的声音响起，很快有灯笼明晃晃地靠近，岚琪的身影被完全映在了帐子上，她也不知怎么办才好，只能硬着头皮说：“我们走吧。”

“香月把脚崴了，这丫头让奴婢赶紧来找您，她怎么能把您留在风地里呢，真是又欠收拾了……”

宫女的声音渐行渐远，周遭又陷入黑暗。帐子里的人都惊呆在原地，好一阵才缓过神，宫女推着容若：“快走吧，再被人发现就糟了，容若你若连前程都没了，还怎么应我当初的话？”

这一边，岚琪越往玄烨那里走，心里就越紧，突然驻足说：“我肚子不舒服。”

玉葵很担心：“是不是吹着冷风了？”

“是呢，送我回去吧，皇上那儿你去和李公公说一声。”岚琪此刻一点也不想见玄烨，她从来没经历过这样的事，她不晓得该用怎样的心态来看待。近来皇帝很器重纳兰容若，她虽不懂朝政，可也知道皇帝有心栽培自己的左膀右臂。

大臣若正大光明地问皇帝讨一个恩典求个宫女并不难，错就错在，他们为什么要偷偷摸摸？突然冒出来这样的事，如果换作别人撞见，纳兰容若岂不是连前程都要毁了？

岚琪一夜难眠，翌日精神就很不好，皇帝那边要行猎，却不见她在皇祖母身边，派人问听说是着了风寒，玄烨心情就很不好。

这一边，惠贵人回帐子里换衣裳，正高兴地说大阿哥被皇帝带去林子里的事，身后突然有人“嗵”的一声跪下。她转身看见不禁蹙眉，打发几个贴身宫女出去，冷然问：“怎么了？”

宫女伏在地面重重地磕头：“惠贵人，您一定要帮帮大公子。”

当惠贵人听完昨晚的事，重重跌坐在榻上，怒意横生，指着地上的人骂：“我以为你很稳重，真是没想到啊，你们怎么就憋不住了呢？我什么都替你们安排好了，这一年半载的就忍不住吗？幸而是撞见她，若换作别人，现在早就身首异处，还有在这里求我说话的份儿？”

“奴婢死不足惜，惠贵人，求求您帮帮大公子，这件事万一被乌常在露出来，大公子的前途可就毁了。”宫女含泪哀求，“奴婢怎么都无所谓。”

惠贵人沉沉阖目，似呢喃一句："为什么偏是遇见她？"

"昨晚宜贵人能瞧见你们，乌常在能撞见你们，保不准还有什么人看在眼里没说的，而乌常在兴许已经告诉了谁也不一定。"惠贵人叹道，"从今天起，每时每刻跟在我身边，我大大方方地带着你，才不会让人起疑，还要管住自己的眼睛，总低着头不会错，可乱看见什么，自己吓唬自己失了态，就要落人口实了。"

"奴婢谨记，多谢贵人，那大公……"

"闭嘴！"惠贵人怒道，少见的目色犀利，狠狠瞪着那宫女，"才叫你管住自己的眼睛，少说一句管住你的嘴就不明白了吗？要你的命何其容易，你自己若不想活了，趁早说，我也不必替你们提心吊胆。"

此时外头有宫女禀告："主子，皇上快回来了，咱们该走了。"

"还愣着做什么，来给我换衣裳。"惠贵人冷声呵斥，待穿戴齐整回到外头，又与众人说说笑笑。不久皇帝狩猎归来，带了猎物去孝敬太皇太后，果然仍不见岚琪在边上，他满心想要去瞧瞧，却被苏麻喇嬷嬷看出心思，含笑劝着说："万一风寒染了皇上，常在可要愧疚了，您且等一等，回宫将养几日就好了。"

玄烨也知轻重，嬷嬷这样说便等于是祖母的意思，他若一意孤行只会惹出从前的麻烦，如今他知道怎样才能真正珍惜呵护心爱的女人，再不会如从前那般冲动鲁莽。

如是一直到翌日回銮，也不见乌常在出现在人前，传说是染了风寒病倒，也有女眷们嘀咕是不是害喜了。而玄烨这里才要伺候皇祖母上车辇，有快马来报，说荣贵人生下小阿哥，母子平安，圣心大悦。

两日后，小阿哥洗三的日子，明珠夫人入宫来凑热闹，伺候了慈宁宫这里，便与惠贵人回去说话，在外头也不敢多说什么。直等到了殿阁里，才把那孩子叫到跟前看了看，之后只剩私下两人了，惠贵人道："嫂嫂面前我说句心里话，这件事我心里真的不踏实。"

"贵人觉得要怎么做才好？"明珠夫人一家主母，将府里上上下下打点得滴水不漏，明珠也有侧室侍妾，女人之间那些事，岂能难得了她。

惠贵人叹口气说："要么就和乌常在说开了，要么……就让她也落什么把柄在我们的手里才好，她是唯一听见的人，只要她的嘴封严实就好了。"

明珠夫人垂首思量，好半天凑在惠贵人身边，极轻地说："您看这样如何？"

一番话听得惠贵人心惊胆战，到底是皇室出身的一家主母，操持偌大的家族几十年，明珠夫人的手腕绝非惠贵人的城府可以相比。她细思量，终究还是说："嫂嫂容我再想一想，不说皇上喜欢她，太皇太后那儿如今也离不开她，若上头都计较起来，咱们就是拿鸡蛋去碰石头。"

明珠夫人虽不屑，但拗不过惠贵人的心思，而惠贵人纵然被这件事弄得心思颠倒，总还留存一分理智，总还记得太皇太后曾嘱托她的事，眼瞧着今年就要大封大选，她若得一嫔位，大阿哥就能养在身边了。

之后送明珠夫人离宫，惠贵人一路相随，直送到不能再往前的地方才折回来，半路上却见佟妃坐着肩舆不知往哪儿去，身边的小太监跑前去探了探，匆匆回来说："主子，那儿该往阿哥所去的。"

惠贵人眉头深蹙，袖下握紧了拳头："她又作什么孽？"

因不能擅自前往阿哥所，惠贵人不敢跟随佟妃，便不远不近地佯装散步徘徊在周围。等了大半个时辰才见佟妃出来，远远就看得到她心满意足的笑容，惠贵人心里发颤，只等她走远了，才派小太监去打听。

自己慢慢往回走，不多久派去的小太监回来说："那里的人讲，佟妃是去看了荣贵人的两个阿哥，大的陪着玩了会儿，小的抱在怀里逗了会儿，又和几位公主说了话。我们大阿哥正睡午觉，现在还没醒呢，没咱们的事儿。"

惠贵人捧着心舒了口气："阿弥陀佛，她不惦记着我们，就是我们的福气了。"

这一边，佟妃去阿哥所探望孩子们的事也很快传到荣贵人跟前，因说是皇帝同意的，荣贵人也无话可说。此刻端贵人就坐在身边，让奶娘抱走了纯禧后，才轻声说："你是怕她惦记你的孩子？"

产后不久的荣贵人气色很不好，软软地靠在大枕头上，忧心忡忡地说："曾说她怎么也要熬上一年半载的才会着急子嗣，毕竟还年轻，抱养总不及自己生的好。可她一而再地守不住胎，八成太医也对她说实话了。若是和昭贵妃一样注定无所出，她当然要惦记别人的孩子了，偏偏……我生得多，又不能自己养。"

一语泪流，一次次看着孩子甫落地就被抱走，荣贵人生养再多也毫无为人母的真实感，还要提心吊胆防着别人惦记，如今既是皇帝应允佟妃去看孩子，指不定就应允了她可以自己挑一个喜欢的带回去养。大阿哥已经懂事，只怕养不熟，养太子佟妃也没资格，那拉答应又太低贱，只有自己的两个孩子了。

"你且宽宽心，昭贵妃这么多年没有，皇上也没松过口，又怎会轻易答应佟妃。"端贵人自己说着也觉得没意思，如今真是明摆着的事实了，忽而又想起一件事来，轻声说，"惠贵人那里不知在捣鼓什么心思，那日从南苑回来的路上，就一直在问宜贵人关于昭贵妃的事，这几天瞧她也大门不出二门不迈的，若是从前，早该过来看看你了。”

荣贵人目色沉沉地看着她：“她能做什么，总不见得把大阿哥送给昭贵妃，她舍得吗？”

此刻乾清宫内，昭贵妃正向皇帝禀报宫中入夏用度之事，年复一年地细致谨慎。玄烨也不是懒得听，而是在这上头十分信任她，说罢这些事，他也提起来说：“朕已经着户部和内务府准备了，既然是自己的封后大典，你多费心一些，弄得风光隆重才好，我大清可又要有国母了。”

昭贵妃浑身一紧，这话听得人热血澎湃，但她很快又冷静下来，福了福身谢过皇帝。待要离去，见李公公来禀告，说裕亲王求见。贵妃施施然出来，果然瞧见福全在外头，两厢见了礼，福全笑悠悠地说：“贵妃娘娘的气色越发好，可是有喜事近了。”

昭贵妃且笑道：“我这里就等王爷一份贺礼，一定要隆重才行，别拿你赏赐府里那些格格侍妾们的东西随便来打发我。”

都是多年相熟的，彼此也不避嫌，玩笑几句李公公就来请裕亲王。冬云请主子上软轿，昭贵妃说在暖阁里待久了闷得慌想吹吹风，扶着她的手往翊坤宫走。半路上就瞧见几个太医匆匆往阿哥所的方向去，冬云在她耳边轻声说：“长生阿哥不太好。”

“那孩子也是，上回我去瞧就病了，这回佟妃去又病了，这是见不得生人的脾气？”昭贵妃不甚在乎，她满心等着妹妹入宫为自己膝下添子，阿哥所里这些小孩子，早不入她的眼。

冬云问：“您说佟妃娘娘最近老往阿哥所跑，是不是惦记要哪个孩子？”

昭贵妃不屑道：“那是她的事，你记着，在封后大典之前，我这儿不能出一点错，她要闹翻天也不干我的事，不要到时候又把脏水往我身上泼。”

“佟妃娘娘现在也闹不出什么事儿，身边的人全是太皇太后派去的。”冬云笑道，“太皇太后面上对主子虽淡淡的，心里还是明白，谁才最适合住进这坤宁宫。”

说话的工夫，一行人已经到坤宁宫附近。昭贵妃昂首望着那巍峨的宫殿，眸中露出胜利者得意的笑容：“之前还为得到这一切的代价委屈和不甘心，现在我想明白了，既然在这宫里我什么都没有，那就只能牢牢握住手中的权力，既然我不能为了皇上而活，那就为我自己，为我的家族好好活下去。”

之后两日，传说长生阿哥病情稳定些，宫里愁云似乎淡了。而皇帝那里朝务繁忙连去慈宁宫请安也时常只打发李公公，更是没有时间去看看儿子，或来看看荣贵人，这几天更索性连牌子也不翻，后宫没有一个人能去跟前伺候，倒也相安无事。

转眼二月末，本该有所转暖的天气突然刮了两天的大风，吹得整座紫禁城黑压压地冰冷，前朝又不知有什么紧要的事，每日有大臣奔波往来，八百里加急一趟一趟地送来送往，弄得后宫也人心惶惶。

这日明珠府送自家制的果子面点进宫，匣子里夹了一张纸条和一个小包袱，惠贵人看后皱眉不悦，着人把点心挑出来另用盒子攒了，才亲自送来慈宁宫。

太皇太后那里实则早吃絮了，应付敷衍几句，就打发她回去。可惠贵人刚要走，苏麻喇嬷嬷却说手边缺一个做针线的，把她贴身带着的宫女留下。弄得她心惊胆战，回到殿阁后坐立不安。只等那孩子回来，说被嬷嬷留着做针线什么话也没说，惠贵人才舒了口气，但立刻又吩咐道："即日起就在这里，不必跟着我了，没有我的允许，哪儿都不能去。"

而当她独自静下来时，心头的抑郁却怎么也散不去。在她看来，只要处置了这个宫女世界就清净了，可偏偏明珠府那儿有人记挂着，明珠夫人溺爱儿子，口口声声说这丫头是她外祖娘家的人，一定让她多照顾着，自己当初答应时，怎料到会有现在的事，后悔也无用。

虽然小半个月过去了，宫里对此事一点动静也没有，但惠贵人却是每天都看见这丫头，每天看见她每天就会想起这些事。她那样小心谨慎的人，心里怎么装得下这么大一根刺，可明珠夫人又来催促，问她几时能把人送出去，还把那种东西送进来。

"若非我家道不济，怎会依附你们，把我当什么人了？"惠贵人每想起来，心中就憋一口气，她和明珠是堂兄妹，两家到如今，明珠府在朝中如日中天，自家却已成泛泛之辈，唯靠她这个贵人在宫内撑着门面。

因明珠有意亲近，惠贵人也乐得在宫外有个大靠山，这些年大事小事互相照应着。可明珠夫人却仗着自己皇室出生，又仗着夫家对自己越发不客气，总差遣她做些琐碎的事，这一次更惹这么大的麻烦，她早已怨气深重。

此刻正在寝殿里生闷气，乾清宫突然来人，李公公派小太监来说，皇上白天念叨了几次鸡丝粥，粥容易做，可皇帝最喜欢惠贵人这边做的，虽也未必要吃，还劳烦惠贵人着人准备着，万一皇上那里想起来了，不必手忙脚乱。

惠贵人忙答应下，打发人赏了那小太监。回来换衣裳准备亲自下厨时，突然瞧见案头那方匣子，里面装着明珠夫人让她偷偷塞到钟粹宫里去的东西，她的心怦怦乱跳。转身又见那孩子捧着水盆进来，顿生怒意，心下一横，决定能不能成事就看今晚。之后便趁屋内无人，从匣子里取了一包东西塞在了袖子里。

夜里粥熬成了，等待乾清宫消息的工夫，惠贵人心血来潮，翻出自己旧年穿的衣裳，说如今身子宽了再不能用，分给宫女们裁开做些夹袄褂子，又赏了几支钗子珠花给她们，彼此玩闹似的，都打扮得漂漂亮亮的。

嬉笑的工夫，乾清宫来人，李公公到底是十几年伺候在身边，果然猜中了皇帝今晚想吃什么。而惠贵人明明才吩咐过不让那宫女跟着自己出门，今晚却又让她捧着粥跟自己去。

一行人到乾清宫时，恰有一波官员散了，近来朝廷忙得不可开交，这么晚了还有大臣来议事。偏那样巧，容若也从里头出来，乍相见，不及行礼，他已看见惠贵人身后的人。

“你瞧什么呢？”惠贵人眼含深意，吓得容若立刻低头侍立一旁。惠贵人领着宫女来，试食的太监来检查了碗里的鸡丝粥，见无异状，便请惠贵人进去。她回眸瞧一眼门前的纳兰容若，伸手拉了拉身边的宫女，“进去吧。”

暖阁里，玄烨依旧伏案批阅奏折，数日疲倦积压在身体里，突然闻见鸡粥的香气，身上一松，瞧见惠贵人温温婉婉地进来，也笑道：“大半夜折腾你来了。”

惠贵人道：“是臣妾该做的。”说着请皇帝到炕上坐下，亲手盛粥侍奉玄烨用了，自己则熟稔地为他收拾桌案上的笔墨纸砚。不多久便听玄烨喊她，她笑盈盈地到了跟前，却被皇帝拉近在身边，言语气息暧昧不已，惠贵人推辞着笑说：“皇上，臣妾身上不方便呢。”

玄烨目色慵懒倦怠，可又有流火溢出，恋恋不舍地拽着惠贵人纤柔的手。惠贵人把心一横，侧身指了指身后的宫女：“皇上，那孩子……很会伺候人，可您若不中意，臣妾让李公公去请乌常在来？”

“她身上也正不自在。”皇帝淡然一笑，朝立在仪门下的宫女瞧了瞧，娇小清秀的模样，倒有几分乌雅岚琪从前的模样，很轻微地一点头。惠贵人全看在眼里，心重重沉下来，轻轻地从玄烨手里挣脱开了自己的手，转身走来将宫女朝前一推，吩咐着：“好好伺候皇上。”

“惠贵人？”

那宫女惊异万状，却被轻声威吓：“没有人能违逆皇上，你是想死，或者想刚才那个人死？”

“惠贵……”

惠贵人却不由分说拉着她到了皇帝跟前，自己温和地笑着端走了桌上的粥，绕过仪门在无人处，听着里头一声声“皇上，奴婢……皇上……”仰脖子灌下剩余的所有粥，拿帕子抹干净嘴脸，含泪冷冷一笑，头也不回地出去了。

外头李公公瞧见惠贵人独自出来，深谙此道的他不免讶异，惠贵人只作无奈地叹息道：“我身上正不自在，皇上既然想，也是那孩子的福气，公公这里明日恐怕要派人打点一下。”

李公公叹息一声，也不忌讳什么，直说道：“委屈您了。”

惠贵人笑道：“没什么委屈的，都是伺候皇上的，要说委屈，还怕乌常在吃醋，明儿我就去瞧瞧她。”

李公公不言语，派了个小太监捧了碗碟送惠贵人回去。出得乾清宫的门，果然见容若在远处徘徊，身为一等侍卫在这里也不奇怪，可他显然是在等什么人，当看见惠贵人独自出来，身后的宫女变成小太监，整个人呆在了那里。

惠贵人远远冲他一笑，心内暗语：再往后有什么事，我可就真管不着了，你们家里的事也往宫里缠，我可没有通天的本事。

之后匆匆往回赶，等进门打发了那随行的小太监，转身就灌下几大碗凉水才平息身体里的火。试食的太监没根的人，又只一两口既非毒药自然瞧不出什么端倪，而且剩下的粥都进她肚子里了，谁也别惦记查了。

不过明珠夫人的手腕可真毒，真把这些东西藏进钟粹宫，日后告乌常在一个魅惑主上的淫乱之罪，乌雅氏只怕真就翻不了身。虽然初衷只是想捏她的把柄在手里，可这么大的事，弄巧成拙就得不偿失了，与其想法儿去坑害乌雅氏，不如解决了这个宫女容易。

但若要她的命，容若和明珠夫人必然只认定是自己的主意，现在好，皇帝要了她，就不是自己能左右的了。

然而，当就寝后孤身在黑洞洞的寝殿里时，惠贵人想起皇帝那句“她身上也正不自在”，心头猛地一酸。皇帝根本不知道自己怎么样，却连乌雅氏身上不自在都清清楚楚地明白，自己随口一句话，险些就坏了事，乌雅氏若不在日子里，今晚就该急匆匆去把她找来，此刻想来，羡慕嫉妒之余，也让她更觉后怕惶恐。

翌日，宫里都知道皇帝临幸了惠贵人身边的宫女。实则历朝历代，宫内偶尔就会有宫女被皇帝临幸，大多一夜之后就不知被弃在什么角落里，并非所有人都会受封做主子，享受荣华富贵，如荣贵人、端贵人和乌常在这般，实属少数。

同样，昨晚那个宫女觉禅氏，也是相同的命运，李公公禀告昭贵妃后，将她送去了与那拉答应同住。惠贵人照例派人送去一些东西，就再也不理会，自己身边的人被皇帝宠幸了，不高兴也很正常，旁人大多不会计较。

又隔两日，果然不见皇帝对那个宫女留情，惠贵人才往钟粹宫来。进了门见岚琪正坐在炕上写字，不等她下来行礼就先客气地扶住，自己也坐下后才道："别人我也不管，只是你，如今皇上最喜欢你，偏偏我身边的人得了宠幸，生怕你误会我自己不能了，找个替代的人来和你争宠，伤了咱们姐妹的和气。"

岚琪欣然笑道："惠贵人这样说，臣妾倒要自省言行，可是平日恃宠而骄，做出些让您误会的事，您不是常说，都是伺候皇上的人，都一样吗？臣妾这里没半点不乐意。"

惠贵人心头一松，伸手拉着她笑道："妹妹这样想，我可就放心了。"

"你是该放心了，都悬了多久了？"突然有人声从屏风后传来，便见有人走出，浑身是端贵人平素的衣衫装饰，可人却是该在寝殿坐月子的荣贵人。惠贵人大惊，呆呆地望着她，边上岚琪也好不尴尬，从荣贵人装成端贵人跑来她这里等惠贵人，她就开始迷糊了。

"荣姐姐，您这是……"

"昨晚伺候皇上那人，是明珠府问你要的人吧？"荣贵人往边上一坐，指着岚琪，气色沉沉地说，"她那晚撞见的，和宜贵人没看清的，就是这觉禅氏和你家容若是吧？"

惠贵人脸涨得通红，终于憋出半句话："是他们家的事。"

"可不就是他们家的事，你牵扯在里头算什么？"荣贵人养了许久，气色已经很好，又指着岚琪说，"我这里可不是她告诉我的，而我之所以能猜得到，也就是你害怕的缘故。宫里从来没有什么事是瞒得住的，只看有没有人有心去查，我去查了，也就明白了，更不怪你提心吊胆，总悬着心怕被人发现。"

岚琪在边上轻声道："惠贵人，这件事我只对苏麻喇嬷嬷说过，嬷嬷让我忘记，就当什么都没发生过。"

惠贵人已然含泪，冷笑道："他们家只当是我的靠山了，什么事都来差遣我，那个容若放着正经的事不好好去做，总惦记宫里这个小表妹。儿女情长自然是好事，可他也太没分寸，都进宫了，还想往外带吗？凭什么要我提心吊胆，现在好了，真真正正是皇帝的人了，他们怎么不来要了？"

"事情都这样了，你再耿耿于怀，别人看你脸色看出端倪，就不好了。"荣贵人劝一句，让她喝口茶，才把自己的来意说明，"咱们这么多年姐妹，我来捉你这件事太没意思，今日等着你来，就是有要紧的事找乌常在商议，您这几天光顾着那个小宫女，没看到承乾宫在折腾什么吗？”

惠贵人怔然，摇摇头：“她……又怎么了？”

话音才落，环春从外头进来，她已经知道屋子里有什么人，瞧见三人坐着也不惊讶，只是略尴尬地说：“方才前头很吵闹，玉葵和香月偷跑去看热闹……”她看了看惠贵人，继续讲，“不知佟妃娘娘怎么把大阿哥领在承乾宫了，也不晓得发生了什么，大阿哥又哭又闹，香月说就听见大阿哥哭着说要找额娘，跑出宫门又被小太监捉回去，然后承乾宫的门就关上了，但还能听见大阿哥在哭。”

惠贵人整个儿已经僵在炕上了，本就因之前的事含泪，这会儿眼泪如断了线的珠子般滚下来，她抽泣一声，语无伦次地问：“她……她要做什么？”

荣贵人让环春下去，自己也含泪道：“阿哥所里的孩子们，昭贵妃是不会惦记了，可佟妃惦记啊，八成她是不能生养了，这些日子在太皇太后和皇上跟前装得那么温柔和顺。你再算算日子，兴许咱们命好过了夏天就能把孩子养在身边，她可等不及了。你还在那儿天天鼓捣什么小宫女的事儿，你瞧瞧，她不是把大阿哥抱走了？”

“可是太皇太后答应过我……”惠贵人哽咽难语，现在说什么都迟了，佟妃已经把大阿哥领去了，她的儿子要喊别人额娘了。

“还未有圣旨晓谕六宫，应该来得及。”荣贵人越说眼泪越控制不住，岚琪在边上看得心惊肉跳，就听她说，“太医对我说实话了，长生撑不过这几天……”她捂着嘴强忍哭泣，岚琪也跟着好心酸，可荣贵人突然拽着自己的手，掌心的眼泪让她心里一阵抽紧。

“好妹妹，帮帮我们好吗？”荣贵人说，“现在只有你的话，在太皇太后和皇上跟前是最管用的，帮帮我们，不要让佟妃抱走我们的孩子。”

惠贵人虽不明白到底该做什么，可为了要回大阿哥，连忙擦干了眼泪，也对岚琪说：“妹妹，你那样对布常在，就是体贴她爱孩子的心，能不能也体贴我们一回，我们不求别的，只求不让佟妃娘娘抱走孩子。”

岚琪小心翼翼地从荣贵人手里抽出自己的手，满手的眼泪她也不敢擦，呆呆地问她们：“嫔……嫔妾……能做什么？”

荣贵人胸前起起伏伏，又主动来紧紧抓着岚琪的手：“什么也不用做，只要到时候，把你看见的说出来就好，看见什么就说什么，只说几句话，就足够了。”

这一件事，岚琪并没有明确答应两位贵人，她们之后分别离去。环春来问她发生了什么，岚琪刚要开口，又听见孩童啼哭的声音，乍以为是端静，可环春却说是前头大阿哥，更叹息："佟妃娘娘许是要抱养大阿哥了，可大阿哥已经大了认额娘，脾气也拗。"

此时门前帘子被打起，听见"丁零丁零"的铃响声，该是端静鞋子上的金铃铛，果然见小人儿摇摇晃晃地跑来，撇着嘴委屈地钻在岚琪怀里撒娇，说哥哥在前头，可是额娘不让她去跟哥哥玩。

又见布常在苦笑着跟进来，摊手说："能去吗？可这丫头不懂啊。"

岚琪心思沉重，刚刚惠贵人和荣贵人满脸的眼泪，一滴滴落进她心里。她不想管闲事，可也委实同情她们，好不容易再过半年就熬出头可以自己抚养孩子了，佟妃偏在这个时候抢，果然她温婉柔静的现状，是伪装的吗？

荣贵人让她等小阿哥满月的日子，让她到时候看见什么照实说就好，可她完全不明白自己究竟会看见什么？

转眼，小阿哥满月，昭贵妃领着众妃嫔来热闹一番给小阿哥添喜。端静不知被什么吸引着跑开，岚琪帮布常在去追她回来，瞧见佟妃急匆匆往长生阿哥的屋子里去，她心头一紧，难道这就是要她看见的事？

之后忐忑不安一整天，可什么事也没发生，大家热热闹闹地给小阿哥添喜后散了。只有布常在依依不舍地留下女儿不能带回去，岚琪哄着她回钟粹宫，半路上看到大阿哥哭哭啼啼的被佟妃抱着坐在肩舆上，又远远看到惠贵人立在路边凝望，心里说不出的滋味。

两日后，岚琪往慈宁宫侍奉，她推病在宫里养了好一阵子，太皇太后这里满腹牢骚，小常在被数落得耳朵都发烫了。太皇太后还拉着她轻声问："听讲前几日皇帝要见你，你都不去，可是不是因为那晚他临幸了一个宫女？"

岚琪心头一紧，脸上神情未免尴尬，太皇太后便信以为真，笑呵呵劝她道："心胸可要开阔些，现在你还年轻，过个二十年你有了年纪，哪怕再得宠也要停牌子，总有新人到皇帝身边，不管到时候皇帝还喜不喜欢你，我恐怕已经不在这人世了，你可要为了自己，好好把日子过下去。"

"您别说这样的话。"岚琪听着心里发酸，老人家却似看透了一般，不如前两年会动不动伤感，而是淡然安宁地说，"人都会老，要有宽阔平静的心胸，你如何看待人生，人生自然也给你同等的回报。我的岚琪，不就是每日傻乎乎地笑着，所以日子也过得甜滋滋的？"

小常在这才笑了，挽着老人家的胳膊说："臣妾也要让您过得甜滋滋的，这些日子在宫里可没闲着，臣妾去冲一碗好喝的茶来，您若猜不出用了什么东西，可要赏臣妾好东西。”

太皇太后笑道：“快去弄来，天下还有我没吃过的？我若都猜出来，也不问你要东西，罚你去皇帝跟前讨一件他不肯给人的东西。”

苏麻喇嬷嬷也来凑趣，拉着岚琪去冲茶，看清楚了要用的东西，免得小常在一会儿耍赖。不久一老一少乐呵呵地端着茶回来，见有小太监急匆匆跑进来。但慈宁宫的规矩都知道，天大的急事也不能先送去太皇太后那里怕惊坏老人家。小太监就径直来到苏麻喇嬷嬷跟前，气喘吁吁地说：“嬷嬷，出大事了，长……长生阿哥被毒死了……”

“咣当”一声脆响，岚琪手里的茶盘全摔在了地上，她脑中闪过荣贵人的话，闪过那一天佟妃娘娘独自跑去长生阿哥屋子里的情景，该来的，还是来了吗？

太皇太后盛怒，带着苏麻喇嬷嬷和岚琪一道往阿哥所来，行至门前，不见皇帝的銮驾，只是许多人等在门外，猜想皇帝是自己走来的。一进门就听见哭声，可一有人高呼“太皇太后驾到”，里头的哭声戛然而止。

玄烨为首迎出来，身后又以昭贵妃为首，跟了七八个妃嫔。岚琪抬头就和惠贵人四目相对，那边满目的期待，岚琪心头一惊，匆匆避开了目光。

进了长生的屋子，孩子还未入殓，白发人不能送黑发人，太皇太后只在外屋坐着。由苏麻喇嬷嬷往摇篮里敬了一串主子旧用的佛珠，合十后转身出来，却见荣贵人跪坐在一旁，身形憔悴可怜，似乎是悲痛至极，连太皇太后来了，也不去行礼。

屋门被关上，一直照顾长生阿哥脉案的太医被叫来，不相干的人都被遣散，妃嫔中也仅留几人，岚琪这样的身份本不该留下，只因她是跟着慈宁宫来的。压抑的气氛里，太皇太后开口问皇帝：“说是毒死的？”

玄烨深邃的眼眸里看不出情绪，没有直接回应祖母，而是问跪在地上的太医：“怎么说？”

那太医脸色苍白，稍稍侧脸似乎是要找寻什么人，但终究是忍住了，垂首开始说阿哥的病，说并非是突然毒死，而是日久以来一点一点下毒，等他们发现时，已经来不及救治，只有眼睁睁看着小阿哥的命一点点耗尽。

之后又有乳母来说，提起佟妃那日来看望三阿哥后，留下一罐子糖果，阿哥很喜欢，每天会吃一两颗，但前几天那罐糖却不见了。

众人的目光齐刷刷落在佟妃身上，她难以置信地狞笑道：“什么意思？是说本宫毒杀长生？”

玄烨冷然道："糖是你给的？"

"臣妾的确给过长生糖果，是臣妾阿玛送来的，承乾宫里现在还有，皇上可以派人去查。"佟妃越众向前，急急地为自己辩解，甚至问玄烨，"皇上才答应让臣妾选一个孩子养在宫里，臣妾做什么要去毒杀长生？臣妾和荣贵人无冤无仇，那么小的孩子，臣妾为什么要……"

"皇上。"惠贵人突然跪下，双唇颤抖着说，"小阿哥满月那天，臣妾曾瞧见娘娘一个人跑去长生阿哥的屋子。"

"你胡说！"佟妃冲到她面前。

"乌常在也瞧见了。"惠贵人毫不畏惧，更指向岚琪，"那天乌常在和臣妾一起逗端静玩，乌常在，你也看见了，对不对？"

看见什么就说什么，看见什么就说什么，看见什么……

突然所有人都看向自己，岚琪脑袋里却只有荣贵人当初那句话，记得她们俩满面的眼泪，记得荣贵人说长生活不长，记得长长的宫道上惠贵人凄楚地凝望儿子哭闹着被带走。

抬眼看见摇篮边可怜的荣贵人，看见那可怜的小生命还停在摇篮里，岚琪脑中一热，冲口而出："是，臣妾看见佟妃娘娘进了长生阿哥的屋子。"她旋身跪在了地上，"贵妃娘娘领着大家给小阿哥添喜，端静顽皮跑开了，臣妾去追她，抬头就看到佟妃娘娘一个人去了阿哥的屋子。"

边上一直未开口的昭贵妃幽幽道："莫不成佟妃在那时候，把糖果罐子拿走了？"

"胡说！"佟妃尖锐的气性终于完全爆发，怒目圆睁，指着昭贵妃又指着地上每一个人，"你们怎么可以诬陷我，你们不怕下地狱割舌头，孩子还停在那里，不怕他半夜来找你们吗？"

"你去过吗？"玄烨突然发问，佟妃浑身一震，皇帝再问了一遍，"你去过长生的屋子？"

佟妃的气势瞬间变弱，身子软绵绵地重重跪跌在地上，开始抽泣说："大阿哥总是哭闹，怎么哄怎么骂都不好，臣妾不想被人笑话，就听说，只要亲手剪一些弟弟妹妹的头发攒起来藏在他的床下，大阿哥就会变乖，臣妾是去过长生的屋子，可臣妾只是剪了他的头发，臣妾只想大阿哥好好的，皇上……臣妾怎么会毒杀孩子呢？"

死的是亲骨肉，荣贵人却只呆滞地坐在摇篮旁，听见的反是佟妃的哭泣，屋子里静谧得骇人，皇帝满面怒意，谁也不敢再开口。太皇太后端坐上首缓缓轮转着指间的佛珠，终微微一叹，对孙儿道：“皇上，这件事总要有个结果，传出去说皇子被毒杀，皇室恐怕失了体面。”

玄烨的眼神微微一晃，慢慢掠过座下每一个人，或站着的或跪着的，当停留在乌雅岚琪的身上，眸中莫名燃起更深的怒意，倏然转开了目光，沉沉然开口：“这件事就到这里，长生是病死的，没有什么人下毒。”他站起来，朝太皇太后躬身行礼，“孙儿朝务繁忙，这里的事，还请皇祖母周全。”

太皇太后点头不语，玄烨行了礼转身就走，岚琪跪在一旁，皇帝的龙袍从眼前晃过，她心头莫名发紧，总觉得好像被人用眼神在心上剜了一刀。

皇帝离开了，佟妃还在抽泣，昭贵妃奉了茶来请太皇太后喝，老人家摆手推开，苏麻喇嬷嬷忙过来搀扶，果然她也要走了，走时冷幽幽撂下一句：“把大阿哥从承乾宫抱回阿哥所，佟妃还太年轻，又要伺候皇上，照顾不来。还有啊，你们赶紧给孩子入殓，好好送他走。都散了吧，皇帝的话，可要好好记在心里。”

众人恭送太皇太后，可一同来的乌常在没有跟随，她还木愣愣地跪在地上。昭贵妃那儿伺候太皇太后离去，回来吩咐给孩子入殓的事，根本没理会屋子里的人。

端贵人搀扶惠贵人起来，佟妃的宫女也过来搀扶主子起身，她跌跌撞撞爬起来，突然眼含凶意，猛地冲向岚琪，只听“啪”的一声刺耳清脆，众人惊愕，但见乌雅氏被打在了地上，左脸上醒目的五指印迅疾红肿膨胀。

“贱人！贱人！”佟妃歇斯底里地要冲上来打她，被宫女们硬拉走了。

一声声“贱人”缭绕在耳边，岚琪记得从前王嬷嬷急了也会骂她和盼夏是小贱人，那时候懒得理会老婆子发疯，听着不痛不痒不在乎，可今天听佟妃这样骂自己，她才突然明白，何为尊严。

转眼三月过半，天气渐暖，但不知是否因长生阿哥的死一直阴云不散，春色烂漫的日子终于来临，宫里却莫名死气沉沉，六宫之间也无人走动，自阿哥所那场闹剧后，几乎所有人都闭门不出。太皇太后这里除了隔几天和太后说说话，或昭贵妃过去请安，其他妃嫔一律不见，连最喜欢的乌常在，也好久不在跟前了。

这日昭贵妃与太后离了慈宁宫，正回宁寿宫来，半路竟遇见佟妃出门。数日不见，佟妃倒也精神，依旧是明媚娇艳的模样，向两人恭恭敬敬行了礼，问起去何处，佟妃眼眉轻扬：“万岁爷派人来传召臣妾去乾清宫说话，正要过去。”

太后笑悠悠地道："皇上每日辛苦不知休息，你过去了可要提点几句，园子里花开得正好，劝他多走动走动。"

"臣妾记着了，皇上正等着，太后还恕臣妾不能久陪。"佟妃行礼告辞，昂首傲然从边上走过。恰一阵风卷着沙尘过来，昭贵妃迷了眼，太后问她有没有事，贵妃眨着眼睛沁出些眼泪，笑着说没事。

再往前走，就是钟粹宫，只见大门紧闭清清落落，太后看在眼里，也忍不住叹道："太宗皇帝宠宸妃，世祖皇帝宠董鄂氏，都不是这样子的，咱们万岁爷喜欢这小常在，时好时坏，叫人看不明白。"又劝昭贵妃，"你心里该明白，眼下光景里，你正该关心一下钟粹宫，哪怕皇帝知道你是故意的呢，至少心意到了，至少明白你晓得他珍惜什么人。"

贵妃心里酸涩，垂首应答："臣妾也这样想，可每次想起来了，就是咽不下这口气。"

太后且笑道："要看得长远些，这不是纡尊降贵，你是替皇帝做事的。来，拣日不如撞日，我陪你去。"

昭贵妃惊讶不已，却被太后拉着往钟粹宫门前走，身旁的太监嬷嬷已经过去拍门。里头的人开门听说太后和昭贵妃来，忙不迭敞开大门跪迎，两人施施然进来，便见布常在和乌常在打了帘子从东配殿出来，清秀素净的两人匆匆跪在了院子里。

"天暖了，可地上还冷呢，快起来。"太后笑着说，"想说走动走动不坐轿子回去，到底平日懒怠动，走这会儿就累了，见你们这里清静，想进来歇歇脚。"

环春几人忙要去收拾正殿请太后过去坐，太后却说那里没人住太清冷，去乌常在屋子里就好。布常在亲自奉茶，她们这里少有人来，她没记错的话，太后该是她接待过最尊贵的客人了。

"我从太皇太后那儿来，新茶上来了，却恼于没有一个烹茶的好手，我问怎么不喊你去，太皇太后说你正闹别扭呢。"太后和善地拉着岚琪在边上坐了，一边转身冲贵妃笑，"我说得不错吧，人家好好地在屋子里，下回去老人家跟前，你也要说说才好。"

昭贵妃努力在脸上露出亲切的笑容，憋出一句："妹妹为何不去慈宁宫了？太后娘娘容易春困，可因你不去了，她每日不得不过去慈宁宫瞧瞧，都没工夫歇觉了。"

太后笑着推了推贵妃："你怎么又赖在我身上。"不过转身却好好对岚琪说，"那些事过去就过去了，我也不说谁对谁错，宫里头这样的事太多，我那一辈里早看透了。好孩子，连佟妃都出门了，你躲在这里算什么？太皇太后跟前离不开你，听我的话，明儿过去好好伺候，上好的新茶搁着没人敢动，都要浪费了。”

岚琪心里堵得慌，太后和昭贵妃这一搭一唱地说得她更是堵得慌，只是顺从地答应着，没多说一句话。太后见她如此，喝了茶便要走，布常在与她一路送到门前，只等太后和昭贵妃走得没影了才起身，就听锦禾说：“听讲是万岁爷召见佟妃娘娘去了乾清宫。”

岚琪眼神微微一晃，转身看前头承乾宫的光景，旋即就不言不语地回去了。布常在没跟她过去，在宫门前叹气：“她怎么才能好呢，到底出什么事了？刚刚太后那些话，听得我莫名其妙。”

环春宽慰她几句，让盼夏送回去，自己打了一盆热水进来，瞧见主子自己在收拾书籍纸张，这几天她就闷在屋子里，一张一张地写字，刚才太后突然来，都没来得及洗去手上沾染的墨汁，所以被太后拉着手时，她才总很尴尬。

岚琪的双手被环春浸在热水里，看她小心翼翼地清洗自己的十指，她恍然记起了曾经伺候布常在洗手的光景，不禁皱了眉头，没来由地，佟妃那一声声“贱人”又在耳边响起，她慌张地缩回了手。环春被惊到，赶紧挪开水盆，拿柔软的棉布裹住了她的手，紧张地问着：“主子怎么了？”

岚琪怔怔地望着她，胸前堵着的一口气却有松动的迹象，起起伏伏间，她终于说：“替我打扮一下，我要去见荣贵人。”

环春愣一愣，但立刻答应了，唤玉葵和香月来伺候，给主子换了应时的新衣裳，细致地打扮妥帖，便绕道避开佟妃可能出现的路，径直往荣贵人的住处来。那么巧，在门前遇见刚要离开的惠贵人。

“妹妹来了？”数日不见，惠贵人显然有些尴尬，似乎在犹豫是去是留，里头吉芯已经迎出来，一边让乌常在进去，一边来惠贵人身边轻声说：“主子请您先回去。”

惠贵人颔首，又朝里头乌雅氏的背影望了望，叹口气便走了。吉芯赶紧回来，张罗宫女奉茶，之后与环春一起侍立在一旁，难得的，乌常在开口让她们都下去，吉芯走时见主子朝她点头，便热络地请环春也去喝口茶。

屋子里静悄悄的，荣贵人早已恢复往日风采，生养多次的她一直还保持窈窕的身材，面容又生得好，也不怪皇帝圣宠不倦。可大家都看在眼里，长生阿哥殁了后，这些日子皇帝那儿好些日子没她什么事了，连带着惠贵人也几乎见不到圣驾。

"这些新茶，是慈宁宫分赏送来的，妹妹那里也该有吧？"荣贵人亲自烹茶，面上自然地笑着，"伺候皇上时，还是端贵人的茶弄得好，我不及她手巧，可她一定也不及你，听说这些日子你不去慈宁宫，太皇太后连茶也不喝了。"

"荣贵人。"岚琪开口。

荣贵人看她，一手捏着茶勺悬在半空，茶勺里一撮茶叶还未放进茶壶，手间顿了顿，旋即就放下去，低头侍弄茶水，笑着问："妹妹想问什么？难得你愿意来找我，我还想是不是该亲自去一趟钟粹宫，我知道，你心里梗着心结。"

"孩子是被毒死的吗？"岚琪问，心里怦怦直跳，她不是不知宫闱险恶，哪怕没经历过，听得历朝历代的故事还少吗？可从没想过，她竟然也会亲身经历，若说是佟妃一声声"贱人"在耳边挥之不去，不如说是那空荡荡的摇篮，那逝去的小生命给她带来了阴影，让她夜不能寐。

岚琪沉了沉心，继续问："是病死的对吗？"

荣贵人颔首，而后扬眉正色看她："不错，是病死的，皇上也这么说了。"

"不是皇上说，嫔妾是问您……"

"乌常在。"荣贵人打断了她，"我说过，只请你看到什么说什么，你不是照做了吗？不管是病死的还是被毒死的，与你并没有关系。"

"如果嫔妾没看到呢？"岚琪起身，稍稍走近她，"您和惠贵人怎么知道，嫔妾会看见佟妃娘娘去阿哥的屋子？"

荣贵人手里的茶已经成了，分了一杯给她，含笑道："其实你想问我，是不是利用了你？为何不直说，是说不出口吗？"

岚琪不语，荣贵人继续说："太皇太后和皇上心里都明白，等他们缓过这一阵就好了，哪怕从此我和惠贵人再没资格侍驾，但这一次也值了。"她说罢尝了自己冲泡的茶水，不知是什么味道，很不满意地撂下，顺手把岚琪那碗茶也倒了，又似不经心地说，"你一定很奇怪，我们这么做，显然是针对佟妃，想法子要回大阿哥，可大阿哥是惠贵人的，我做什么掺和在里头，是不是？"

岚琪却不知是不是看不惯荣贵人糟蹋那些上好的茶叶，主动伸手来摆弄茶具，荣贵人便撤了手往后靠着坐，悠悠地说："大阿哥终日哭闹，总有一天会连皇上也看不下去，佟妃自己更加不知能耐心到哪一天，可只要有那一天，她就会弃了大阿哥，转而抱别的孩子，那天她对皇上说的话，你听见了吗？皇上许诺她可以挑一个，所以为什么大阿哥去了承乾宫那么多天，一直没圣旨下来，就因为她还没挑好。"

岚琪潜心侍弄茶具，也一句句把荣贵人的话听进耳朵里，荣贵人继续说，“我们没有法子撂倒佟妃，要想断了她抱养孩子的念头，只有这样闹了。仗着皇上和我们还有几分旧情，仗着她性子急没涵养，稍稍一撩拨就冲动，还仗着我们两人是阿哥们的亲额娘，哪怕拼了前程，也不能让她把孩子抱走。”

岚琪手里的茶也成了，递了一杯给荣贵人，她正好也说得口干，浅尝一口，眉间有喜色，一整杯茶旋即下了肚子，舒口气似的说：“我知道你觉得我冷酷无情，利用了你，还利用了我自己的孩子……”晶莹的眼泪从她眼角渗出，荣贵人含笑抹去了，看着岚琪说，“我已经在这宫里十几年了，你觉得我还有什么放不下的，往后的几十年，我只有孩子了。”

岚琪没有喝茶，起身离了炕，彼此沉默须臾，她福了福身要走，荣贵人问她心里可否还淤着心结，她才摇头：“太后说她不论谁对谁错，嫔妾现在也明白了，这件事里没有谁对谁错，谢谢您愿意对嫔妾说心里话。”

荣贵人含笑道：“也许有一天，我再也不愿意对你说心里话了，可今日你这杯茶，我会记在心里。”

第七章

册封德贵人

那之后，两人相顾无语，岚琪转身就要走，外头吉芯急匆匆进来说：“太皇太后在佛堂闪了腰，苏麻喇嬷嬷来找乌常在去，知道在这里，直接找来了，乌常在快请吧，慈宁宫的人还等在外头。”

岚琪忙跑出去，荣贵人那儿也让吉芯帮着换衣裳，岚琪先行去了慈宁宫。荣贵人这儿跟过来时，远远瞧见皇帝也过去了，一时驻足，想了想还是吩咐吉芯：“我们回去吧。”

慈宁宫寝殿内，太皇太后歪在床上，岚琪屈膝跪在榻边，太皇太后不让她碰，两人僵持着。不多久玄烨便来了，瞧见这光景，不等开口就被祖母训斥：“你们两个我都不想见，快出去。”

玄烨忙赔笑道：“皇祖母这话，孙儿可做了什么惹您生气的事？”

岚琪抬头看皇帝，玄烨的目光也落在她脸上，她左边脸颊上还隐隐能看见掩盖在脂粉下的伤痕，顿时心头恼怒，可这一下生气的目光，又把岚琪吓得转过去了。

太皇太后都看在眼里，伸手捏过岚琪的下巴瞧了瞧，冷声说：“活该。”

“活该。”玄烨跟着附和了声。岚琪心头一颤，不敢去看他，又听太皇太后问：“还疼吗？”

岚琪摇了摇头，忙先问：“您的腰呢，让臣妾看看吧，臣妾给您揉揉，这样歪着可不好。”

“你也不来看我。”太皇太后却似撒娇一般冲两个孩子抱怨，“如今我这慈宁宫也实在可怜，皇帝成天忙，忙得打发个李总管就算来看过我了。你呢？也忙着什么事，是躲在屋子里读书预备考状元？还是我得罪了你，惹得你也不想见我了？可不是嘛，一个老婆子有什么可看的，你们早就嫌弃我了。”

岚琪听得出来老人家在撒娇开玩笑，跟在身边日子久了，也摸清太皇太后的脾气，知道她由心底疼爱自己，这几句话听着虽心疼难受，可还是暖暖的。

偏偏边上的皇帝莫名其妙当真了，竟匆忙跪在榻边说：“孙儿不好，皇祖母不要生气，明日起孙儿必定天天来向您请安。”

太皇太后眉头微微一皱，冲苏麻喇嬷嬷叹：“我这孙子可是忙傻了？”

嬷嬷忙来搀扶皇帝起身，笑悠悠劝道：“主子和皇上开玩笑呢，您这样一当真，主子可没台阶下了，好些日子不见皇上不见乌常在了，太皇太后撒娇呢，您哄一哄才是。”

可玄烨不知哪儿不对劲，听嬷嬷这样说也转不过心思，更气哼哼地说：“朕是忙，可有些人也不知在忙什么，成天也不知长进，不该她操心的事瞎操心，莫名其妙惹事端，跟在她身后收拾都来不及，这样的人还不如不见，省得皇祖母费心。”

这话岚琪还受得住，不想太皇太后反为她委屈，冷幽幽地说：“皇上既然忙得没时间来看我，那就打发李总管便是，他还能热脸殷勤地说些好听的话哄我。倒是你来了，横眉竖目左右看不顺眼，这是给你老祖母看脸色吗？”

玄烨应声便跪下了，道一声：“孙儿不敢，皇祖母息怒。”

岚琪一直跪坐在榻边，也不看他，此刻脑袋垂得更深，几乎要埋到胸下去了，便听榻上太皇太后恼怒一声：“都走，再杵在这里，我要少活几年了。”

嬷嬷也来劝，一时分不清主子真生气还是佯装发怒，劝着皇帝和岚琪都走。玄烨磕了头便利索地离去，岚琪依依不舍，拗不过嬷嬷一直劝，也跟着走了。但嬷嬷才转回身，就瞧见太皇太后从榻上好端端地坐起来，指着她说：“快跟去瞧瞧。”

这一边皇帝出了门，那边銮驾没来得及压轿，玄烨平素不计较这些事，今天不知为什么一肚子火，竟冲那些奴才发了脾气。岚琪正好跟出来听见，吓得在门里不敢动，可玄烨一转身就看见她了，环春虽也害怕，还是拉着主子跨出门来给皇帝行礼。

“起来。”看见岚琪跪在地上，玄烨心里不自在，可喊了声站起来，细细看见那张脸，看见那还存在的淡淡伤痕，顿时又恼火，憋了好几天的话冲口而出，问她：“为什么要帮她们做那些事？”

李总管和环春几人都忙散开，岚琪则抿了抿嘴，垂首回答：“臣妾没有帮任何人，皇上误会了。”

“还顶嘴？”玄烨深眉紧蹙，又爱又恨，“长生明明是病死的，你为什么要帮她们演那出戏，朕让你跟她们学料理后宫的本事，可没让你跟她们结党营私去对付什么人。”

岚琪抬头看着他："臣妾没有帮任何人，臣妾只是……看到了什么说什么。"

"你！"玄烨恼怒不已，走近逼在她眼前，"难道那天的事，你这样聪明却看不出端倪？难道她们没有事先来提点过你，这一句'看见什么就说什么'是谁教你的，是你自己想出来回答朕，还是那些书上教你的？"

岚琪眼眸晶莹，她亦有她的委屈，她并不奢求玄烨费心来理解，可她也不愿被他看低自己。从刚刚在太皇太后面前被揶揄讽刺，到现在直白地质问，她又一次感觉到，被佟妃骂贱人，被佟妃打了一巴掌，也不及他用目光剜在自己心间痛。

"朕最不愿看到你纠缠进后宫的事，朕尽力不让佟妃嫉恨你到不能克制的地步，你倒好，上赶着去挑衅她，这一巴掌疼不疼？"玄烨伸手捏住了岚琪的脸颊，明明心疼得不行，嘴里却仍旧是怒气冲冲的话，"你真是活该挨打，辜负朕的心血，也轻贱了自己的尊贵，这一巴掌还打得轻了。"

"皇上……"岚琪眸中的晶莹之物竟迟迟不落下，黑漆漆的眼珠子里满满是不服气和不甘心，也不知是不是仗着这是在慈宁宫的门前，竟一股脑将心中的话说出来，"皇上为什么生气，真的是为了臣妾？皇上难道不明白，臣妾是住在钟粹宫的常在，是这六宫妃嫔之一吗？皇上以为，我们在后宫的日子，究竟该是怎么过的？"

一句话，两厢皆静，不知僵持了多久，岚琪下巴都被玄烨捏出红印子了，皇帝终于松手，可半句话也没说，只将失望心痛的目光从她脸上掠过，銮驾已稳稳地压轿，他头也不回地坐了进去。李公公愣了愣，尴尬地喊了声"起驾"，又满腹不解地看了看岚琪，才跟着离去。

小常在浑身颤抖，大口大口地喘息着。环春赶过来搀扶她，忍不住说："主子怎么说那些话呢？您服个软认个错，何至于把皇上气成这样，您何必呢？"

岚琪的心怦怦乱跳，好像是这一刻才清醒似的，刚刚不知被什么下了咒不知被什么附了身，那些话让她现在再说，恐怕就说不出口了。

喘息间，突然想起那天去阿哥所的路上，太皇太后告诉她"相敬如宾"这四个字不好，当时她不明白，可现在她懂了。

"我可以认错可以服软，可哪怕他从此厌恶我，我也不想在他面前做一个虚伪的人，我可以说笑话撒娇讨他欢心，可大是大非上，我也要对得起自己的良心。"岚琪眼中的晶莹此刻才落下，哽咽了一声说，"我也知道我错了，我那天不该说那句话，可惠贵人当时已经把我推出来了，我不说，就连她们也该嫉恨我。我也要为自己活着，不能时时刻刻盼着他来保护我啊。"

环春叹息道："这话您怎么不对皇上说呢？"

"那他也要听才行啊……"岚琪说着哽咽了，可深知此处是慈宁宫，好端端的，在太皇太后门前哭，那才真是不要命了，赶紧抹了眼泪，拉着环春匆匆就走。她做宫女那会儿谁都说她性子好能忍，可能忍耐不也是一种倔强，而今天不能忍，便更是了。

这些话，一字不漏原原本本地被嬷嬷送到了太皇太后跟前，老人家根本就没闪了腰，好端端地在佛前诵经，听罢半晌才悠闲自在地起来，扶着苏麻喇嬷嬷笑道："从前那么些事都拆不开的人，几句话还能生分了？我更怕他们只知道腻歪喜欢，时间久了相看两相厌，就要忘记彼此最初的模样。岚琪这小丫头，真真是老天赐给我将来能托付孙儿的孩子，低微的出身才好，才知分寸不会心比天高。我只盼将来我归西，有个人能一辈子知冷知热地在玄烨身边。这世上漂亮讨喜的女人哪儿不好找，可这样实实在在的孩子，后宫里能出几个？"

苏麻喇嬷嬷感慨道："您之前还不放心，怕乌常在是装出来的呢。"

太皇太后想起有这么回事，欣然道："那总要考验考验才是，如今是真的放心了。"

夜深人静时，乾清宫依旧灯火通明。有值夜的小太监来问皇帝要用什么宵夜，玄烨从桌案上抬起头，问什么时辰了，听说子时已过，轻轻一叹，说要歇息。乾清宫的灯火每过子夜，就会有人禀告到慈宁宫去，皇祖母总是担心他的身体，被责备时心里是暖的，可不愿老人家终日为此忧心。

空荡荡的龙榻上，玄烨翻身看到帐子上岚琪亲手绕的穗子还挂在那里，不自禁想起那年元宵夜，掀开帐子瞧见那个小人儿，不卑不亢，紧张但不慌张，脸上的笑容那样温暖，被自己调戏了几句就急着掀开了被子。那么多女人想要留住皇帝，她也是，可自己却是第一次动心，心动想要留在她身边。

皇祖母曾问自己喜欢岚琪什么，玄烨答不上来，此刻静下心来想，似乎就是纯粹的喜欢，不论她娇娇软软的性子，还是固执别扭的脾气，嬉闹时喜欢，生气时也喜欢，爱写字喜欢，看不懂书瞎念一气也喜欢，更不要说温婉柔静体贴人的时候。

而今天她在慈宁宫门前瞪着自己说那句大不敬的话，不厌恶就算了，竟然还觉得她说得有道理。他一直期盼岚琪心智有所成长，可真看着她长成心智融入后宫这个世界，反舍不得放手，明明是舍不得放手，却还要怪她不懂事。

"呵……"玄烨苦笑，自嘲竟然为了一个不听话的女人大半夜费心神去想，那个小东西一辈子也逃不出自己的掌心，瞎费工夫去想什么，她总在那里，只要自己不离开，就好。

这一夜玄烨睡得踏实，岚琪却辗转反侧，翌日起来昏昏沉沉的，眼下青黛一片，硬着头皮往慈宁宫来。太皇太后瞧见，只和苏麻喇嬷嬷偷笑，恰有裕亲王福晋来请安，便打发岚琪先回去。她走出慈宁宫时，不由自主舒口气，不想苏麻喇嬷嬷却从后头来，递给她一匣子点心说："皇上那儿这几天吃饭不香，这点心是奴婢晨起亲手做的，您替奴婢送去乾清宫放着，李公公会打点。"

岚琪捧了匣子垂着脑袋没说话，嬷嬷轻声笑她："难道您还打算等皇上来给您赔不是？"

"我是怕皇上因为我送去的，连您做的点心也不吃了。"岚琪自顾惆怅，不等嬷嬷说什么，抱着点心匣子转身就走了。

苏麻喇嬷嬷唤了环春到跟前："好好伺候着，等她缓过心思就好了，不要说些没用的话搅乱主子的心思，乌常在自己能想明白。"

环春答应了，忙跟上岚琪，伸手要把点心匣子拿过来，人家还愣了愣，好像要被抢了什么似的，半天才松手。之后一路往乾清宫来，更是从未有过的紧张，甚至对环春说："咱们不用到皇上跟前去的是吧，把点心匣子给李公公放着就好了。"

环春只是笑："您想怎么样，奴婢照着做就是了。"

可避让了好些日子，偏偏在今天和佟妃相遇。岚琪从慈宁宫过来，而佟妃似乎刚从乾清宫出来要去慈宁宫。她高高坐在肩舆上，数日不见妆容比从前更明艳，相形之下岚琪显得清秀朴素得多，身份地位的差别显而易见。

可本该在这样的人眼里看到卑怯和谨慎，但佟妃俯视的目光里，却只看到一个小常在不卑不亢无所畏惧的态度。她知道，乌雅氏从来就没怕过自己。

"见过乌常在。"听见青莲和几个宫女行礼，佟妃紧握的拳头倏然松了，她如今身不由己，身边都是太皇太后的人，而太皇太后那么喜欢这个小常在，自己再不能像从前那样作威作福。

"走吧。"佟妃咽下一口气，将目光悠悠转向远处，肩舆晃动就要离开时，突然听见乌雅氏喊自己，她转过目光，就见岚琪福了福身子说："嫔妾有些话想对娘娘说。"

佟妃居高临下，冷笑道："你要说什么？说那天的事，说你不是针对本宫？你们那些诡计那些心思昭然若揭，还有可辩解的地方？本宫厌恶你时来已久，你以为撇清这次的事，就能改变什么？大家都省省心，本宫看在皇上的面子上和你互不相干，你也不要逾越雷池，掂量掂量自己的轻重，弄明白什么叫云泥之别。”

本是岚琪有话对佟妃说，可人家却急急倒出一车子的话，惠贵人说佟妃性子急没涵养，稍稍一撩拨就冲动，果然如此。

四下气氛很尴尬，佟妃气呼呼说完，就喝令离开，却突然见乌雅氏跪了下去，她长眉拧曲，冷声问：“你干什么，青天白日的，要让人家以为本宫欺负你？”

“那天的事，是嫔妾对不起娘娘。”岚琪周周正正地俯身叩首，额头触地，再起身时沉着心说，“不论如何，皇上心里最明白，不会轻易委屈了娘娘。”

佟妃似乎被勾起心底不对人说的悲伤，鼻尖竟感酸楚，深吸一口气将目光移开，冷冷吩咐左右：“还不走？裕亲王福晋等着呢。”

众人忙重新前行，青莲朝岚琪行了礼，也跟上去了。

佟妃的肩舆走了好远，玉葵和香月才敢来搀扶主子，低头看着她们替自己抖落裙摆上的尘土，岚琪突然说：“环春，你把点心送去就好，我现在不想去乾清宫。”

环春不敢勉强，吩咐玉葵和香月好好跟着，先捧着点心匣子往乾清宫走，这一边岚琪转了方向，径直往钟粹宫走。

这一路走，她目不斜视，面色凝重。遇见佟妃很突然，但向她赔礼道歉，却是她想了很久的事。太皇太后和皇帝都曾嘱咐她，不要轻易主动去接近佟妃，昨天玄烨掐着她的下巴时也说，他一直在平衡佟妃的心态不让她来欺负自己，所以她不敢也不能主动走进承乾宫，今天这样突然相遇，对她来说，其实挺好的。

本以为说出这些话心情会变好，现在她却没来由地觉得沉重，在想明白之前，恐怕暂不能舒了这口气。

走得急了，不免会累，岚琪终于缓下脚步，心神稍稍转回来，就听见香月在身后说：“你瞧见了吗，安贵人不知道在打谁？”

岚琪转身，两人吓一跳，问有什么事，她却问：“你们说安贵人在打谁？”

当原路折回，转过另一条路口时，果然见地上跌了几个人。安贵人早已不知去向，边上站着的是那拉答应，仔细看，地上两个宫女的面颊红肿，再有一个穿戴体面些的脸上虽没挨打，却直挺挺地跪着。

那拉答应见乌常在过来，如遇大赦，迎上来说：“您替嫔妾劝劝吧，安贵人不过随口说的，可她就真打算跪死在这里了。”

跪着的女子，是前些日子刚得圣宠的宫女觉禅氏，一夜恩宠后被送来和那拉答应同住。那拉答应说她们俩去针线房取针线，回来的路上遇见安贵人，不晓得安贵人在哪里受了气，口口声声说她们是勾引皇帝的狐狸精，那拉答应能忍，觉禅氏却没有忍，顶嘴后边上俩宫女便遭殃，而她也被罚跪在这里。

“安贵人说跪多久？”岚琪问。

那拉答应苦笑道：“说她几时想起来了就能起来，可嫔妾看，她是打算跪死在这儿了。”更拉着岚琪朝后退了几步，很轻声地说，“嫔妾不敢上禀，可是嫔妾真的害怕，乌常在，她自从来了后，不声不响地寻死觅活好几次了，嫔妾终日提心吊胆，若真的死在嫔妾那里，可怎么好？”

“寻死觅活？”岚琪蹙眉，又和那拉答应走来，她好声劝说，“地上还很凉，安贵人脾气不好而已，今天的事过几天就忘记了，可你若跪出毛病来，岂不是给彼此都添麻烦？”

觉禅氏微微抬起头，看着岚琪：“嫔妾可以起来？”

这声音一出，岚琪心头莫名颤了颤，回忆纷纷乱乱地涌出来，总觉得这声音在哪儿听过，至于这张脸，她记得是惠贵人身边那个从针线房出来的宫女。

但见觉禅氏扶着墙自己慢慢站起来，香月过去搀扶了一把，她含笑说了声谢谢，可娇小瘦弱的身子里，仿佛压抑着强大的气势。岚琪不自禁朝后退了半步，记忆终于停在围场深夜的帐子外头，想起来那一句绝情的：孩提时的玩笑话，我不会当真。

“是你？”岚琪的心怦怦乱跳。荣贵人那天假扮成端贵人来，对后来来的惠贵人说了好些话，她当时听得懵懵懂懂，被两人绕进去根本没缓过神，加之对皇帝宠幸什么人也不甚在意，现在醒过味，才备感惊愕。

觉禅氏却清冷地笑道：“奴婢曾被佟妃娘娘掌掴，您赐了创伤药；后来在针线房又被佟妃娘娘的宫女抽打，也是您救了奴婢。奴婢后来去了惠贵人身边，见过您几次可您似乎没想起来，奴婢也不敢提。”

那拉答应唏嘘道：“没想到你和乌常在还有这段前缘？”

可岚琪却呆立着，觉禅氏的话越多，这声音就越熟悉，那一晚她在帐子里和纳兰容若的话一字不漏地回响起来，不论那晚她如何拒绝容若，两人的情意真真切切地存在。怪不得，怪不得那拉答应说她寻死觅活，而今被皇帝临幸，她和容若的未来也就此断了。

“主子，您没事吧？”玉葵见岚琪发呆，上来搀扶一把，“是不是这里风大？”

岚琪却摆摆手，看了看附近，便说：“你们这么狼狈，走回去遇见谁又是事，钟粹宫就在前头了，去我那儿洗把脸歇一歇再走，这两个丫头也可怜，给她们上些药。”

那拉答应求之不得，殷勤地来扶着岚琪，一行人匆匆赶回钟粹宫。布常在见这光景，听说又是安贵人折腾的，倒也不怨安贵人，反劝觉禅氏：“安贵人就是这样的脾气，你何苦跟她顶嘴，顺着说几句，什么事儿都没了，往后遇见了可要学乖一些。不说别的，跟着你们的宫女多可怜，平白无故挨打。”

岚琪坐在一侧，看着善良的姐姐给觉禅氏重新梳好发髻，笑悠悠地打量着：“真是好看，之前跟在惠贵人身边时，就觉得水灵。”

岚琪走过来，拉过布常在说：“我有些话和她说，姐姐带那拉答应去你那儿坐坐。”

布常在没多问，转身就带人走，此时环春也从乾清宫回来，正要复命，被岚琪示意先出去。一时屋内只留下觉禅氏和她，她亲手关了门，再转身来，觉禅氏已离了座，屈膝跪地，深深拜服，可并没有说什么。

“你若真的死了，有是非之人去查，你觉得会有什么结果？”岚琪蹙眉，“而你跪拜我做什么，我若要说出去，早没有你今天在这里。”

觉禅氏再抬头，已是泪流满面：“奴婢只求他平安。”

“那你就好好活着，只有你好好活着，和你有关的所有人才会平安。”岚琪慢慢走近她，伸手拉她起来，自己身量修长窈窕，便显得觉禅氏很娇小。可是看着孩子似的面容，却早已不是孩子的心性，触手的一瞬，岚琪就感觉到了。

“我会好好看着你的。”岚琪松了手，朝后退了半步，神情凝重肃穆，“我要你好好活着，不是可怜你同情你，我只是不想你这些事被别人知道。你只求他平安，我也只求皇上身边没有麻烦。你记着了，你已经是皇帝的女人，安安分分地在宫里活着，谁也不会来为难你，可你若做出背叛皇上的事，我第一个不会放过你。”

觉禅氏怔然，也许她从未想到，这个温柔的乌常在也会说出如此狠的话。

“惠贵人把你推走了，也许再也不会管你，你若愿意，钟粹宫随时能进来。”岚琪很认真地说，“这里曾经有个嬷嬷说，宫里的日子都是一样的，怎么过全在自己，你也不例外。你要想死很容易，可为什么你还活着？因为你根本不想死，既然不想死就不要再瞎折腾，不然你所惦记的那个人，就会被拉来给你陪葬，记住了吗？”

觉禅氏再次屈膝：“乌常在的话，奴婢会记一辈子。”

看到眼前的人再次跪拜，岚琪才恍然回过神，刚才那些话她也不知怎么就说出口了，她看不到彼时自己是什么模样，不知会不会也是佟妃曾经对着自己的嘴脸。可她不是嫉妒也不是怨恨，她只希望觉禅氏能安安分分，不要旧事重提，不要在玄烨身上沾染这样不堪的事。

过去的事已无法改变，未来不该发生的，就永远不要发生才好。

“你走吧。”岚琪沉下心，“往后想来坐坐，随时都能来，安贵人那样的，顺着她就好。”

觉禅氏又叩拜行了大礼，躬身退出去，外头不久就有脚步声，环春很快进来，轻声问：“怎么说了这么久，奴婢听见那拉答应在问怎么哭了。”

“姐姐呢？”岚琪不答反问，“她不过来了？”

“布常在不过来了。”环春见她愁眉不展，便岔开话题说，“点心送到了，李公公说皇上最近都没什么胃口，问咱们有没有什么能做了送去的，好哄皇上多吃些。”

可岚琪却沉浸在自己刚才那番话里，昨天还缠着一屋子人发脾气的她，竟然对觉禅氏说出“我第一个不会放过你”这样的狠话。

最近她总这样，就连对着皇帝也是，像是身体里有几个乌雅岚琪似的，时不时就跑出来一个，越来越不懂该如何控制情绪。从前多简单，做宫女时，勤劳一些忍耐一些，就天下太平了。

“你去问问……”岚琪抿了抿嘴，尴尬地对环春说，“你再去一趟慈宁宫，问问苏麻喇嬷嬷，还有没有什么东西要送去乾清宫。”

环春心头一松，欣然笑道：“奴婢这就去。”

乌常在再来乾清宫时，已经过了传午膳的时分，她捧着苏麻喇嬷嬷给太皇太后熬的汤，跟李公公说这是苏麻喇嬷嬷特地给皇上熬的汤。李公公哪里会想到太皇太后午膳连汤都没喝上，赶紧先引了岚琪进去，只是无奈地说：“皇上还没回来，这里午膳都没传呢，一会儿皇上回来了，乌常在劝皇上多少喝碗汤。”

岚琪连连点头，就自己先在暖阁里等着。暖春的午后阳光洒在窗下，她昂首看着柔和的阳光，太阳心里晒得周身暖暖的。昨晚没睡好，又折腾了这一上午，在这有着皇帝气息的屋子里，浮躁不安的心渐渐平静，不知不觉就迷糊过去。

李公公在外头得知皇帝快回来，进来想请乌常在时，才发现她竟然睡着了，本想上前叫醒，但脑筋一转，笑悠悠转身便出来。

玄烨忙了一上午，浑身疲惫，进门听李公公说：“苏麻喇嬷嬷做了点心送来，请皇上尝尝。”他“嗯”了一声，让李公公也去问候嬷嬷，说她上了年纪别太辛苦，刚要进书房，李公公却拦在那里，笑悠悠地讲：“嬷嬷还炖了汤，请万岁爷好歹喝一碗。”

玄烨皱眉说：“朕在前头吃过了，你留着夜里热了我再喝。”

李公公却笑道：“乌常在送来的，就等在暖阁里，等您喝了好去复命。”

“你越老越狡猾了。”年轻的皇帝满面紧绷的神情倏然就松了，嗔怪了李公公一句，当下就脱了龙纹褂子，李公公接过去，轻声笑道：“乌常在睡着了，奴才没敢惊动，若是失礼，还请皇上莫怪常在。”

玄烨根本没在意，已撂下一干人独自往暖阁来，进门看到桌上搁着汤盅，边上放了一对汤碗勺子。绕过仪门瞧见炕上蜷缩着正睡得香甜的岚琪，却不急着先过来瞧，而是转身取过放在榻上的毯子，走近了正要给她盖上，却见小人儿在太阳下晒得面颊通红，额头上蒙了一层细密的汗珠，脖子里也晶莹发亮，嫩白的肌肤实在可人。

“一会儿醒了吹风，又该着凉。”玄烨嘀咕一句，取了自己的汗巾子，伸手探进她的脖子。被冰凉的丝绸一触碰，岚琪惊醒，睁眼看到玄烨在面前，迷迷糊糊朝后缩了缩，等完全清醒了，慌忙在炕上叩首行礼，却被人家抓了胳膊拎起来问：“胆子可不小，昨天才在慈宁宫门前和朕顶嘴，今天就敢睡在这里，你不怕朕找人把你扔出去？”

昨晚想明白后，连同之前的事玄烨都不在乎了，这会儿本想逗逗她，本想吓唬她，可岚琪却突然扑过来抱住了自己。玄烨一愣，不由自主地也环上了手臂将她抱住，手拂过背脊，隔着衣服就能感受到她柔软的肌骨，含笑问：“怎么了，谁欺负你了？”

“臣妾错了。”岚琪呜咽了一声，却没有哭，软软地贴在玄烨的胸前，“皇上不要把我扔出去。”

玄烨笑道：“昨天那个盛气凌人的小常在呢？”

“找不见了。”

“那你去找回来。”玄烨坐好，把人从身前推开，她身上热乎乎的，细发沾染了汗水，软软地贴在额头上，玄烨拿汗巾子给她擦了汗，嗔怪着，“就这模样，朕到底喜欢你什么？”

岚琪看到皇帝眼底有笑意，一如从前那样看自己的眼神，她心头的阴云终于散去，那个傻乎乎的乌雅岚琪又跑出来，傻乎乎地冲着皇帝笑，可她不知道玄烨最爱看她这样的笑容，纯净透彻的笑容，仿佛能驱散世界所有的烦恼。

“朕盼着你能成为像昭贵妃那样足以支撑后宫的女人，可又舍不得曾经的小常在消失。”玄烨温和地说着，捧着她绯红的脸，“是朕太贪婪了，你问得不错，朕何尝知道你们在后宫是怎么过日子的。”

岚琪垂下眼帘：“臣妾今天遇见佟妃娘娘，臣妾向她道歉了。”

“道歉？”玄烨蹙眉。

“总哽在心里很不好受，可您和太皇太后都不让臣妾去接近佟妃娘娘，娘娘若不来找臣妾，这根刺就永远哽在臣妾心里。”她继续说，“今天遇见很突然，但娘娘没有为难臣妾，而臣妾也终于有机会说那些话。那件事没有谁对谁错，但佟妃娘娘没有算计别人，她要大阿哥也是您应允的，听说她也很疼爱大阿哥，到头来却被诬陷要毒害长生阿哥。”

岚琪抬起头，直视着玄烨：“不能因为她曾经欺负虐待臣妾，就幸灾乐祸地看着她遭殃，那样就会变成嬷嬷说的，把曾经别人对待臣妾的嘴脸挂在自己的身上。若是如此，不论乌雅岚琪能不能成为像贵妃娘娘那般足以支撑料理后宫的女人，曾经的小常在，肯定就已经不存在了。”

玄烨笑意深浓，伸手拨开她额头上的细发：“你能把曾经的小常在留住？等我们都老去时，朕还能看到她吗？”

岚琪点头，笑眸晶莹剔透：“和皇上白头偕老，等臣妾老得都弯不了腰了，也还要跟您撒娇的。”玄烨将她抱住，又听她说，“那皇上下回生气了，不要当着外人的面训斥我好吗？”

“你就不能不惹朕生气？”玄烨哭笑不得，在她腰上掐了一把，“昨天把朕恨得牙痒痒的，朕登基后十几年里，敢跟朕顶嘴的人寥寥无几，你算上一个了。”

岚琪怕痒，又怕大白天勾出皇帝的火来，赶紧离开下了炕，过来摸了摸汤盅还是暖的，便舀汤让玄烨来喝。

玄烨身上本有几分火，但见她有分寸，也自知尊重，含笑过来，瞧见另一只碗空着，亲手也盛了一碗汤，拉她坐下：“陪朕一起吃。”

两人对坐，见皇帝动了勺子，岚琪才自己也喝，可汤一入口，说不上的怪味道，又不敢多嘴，偷眼看皇帝，他也是一脸莫名，两人傻傻地对看须臾，玄烨终于问：“不好喝？”

岚琪点头，见皇帝喝得很勉强，终于忍不住说：“要不别喝了，其实……这是太皇太后的药膳，苏麻喇嬷嬷特地炖给太皇太后喝的。之前嬷嬷让臣妾送点心来，臣妾遇见佟妃娘娘后，心里不自在就打发环春送来。再后来又想来见您，找不出借口就去求苏麻喇嬷嬷，嬷嬷就把汤给臣妾了。”

皇帝轻轻咬着唇，眼底的笑意仿佛恨不得把岚琪藏进眼睛里，这汤是喝不下去了，伸手拉她起来，径直往书房去，不顾外头侍立多少太监宫女，大大方方地就过去了。

“朕有好些折子要看，晚上还要召见大臣议事，晚膳兴许也顾不上，你在这里陪着朕，一会儿去泡好喝的茶，拿嬷嬷做的点心，朕吃了再去见大臣，也不怕饿着了。”玄烨自己往案前一坐，推岚琪磨墨，见她安安静静地站在一旁，自己也收敛心思。如是，先头还在暖阁里腻歪的两个人，竟然一整个下午都没说上几句话。

傍晚时岚琪泡了茶来，陪玄烨吃了几块点心，一直等外头大臣都到了，忙着伺候穿戴送上肩舆。等皇帝的身影从眼前消失，岚琪才想起来要去慈宁宫复命，环春说过，苏麻喇嬷嬷让她回去时一定先去见太皇太后。

来时正该传晚膳，太后和贵妃派人来问候，等人都走了岚琪才进来，正瞧见太皇太后从佛龛前站起来，虽是有年纪的人动作缓慢，但分毫看不出是闪了腰的人，她上来搀扶时不禁问：“您的腰没事了？”

老人家傲然笑道：“守着你们几个不让人省心的孙儿，我能有事吗？”又眯眼见岚琪气色甚好，眼底惆怅之色荡然无存，很欢喜，“你们和好了？”

“好了。”岚琪脸颊绯红，自责，“让您担心了，臣妾往后一定好好的。”

“哪儿能一直好好的。”太皇太后笑道，先拉岚琪给菩萨上香，看着她在佛龛前虔诚叩拜后，才挽着手一起往膳厅去，语重心长地说，“你们总让我不要说那样的话，可人不能不服岁月，我这把年纪已是老天爷眷顾。若要离去，我最放心不下的就是玄烨，他小小年纪先帝就走了，隔两年生母也走了，虽有兄弟姐妹，可都各自成家，君臣有别，他富有天下却又是最孤独的人。”

进了膳厅坐下，只有苏麻喇嬷嬷和几个贴身伺候的宫女在，太皇太后毫不顾忌地说：“先帝在时，我容不得董鄂氏，现在后悔已经晚了，他那么孤独地坐在高位，难得不把自己当帝王地真心喜欢一个女人，我为何要容不得。”老人家此刻才有几分怅然，拍拍岚琪的手说，“好好陪着玄烨，不怕磕磕绊绊斗嘴吵架，真心实意地相待，才能日久天长。”

岚琪深深点头：“臣妾记下了。”

苏麻喇嬷嬷捧着碗筷立在一旁，听见主子这几句话，背过身抹去了眼角的泪花。也只有她明白，先帝早逝是主子一辈子的痛，先帝曾经珍惜的一切，太皇太后如今都好好地为孙儿守护着，先帝曾经经历的痛苦，她也不愿悲剧在孙儿身上重演。

"嬷嬷。"岚琪过来拿太皇太后御用的碗筷，正欣然说皇上中午喝到药膳汤皱眉头的玩笑，却见到苏麻喇嬷嬷的眼泪，一下子怔住。苏麻喇嬷嬷含笑冲她比了个嘘声，赶紧收敛神情，转身来笑着说："可不是嘛，用了好些药材，主子也不爱喝，可总比吃药强。"

很少见苏麻喇嬷嬷如此感怀，岚琪心里隐隐不踏实，但之后也好好伺候太皇太后用了晚膳，散了步又说会儿话，直到侍奉安寝才退出慈宁宫。可走出不久，岚琪又折回来，远远瞧见苏麻喇嬷嬷叮嘱宫女们好好值夜，待要回自己的屋子去，却看到岚琪还在门前，讶异地来问："常在怎么还不回去，再晚些各门都要落锁，路上遇见什么人就不好了。"

"嬷嬷，让我伺候您安寝吧。"岚琪欣然笑道，推着苏麻喇嬷嬷往屋子里去，苏麻喇嬷嬷连声推辞，"您又顽皮了，奴婢怎么好让您伺候？"

可老嬷嬷哪儿拗得过活泼的小常在，硬是被伺候着拆了发髻梳了头，甚至打来了热水，岚琪坐在小矮凳上给她洗脚，苏麻喇嬷嬷起先死活都不肯，结果人家就腻歪着说不洗脚她今晚就不走了，闹了半天水都冷了。苏麻喇嬷嬷知道今晚不妥协她是真不打算走，才又让换了新的热水，苏麻喇嬷嬷看着小常在细心地蹲坐在那里，小心翼翼地侍奉自己，心里有种说不出的滋味。

她知道自己在这宫里的地位，是连太后都不敢轻视的存在，年轻的妃嫔们也多是尊敬有加，可哪怕太后还是妃嫔，她们心里总还有一份主仆之别，再怎么客气和敬重自己，也做不到这样子。苏麻喇嬷嬷想，常在若是真心实意将自己敬为长辈，便是她的福气，但若只是想讨好自己，她也不怪，能放得下尊贵的人，才能有来日登临高位时的冷静。

不多久，岚琪拿干净柔软的棉布给苏麻喇嬷嬷擦干了脚，套上袜套，有宫女来撤走了水盆，她自己去洗了手，又有人奉来苏麻喇嬷嬷每日睡前饮的羊乳，她小心翼翼端来给苏麻喇嬷嬷喝，等苏麻喇嬷嬷撂下了茶碗，又递过来手巾让她擦嘴，苏麻喇嬷嬷笑悠悠地说："平日里那些小丫头也不见您这样伺候奴婢的，可再没有下回了，您不能让奴婢折寿呀。"

岚琪亲热地缠着她，给捏捏肩膀松快筋骨，终于开口问："嬷嬷，伺候太皇太后晚膳那会儿，您怎么掉眼泪了？"

"原来常在是有话要问奴婢，才这样殷勤？"苏麻喇嬷嬷嗔笑一句，身后的人便腻歪地缠上来问，"下回我什么也不问，还照样伺候您好不好？"

苏麻喇嬷嬷心里暖暖的，被岚琪抱着轻轻晃动，说起晚膳时太皇太后那些话，感慨道："先帝爷当年盛宠孝献皇后，引六宫侧目，甚至闹得先帝废了元后，若非太皇太后从中周旋又立现在的太后为后，和蒙古部多少年的关系就岌岌可危了。可到头来，孝献皇后没福气命不长，先帝自此失意，忧郁成疾，也英年早逝了，这是主子一辈子的痛。”

瞧见苏麻喇嬷嬷眼角又有泪花，岚琪拿手巾递给她，苏麻喇嬷嬷苦笑一下，敛去悲伤，慢慢道：“奴婢本不该对您说这些话，可奴婢喜欢您，这么多年在宫里见过无数年轻的妃嫔，只有看着您，会想当自己的孩子那样疼爱。”

岚琪娇然笑道：“那我以后还来伺候您。”

“使不得使不得，您再这样奴婢可要不喜欢了。”苏麻喇嬷嬷心情好了些，玩笑几句后，便挽着岚琪的手说，“先帝走后的那几天，主子时常一个人呆在佛像前，有一天她对奴婢说，她后悔没有替先帝守护心爱的女人。她一味觉得孝献皇后独宠扰乱宫廷，但皇上宠爱喜欢的女人没错，被宠爱的孝献皇后更没错，错的本是那些嫉妒生恶惹是生非的妃嫔们，她却把错都怪罪在孝献皇后一人身上，不仅不帮先帝压制后宫的乱，更最终闹得母子不和，闹得孝献皇后忌惮婆婆，终日惶恐不安，最终酿成了双双早逝的悲剧。主子一直觉得，比起那些嫉妒生事的妃嫔，她这个额娘这个婆婆才更冷酷无情。”

岚琪摇头不信：“可是太皇太后对我那么好。”

苏麻喇嬷嬷叹：“所以到了咱们皇上这儿，主子对皇上教导虽严苛，可他喜欢什么人不喜欢什么人，主子一点儿也不强求，一切随遇而安，随遇而安着，就遇见您了呀。”

岚琪睁大了眼睛，却被苏麻喇嬷嬷捧着脸说：“您不会是太宗的宸妃，也不会是先帝的孝献皇后，主子和奴婢都看不到您将来会如何，可就盼着您能好好地陪在皇上身边，陪他一辈子。不论将来天下朝廷是什么光景，不论皇上还会遇到什么人什么事，您都好好地陪在他身边。太皇太后选了十几年，选了您啊。”

岚琪心头暖融融的，浑身似有热血涌动，被苏麻喇嬷嬷看得很不好意思，垂下眼帘说：“那我一定要健健康康的才好。”

“是了，一定要健健康康的。”苏麻喇嬷嬷很高兴，松口气似的说，“奴婢这些话，您愿意记住的就记一些，不想记住的就忘记吧。您有您自己的人生，别人的荣辱沉浮和您没多大关系，太过拘泥也会让自己迷失了心。”

岚琪软软地伏在苏麻喇嬷嬷肩头，俨然家中祖母和孙女的亲昵，笑着说：“嬷嬷和太皇太后也要健健康康的，好在我迷失的时候，把我拉回来。”

这一晚，乌常在很晚才从慈宁宫回来，苏麻喇嬷嬷怕路上有人为难，特地让她坐了自己的轿子，如此不论遇见谁，见是慈宁宫的轿子都不会多事，顺利回宫。岚琪窝在床上反反复复想太皇太后和苏麻喇嬷嬷说的话，迷茫的心，压制不住的各种情绪都渐渐被驯服。

她总是暗暗惶恐，惶恐玄烨对自己的喜爱，惶恐太皇太后对自己的器重，她乌雅岚琪何德何能有此福分。今晚却豁然开朗，不论她何德何能，既然玄烨喜欢，既然太皇太后看中，她就好好地承受这份恩德，让自己变得足够好足够强大，才不辜负他们对自己的心意。

此刻，她再不会觉得对觉禅氏说出“我第一个不放过你”的乌雅岚琪是变得狠毒了，因为从今往后，她也有她要守护的人和事，还有自己。

春色渐退，夏日来临，五月里赫舍里皇后忌辰。皇帝亲领太子祭奠，也是头一回六宫皆随行，昭贵妃以后宫之首随皇帝左右拈香行礼，此举也不啻昭告天下，皇帝册立新后的意向。久传的帝妃不和，以及皇帝对钮祜禄一族有打压之心的谣言，也不攻自破。

之后的日子，直到大选之前，皇帝多宠乌常在，但不似昔日圣眷独宠，而今尚有佟妃、宜贵人等平分春色，昭贵妃又一人独尊，后宫看似祥和安宁。斗转星移八月时，新人入宫，封后大典如期举行。

中秋前夕，皇帝奉太皇太后、太后懿旨，册封昭贵妃钮祜禄氏为后，此外大封六宫，晋佟贵妃、惠嫔、宜嫔、荣嫔、端嫔、布贵人、那拉常在等诸人。另有新人入宫，以皇后之妹小钮祜禄氏为尊封妃居咸福宫，其余不过在贵人、常在诸位散居。

而此次大封，独乌常在一人得封号“德”，是为德贵人。传说是太皇太后亲自授意皇帝，亲自选了这一个字赐给乌雅氏，德字之重，圣恩之重，直引人生羡。

但德贵人为人低调温婉，纵然一身隆宠，对上恭敬有加，对下宽仁慈和。早年传昭贵妃与之不和，然自贵妃主中宫，常与德贵人往来，亲授其六宫之道。外人看着虽不解，但后妃和睦，皇帝喜欢，太皇太后安乐，亦是朝廷天下之福。

九月过了重阳，赫舍里皇后陵寝竣工，玄烨带着钮祜禄皇后和太子亲往视察，数日方归。但不知是路上颠簸辛苦，还是钮祜禄皇后久劳成疾，这一次随扈归来，皇后大病，缠绵病榻数日不愈，六宫皆未用炭时，坤宁宫的地龙已暖暖地烧起来。

转眼入了冬，这日京城初雪，岚琪一早从钟粹宫出来，昨晚在慈宁宫侍奉时，太皇太后亲点她去坤宁宫侍疾。虽然外头传说皇后对德贵人亲和有加，可两人之间到底怎样的关系，她们彼此最清楚。但太皇太后都开口了，她不能推辞，她明白太皇太后是在往自己身上贴金。

步行至坤宁宫，门前恰有暖轿落下，轿帘掀起，清秀柔婉的小钮祜禄氏从暖轿上下来。因其闺名有个温字，封妃虽无封号，宫里人都以温妃娘娘称呼，岚琪亦不例外，迎上前屈膝行礼。

温妃性子和静，不与妃嫔多往来，除了侍奉太后和皇帝，每日只跟在姐姐身边。而今皇后染疾，她更是天天来侍奉，此刻见到岚琪，竟是有些陌生，分不清是哪一位。

“娘娘，这位是钟粹宫的德贵人。”身旁宫女笑着提醒。温妃颔首，轻声道：“就是皇上很喜欢的那位德贵人？”转而对岚琪说，“你总在太皇太后和皇上身边，我们不常相见，本宫不认得你，还请德贵人勿怪。”

岚琪欣然笑道：“本该嫔妾多往咸福宫请安才是。”

温妃也不与她多客气，直言道：“如今不是你我闲话的时候，本宫还要去侍奉皇后娘娘，德贵人自便。”

岚琪略略有些尴尬，躬身道：“嫔妾奉太皇太后懿旨，即日起侍奉皇后娘娘养病，直至娘娘痊愈。”

此时坤宁宫的门打开，冬云从里头出来，瞧见两人站在风雪里说话，忙笑着迎进门，不论是对温妃还是对德贵人都十分客气。待两人到了寝殿，只见皇后歪在暖炕上，隔着窗纸蒙胧地看外头雪花飘舞，转首见两人到面前，只淡淡一笑：“来了？”

岚琪犹记得封后大典那一天雍容华贵光芒万丈的皇后，此刻入目，却只见她满面病入沉疴的憔悴，不禁心疼，缓缓屈膝行下大礼。

皇后唤亲妹到跟前，这几天她总睡得昏昏沉沉，虽然妹妹也一整天陪在身边，却没能好好看看，这会儿见她打扮得清秀素净，啧啧：“傻丫头，你年纪那么轻，穿得这么素净可不行，德贵人平时打扮也简单，可你瞧瞧她身上的颜色，不张扬不低调，这才是身为妃嫔该有的模样。”说话间咳嗽了几声，就喊冬云，“拿我从前的东西给娘娘装扮一下，就快腊月了，这模样该叫人笑话。”

冬云应诺，笑盈盈地上来搀扶温妃，主仆俩往别处去。岚琪这边见皇后咳嗽得厉害，就去边上倒茶。皇后侧目看她，犹记得当日安贵人冲到钟粹宫寻衅后，她把两人叫到跟前训斥。彼时看乌雅氏倒茶，心中揶揄到底是宫女出身，做这些事熟稔麻利，可她这一碗茶一碗茶地就走到了今天，皇帝甚至加封德贵人。一个“德”字，何其尊贵。

而自己这个皇后位怎么来的，她心里最明白。

“娘娘，这是太皇太后让嫔妾带来的梨花蜜，太皇太后年年入冬便要咳喘，这两年常吃这种蜜，气顺多了，请您往后也跟着常用才好。”岚琪端过蜜茶，一如她在慈宁宫伺候太皇太后时的虔诚恭敬。皇后微微蹙眉看她后，伸手要接。

可四手都在茶碗上时，岚琪感觉到了皇后手指间的羸弱无力，怪不得她会双手来接，定了定心说：“让臣妾伺候您喝吧。”

皇后愣了一愣，双手落下，便见她小心翼翼端着碗送到嘴边，迟疑须臾，还是把嘴凑上去了。两口蜜茶入喉，干燥的咽喉果然舒畅许多，回味还有些许凉意，不由自主又喝了几口，才摆手推开。

岚琪见她好歹喝下大半碗，也不再勉强，转身放下，又打开另一只匣子，捧出一只纸包对皇后说：“这也是太皇太后给您……”

“本宫这里，什么都不缺。”皇后冷然出声，目光又转向窗外。隔着窗纸根本看不见雪花，只略略几道影子飞舞，让她知道外头在下雪。

岚琪被噎了这一句，不敢再多嘴，唤了坤宁宫其他宫女过来，让她们把太皇太后让带来的东西收下去，自己也要退到门外，才转身，皇后却问：“这就要走了？”

岚琪驻足应答：“臣妾等在外殿，娘娘有吩咐臣妾就进来。”

“你怕本宫看见你嫌恶？”皇后不知是在嘲笑谁，可眼眉间的不屑之态，却叫人看着没来由觉得悲伤。她幽幽说道，“太皇太后也一定知道本宫不愿看见你，可她还是派你来了，到底是想硌硬本宫好让本宫的病更沉重，还是想刺激一下，好让本宫振作起来？”

岚琪忙屈膝在地，垂首应道：“恕臣妾失言，娘娘您多虑了。”

“多虑了？”皇后惨然一笑，一人之下万人之上的她，母仪天下的她，却在此刻对着一个小贵人笑得凄然。但骄傲如她，尊贵如她，旋即就收敛这副神情，再转向窗外时，眼中唯见凌厉威严，却不再说话，任由乌雅氏跪在那里。

皇后不让起来，岚琪当然不能动。来之前布贵人就嘀嘀咕咕说了好些话，让岚琪一定小心些，说佟贵妃是明着讨厌她或欺负她，不藏着掖着的反而好对付，但皇后讨厌她也由来已久，且越是这脸上不显露的，才越吓人。

此刻她算是被罚跪吗？可她做错了什么，还是说错了什么，兴许人家就想让她跪着，好看着心里痛快？

时间点点滴滴过去，坤宁宫里硕大的西洋钟沉沉鸣响。这口大钟曾经摆在翊坤宫的正殿里，岚琪见过，听说是皇帝赏赐给彼时的昭妃，而西洋钟是皇帝心爱之物，轻易不会赏赐什么人，所以皇后极其珍爱。

终于，打扮一新的温妃回来了，冬云与她进门就见德贵人跪在地上，也不知是跪了多久。边上有小宫女摆摆手，她便不敢多嘴，示意温妃也不要多问，先到了皇后跟前。

冬云拿了皇后从前的衣裳给温妃换上，虽然式样绣花不是近来时兴的模样，但毕竟是皇帝妃嫔内造之物，到如今依旧庄重华贵，而彼时的昭妃也爱鲜艳色彩，眼下衬在温妃白嫩的肌肤上，更加鲜亮。

而从衣裳、发髻到一应齐全的首饰，全是皇后往昔爱用之物，乍一眼看去，仿佛时光回转，当年的小昭妃跃然眼前。皇后的眼神有须臾的欣喜感动，可渐渐目色暗沉，不知为了什么不高兴，轻轻推开了妹妹，吩咐冬云："去换掉，温妃还是该有温妃的模样，没得……做第二个本宫。"

冬云心里怦怦直跳，刚才给温妃装扮好，自己就发怵眼前明明就站了十年前的主子，心怕带来跟前看，会触动主子悲伤的情绪，果然她猜得不错，听见皇后这样说，立刻就扶着温妃匆匆离去。

而小钮祜禄氏显然不明白怎么了，懵懵懂懂地被拉出去，瞧见德贵人还跪在那里，一直到了门外才问冬云："姐姐她在罚跪德贵人吗？"

冬云尴尬地笑一声，敷衍她："奴婢一直跟您在一起啊，不知道里头怎么了。"

温妃和冬云出去时，一阵冷风灌进来，岚琪跪得快要麻木的身体骤然一醒，定一定神要继续熬下去，却另有太医院的宫女进来，外头火炉上熬的药好了，该是皇后吃药的时辰。而她们瞧见德贵人跪在这里，也好生讶异。

"出去吧，德贵人会伺候本宫。"皇后闻到汤药的气息，微微蹙眉。

宫女们将滤网药碗放在桌上，朝德贵人示意后，便匆匆离去。岚琪看了看皇后，艰难地扶着边上的花架子站起来，她双膝早就痛得失去了知觉，一步一颤地走到桌边，先洗了手，再将药滤过两遍，等端着药来皇后跟前，两腿已经恢复知觉能好好走路了。

皇后好好地吃了药，漱口后从岚琪手里接过帕子擦拭时，抬眼看了她脸上的模样，竟然和刚进门时一模一样，安宁虔诚，似乎只专心着照顾人的事，明明被自己没来由地罚跪了那么久，脸上竟无半分怨气。不管她是涵养好，还是装得好，皇后明白，这宫里再没有这么好脾气的人了。

不多久温妃回来，恢复了先头的模样，皇后脸上才见喜色，拉着妹妹坐在身边，问了她一些宫里的事，问及皇帝在咸福宫留宿，问她侍寝的事。小钮祜禄氏羞得满面通红，却被姐姐嗔怪："傻丫头，姐姐当年侍奉皇上，可比你现在还小些，你好好伺候皇上，早些给姐姐生个小阿哥。"

温妃柔顺地点头，不言不语双颊绯红。皇后见她如此，也知再说不出什么话，抬头见立在一旁的乌雅岚琪，同样温柔静婉，可她浑身都透着灵气，再看自己的妹妹，无一处不被比下去了。

心下无奈，忽而咽喉间又一阵燥痒，连连咳嗽，温妃吓得不知所措，岚琪上手轻抚皇后的背脊顺气，又端来温水让她润一润。皇后恹恹地喝了两口，就嫌恶地说："每天喝那么多汤药茶水，满肚子晃荡。"

众人都不敢说什么，连冬云也不劝慰，必然是这几天说多了，皇后早就不耐烦了。岚琪放下茶碗洗了手来，却问皇后："您有没有想吃的东西？太皇太后说，太医总让忌口，每天只灌药不吃饭怎么能见好，病重最难得是有胃口吃东西，总说饿几顿清俊一些，但娘娘们平日饮食就很节制，既无食积，何来饿几顿的道理。太皇太后嘱咐臣妾，您若有想吃的东西，让臣妾一定叮嘱御膳房去做。"

皇后幽幽地看她一眼，却当着妹妹和冬云的面冷笑道："这是当本宫将死之人，要给最后一口饭吃吗？"

岚琪心下揪紧，这气势下不得不又屈膝跪地口称"不敢"。膝盖碰到地上了才又感觉疼，身上颤了颤，咬牙挺住了。其实她刚刚已经说了是太皇太后的意思，现在也大可以推在老人家身上，但她明白皇后就是故意找麻烦，也许她觉得折腾自己心里就爽快，既然她就是来侍疾的，就是奉旨来让她快些好起来的，折腾几下，咬咬牙就过去了。

这一跪，又是一整个时辰。温妃坐在边上很尴尬，皇后那里有一搭没一搭地说几句话她也心不在焉。终于熬到用午膳的时辰德贵人才起来侍奉，皇后吃药进了粥，犯迷糊要睡一会儿，温妃才拉着德贵人到外头。小钮祜禄氏很善良，吩咐她："你走吧，下午别在跟前了，这里谁伺候都一样，皇后娘娘大概是讨厌你，你下午待着躲不过还是罚跪挨骂，没意思。"

岚琪也想走，但她不知道这样走了，皇后会不会更恼怒。她也不是非要轻贱自己被人折腾，只是皇后如今病成这样，没必要和病人计较，昨晚苏麻喇嬷嬷送自己出门时就说，病人时常心火大，有时候发脾气也不是故意的，按捺不住罢了。想想自己生病时，不也是折腾得环春几人手忙脚乱，而玄烨和太皇太后生病时，也是不好伺候的。

温妃见她不言语，叹息："你走吧，不然就该是我走了，看见你这个样子，我心里很不好受。"

此时冬云出来，见两人说话，温妃让她也劝德贵人走。冬云心里很明白，忙屈膝照实说："奴婢斗胆说一句，德贵人还是回了太皇太后，不要再来坤宁宫侍疾了，娘娘她不愿意看见您。您若信得过奴婢，这就请回吧，娘娘不会生气的，若是真的生气，奴婢再去请您来，在这里您也要受委屈，那样也不过是再被多责备几句罢了。"

"冬云你起来。"岚琪拉着她起来，又朝温妃福了福，"娘娘既然如此说，臣妾就先告辞了，若有什么事，还请您立刻派人去钟粹宫找臣妾。"

温妃颔首不语，岚琪又行了礼，转身离开。随她而来的环春也从边上跟过来，刚才就听说主子在里头罚跪，这会儿见要走了，委实松口气，而在坤宁宫里没看出什么，一到门外头，主子倏然就腿软了。

坤宁宫里的事，难免要透出去。那日风雪越见肆虐时，皇帝竟然顶着风雪来坤宁宫。听见外头上报，皇后只在心里冷笑，心想皇帝这是要为他心爱的人被罚跪，来找自己理论了吗？

待玄烨进来，浑身的寒意，温妃上前解了氅衣，递过手炉，皇帝捂在手里笑问："这些日子，你都在这里？辛苦了。"

"臣妾侍奉姐姐应该的。"温妃侧身让开，请皇帝往里头去，自己则将氅衣给了冬云，带了宫女到别处去坐。

玄烨信步进来，恰逢西洋钟鸣时，他和皇后都朝大钟看去，皇后先开口："听说皇上新近又得了新的？臣妾也想开开眼界。"之后坐在榻上欠身，自称抱病不能下床行礼。

玄烨笑道："就在乾清宫暖阁里放着，你好了过去瞧瞧就是。"说着坐在一旁，细细看了她，"你气色很不好，天越来越冷，可要养好了过冬。"

"臣妾好些了，多谢您记挂，大雪天的，皇上怎么来了？"皇后心中惴惴，本以为会看到怒气冲冲的皇帝，跑来责问自己为何折腾他心爱的德贵人。还以为乌雅氏转身就会去皇帝面前告状，她果然是想错了吗？

"朕有高兴的事，想着该先来告诉皇后才好。"玄烨笑意深浓，相形之下，皇后更显孱弱憔悴，但听见皇帝这句话，不免眼中放光，只听皇帝说，"尚之信也降了，而今，三藩只剩下吴三桂那只老狐狸。这些年朕和大臣将士们，没有白辛苦。"

"真的？"皇后闻言大喜，她知道三藩对皇帝的重量，而令她惊喜的或许不是谁投降，而是皇帝有如此高兴的事，竟第一个先来告诉她。陪伴皇帝十几年，从未有过如此待遇，一时浑身热血涌动，仿佛疾病也去了大半，缓过神来才笑着说，“臣妾恭喜皇上，吴三桂必然也是苟延残喘，皇上平定三藩指日可待。”

玄烨欣喜，与她道：“那就养好身体，朕在前朝有文武大臣，后宫这个家全在你了。”

皇后热泪盈眶，欠身答应，可又想起上午德贵人跪在这里大半天的事，皇帝虽没有提又或许还不知道。但她心里明白，自己就是故意的，就是故意想要折腾乌雅氏，可她又怎么会想到，皇帝会真的敬重自己这个皇后。

“朝廷的事总忙不完，朕对太子终究疏于管教，现在正要养成一辈子的性子，朕便想着等你好了，就把太子送来中宫，让你照顾教养。你如今有亲妹妹在身边，凡事有个可信的人搭把手，朕也不怕累着你。”玄烨继续缓缓道，“你是朕的皇后，太子自然该你来抚养。”

皇后呆呆地看着他，暗自咽下了堵在胸前的那口气，曾经求而不得的一切，抱养孩子、中宫之位、皇帝关心如今都有了，可为什么心里还是空荡荡的，还远不如堵着那口气来得满，她到底还要求什么？

玄烨却好像没在意她神情的尴尬凝滞，自顾自说着：“你妹妹性子很好，皇祖母和太后都很喜欢，只是瞧着柔弱，你知道佟贵妃的脾气，别叫她欺负了你妹妹。”

皇后眼眶湿润，垂首揉了揉眼睛笑道：“皇上可不能说这样的话，贵妃听见该多委屈，人家好好的，怎么就欺负臣妾的妹妹了。”

玄烨亦笑道：“朕开玩笑而已，至于她的脾气你也明白，多一事不如少一事，你妹妹太柔弱了。”

皇后欠身道：“您这样心疼她，臣妾替妹妹多谢皇上。”

“朕还要去告诉皇祖母这个喜讯，不陪你多坐，自己的身子要保重。”玄烨将手炉塞给她，微微一笑转身便走。皇后捧着手炉凝视着他的背影，才刚掩下的眼泪奔涌而出，可她却不明白，自己到底为了什么而哭。

外头听说皇帝要起驾，温妃赶紧过来伺候，但玄烨已经拢了氅衣，见她来了微微一笑，让她不必相送，没再说什么话，径直往门外走去。

温妃在门前跪送，只等皇帝离了坤宁宫才起来，转身进来却见姐姐捧着刚才自己递给皇帝的暖炉哭泣，吓得不知所措。

这一边玄烨顶着风雪再转来慈宁宫，虽然坐的暖轿，可从门前进来一段路，也足够吹冷了身子，进门就被苏麻喇嬷嬷拉着在暖炉边烤，又将身上衣服也另换了干净的。再走近暖阁，只见太子跟着太祖母写字，太子瞧见皇上来，忙从炕上爬下来行礼磕头。玄烨一把将儿子抱起，一同坐下后问祖母："这孩子可叨扰您休息了？"

"兄弟姐妹里，太子最安静，你说吵不吵？"太皇太后笑悠悠地说着，一边让乳母来抱太子走，一边拿握着太子的手写的字给孙儿看，"太子很聪明，就是性子太沉闷，这个年纪该活蹦乱跳才是，大阿哥那会儿多顽皮，我都恼得揍过一次，但是小孩子不就该热热闹闹的吗？"

玄烨道："孙儿想，让他跟着朕，总难免学得唯唯诺诺太过谨慎，如今便看得出几分。储君当有储君的风范气度，长此以往不是好事，所以才和皇后商量，想等她病好了，就送去坤宁宫让她教养，有额娘照顾的孩子，总是好些。"

"既然你已经决定了，我还说什么。"太皇太后笑道，"传消息来说尚之信投降了，那年耿精忠投降，你兴冲冲地跑来告诉我，这一次却只是派人来说一句，问他们皇帝哪儿去了，原来是亲自去告诉皇后。"

"怠慢了皇祖母，是孙儿的错，您不要生气。"玄烨含笑自责，也见祖母欢喜地笑着道："我有什么可生气的，我亲手带大的孙儿这样成器，皇祖母高兴啊。"

玄烨竟被说得有些不好意思。这两年自身的变化他心里也明白，才真正明白什么叫帝王之气，富有天下的帝王怎能和女人一般计较，她们所求的不过是情爱的短长亲疏，不能一碗水端平的人原就是自己，本该更包容大度一些，像从前那样计较顶真，哪儿有帝王的样子。

如今日的事，他本没打算要亲自跑去告诉中宫，自然是该先来向祖母报喜。可偏偏听说岚琪在坤宁宫跪了一上午，悄无声息地，什么原因也没有，莫名其妙就让她那么跪一上午，玄烨怎能不心疼。可他早不是之前那个年轻气盛易冲动的皇帝，便决定亲自去一趟坤宁宫，希望自己的大度，能消减皇后心内的怨气，他所期盼的，是后宫长长久久的安宁。

"如今这样，你才能保得岚琪那丫头长长久久在你身边，从前那个孙儿我可不喜欢。"太皇太后爱怜不已，如今真正老怀安慰，笑着说，"谁说江山和美人不能并重，昏庸之君自然什么都不配拥有，可我孙儿是明君，一个要做旷古明君的帝王，身边岂能没有美人相伴？"

玄烨玩笑道："岚琪可不是美人，如今瞧着越长越难看，脾气也坏，没有讨人喜欢的地方。"

太皇太后乐不可支，指着苏麻喇嬷嬷说："苏麻喇，你赶紧派人去告诉德贵人，皇上嫌弃她了……"

祖孙俩玩笑着，和乐融融。也许本要有的一场风波，在岚琪的隐忍、皇帝的大度和太皇太后的慈爱中化解，他们谁也没有受到伤害，谁也没有平添烦恼，唯有一个人，夜深人静时，惶恐惴惴不得安宁。

当曾经奢求的一切唾手可得，她的人生反而陷入了极度的迷茫，内心比任何时候都空虚彷徨。夜不能寐、日不能安，钮祜禄皇后自此缠绵病榻，幸而腊月里终于好转，腊八时与众妃嫔在慈宁宫向太后请安时，瞧着气色好多了。

第八章

来世不再见

皇帝今年封印极早，腊月十一就封了印。头几天他亲自领着太子在坤宁宫，夜里也在中宫留宿，好让太子渐渐适应皇额娘的照顾。而皇后有幼子在膝下，心无旁骛没有工夫想别的事，心情见好，身体也日益康复。如此也不辜负皇帝的心血，帝后二人的感情，比从前十几年里任何时候都要和睦。

转眼小年在即，却连着数日大雪不停，比不得初雪不成气候，寒冷的深冬，每天的雪都扎扎实实地积起来，到小年前一天，据说宫里积雪最深的地方，几乎要过了人的膝盖。

钟粹宫里每日也有内务府派来的小太监铲雪清路，本是十分辛苦的事，但德贵人和布贵人打赏丰厚，为人又客气宽厚，能被派来钟粹宫干活，一时竟成了肥差。

这日照旧有人来扫雪，院子里一夜工夫又积雪过了脚踝，厚厚如绒毯般铺在地上。岚琪每天都趴在窗口看，巴望着能出去走走，可从入冬开始下雪，打她那天从坤宁宫回来后，皇帝就派人来下令，让环春好好看着自家主子，说她身子弱下雪天别出去瞎跑。于是但凡不去慈宁宫伺候太皇太后的日子，她就被“软禁”在了寝殿里，每天不过趴在窗口解馋，看玉葵和锦禾在她窗前堆雪人。

可今天环春去内务府了，布贵人抱着端静去了端嫔娘娘那儿，钟粹宫里就留下玉葵和香月，她好说歹说哄得两人松口，不让内务府来的小太监扫雪。岚琪被裹得严严实实地出来，和两人一起堆雪人，半大不小的一个雪人堆好，岚琪已经热得一身汗。

香月和玉葵去后头找煤炭萝卜来给雪人做眼睛鼻子，留她一个人在前头。看着满地绒毯似的积雪，玩得燥热的岚琪突然心血来潮，脱掉了鞋子袜子，一下跳进了院子里，积雪绵软柔滑，意外地也没有冰冷得让她发抖，岚琪玩得很高兴，但很快就被香月回来瞧见大呼小叫。

“别嚷嚷，你们也来踩一踩，可舒服了。”岚琪一边说，一边已经往回走，光着脚胡乱地趿进鞋子里，抬头却见香月、玉葵都跪下了，正莫名要问，便听身后玄烨的声音问她："你在做什么？"

玄烨说着已绕过长廊朝她走来，不等岚琪把鞋袜穿好，皇帝已经到了跟前。她屈膝要行礼，被人家一把拎起来，直接抱回屋子里，一边吩咐玉葵："去打热水来，拿干净的鞋袜。"

岚琪被抱回屋子放在了炕上，本以为少不得一顿训斥，结果玄烨只是拍拍她的脑袋，轻轻嗔怪了一句："又胡闹。"之后便让玉葵几人为她洗脚取暖，自己则转身在屋子里逛逛，随手取了架子上的书来看。

岚琪坐着被洗脚捂暖，时不时探出身体瞧瞧，可玄烨只是安逸地翻阅她搁在架子上的书册。岚琪小声对玉葵说："幸好把书又放回来了，不然皇上看见书都不见了，一定又多事要说我。"

玉葵却轻声抱怨："您刚才那模样全让皇上看见了，奴婢和香月一定又要被环春姐姐罚了，主子您又坑我们。"

"我不让她罚你们，我一会儿求皇上别说不就好了？"岚琪煞有介事地摸摸玉葵的脑袋。那边玄烨转身正好瞧见，看她一副笃然无事的样子，心下又好笑又好气，将书放下走过来。岚琪也已经穿好鞋袜，本想请玄烨上座，她好去泡茶，却听皇帝吩咐玉葵："拿你们主子的大氅风帽和袖笼来。"

听说拿这些衣服，岚琪知道要出门，笑着问是不是去给太皇太后请安，玄烨笑而不语。等玉葵和香月给主子装扮好，裹得严严实实的岚琪浑身上下只露出一张欣喜的脸，被玄烨轻轻捏了一把，他也穿上了氅衣，领着岚琪往外头来。

外头已经准备了另一顶暖轿给岚琪坐，吩咐她上去，人家还缠着问要去哪儿，玄烨只笑道："去了你就知道了。"

"那刚才的事，皇上……"

"你再不上轿子，朕可真要和你算账了。"玄烨随便吓唬她一句，人家麻利儿地就钻进轿子离去了。玄烨也升了轿，一行人往南走。玉葵和香月都没让跟着，立在门前恭送，直等圣驾走得很远了才舒口气，香月嘀咕："皇上这是要领咱们主子去哪儿？"

这边轿子一路行，岚琪间或挑起帘子看，走的路不是去慈宁宫。入宫有些年份了，但她每日往来的地方总那几处，不被允许也没时间在宫里瞎晃悠，再又天生容易迷路，这会儿坐在轿子里看着外头，根本猜不出这是要去什么地方。

走了好半天，再掀起帘子，却是看到行至乾清宫附近，正奇怪皇帝为何要亲自来接她，但轿子一转，并不往乾清宫去。等她再看时，已经出了乾清门，再后来忍不住问身边随行的小太监，小太监告诉她正走过保和殿。岚琪问要去哪儿，小太监说不知道，只管跟着皇上走。

终于等暖轿停当，有小太监来搀扶她下轿子，玄烨已经下来了，慢步走过来，拉起了她的手。玄烨的手温暖有力，而岚琪纵然被裹得严实坐着暖轿过来，自认为温暖的手在他的掌心还是显得发凉。见皇帝带着自己往前走，自然要问："皇上，再往前可是太和殿了，臣妾不太好……"

玄烨却转身冲她一笑，只管拉着她一步步走。这里的路显然有人清扫过，只是难免路上有薄冰，岚琪走得小心翼翼，可还时不时在玄烨身后晃悠几下。皇帝忍不住说："你果然还是光脚走路最踏实。"

岚琪嬉笑道："那可不行，冻坏了皇上舍不得。"

"嗯？你也知道？"玄烨嗔怪，"那刚才做什么，光着脚在雪地里踩，不要命了？"

"下次不敢了，不要生气。"岚琪软乎乎地恳求，可皇帝却不言语了，拉着她再往前走，直至太和殿汉白玉石座下，转身挡在她身前，笑意深浓地说："朕让他们攒了两天的雪没有清扫。"

岚琪不解，皇帝转身让开，将她轻轻朝前一推，入目皑皑白雪，茫茫无边际。太和殿前广袤雄伟的广场上积了厚厚的雪，干净洁白，连一个脚印都没有。

后头小太监送来雪靴，分别伺候皇帝和德贵人穿上。玄烨拉着她的手就要往前头走："跟朕一起走到丹陛之上，小心些。"

"皇上，臣妾来太和殿，是不是不太好。"岚琪知道太和殿的崇高和威严，每有大典时，玄烨在此御殿升座，接受王公大臣文武百官的朝拜，山呼万岁震撼天地，如此显要贵重之地，普通的妃嫔可不能随便跑来。

"不过是一座殿阁，朕不过是想带你看看雪景。"玄烨头也不回地往前走。积雪很深，几乎及膝，玄烨尚可，而岚琪虽在妃嫔中显得窈窕修长，可比起皇帝还是娇小些，雪已经到她的膝盖。若能像玄烨那样走得快些也罢，可她走得太慢，不等抬脚下一步，整条腿就几乎陷到底了。

玄烨走在前头，突然听到一声闷响，后头侍立的宫女太监们也惊呼了一声。他转身看，只见裹着氅衣戴着风帽的岚琪整个人跌在雪地里，身体完全陷在白雪和氅衣风帽中，连脸都看不见，两只手朝天胡乱地晃动着，狼狈又可爱的模样，玄烨忍不住大笑。

"皇上……"岚琪哪有工夫笑，挣扎着要从雪里爬出来，可积雪松软，她越挣扎就越往下陷。终于感觉到一股大力把自己拽起来，不等她站稳，已经被玄烨打横抱在了怀里，之后一步一步稳稳当当地往前走，哪怕身上多负重一个人，玄烨也走得稳健轻松。岚琪不知所以地看着他，渐渐心内乱跳，又开心又感动，恨不得时光停滞在这一刻，让她好好贪恋一回。

终于到了石阶下，玄烨将岚琪放下，问她能不能自己走了。却看到小人儿蹲下去，使劲儿地拍打自己身上的残雪，生怕雪化了浸湿衣裳冻着他，好半天才站起来。玄烨暖暖地微笑着，岚琪被冻得通红的脸上也有如花笑容。玄烨怔怔地看着她，想起她说过那年下雪，自己无意中救了她的事，彼时提起来自己没太多印象，但这一刻，那日风雪中的情景，全想起来了。

上天竟然安排了他们一次又一次地相遇，承蒙眷顾，没有让他错过最美好的这个人。玄烨伸手扶一扶她的风帽："台阶上或有薄冰，慢些走，一步一步就能走到最高处了。"

"是。"岚琪认真地点点头，之后小心翼翼地看着路，不远不近地跟在皇帝身后，走在她该走的地方。太和殿的石阶也有规矩，她这些年即便不能过来，也跟着苏麻喇嬷嬷学会了。

终于走到最高处，岚琪累得气喘吁吁，玄烨却气定神闲，嘲笑她没用，拉在身边指着前头说："看，比起钟粹宫院子里那些，这才叫雪景不是？"

金顶红墙的世界被白雪覆盖，威严雄伟中透出凌厉气势。丹陛之上，日晷、嘉量、铜龟、铜鹤等亦有白雪覆盖，寒风飒飒中岿然不动，是为大清昌盛繁荣国祚延绵，直叫人感觉心灵魂魄的震撼。

岚琪幼年时在紫禁城外仰望过这座皇城，当时就知道来日要进门做宫女侍奉主上，也知道皇城里的太和殿威严壮观，却从没想过有一天，她会和皇帝并肩站在这里。感慨激动之余，忽而警醒，稍稍离开了玄烨身边，她一个小小贵人，怎能和帝王并肩站在此处，皇帝身边的位置，是皇后的。

玄烨见她如此，知道她在谨慎什么，稍稍有些不乐意，可想岚琪如此自重，他本该高兴才对。皇祖母一直强调自己该如何保护这个女人长长久久地在自己身边，果然在祖母眼中，她是极懂分寸尊卑，知道什么该做，知道什么不该做，自己才是易感情用事且冲动的那一个。

"要不要去后头看看？"玄烨只当作没看见岚琪这细小的动作，伸手来拉着她往后走。从各处远眺皇城雪景，后宫殿阁林立，更显白雪中金顶红墙的富贵雍容，岚琪指着一处兴奋地说："钟粹宫该在那里，可皇城太大，这里已经看不真切了。”

玄烨听着她兴奋地喋喋不休，没再领着她去刚才并立的地方。再后来退下太和殿，坐着暖轿一路回乾清宫。两人虽穿着雪氅雪靴，耐不住积雪太深，终究都打湿了衣衫，分别两处烤火更衣。等暖烘烘的岚琪跑回皇帝这里时，已不见冻得通红的脸颊，暖和了的脸上泛着好看的绯红，身上暖暖香香，忍不住让人想亲近。

只是冻过后又烤着火，岚琪坐不多久就晕乎乎犯困，本陪着皇帝下一盘棋，手里却捏着棋子久久放不下，身子晃晃悠悠的。玄烨看不下去，过来将她抱在怀里，果然没多久，她就睡过去了。

梦中安宁平缓的呼吸，每一下都透着她身体自有的香气。玄烨把人轻轻放在炕上，稍稍解开她的衣领，在柔软温暖的颈下亲了一口，熟睡的人却毫无反应。玄烨无奈地笑了，转身取过厚厚的毯子盖在她身上，自己腰上也搭了一角，陪着她一起歇觉。而他也只有封印的这些日子里，能这样悠闲自在，头几天全陪在了皇后身边，想她好久了。

暖阁内安宁温暖，李公公领着宫女太监守在外头，都不敢出声惊扰，不久却见小徒弟匆匆跑来，李公公迎上去踹了一脚：“瞎闯什么？”

小徒弟却尴尬地说：“佟贵妃娘娘在外头，说要见皇上。”

李公公皱眉，不耐烦地挥了浮尘朝外头走去，门外果然见承乾宫的暖轿停着，佟贵妃立在门边打量另一台轿子，转身见李总管出来，冷笑道：“谁在里头，这轿子也看不出哪一个宫里的。”

李公公知道胡说只会惹事，坦白说是德贵人，说皇帝派人接来的，这会儿正伺候着午觉。

佟贵妃长眉扬起，哼笑道：“大白天的歇觉，她真是不简单，从前听说头一回侍寝就是白天里，德贵人果然与众不同，我们这些蒲柳之质，是真没得比了。歇吧歇吧，本宫找皇后娘娘去说说话。”

她傲然转身离开，也不坐轿子了，直接往后走绕去坤宁宫。李公公立在门前恭送，等她走远了才松口气，但转念一想，就派亲信的小徒弟：“悄悄跟过去看看，听听说些什么。”

这边厢，温妃正领着太子在坤宁宫寝殿内玩耍。温妃年纪还小，更容易和孩子打成一片，皇后正盘膝坐在暖炕上缝小夹袄，预备正月里给太子穿。

太子来了小半个月，已经和她很亲热。当初大阿哥抱去承乾宫哭闹的事她记忆犹新，一直担心太子来也会不自在，但玄烨亲自陪了好几天，而太子本来就没额娘，很容易就熟悉起来。也真是没额娘的孩子十分可怜，眼看着性子从沉闷渐渐变得活泼，一声声“皇额娘”喊得直叫人心软。

“皇额娘，儿臣饿了。”太子玩了半天，爬上暖炕来朝皇后怀里一钻，皇后爱怜不已。已有宫女麻利地端上面点果子，温妃则端来热水，皇后亲自给他洗了手，然后就由着他自在地趴在炕桌上抓点心吃。

这事儿她和玄烨商量过，说好了等明年太子四岁了再开始教规矩，这些日子让他好好把小孩子该有的天性都放出来，等过年时领到太皇太后面前，好让太祖母刮目相看。

皇后本一心盼着妹妹给她生个孩子，也曾经不屑领养太子，但玄烨真的给她送来了，心就软了。没有生养过的女人也会有天生的母性，自太子进门，她一心都在太子身上，连宫里的事，也渐渐愿意放手给惠嫔、荣嫔几人。再有身子本也还在保养中，每日只在坤宁宫里陪着孩子，竟比以往任何时候都过得乐呵。

“皇额娘也吃。”太子油乎乎的手抓着一块萨其马往皇后嘴里塞，皇后咬了一小口，又亲了亲太子，小家伙乐呵呵很开心，又爬起来递给温妃，喊着，“温娘娘也吃。”

皇后拍着他的屁股问：“太子快让温娘娘给你生个小弟弟，往后坤宁宫里还有弟弟陪着你玩儿好不好？”

小家伙大声地应了，温妃羞得满面通红，转身要出去唤人泡茶，却见冬云进来，脸色不甚好地说：“娘娘，佟贵妃来了。”

温妃闻言回眸看姐姐，皇后却问她：“她可曾为难过你？”

她浅浅一笑，如是道：“并不太相见，何来为难，但是知道这位的厉害，也不太想见。”

皇后扶了扶头上的发鬟，低头看自己这身常衣，若是从前，她必然会让冬云来给自己换上凤袍以傲视佟贵妃，不知为何，如今却无这份心思，便示意妹妹来：“抱太子去歇会儿，玩半天了。”说着把太子哄了哄，被孩子一逗心情又好些，等妹妹抱走孩子，便让请佟贵妃进来。

佟贵妃哈气搓手地进来，不及行礼，先抱怨：“娘娘怎么将臣妾撂在外头这样久，可把臣妾冻坏了。”

皇后便让冬云上热茶，也有小宫女塞了手炉给她，她尚知规矩，在炕前福身拜一拜，才接过手炉。宫女们七手八脚搬来凳子端茶上果子，好一阵忙碌，佟贵妃已安坐炕前，面前一张矮几，上头各色茶点果子都摆好了，不禁啧啧：

“到底中宫不一样，臣妾从前去翊坤宫，可不见这样的待遇。”

皇后淡淡地笑道：“你只管受用便是了。”

佟贵妃放下手炉，端起茶碗，掀开看是蜜枣枸杞茶，拿茶碗盖轻轻拂开汤面上漂浮的枸杞，似笑非笑地说：“听讲太皇太后最爱喝德贵人的蜜枣茶，她凭着宫女那会儿学的本事，一路从乾清宫哄到慈宁宫，真不容易。”说着喝了茶，眯眼笑道，“娘娘这里的茶也好喝。”

“喜欢就多喝一碗。”皇后敷衍这一句，而之前那些提起乌雅氏的话，她只当作没听见。但佟贵妃有备而来，又怎会轻易放下这个话题，放下了茶碗也不忘记继续说，“臣妾刚刚从乾清宫绕过来，这青天白日的，德贵人可又伺候皇上睡觉呢。”

皇后手中将风毛缝在夹袄的衣襟上，头也不抬地说：“皇上封印的日子要紧的是休养身体，前几日在这里，每日也要睡午觉，只是睡觉而已，分什么白天黑夜的，一年到头就这几天清闲，爱做什么就做什么才好。”

佟贵妃哼笑一声：“也是，皇上是才离了您这儿的，不怪娘娘大度。”她伸手在果盘里拨动着，半天也没挑出可心的来吃，恹恹地弃了，又想起一句说，“宫里人都传，德贵人如今跟着娘娘学料理后宫的本事？臣妾也想学，娘娘能不能也教一教臣妾？”

“捕风捉影的事，你瞧见德贵人来过几回坤宁宫？”皇后才稍稍抬眼，淡然平和地看她一眼，继续低头缝夹袄，“至于你，谁都看得出来是享福的命，既是享福的人，也就不必学操心的事。”

“娘娘这样说，您难道不是享福的人，都是一国之母了，这样的福气谁能有？”佟贵妃嘴上敬着皇后，心里可根本没把人当回事儿，皮笑肉不笑地说，“可娘娘还操心着六宫的事呢，宫里那么多姐姐妹妹，您多少分摊一些，肩上的担子也轻不是？臣妾看乌雅氏就极好，不为别的，就为了皇上喜欢她，您多照顾她一些，皇上也高看您一眼哪。”

皇后也非圣人佛祖，听这些明着捧高暗着嘲讽的话，怎能不动心气，可她固然没有宽阔的心胸，也有十几年积累的涵养功夫，垂首指间不停地缝制小衣裳，只轻悠悠一句：“高看还是低看，皇上心里最明白，妃嫔该做的，是一门心思伺候好皇上，其他的事，贵妃当闲话解闷儿就好，钻进去费心思可不好。”

佟贵妃傲然微耸长眉，懒洋洋靠在椅背上，垂目看皇后手中的衣裳，才注意到是一件小衣服，便知道是给太子缝制的。想起自己那一晚亲手给大阿哥做布老虎，可那孩子嫌弃布老虎，更嫌弃自己，她如何耐心付出也得不到回报，最后惠嫔、荣嫔那两个贱人还把长生的死搭在她身上，本有的几分母性爱心自此荡然无存。今日见皇后如此虔心缝制太子的衣裳，也只觉十分厌恶。

皇后察觉佟贵妃静了半天不说话，抬头见她直直地看着自己手中的夹袄，猜想是勾起了她什么心思，便当作什么也没看见，两边继续静着，终于是佟贵妃先开口说："太子已经认皇后了？"

皇后点点头，心下叹了叹，慢声道："皇上说，是他疏忽了，所以这一次亲自领着太子来，上回想让你抱养大阿哥，以为大阿哥已经懂事了，不需操心，却是截然相反的结果。皇上说，来日有新生养的小阿哥，就让你抱一个来养，自小养起来，就当你是亲额娘了。"

佟贵妃却不屑地哼笑一声："臣妾才不要抬高那些低贱妃嫔生的孩子，谁的我都不稀罕。"

皇后轻声叹道："都是皇上的孩子。"

"不一样。"佟贵妃清冷一笑，起身离了座，朝皇后行礼告辞，说不多叨扰了，兴许是她心里不好受，不想互相看着生厌。

皇后也不挽留，只等佟贵妃离开了寝殿，才长长舒口气，手里的针线活也撂下了。刚才那些话，她面上不在意，其实都存在心里，贵妃揶揄她该向德贵人示好，好让皇帝高看自己一眼，便不由得想起生病时让她在这里跪了一上午的事。

现在的她必然做不出这种事，不论是因为被皇帝完全满足了，还是因为不在病中心火轻，只是觉得彼时的自己不太正常，当时当刻不那样折磨一下乌雅氏，她觉得自己几乎要活不下去。而留存至今让她不甘心的是，乌雅氏全盘接受，没对任何人吭一声委屈，这个女人，纤弱的身体里，究竟有怎样广阔的心胸?

不知不觉陷在迷茫中，突然听见孩子的哭声，皇后立刻从炕上下来，不等宫女来侍奉，自己就穿了鞋子要出来看。

而这一边佟贵妃刚走到门前，听见孩子的哭声，让她想起大阿哥的哭闹。转身看，却见太子哭着从偏殿跑出来，温妃慌慌张张跟在身后，那边皇后也打了帘子出来，便见太子哭着扑向她。

皇后蹲下把孩子抱满怀，脸上慈爱的笑容那样美好，太子亲昵地跟她撒娇，转身娇滴滴指着温妃不知告什么状，姐妹俩哄着孩子笑得很开心。

"娘娘，咱们该走了。"青莲见主子发呆，也不免怜惜她的境遇，上前搀扶着往外走，也不敢胡乱说些什么劝，却听主子说："皇后说她和皇上商量，将来有新出生的小阿哥给我抱养一个，我刚才很不屑，现在……"

"皇后娘娘不会胡说这些，必然是真的，皇上心里可一直惦记着您呢。"青莲劝她，但上轿前，佟贵妃却又驻足呆了呆，沉沉开口道："可我想自己生一个。"

青莲心中叹息，嘴上不敢说，慢慢将贵妃送入暖轿，之后随行，心中想着这些事要不要去向苏麻喇嬷嬷禀告。且说她自从被派来照顾贵妃，起初忐忑这样跋扈嚣张的人该怎么伺候，可渐渐看见越来越多她人后的无奈与心酸，虽不至于自此换了对主子的忠心，可在苏麻喇嬷嬷面前说话，已不如刚开始那样直接，时不时为贵妃说几句好话，自然苏麻喇嬷嬷也听得懂这里头的人情世故。

如大阿哥那件事，外人看着她骄傲霸道抢别人的孩子，关起门来佟贵妃为大阿哥付出多少，谁又知道。

乾清宫这边，岚琪酣然一梦悠悠醒转，眼见玄烨睡在身边，心中暖意顿生。皇帝和缓的呼吸里透着往日的疲倦，心疼他一年只有这几天悠闲自在，也珍惜一年里只有这几天，能毫无顾忌地缠着他。

玄烨浓密纤长的睫毛还是那样好看，岚琪玩心大起，总是想要摸一摸，可总是错过好几回，每每都不巧把人弄醒了，少不得旖旎缠绵一番，云雨之后自然就忘得干干净净。这会儿见玄烨睡得很熟，又鼓起胆子，伸手触碰他的睫毛，终于触碰到，指尖感觉轻痒，她不禁心满意足笑得灿烂。

可面前的人却突然稍稍蹙眉，微微睁开眼睛，可似乎睡得很沉，不似往日那般就要捉了自己一亲芳泽，今日不过慵懒地哼了一声，翻身把岚琪当枕头般抱着压在身下，岚琪不知所措，可等了会儿，身上的人又睡着了。

这一天，德贵人自然是留在乾清宫不走了，之后第二天也没有离开，连着两夜内务府都记档存史，宫里妃嫔间自然少不得嫉妒羡慕，且盘算着德贵人的好日子，都说她该传好消息了。

但日子一天天过去，除夕前一晚岚琪的月信又如期而至，连布贵人都忍不住失望，她自己却很安乐，而且因身子不方便，一应年节里的庆祝祭奠都不能参加，连晚宴也免了，相比往年陪着一场一场地坐，她难得清闲在钟粹宫。

转眼元宵在即，上元佳节，皇帝大宴群臣。而今三藩只剩吴三桂这只秋后的蚱蜢，为了扬显国威兴盛，这类奢靡的宴席少不得，只有皇城内歌舞升平奢华富贵的生活永远让墙外的人羡慕，百姓才会对强大的皇室存有敬畏之心。虽然节俭本该是开源节流的好事，却会让百姓朝臣生疑，从而轻视。

这一晚，岚琪才算岁末年初头回参加了宫廷大宴，太皇太后特地让苏麻喇嬷嬷着针线房破例又给新做了衣裳，自然旁人是不知道的，可老人家瞧见她打扮得漂亮就很喜欢。岚琪知道老人家盼什么，可那些事急不来，而今日元宵虽是她和玄烨定情之日，可大好的日子有中宫皇后在，她不敢和皇后争夺恩宠。

但钮祜禄皇后早不是从前那般心性，纵然仍旧会心有不甘，仍旧渴望得到夫君的宠爱，可她现在身处高位，更懂得后宫生存的不易。册封以来玄烨对她呵护有加，该有的不该有的都给了她，她不知该如何回报，也只有在这种事上，懂得避让。

这一晚她喝了不少酒，宴席将至尾声，几乎要大醉失态，还是太后相劝，皇帝才派人送皇后回坤宁宫休息，这样一来，酣醉的皇后断不能侍寝了。

而温妃跟着皇后一起离开，佟贵妃身上不自在本就没来参加宴席，惠嫔几人无心争宠，座下便再无能与德贵人相比的人。可是岚琪犹自不觉，兴冲冲地看着台上大戏，都没正眼往上看过，玄烨倒时不时会看她一眼，苏麻喇嬷嬷便偷偷对太皇太后笑道："一会儿把德贵人留下吧。"

宴席散后，皇帝侍奉太皇太后回寝宫，岚琪被苏麻喇嬷嬷喊去了，便也别了布贵人过来伺候。她是熟悉老人家喜好的，在身边伺候得服服帖帖，反是玄烨笨手笨脚，总插不进来，还惹得祖母厌烦："也吃了不少酒，赶紧回去歇着要紧。"

玄烨不能不走，可见岚琪专心致志忙着祖母身边的事，他又舍不得走，要走，自然要带着这个人一起走，可祖母似乎也不想放人，僵持良久，苏麻喇嬷嬷终于忍不住笑道："主子啊，您不放了德贵人，皇上怎么会安心去休息？"

太皇太后已要安寝，便故意推岚琪："我可曾留你了？"

岚琪不解，可转身见玄烨立在那里，满眼毫不顾忌流露出的暧昧眷恋之色，看得她怦然心动，又被老祖母一推："又在我这里眉来眼去。"

"臣妾……哪儿敢。"岚琪垂首害羞地笑，却听太皇太后很轻地说："月圆之夜，天地精华之盛，快去伺候皇帝要紧。"

"太……"

"快去吧。"太皇太后将她朝前一推，苏麻喇嬷嬷也过来引着将她送到皇帝身边。这边唤宫女来架屏风放帘子，太皇太后这里再没有他们什么事。岚琪站在玄烨跟前，正不知怎么才好，玄烨伸手牵住她，轻悠悠地说："朕带你回去。"

岚琪今日一身绯色吉福娇俏可人，月色下更添几分妩媚之态。乌雅岚琪早不是当初那个只稍比旁人清秀些的小宫女了，而今眼眉已开，身量已成，哪怕平素打扮清淡些，也再不是清秀二字可以形容的容貌。

如今再对着皇帝笑，也不只从前的娇憨可爱，眼波流转间的娇媚之态，自然而美丽，而玄烨眼中，哪怕岚琪身上没有这些美好，只看她大口吃饭都觉得喜欢，喜欢便是喜欢了。

分坐两顶暖轿，眷意浓浓两人也不会忘了分寸规矩，岚琪是绝对不肯跟皇帝同辇的。先后到了乾清宫，可下了轿子就再没有她能做主的事，才落地皇帝便走来，毫不顾忌地在宫门前就将她抱起，一路抱进寝殿。

龙榻之上，时光荏苒，当年紧张可爱的小宫女不见了，换作眼前娇美可人的岚琪，而年轻气盛的皇帝也日渐沉稳，更懂爱之惜之，更懂男女之情。

岚琪跪在床榻上，不及立在榻下的玄烨高，被他居高临下轻轻一吻，羞涩地一躲朝后跪坐下去，手里却没放开玄烨的胳膊，一把就把人拉过来扑在身上，两人一起跌着躺下。玄烨压在她身上，暖暖地笑道："朕的岚琪这么着急？"

岚琪傻笑，点了点头，伸手去解开玄烨的衣襟，皇帝却捉住她的手，凑在柔嫩的唇上深深缠绵，只吻得岚琪浑身燥热，可双手被玄烨紧紧抓着不能动，而他的另一只手已经将她的领口解开，炙热的吻从唇间蔓延至颈下。岚琪已不能自制，双手想要挣脱束缚，当玄烨终于放开她，就不由自主地解开玄烨的衣襟，不论皇帝如何暧昧地笑她，也不停下手。

而玄烨的手，早绕进她的衣间，小衣的带子完全被解开，胸前遮羞之处被一点点剥离，当春色乍现，当感觉身下燥热被昂然之物碰擦，胸前春光更完全落入皇帝口中，岚琪忍不住出声，却听到玄烨笑的声，一边不停挑逗她的羞涩，一边又安抚她的不安，一点一滴呵护，缓缓燃起欲火，直将她带入云雨之境。

纱帐落，月圆夜，无尽缠绵。

整晚曼妙旖旎，岚琪感觉身上有脱胎换骨的经历，玄烨惜她一夜辛苦，之后几天并未纠缠，岚琪休憩在钟粹宫内，环春、玉葵殷勤伺候，不同于以往缠绵后的感觉，一天天过去，岚琪隐隐觉得身上有了变化。

这一日晨起，她莫名地抚着小腹，环春端着热水进来看见，忙过来问怎么了，岚琪拉着她，红脸轻声说："我觉得这一次，好像能有了。"

"真的，那要不要请太医？"环春兴奋得不行。

岚琪忙捂着她的嘴，她早已懂这上头的事，反嗔笑环春："才几天呀，太医看得出什么，我只想自己当心些，我额娘说过，头几个月很小气，若是孩子真的来了，咱们也低调小心些，我不再跑跑跳跳了，总之先看看这个月，月信还来不来再说。”

环春却道：“皇上那儿呢，万一皇上又召您侍寝怎么办？难道也瞒着不说？”

岚琪暖暖地笑道：“皇上该不会再找我，我觉得他一定也会这样想，且等等看，何况连太皇太后那里也不要我过去伺候了，太皇太后和苏麻喇嬷嬷一定更加期盼。”

环春很兴奋，之前主子每次都说没事没事，每次都被她说中，虽然失望可也觉得神奇。所以这一次主子自己都这样说，必然是真的有了，喜不自禁地摸上岚琪平平的肚子说：“小阿哥快来额娘的肚子里，小阿哥你若来了，奴婢天天给您做好吃的。”

“傻瓜。”岚琪嗔笑，可自己摸着肚子，也心下笃定这一次不会再让人失望，虽然从前她也不曾失望过，因为随遇而安，知足常乐，才是人生圆满之道。

这半天懒洋洋地窝在榻上，环春也不知哪儿听来的，连暖炕也不让主子上了，只让她在床上歇着。布贵人过来串门，见她懒懒的，也盼她有好消息，但岚琪并不提早上那些话，和环春说好了，不再对第三人说。

下午布贵人和岚琪一起将绣线分股，说是荣宪公主看见纯禧和端静的荷包好看也想要，布贵人自责没多想一些，本该给荣宪公主也缝制一个，便赶着要再做一个，有岚琪搭手好快一些。两人手里做着针线，说着孩子们的玩笑，正悠闲自在，却见锦禾匆匆跑进来，吓得一脸惨白地说：“主子，皇后娘娘和太子掉进冰湖里了。”

岚琪手里的针猛地一下扎在指尖，她吸着指尖的血，听锦禾说皇后领着太子在御花园里逛，不知怎么掉进湖里，都已经被救起来了，但是先救起来的是太子，皇后几乎要沉下去了才被拉起来，现在已经送回坤宁宫。

“咱们要不要去？”布贵人吓得手抖。

岚琪心情沉重，浑身不自在，突然胸口一抽搐，转身便作呕大吐，一屋子人都被惊吓，忙替她抚背顺气，清理秽物。等收拾妥当了，岚琪也缓过来，定神说自己没事，更推布贵人：“姐姐也去换衣服，咱们去坤宁宫。”

匆匆赶至坤宁宫，各宫妃嫔已聚拢，太后也亲自前来，并下令众妃勿进殿叨扰。见太医进进出出，岚琪和布贵人立在人群后，只瞧见前头佟贵妃不耐烦地走来走去，时不时拉过一个宫女或小太监问话，多半问不出什么，又嫌弃地推开。

又等了小半个时辰，皇帝终于迟迟赶来，原是在前头正商议要紧的事，听说皇帝还动了怒。李公公今日不当差出宫去了，那边剩下的人，都不敢上报，只等众大臣散了，才告诉皇帝，如是玄烨自然更恼，急忙就过来了。

众妃行礼相迎，玄烨未及看来了什么人，径直就进了门。布贵人和岚琪互相搀扶着再起身，只听佟贵妃慵懒地一叹："等下去也不知是什么时候，本宫身上不自在，你们等着吧，有消息就送来承乾宫。"

谁不知道她在这宫里特立独行，不管做错什么事，皇帝都会替她周全，就更不要说此刻懒得等消息了，反正也没人愿意搭理她，她走了，大家才自在。

坤宁宫里头，玄烨正坐在皇后榻边，皇后浑身发烫烧得昏昏沉沉，完全不知皇帝已近了身旁，玄烨唤过她几声，皆无反应，只听冬云战战兢兢说落水的事。

原是太子贪玩乱跑，一脚从湖边大石头上滑入水中，皇后娘娘是跟在最近的人，想也没想就跳下去拉太子。不晓得是不是在冰水里抽了筋，也不晓得是不是身上棉衣吃水沉重，她把太子推上大石头，才被赶来的太监宫女拉住，皇后自己就往下沉了，又正有一阵风吹过，把她往湖心吹。虽然不远，可等身边的小太监脱了衣裳跳下去捞，皇后已经沉得只见半个脑袋，上了岸就已经昏厥。

太后在一旁眼眶湿润，叹说皇后爱子心切，又劝玄烨："冬云几个都是她贴身用惯了的人，虽然失职，眼下也不是惩罚的时候，皇上还是先不要追究，让她们好好照顾皇后要紧。"

"皇额娘说得极是。"玄烨应了，便见乳母抱来太子，太子没有受伤，也没有泡在水里太久，捞起来后乳母立刻就脱了湿衣裳，脱下自己的袄子将他裹住，只是受的惊吓不小，一直啼哭，见了玄烨又十分害怕。

"往后可不能这样贪玩了。"玄烨未有重斥，斥责一个不足四岁的孩子，他也未必听得懂，反而吓着了在心内留下阴影不好，哄了他几句，就让乳母抱走了。

太后则劝："皇后还年轻，会挺过去的，皇上不要太担心了。"

"皇额娘也是，此处有温妃几人侍疾，您也不能太辛苦。"玄烨应着，起身想请太后离去，太后也知道她这样做不合乎规矩，便不为难皇帝和众人，被送了出来。在门外见到诸妃都在，叹一声："眼下温妃在里头侍疾，人多也不好，你们姐妹且商量一下，哪几个每日来伺候。宫里的事惠嫔、荣嫔最熟悉，你们且忙这些，不要等皇后病好了，宫里却乱了，辜负了她往日的心血。"

众妃嫔称是，恭送太后离去，剩下诸人。惠嫔和荣嫔被钦点了协理宫闱之事，端嫔那里养着两个公主，宜嫔不会照顾人，她的妹妹郭贵人更如是，安贵人不可靠，看下来，竟是钟粹宫两位最合适不过。荣嫔便来问岚琪："你们姐妹俩可愿意帮温妃娘娘照顾皇后？"

二人怎敢推辞，荣嫔便遣散众姐妹，与惠嫔领着她们俩进来，见温妃在外殿坐着，说明太后的意思，也不敢进去添乱，就先走了。

温妃年纪小，不经事，上一回皇后生病她就手忙脚乱，这一次又如此突然。方才太后来时，只见她跪在床边哭，被训斥了说这样子晦气，就把她打发在外殿了。如今见德贵人和布贵人来侍疾，也顾不得姐姐愿不愿意看到她们，能有人来料理，再好不过。

不多久冬云出来，说皇上请温妃娘娘进去，眼见德贵人和布贵人也在，猜得出她们留下的缘故，便请一同入内。岚琪缓缓走近，看到玄烨坐在病榻边，那一抹背影似曾相识，叫她恍然回到那一日黑沉沉的大雨中。

玄烨转身见到岚琪，讶异之余更有几分安心，自然不便在此刻表露，只吩咐她们："好好照顾皇后的身体，朕时不时会来看一看，但多数时候，要辛苦你们了。"

三人都应诺。玄烨见温妃娇楚可怜，果然不能托付，倒是布贵人和岚琪立在边上，像是能经事的，岚琪他就更放心了。又嘱咐几句，便也离了坤宁宫，去向皇祖母禀报。

皇帝离开后，三人商量着该怎么做，温妃孱弱，说不到几句便眼红落泪。岚琪和布贵人当着她的面没说什么，待离了，私下布贵人便叹道："看样子太医是说过什么了，温妃娘娘才那么伤心。"

岚琪也看得出来，太后和皇上都如此凝重，太医一定说过不好的话。而她甚至在玄烨身上看到昔日赫舍里皇后离世时的悲伤，她知道玄烨不是无情的人，钮祜禄皇后对这个后宫的付出，所有人都看在眼里，他又怎么会无视。

正如岚琪所想，玄烨来到慈宁宫，太后已经先到了。玄烨又把事情说一遍，竟见皇祖母眼角有泪花，似在自责："若早知她有这样一颗慈母心，一早就该把太子抱给她养，偏偏等到如今，她又怕是要没福气了。"

玄烨目色凝重："太医说兴许还能养好，皇祖母不要太过虑。"

太皇太后却很看得开，摇头说："那湖面还有冰呢，那么冷的水呛进肺里，她本又有旧疾未完全康复。你叫我不要多虑，还不如让我早早在心里有个准备。"一时竟也哽咽，"也是我看着长大的孩子，这些年多少为了朝廷的事一直委屈着她，可她还是兢兢业业把持着后宫，我活了这一把年纪，竟和一个孩子计较……”

玄烨屈膝劝说祖母不要太悲伤，眼下尚有一线生机，太皇太后平复情绪后说：“若是能好了，皇帝再不要亏待了她。”

然而皇后这一病凶险，冰冷的水呛在肺里，捞起来时已没了知觉，浑身滚烫烧了一天一夜，半夜里还抽搐痉挛。足足折腾了两日，高烧才退了一些，可呼吸沉重混杂，醒过来便一直咳嗽，咳得吐了，浑身无力又昏昏沉沉睡过去，接着再从梦里咳醒。反反复复，两三天后，便瘦得下巴尖细眼窝深陷。

岚琪总见太医摇头，温妃时常问了不过几句就垂泪。坤宁宫里气氛沉郁，连好容易才活泼起来的太子也又变回从前的模样。这日岚琪在茶水房里盯着熬药，被炉子里扑来的火星迷了眼睛，出来吹吹风，瞧见远处回廊下太子和乳母纠缠着。她不知不觉就走过去，乳母见了德贵人行礼，太子虽与岚琪不熟，却也跑过来哭着说：“我想见皇额娘。”

乳母在身后苦笑着说：“娘娘病得沉重，奴婢怕太子去了不太好，一来吵着娘娘休息，二来万一传给孩子。”

“不碍事的，若有什么事，就说是我的意思和你无关。”岚琪牵着太子，与乳母道，“皇后娘娘一定也很想见太子，太子不会吵着她，其他的不必你操心。”

乳母也不过是不想担当责任，既然德贵人揽下了，她也乐得松口。随行一起来到寝殿，正好皇后醒了，才喝了水软绵绵地歪在靠枕上，突然听见一声“皇额娘”，整个人都有了精神，稍稍坐起来就见岚琪领着太子进来。

小家伙松了德贵人的手跑到炕边趴着，皇后憔悴不堪的脸上终于有几丝笑容，伸手捏了捏太子的脸颊：“这几天又不好好吃饭了是不是？瞧瞧胖脸蛋儿都瘦……”一句话没说完，又是一阵猛咳，一边推开太子一边把身子朝里转。

岚琪慌忙将太子拉开，冬云几个人上前伺候，她带着孩子退到外头还听见里头咳嗽声不停。太子窝在她怀里一动不动，半天才憋出一句话：“皇额娘会死吗？”

这样小的年纪，竟已懂得生死，岚琪不知道是谁教给太子的，可孩子显然深陷在忧郁中，伏在岚琪肩头呜咽着。想来皇上几次带着太子巡视赫舍里皇后陵寝，这孩子大概已经明白亲额娘是为了谁死的，眼下他好容易又有了额娘，可是这一个可能又要因为他而离世。哪怕乳母们不敢对他说这种话，可宫女嬷嬷们私下嘀咕几句，兴许他就听见了。

此刻抱着太子，岚琪完全不知该怎么哄，却见玄烨进来了。他瞧见这光景有些讶异，而太子一见皇阿玛就不敢再哭，笨拙地自己抹掉眼泪。岚琪则看到皇帝把儿子抱过去的那一瞬，眼底的失意伤感，让人心疼。

玄烨曾跟她说，不愿太子看到自己就害怕，才想让皇后宠爱他，让他也能和其他弟弟妹妹们一样地长大。好容易小孩子的天性渐渐显露，又横生这样的祸端，而祸端的源头，也还是因为太子。也许十几年后他不会记得如今的事，但众口相传，皇后但凡逃不过这一劫，他的"罪孽"便更深重一层，哪怕十几年，甚至几十年、一辈子都抹不掉。

此时温妃从内殿出来，乍见皇帝，不禁又眼圈通红，忍着哽咽说："皇上，皇后娘娘想再见见太子。"

玄烨颔首应了，抱着太子，将他脸上的泪痕擦拭，温和地哄他："见了皇额娘，要开心一些。"

待至寝殿，太子伏在皇后身边，皇后一下一下柔柔地安抚他，慢悠悠带着呼吸混杂的声音告诉他要好好吃饭，好好念书，一句一句殷殷叮嘱。再后来玄烨见母子俩都要哭了，才让乳母将太子抱走。

皇后依依不舍地看着太子离去，玄烨回眸看她这般神情，不禁说："只是一两个月的时间，你已能这样视如己出？"

皇后点头，没说话，她本就没太多力气说话，刚才在太子面前，不过是强撑着，而玄烨则说："既然如此，那就好好养起来，好好为朕教养太子。"

"臣妾恐怕不能了。"皇后凄楚一笑，眼中略有晶莹，可一动心神又咳嗽不止。众人来侍奉顺气端痰盂，把皇帝推得远远的，只等皇后那儿平缓下来，才又让靠前，皇后则说，"皇上龙体贵重，寝殿里不干净，您快回去吧。"

玄烨并不在乎这些，只是看着皇后，半晌又说："朕不是太医，不能治你的病，但朕希望你能好，能健健康康地活下去，你不只是大清的国母，也不只是这后宫的皇后，你还是朕的妻子，是太子的母亲，是皇祖母的孙媳。"

皇后痴痴地看着她，眼中热泪止不住地往外涌，心中反反复复：玄烨，你可知这一句话的贵重。

玄烨没有嫌弃她的病体，更毫不顾忌地走近，伸手握住了皇后干瘦的手："从前我们都太年轻，是朕亏待了你委屈了你，你快些好起来，让朕补偿你。皇祖母常说夫妻之间没有不磕磕绊绊的，你不要记在心里，往后的日子还很长很长。"

"臣妾……"皇后却哭得完全说不出话，再后来又惹出咳嗽。宫女太监不由分说请皇帝离开，他们伺候着皇后。玄烨立在门前看她痛苦地抽搐，好半天平静了，冬云却来求皇帝："万岁爷，太医嘱咐，娘娘不能说太多的话，娘娘凤体违和，皇上龙体也要保重。"

皇后依依不舍地将目光从玄烨身上移开，似乎也示意皇帝不要再过来。僵持须臾，玄烨终于离开，皇后才又看向门外，万千心绪纠葛缠绵。

太子命硬，生母分娩而终，钮祜禄皇后抱养他不过一两个月的时间，就遭此大劫。并非佟贵妃说话刻薄，宫里宫外，都在传说这些话。连慈宁宫也听见这几句，私下里和苏麻喇嬷嬷商议，往后再不要让人抱养太子，太子显然是金贵无比，会压着别人的福气，后妃之辈，岂能和未来的天子相抗衡。

之后的日子，玄烨前朝事务放不下，但偶尔得空就会来看看皇后。岚琪每日往来钟粹宫和坤宁宫之间，布贵人孱弱，不过七八天就累病了，反是岚琪很精神，为了有足够的力气料理皇后这边的事，每日餐饭也吃得比从前多。

不知不觉已过二月中旬，皇后虽然比太医所料想又多撑了好些日子，但从未见有任何起色，似乎只是靠老参吊着续命。可皇后却很珍惜这段日子，皇帝来时会与他说笑几句，静下来精神稍好一些，还会让温妃拿针线给她，想给太子做春日的褂子穿。虽然每次动不过几针，就没力气了，但温妃也不劝阻，几乎是她想做什么，都能得到满足。

再有荣嫔、惠嫔二位隔几天会来探望并禀报宫闱之事，皇后也会提点几句，告诉她们个中门道，仿佛是预见到了自己就要撒手人寰，不愿她辛苦数年维持的宫闱之盛，在她死后颓败散乱。荣嫔、惠嫔虔心听讲，时常还与她探讨处理之法，皇后果然是喜欢做这些事，每每谈起这些，会格外有精神。

这日荣嫔、惠嫔又来，皇后听过宫中入夏用度已然周全，夸赞荣嫔、惠嫔能干心细，更自责说："怪我逞强好胜，若早早就让你们为我分担一些，也不至于有今日。"

二人不敢说悲戚的话，宽慰几句，不久见皇后精神不济，便告辞退出。岚琪一直侍立在外头，见二人出来，上前相送，却听惠嫔轻声说："皇后娘娘如今，和我们'你我'相称了。"

岚琪也知道，最近这些日子她伺候在皇后跟前，很久没听见她以"本宫"自称，对自己和温妃、冬云都如此，又听惠嫔说荣嫔："你今天精神不大好。"

荣嫔疲倦地说："正在那几天里，小腹疼得厉害。"

两人嘀咕完这些后，再和岚琪说了几句话，之后她们离去。岚琪却立在门前发呆，忍不住伸手合在小腹上，荣嫔不说那几天，她都忘记自己已经一个月没有来月信，这些日子忙着皇后这里的事，把这些全忘了。月信没来，身孕的事应该是差不了了。

心里怦怦直跳，心中暗暗地说：好孩子，你乖乖在额娘肚子里待着，让额娘最后照顾皇后几天，不要让你皇阿玛留下遗憾。

转身要回皇后那里，就听见里头一阵慌乱，有小宫女匆匆跑出来让喊太医，一直等候在偏殿的太医立刻跑来。岚琪到了殿内才知道，是皇后昏厥了，太医几番施救，皇后才缓缓苏醒，但经此一次，身体越发沉重。

二月末，本该渐暖的气候，却连着两日下了稀罕的大雨，之后冷得人不得不把深冬的棉衣穿在身上。二十六那天，雨前一晚就停了，却从这日早晨开始飘雪，风不大，白雪如棉絮般在空中打转，落地不化。午后时，皇城里又见白雪皑皑的景象，让人忘记已在初春的季节。

皇后今日精神很好，坤宁宫里地龙每日都烧得很暖，外头下雨下雪都没什么影响。但是听说下雪了，皇后就想在暖炕上明窗下歪着，好让她隔着纸窗看一看飘雪。

温妃却说："不如姐姐穿得厚实一些，让他们把竹轿子抬进来，抬着您到门前去瞧瞧，院子里积雪了，雪白雪白的连脚印都没有。"

皇后大喜，冬云几人便来为她穿戴，一时温妃又兴起，将钿子头面都给皇后戴齐全。好些日子只穿着寝衣，如今将往日的衣服穿上，才更惊觉她的瘦削，原先合身的衣服空荡荡地挂在身上，直叫人看着心疼。

等收拾齐整，外头小太监抬了竹轿进来，众人把皇后抱上轿子，她如今瘦得毫无分量。岚琪看到小太监上手抱起皇后时，显然本打算用力，可到手的一轻，反差点闪了腰，岚琪心下沉重，侍疾以来，第一次感觉到皇后的生命真的就要消逝。

等皇后稳稳坐在轿子上，冬云将大氅盖在她身上，又戴了风帽，才缓缓抬着出了寝殿。外头清冷的空气扑面而来，皇后精神一振，欣喜地笑道："真好。"

太子从东配殿被领来，皇后如今沉疴不起，本该将他送走，但太皇太后和皇帝都属意将太子继续留在中宫。可毕竟碍着病重，不敢让娇弱的孩子多接近，此刻母子俩远远对望着，乳母领着太子在廊下玩雪。不久有宫女拿朱漆盘子端来一团白色的东西，送到皇后面前，竟是一只胖乎乎的雪兔子，宫女说是太子捏了，让送给皇后娘娘把玩的。

"太子真聪明。"皇后欢喜不已，伸手摸那雪兔子，冰凉的手感让她变得更精神，爱不释手地摸着。众人本担心她会着凉，可温妃娘娘一早有令，皇后想做任何事，都不要阻拦，于是照着她的意思，又挖来许多雪积在大碗里，把雪兔子放在其中，一起带回了寝殿。

在外头冻了一冻，再回到寝殿，皇后的精神明显倦怠，可她却不让卸下钿子头面，也不肯脱了凤袍，就这样歪在暖炕上，让他们将明窗打开，把盛放雪兔子的大碗放在窗下让冷风吹，她自己则裹了大氅在身，一如在屋外一样。

“你去穿件袄子吧，窗开了小心着凉。”皇后见岚琪在跟前，穿着平时的衣裳，有心提点一句，而环春已从外头捧着夹袄进来，知道屋子里开了窗通风，怕主子穿得单薄。

环春退下后，皇后笑说：“她很忠心吧，记得那会儿安贵人找你麻烦，环春还出言顶撞来着。那会儿我想，怎么千挑万选给了你这么一个毛躁的宫女，如今瞧着，应该是合着你的性子找的，主仆的性子相合，才能长久。”

岚琪笑道：“臣妾性子不好，环春很体贴耐心。”

皇后精神很差，目光却莫名很亮，她盯着岚琪看了许久，突然说：“你是不是该有好消息了？”

“还不知道，但元宵侍寝至今，臣妾没来月信。”岚琪坦白地说，“眼下不敢请太医瞧，家中额娘曾说过，头几个月小气得很，自己当心些就好，没必要让所有人都知道。”

皇后无力地点头，气息微弱地说：“是啊，你额娘说得很对。”又看着岚琪不显身形的腰腹，仿佛自言自语地呢喃，“这个孩子，怕是不简单。”

岚琪听得不真切，见皇后身子滑下去了，上来拿靠枕给她垫高好舒服一些。扶着皇后的胳膊时，那不盈一握的手臂几乎已经没有肉了，她一时难受得不行，热泪涌出。

“你哭什么？”皇后坐好后，又喘息了几下平缓下来，瞧见岚琪眼中有泪，虚弱地笑着问，“是为了我吗？”

岚琪摇头，朝后退了几步。

“难得你还能这样伺候我。”皇后说着，而今日她一直没怎么咳嗽过，说话气息也顺，好像是刚才出门吹了冷风才这样精神，精神了就更想说话，憔悴枯槁的脸上有笑容，慢慢说道，“我曾经那样对你，恨不得你死了才好，到头来你越活越好，而我行将枯朽时，又是你在跟前照顾，大概，这就叫现世报。”

“娘娘，您不要这样说，过去的事都过去了。”岚琪哽咽，努力抑制自己的哭泣。

皇后悠悠将脸转向窗外，开了窗，就能清晰地看见雪花飞舞，风不大，雪花飘浮在半空中，一圈一圈慢悠悠地落下，美妙而安宁。

“十几年前，我阿妈对我说‘你要做中宫皇后’。那年皇上选后，独我钮祜禄氏最尊贵，德贵人你知道吗？鳌拜说赫舍里一族乃八旗下人，赫舍里皇后更是下人之女。虽然皇上痛恨鳌拜，也恨我的家族，可不论当时，还是十几年后的今天，我却仍旧这样想。”

皇后微微扬起了下巴，枯槁的生命里，仍坚持着血统的尊贵，凄然一笑说：“我钮祜禄氏的尊贵，岂是赫舍里氏能相匹，可是皇上不选我，他身边最高贵的位置，难道不该坐最尊贵的女人？为什么他不选我，我才是八旗最尊贵的女人。”

岚琪静静地站在边上听，寝殿内此刻只有她和皇后，皇后似乎说累了，重重地叹息后，又说：“后来我才明白，皇上不选我，不是因为讨厌我的家族，也不是因为讨厌和我们相近的鳌拜，他只是喜欢赫舍里皇后，喜欢那个女人多过喜欢我，他选了喜欢的女人做妻子。”

眼泪从皇后脸颊滚落，她却从泪中露出笑容，继续说：“可是那天皇上对我说，我是他的妻子，德贵人，你晓得这句话有多贵重吗？你说皇上，是不是也开始喜欢我了？”

岚琪说不出话，皇后的眼泪也占据了她的心，她笃定眼前这个骄傲了十几年的女人，一定和自己一样爱着身为帝王的丈夫。

此时寝殿内的大钟鸣响，一声一声敲击心灵，皇后却欣喜地看着那口钟，含笑说：“皇上最喜欢西洋钟，当初他赐给我，我好几晚都睡不着，大半夜也会爬起来守着钟等它鸣响，任何琴筝琵琶都没有它的声音好听。可是再后来好长一段时间，我听不见皇上的声音，只能守着这座钟，但即便如此，我还是喜欢这声音，世上再没有这么好听的声音。”

岚琪已经泪流满面，使劲儿捂着嘴不敢哭出声。

“德贵人，我妹妹太柔弱，年纪也小。”皇后又开口，示意岚琪走近她，“我曾经期盼妹妹入宫，为我生育子嗣，眼下我快走了，才后悔让她入宫，可后悔已经来不及，往后的人生她只有靠自己。德贵人，只当一个将死之人的请求，照顾她一些，不要让人欺负她，好不好？”

岚琪用力点头，皇后干瘦的手抓起她的手，仿佛用尽所有力气紧紧握着说：“还有啊，你替我转告皇上，说我说了，‘玄烨，下辈子，我们不要再相见’。”

岚琪摇头，皇后笑起来，两个人都满面清泪，谁也不比谁好看些。岚琪似乎是想多抓紧生命最后的时刻，而皇后已经看淡了一切，她很轻松地笑道：“你不说也不要紧，我对你说了，就了无遗憾，德贵人，谢谢你。”

岚琪抽噎着，皇后松开手，找了自己身边干净的帕子递给她。岚琪也没嫌弃，擦干了眼泪，定了定心神，自欺欺人地说：“您好好养病，外头的雪恐怕几天才能化，等您身体好了，带着太子去堆雪人。”

皇后欣慰地笑着，指着窗口的大碗：“德贵人你去瞧瞧，太子给我的雪兔子可还好好的？”

岚琪应诺，爬到炕上，爬到窗口，探身看大碗里的光景，心头猛然一惊，雪兔子消失了。终究抵不住屋子里地龙的温暖，一整碗雪全化了，雪花飘进来落在碗里，漂浮在水上转瞬即逝。

“娘娘，雪兔子还好好在……”岚琪努力笑起来，转身看皇后，想说让她高兴的话，可话未说完，就见靠在大枕头上、凤钗凤袍穿戴齐整的女人，含笑缓缓闭上了双眼，原本摸着胸前东珠的手沉甸甸滑落，这一滑落，再也没抬起来。

“娘娘……”岚琪浑身发紧，再也抑制不住哭声。她这一哭，外头的人闻声涌进来，慌慌张张地喊来太医，一阵忙乱后，太医屈膝哭着说皇后薨了。温妃闻言昏厥，冬云大哭，一屋子宫女太监都放声大哭，岚琪的哭声被掩盖，嘈杂的哭声喊声此起彼伏。窗口一阵冷风灌进来，她只觉头上晕眩，身子一歪就倒下去了。

第九章

六宫新气象

{壹}

康熙十七年二月二十六，钮祜禄皇后薨。

皇帝辍朝五日不理朝政，时隔近四年，他的第二个皇后逝世了。对于年轻的帝王而言，不啻是沉重的打击，而今国运昌盛，三藩将定，正是他要大展宏图建立鼎盛皇朝的时期，两个皇后接连仙逝，对他、对朝廷，甚至对黎民百姓都是极大的不幸。

阳春三月，一如当年初夏不见繁盛，今年春色迟迟不入宫闱，缟素的皇城，宛若仍在严冬。钮祜禄皇后生前与太后最亲密，太后悲伤至极病倒，温妃痛失亲姐转不过精神，也恹恹思病，幸而太皇太后尚康健，玄烨稍稍能松口气。

那日岚琪被送回钟粹宫，因所有人都忙着坤宁宫的事，再有温妃昏厥，钟粹宫里连太医也找不到一个。当岚琪缓缓苏醒，在环春怀里哭了一场后，便让她们不要再请太医。她猜想自己是身孕所致，既然醒来身体并无不适，也未见红，就不想在这个时刻再添乱，如今不宜喜悦，她这样的好事说出来，也改变不了什么。

整个三月里，祭奠哭灵，跪拜奉香，岚琪跟着其他妃嫔，没有一件事落下。宫里的人似乎都没缓过神，哪怕早就有人觉得皇后活不长，可她真的走了，还是有些发蒙，即便很多人聚在一起。

这世上不是人人都乐于改变，而皇后一走，朝廷后宫的局势必将随之改变，好容易安定了一段时间，又将引来不可预知的动荡。曾经钮祜禄氏因想要得到后位而激怒皇帝，前车之鉴，所有人都担心空悬的后位，又会引来更大的纷争。

三月末，皇帝亲自奉移钮祜禄皇后梓宫至巩华城。后宫诸妃率王府王妃、郡主及二品以上命妇在德胜门举哀跪送，诸妃以佟贵妃为首，温妃有疾亦前来相送，哭声一片。直至钮祜禄皇后梓宫离去，贵妃方遣散众人。

整座皇城里，只有慈宁宫和宁寿宫不持服，从缟素的世界来到这里，仿若回到人间一般。岚琪心中的悲伤早已经淡了许多，身体里正孕育着新生命，对她而言，与钮祜禄皇后的一段情分自此结束，她做到了让玄烨和皇后都了无遗憾，就足够了。

太皇太后亦是如此，从知道皇后撑不过几天时，她心里就有了准备，历经三朝看过太多生生死死。在老人家看来，朝廷和皇室的未来更重要，比不得太后悲伤得病倒，作为皇室和后宫的支柱，在她自身生命走到尽头前，绝不能轻易为了任何事倒下。

岚琪前几日就来见过太皇太后，老人家的淡定也影响了她，今日再见时，太皇太后亲手摘下了岚琪鬓边的白色珠花，告诉她："不必再穿得这样素净，你们还要伺候皇帝。"

"臣妾知道了。"岚琪答应，被太皇太后拉在身边坐着，问她："今日听苏麻喇说，才想起，你是最后跟在大行皇后身边的人，她临终前，对你说了些什么？"

转眼竟已过去一个月，岚琪再想起当日的事，虽然不再悲伤难当，却清晰如昨日一般，此刻一点点提起来，说到皇后托付她照顾温妃娘娘。

太皇太后道："那孩子成不了气候，可我也不会让人轻易欺负她，外头钮祜禄一族的人若知道她在宫里被欺负，还是会丢了后宫的脸面。"

犹豫许久，岚琪还是将钮祜禄皇后那句话告诉了太后，当一字字说起"玄烨，下辈子，我们不要再相见"时，才觉心痛如绞。不要，她绝不要对玄烨说这样的话，不管是不是代替别人说，也绝不能对他说如此残忍的话，而至于她自己，不只下辈子，下下辈子，生生世世，都要再和玄烨在一起。

"这话，你对皇帝说了？"太皇太后眉头紧蹙，但见岚琪摇头，才松了口气，似乎略有不悦，叹气说，"那孩子终究还是不明白为妻之道，何必呢。"便挽着岚琪的手说，"这句话自此忘记了，再不许提起来，你若敢对玄烨说，看我饶不饶你，至于其他的，你自己斟酌就好。"

"臣妾明白。"岚琪垂首答应，很轻声地说，"这句话臣妾会忘得干干净净，臣妾不要皇上心里有什么心结，梗一辈子。"

太皇太后看着她，很是安慰，叹着气说："人都走了，过去的再提起来没意思。"

正说着，有宫女送太皇太后的补药来，岚琪如往日一样接过手来伺候，才掀开药罐盖子，一股气味扑入鼻息。那段日子天天在中宫侍疾闻着药味都没有任何反应的她，突觉胸前抑郁，肠胃里一阵翻江倒海，直觉得一股热流从咽喉里冲出来，生怕在太皇太后面前失态，撂下药罐子捂着嘴就跑出寝殿，在廊下花盆里好一阵呕吐。

环春急匆匆跟过来，慈宁宫的宫女也吓坏了，苏麻喇嬷嬷正好从茶水房出来，瞧见这光景，心中一动，搀扶岚琪洗漱干净后重新回来。可她一闻残留的药味又难受得不行，太皇太后和苏麻喇嬷嬷对视一眼，嬷嬷便让宣太医。

“可是有了？”太皇太后欢喜又紧张，可掐指算日子，不免皱眉问，“元宵那晚的事？”

岚琪赧然点头，垂首红着脸说：“之后未再侍寝，月信也已经两个月没来。”

苏麻喇嬷嬷大惊，问她：“您自己知道有了吗？”

“知……知道……”岚琪见嬷嬷眼中竟有怒色，被吓着了，再看太皇太后也气呼呼的，刚要开口说话，就被太皇太后在脸上拧了一把，嗔怪道：“胡闹胡闹，你这丫头真真要气死我，你有了身孕，还去侍什么疾，怪我，该多留心才好。”

苏麻喇嬷嬷也自责不已，又生气地去拧环春的耳朵：“小蹄子胆大包天了，你也知道的吧，怎么不来报？”

岚琪心疼环春挨骂，来拦着说：“太皇太后和嬷嬷不要生气，臣妾自己知道身子没事，才会去侍疾。而且额娘曾对臣妾说过，若自知有了身孕，头几个月小心点儿就好，说孩子小气，不要弄得天下皆知，所以……”

太皇太后笑叹：“可不是吗，我怀先帝时，自己也不知道，头几个月里还和太宗去骑过马，照样也没事。反是如今都小心谨慎过了，又是赏赐又是庆贺，孩子的福气都折了。何况你好好送走了皇后，她对你有感激，会保佑这孩子，你自己也给孩子积德了。”

岚琪这才放心，好好哄了太皇太后，保证之后一定安分地安胎。不多久太医来，确诊德贵人有了身孕，太皇太后叮嘱暂时保密，又遣苏麻喇嬷嬷修书送往巩华城，告知皇帝。

玄烨这边抵达巩华城后，先去祭奠了赫舍里皇后，钮祜禄皇后的梓宫要三日后才移入享殿，他要数日才能回宫。祭奠发妻后回到行宫，就听说太皇太后送来急信，玄烨担心祖母的身体，匆忙拆信来看，却是眉头渐渐舒展，唇际有欣喜之色，李公公侍立一旁不敢胡乱揣测，但听皇帝欣喜地对他说：“德贵人有喜了。”

“恭喜皇……”李公公情不自禁地屈膝，可话说一半又尴尬地收回，如今这光景，哪儿容得他欣喜？

玄烨不以为意，自行收了祖母的书信，慢悠悠地说："你就好好恭喜朕吧，大行皇后之丧，朕在她身前了她所有心愿，如今也给足了钮祜禄氏一族颜面，大行皇后了无遗憾，对她的家族，朕也仁至义尽，朕的肩上还有大清国，有皇祖母，还有……"

皇帝话未说完，李公公已识相地屈膝大拜，恭喜皇帝又添子嗣。玄烨也没再继续说那些话，喜滋滋地说："皇祖母讲，德贵人是一早就知道身孕，朕那几日也曾想过，后来事多又不见她提起，便以为没有好消息，也由着她在中宫侍疾，如今想真真后怕，万一她有什么闪失，只怕大行皇后走得也不能安生。快来给朕研墨，朕要写书信告知皇祖母，好好训斥她。"

李公公忙过来帮忙，之后书信写成，皇帝口中说着要祖母训斥岚琪，实则却另给她也写了信函，道尽感激欢喜之情，个中浓情绵意不足为外人道。

深宫之内，隔天一早收到皇帝的信函，太皇太后和苏麻喇嬷嬷瞧着岚琪自己捧着信函坐在窗下傻乎乎笑的模样，很是欢喜。但太皇太后这里每日要进补药，岚琪又闻不得气味，老人家便叮嘱她不必再来慈宁宫，等这些天不好受的日子过去，养足了精神再来不迟。

自此德贵人安居钟粹宫，太皇太后下懿旨任何人不得打扰德贵人静养也不能随意传召，需经过慈宁宫允许方可相见。看着像把德贵人软禁似的，但宫里人都晓得，她在大行皇后身前侍疾有功，近日也没犯什么错，倒是太医跑得殷勤，于是有传言德贵人怀了皇嗣，上头虽不说，底下人悄摸摸已传得六宫皆知。

那日岚琪正吃着点心，香月不知溜出去哪儿玩耍，乐呵呵地跑回来说："主子，皇上回銮了，听说已经进了乾清门，正要去慈宁宫请安，恐怕就该来咱们这儿了。"

环春则拧了她的耳朵，掐着胳膊骂："大半天不见你，跑哪里去了？"

才说着，外头有乾清宫的小太监来禀告，说皇帝即刻过来，请德贵人预备接驾。之后又等了片刻，皇帝果然风风火火来了，岚琪立在门前屈膝迎驾，一把被玄烨抱起来，只是欢喜地看着她，什么话也不说。

"皇上，该进去了。"岚琪见玄烨抱着自己动也不动，边上宫女太监们都转身回避。她也觉得不好意思，娇娇软软一声，才唤得玄烨回过神，将她打横抱起来，径直带回内殿放在炕上，但闻见屋子里的药味儿，又皱眉："怎么在吃药？身子不好？"

"不是吃的，只是在香炉里添了一些药材闻着安神，臣妾这几日害喜害得厉害，太医很有法子，太皇太后那里的补药闻不得，倒是这些闻着，好受多了。”岚琪笑盈盈说着，而玄烨已经将温热的大手覆盖在了她的肚子上，稀奇地问道：“怎么没什么变化，几时才能大起来？”

岚琪拉着他的手握在自己腰上，玄烨眉头微微一动，笑出来：“这里总算长些肉了。”

“每天好几顿，吃了也不动，不长才怪。”岚琪被玄烨抱在怀里，便贴在他胸口说，“嬷嬷说怀孕到后来会变胖变丑，有些人生完也变不回去，如果臣妾生完孩子就变丑了，皇上会嫌弃吗？”

话说完，脸颊脖子被人轻轻地吻过，只听玄烨笑着说：“你还以为自己多漂亮？你现在这样丑朕都不嫌弃，早就习惯了。”

岚琪撅着嘴撒娇似的看着皇帝，娇嗔憨然的模样甚是可爱，玄烨禁不住吻她的红唇，岚琪将皇帝轻轻一推：“皇上可不许胡闹了。”

玄烨也有自制，只是算算日子有两个多月没碰过她，如今香香软软的在怀里，难免会心动。也许说在人前，会有人道皇帝无情，钮祜禄皇后大丧不过月余，他这里就只念着这个即将为他产子的岚琪，但哪怕钮祜禄皇后健在，皇帝心里也还是只惦记这一个人。

对于已故之人，彼此都明白情分有多少，因知她时日不多，玄烨尽力做到让她善终，许多话一半真心一半用心，他不可能爱后宫所有的女人，多宠或是一夜恩宠，有情还是有义，其中差别太大了。

自皇后薨后，辍朝五日也好，亲移梓宫也罢，到如今日日焚香祭奠，身为皇帝，他有必须做的事，他必须让天下人看到，他对钮祜禄皇后的“情意”，必须让朝臣们知道，钮祜禄一族不会因此颓败，朝堂上权力派系的制衡，可比真心喜爱守护一个女人，要复杂得多了。

“要一年半载的不能相亲了是不是？”玄烨又凑近来抱着岚琪，摸到她腰上略略丰盈又十分喜欢，玩笑着说，“等这孩子出来，朕要好好打他几下屁股，害得朕那么久不能抱他的额娘。”

岚琪只是傻笑，之后两人坐着好好说话，环春奉来茶点，玄烨夸奖她几句，让李公公赏赐她们几个人，又见殿内陈设和以往不同，问她怎么把笔墨都收起来了，岚琪摸摸肚子说闻见墨味儿就恶心，玄烨嗔笑：“若是个小阿哥，不好好念书，朕可不轻饶，都怪他的额娘又笨又懒。”

岚琪不理睬皇帝，低头看着还未隆起的肚子，可突然想起自己只是个贵人，孩子出生后就会被带走，或在阿哥所，或被哪一位抱养，心头不禁酸涩。

这件事从她知道自己有了身孕起就缠绕在心头，因一直不对外说，自己也不敢多想，此刻玄烨就在眼前，他又那么欢喜，岚琪知道自己若开口求皇帝，玄烨一定能答应由她自己来抚养孩子。可荣嫔曾经说过的话她记得，不能让皇帝为某一个人坏了祖宗规矩，自己的出身摆在那里，荣嫔和端嫔生子生女，熬了十几年才在嫔位，她若特立独行，不只后宫有人不服，怕是前朝也要来干预。

不能为了一己私欲，就让玄烨背负麻烦，荣嫔和惠嫔如今也能抚养自己的孩子，只要等一等就好。

"朕打算过些日子，让端嫔搬来钟粹宫住，反正你们这里正殿还空着。"玄烨吃着点心，似是一早就想好的话，慢慢说道，"过两年你也该搬走了，朕一直把永和宫给你留着，那里风水好，朕想你日后住过去。"

岚琪讶异，皇帝言下之意是说她将来也要做一宫之主，自己其实也明白，凭皇帝对她这份喜欢，自己不会永远是个贵人或常在，但她并不奢求那些，从前则更淡泊，如今倒是会想一想，为了孩子，也该欣然接受玄烨的心意。

"可是布贵人和臣妾……"岚琪听闻自己过些日子就要离开这座钟粹宫，虽然永和宫就在前头，离得很近，到底不是一个屋檐下，她和布贵人四五年的情分，她有些放不下。

玄烨却笑："怎么不听朕前头说的话？朕不是说，要让端嫔住过来？"

岚琪歪着脑袋没想明白，玄烨轻轻叩她的额头，骂了一声笨，才笑："端静如今在哪里？端嫔住过来了，她自然也跟过来了，朕不可能让布贵人也做主位，但这样一来，端静不就能和亲额娘住在一起了？"

"是这样。"岚琪欣喜不已，她真没往那上头想，一时感激地看着玄烨，心想这个日理万机忙得睡觉吃饭都要挤出时间的皇帝，竟然还会为她想这么琐碎的事，而且一直还想到她身边的，替她把什么都周全好，禁不住，竟热泪盈眶。

"傻子，哭什么？"玄烨嗔责，伸手拧她的脸颊，又笑着道，"倒是长些肉出来了，这样拧着软乎乎的很舒服。"

岚琪伸手挡开玄烨，自己揉着脸，嘀咕着说已经被嫌弃丑了，再拧更丑了，接着就被玄烨搂在怀里。他气息暖暖地说："你就算变成枯朽的老婆婆了，朕还一样会喜欢，朕喜欢你的时候，你也不过就那模样。"

"臣妾就真那么不好看？"

"嗯。"玄烨笑了，又慵懒地说，"朕抱着你闻见你身上的气息就会犯困，大概也是这几日奔波累了，陪着朕小寐片刻。”

岚琪应着，想起身给他捏捏腿捶捶胳膊，玄烨却不让她动，抱着软枕头似的拥着她，缓缓阖目休憩，平稳的呼吸在头顶掠过，想起他刚刚说的每一句话，却是谁也没提钮祜禄皇后的事。

自钮祜禄皇后逝世，两人还是头一回单独这样待在一起，太皇太后都曾问她皇后最后说了些什么，可玄烨却连半个字都没提，他不提，岚琪自然也不会说。并不因此就觉得皇帝是无情之人，她爱玄烨，怎会希望玄烨抱着自己的时候，还为另外的女人悲伤。

人性，终究难免有自私的一面。

玄烨说小寐片刻，真的只是小半个时辰就醒了，亲了亲岚琪就说要走，因皇后丧事，好些朝廷上的事拖延至今，事情不做就越积越多，哪怕做掉一两件也好，等日后清闲了，总有时日再来陪她。

岚琪当然不会计较，她已经比许许多多的人幸福，忙着给玄烨把衣裳穿戴整齐，一路送到门前，被皇帝叮嘱好好休息，还说要晓谕六宫她有身孕的事，日后恐怕送往迎来的麻烦，让她多少担待一些，毕竟身在宫闱，该有的人情世故不能免。

岚琪每件事都好好听着记着，皇帝总还是舍不得放手似的，什么都替她考虑细致设想周全，心里很多事都明白都懂，可皇帝如此殷切，她当然也满足他的心意。

看着玄烨的身影离去，不知是不是故意绕过承乾宫，还是要往后头的路走，而环春怕佟贵妃来找麻烦似的，急急忙忙就把宫门关了。岚琪则径直来西配殿找姐姐，告诉她过几天端嫔娘娘要搬过来，布贵人欢喜得不行，那样一来，她就能天天和女儿在一起了。

“是你求皇上的？”布贵人满怀感激，更自叹，“我心里一直想，再过两三年，你就不该还是个贵人了，我也就这样了，反正日子好好的也无所谓位分高低，只是你若是主位，恐怕皇上会想要你单独住一处。我就想到时候是我搬走呢，还是你搬走，可不论是谁走，一想到要和你分开，我又很舍不得，也不晓得会跟了哪位娘娘，宫里妃嫔越来越多，总不能我一个小小贵人，独居钟粹宫吧。”

岚琪看得到布贵人眼底的惆怅，很心疼：“不是我求的，是皇上自己想的，说那样就能让端静跟着亲额娘了。姐姐，说这样的话很虚伪，可是我真心想说，你不要总推在我身上，说爱屋及乌的话。皇上就是真心为你想呢，他那么喜欢端静，怎么会亏待了女儿的额娘。”

布贵人眼中带着晶莹，颔首笑道：“我信，信皇上是为了我们母女，不赖在你身上了好不好？”拉着岚琪依偎在一起，感慨道，“可我命里最好的，还是遇见你。”又念叨，“端嫔娘娘好，性子好脾气好，跟着她我安心了，但你往后去了别处，我可还要常常来串门的。”

岚琪并没说自己就要走的事，也没提什么永和宫，但猜想不只布贵人，旁人也会这么想，这会儿只是笑着撒娇：“我还不走呢，姐姐有多嫌弃我，老巴望着我离开。”

姐妹俩说笑，不多时环春进来，说皇上已晓谕六宫德贵人有身孕的事，估摸着一会儿就要有人来贺喜。布贵人说眼下还在大行皇后丧期，大家应该不敢那样高调，可还说着话，外头第一拨人就来了。

论尊卑，果然还是佟贵妃最先到，不过她不会亲自纡尊降贵地来贺喜一个小贵人，只是派青莲送来各色礼品。别的人也罢了，贵妃派来的人，岚琪不得不亲自接应，好在青莲是能和环春几人说得上话的，还算自在轻松。

等青莲一走，咸福宫便候着时间，由冬云送东西来。再往后吉芯替荣嫔来，惠嫔、端嫔身边的宫女也来，岚琪不必每个都亲自接待，光躲在内殿里，听着外头的动静就皱眉头了。

等外头终于静下来，天色都晚了，岚琪已经窝在榻上睡了一觉，等闻见饭菜的香味觉得饿了，出来看，外头屋子里乌泱泱的各色礼品，布贵人正指挥玉葵、香月收拾，每件东西都拆开了看了看，仔细记录好再分门别类地收拾。从前这些事岚琪也做，那会儿还要把好的藏严实了不让王嬷嬷沾手，如今坐在一边看着也不觉新奇，反是看到布贵人好些东西要拿起来闻一闻，才觉得很奇怪。

“姐姐闻什么？”岚琪终于问。

布贵人看她一眼，转身示意身后锦禾去把门关了，才坐到她身旁轻声说：“总要仔仔细细检查，万一有不好的东西混进来呢，这宫里多少双眼睛盯着你嫉妒你，旧年端嫔、宜嫔还有贵妃她们接连出那样的事，谁晓得是什么缘故，多长一点儿心眼，总不错的。”

岚琪讶异地看着姐姐，昔日她柔弱任人欺的模样不见了，四五年的光景，随着自己起起落落，也历练出在这后宫生存的能力。

“也许你只在钟粹宫生这一胎，无论如何我也要好好守着你。”布常在眼中有坚毅之色，信心十足地说，“外头的事我管不着，可钟粹宫里，就不许有乱七八糟的东西混进来。”

岚琪腻歪在她怀里，憨憨笑着不说话。

然而德贵人有身孕的喜悦，并没有持续太久。吴三桂在衡州称帝，惹怒了年轻的皇帝。太皇太后亦十分震惊，皇帝终日忙于政务，如此后宫有一件重要的事悬而未决，便是日后该由谁主理后宫之事。

岚琪在钟粹宫安胎，苏麻喇嬷嬷时不时来探望，太皇太后叮嘱她胎儿长成前不要随意走动。她自身也越来越懒，倒也不觉得闷，且因纯禧公主有“带子”的吉祥，太皇太后听说皇帝要让端嫔入主钟粹宫，不等皇帝在前头忙完回过神，就先做主让她带着两个公主住进来。每日有纯禧、端静热热闹闹的，看着布贵人高兴，她自己也高兴。

转眼到了四月，天气渐暖，皇城内外百花齐放，春风拂过带着花粉柳絮漫天飞舞。布贵人入春便有些咳喘，不能再在岚琪身边照顾，太皇太后又另指派了两个小宫女来，加上端嫔和两位公主搬来，从前清冷的钟粹宫，如今分外热闹，便显得前头承乾宫，多少冷清些。

玄烨偶尔会来钟粹宫坐坐，但不似以往来得频繁，如今又多了端嫔在，诸多的不方便。岚琪又不好随便走动，太医说拟在十月里生，太皇太后让她过了夏天才许出门活动好预备生产，之前的日子她只有困在钟粹宫里，益发连乾清宫也去不得，和玄烨相见的次数越来越少。旁人以为该是她添忧愁的时刻，岚琪却觉得安心，因为不见玄烨，那些话也不必说了。

然而这阵子，一向文弱的温妃辗转惠嫔、荣嫔各处，希望她们能和自己一起，向太皇太后和皇帝举荐佟贵妃代掌凤印，这事儿一经传开，慈宁宫很快就知道了。

这日太后来慈宁宫请安，殿内没有旁人在，太皇太后提起这件事。太后坦诚温妃找她商议过，说她年幼无能，不想染指六宫琐事，太后说这孩子实诚。太皇太后面上不提，等她走了，才对着苏麻喇嬷嬷说：“总说那孩子不成气候，如今看来也要多长一双眼睛看着，比起她姐姐的居高自傲，她愿意亲近后宫，示弱谦和，就很不一样，原以为会是在咸福宫安安分分的人，看样子阿灵阿他们没少花心思调教那孩子。”

苏麻喇嬷嬷却说：“主子也不必太担忧，当初皇后和贵妃抗衡，不也一步步过来了，如今钮祜禄一族要稳住后宫前朝的地位，只有在温妃娘娘身上动心思，娘娘也是身不由己，如此若能和贵妃制衡，也是好事。想必这一切，皇上心里很明白。”

太皇太后轮转着佛珠阖目，不知是想起了什么，说道："还是我们蒙古草原来的女人最实在，可惜被福临那一闹……"

苏麻喇嬷嬷没接这话，怕勾起主子的悲伤，太皇太后沉默半晌，才又说："岚琪那孩子的胎可安得还好？"

"太医说经年调理底子厚实，德贵人性子又开朗，没什么不好的，让您安安心心等着再抱重孙。"苏麻喇嬷嬷总算说些欢喜的话，可谁晓得太皇太后却另说起："你这些日子，可见过太子？"

苏麻喇嬷嬷不解，主子则继续说，"那孩子究竟被什么吓着了，小小年纪一点儿不见孩子的天性，年节里跟着皇后才见好些，如今又变回去。四岁的小娃娃，见了玄烨就已经会哆嗦，见了我也不似从前那样会撒娇。"

苏麻喇嬷嬷不言语，殿内气氛压抑，良久才听太后很轻很轻地叹息："过早立太子，还是错了……"

这一句说得极轻，苏麻喇嬷嬷也只听见几个字，不敢胡乱揣测，之后言归正传和主子说起主理六宫的事。温妃既然各处示弱推托，再强加在她身上也不妥，但太皇太后怎么也不中意佟贵妃，眼下荣嫔、惠嫔联手料理诸事，宫内还见安生，索性先这样子，等皇帝前朝缓过些劲再议不迟。

而提起吴三桂称帝的事，太皇太后亦叹："当年诛杀吴应熊和吴世霖，皇帝实在是下了狠手，苏麻喇，你觉不觉得咱们玄烨，比起太宗和福临，更像一个皇帝？你瞧他宠着岚琪的模样，谁又能想象他杀伐决断的狠，可玄烨之狠多用在大是大非上，福临却太独断专行，他在玄烨这个年纪时，都不知做了些什么。"

"您今日，怎么总提起先帝。"苏麻喇嬷嬷心里发虚，唯恐主子又有垂暮伤感，且一口一声"福临"那样唤着先帝，听得人心酸，笑着将话题岔开，"可是多日不见皇上，惦记了？奴婢去派人请来陪您用膳可好，不管前朝多忙，皇上总还要吃饭吧。"

太皇太后似乎是想念孙儿了，点头答应，可苏麻喇嬷嬷要转身时，她又说："不要去叨扰他了，他想来的时候，总会来的。"

不想话音才落，乾清宫就来人送东西，一边说皇帝今晚要来用膳，劳烦苏麻喇嬷嬷做几样皇帝爱吃的菜，苏麻喇嬷嬷喜不自禁，挽着主子哄她："瞧瞧，到底是一手带大的，心连着心呢。"

太皇太后却莫名伤感，昂首望见窗外暮色夕阳，橘色柔光落在面上，隐去了她眼角慈祥亲和的皱纹，老人家无端端说起："真不想再管这后宫前朝的闲事，科尔沁草原的夕阳，才是最美的。"

苏麻喇嬷嬷心内酸楚，之后去张罗几样皇帝爱吃的菜肴，夜里等来圣驾，亲自迎在门前，说起太皇太后感怀之事，玄烨自责不能在祖母跟前尽孝，苏麻喇嬷嬷却说："从前德贵人在跟前说说笑笑，太皇太后没心思想这些，年头上至今德贵人不再来，主子闲着就又胡思乱想，奴婢瞧着，主子就是闲不下来的人。"

"可皇祖母又不让她来，连朕想她去乾清宫坐坐也不得，总说安胎要紧。"玄烨无奈地笑，但转念还是回身吩咐李公公，"派人去把德贵人接来。"

苏麻喇嬷嬷也高兴，上赶着让人抬自己的轿子去。玄烨不动声色地先去见了皇祖母，说了一会儿的话，待要一起往膳厅来，就见岚琪被簇拥着进门，丰盈圆润的岚琪，春风满面地朝二人行了礼，便亲热地腻在太皇太后身边，老人家嗔笑着："你怎么来了，不是叫你在屋子里安胎？"

玄烨才笑道："孙儿喊她来的，知道她在屋子里闷坏了，再不放出来走走，环春几个要被她折磨死了，去别处怕您担心，来这里您看在眼里才好放心。"

进门时苏麻喇嬷嬷就把该说的话都对岚琪说了，皇帝这样讲，她当然附和着，嬉笑撒娇半天，果然一扫太皇太后孤寂之感，这几日食欲锐减的老人家，夜里还多吃了半碗饭。之后祖孙三人散散步消食，听玄烨讲前朝的事，听岚琪讲她如何折腾环春，直闹得太皇太后乏了，之后岚琪陪着苏麻喇嬷嬷亲自伺候安寝，陪坐在边上说几句话，直等太皇太后睡着了才退出寝殿。

出来瞧见玄烨还在，苏麻喇嬷嬷问怎么还不走，谁都知道皇帝忙碌，今晚竟等了那么久。玄烨笑说怕他走了有人通报进去，又勾起祖母孤寂感，所以等他们出来再走。不及嬷嬷说笑，岚琪自己已骄傲地问："皇上是想等臣妾一起走吧？"

旋即就被玄烨拧了嘴，嬷嬷乐不可支，一路将两人送出来，还是对玄烨说："奴婢本不该说那些话，只是主子年纪大了，难免孤寂伤感，皇上得空还请常常来看看老祖宗才好，哪怕到了跟前抱怨您太费心，嘴上这样说，心里可欢喜了。"

玄烨明白，祖母年事已高，多陪一天就少一天，想起来不免也动了情。岚琪见苏麻喇嬷嬷鼻尖也泛红，忙打岔引开话题，玄烨便说要送她回去。如今春末季节最凉爽惬意，岚琪也说夜里吃撑了，走走才好。

不记得上一回这样携手在夜色里散步是几时，玄烨越来越忙，宫里的日子年复一年四季交替。岚琪经常恍惚，仿佛时光并未流逝，而是周而复始，此刻两人走在曾经携手漫步的路上，更让她有这番感触。

“吴三桂重病了。”慢悠悠走着，玄烨高兴地说起这句话，“那只老狐狸活不久了，等三藩定了，朕要出巡，好好走一走朕的江山。”

岚琪却看着他问：“皇上刚才没告诉太皇太后这个好消息，是不想在太皇太后面前提起生死？”

玄烨欣慰，抬起她的手在背上轻轻一吻，肌肤的气息那样熟悉，不禁又亲吻一下，岚琪害羞地抽回手：“在宫道上呢，明晃晃的灯照着，远处来了谁一眼就看见。”

“朕亲自己的妻子，见不得人吗？”玄烨嗔笑，但没有为难她，挽着手继续往前走，却不知岚琪心内的震动，她在想，玄烨这一声“妻子”，是一时动情的口误，还是……

“岚琪，朕想着，等你把孩子生下来，不论是小阿哥还是小公主，放在慈宁宫养可好？”玄烨说这句，更是激得岚琪心头一热，皇帝则继续说，“皇祖母曾说不愿替朕照顾孩子，朕知道她是怕阿哥公主之间有了高低之分，毕竟养在慈宁宫的孩子，怎么也叫人高看一眼，但苏麻喇嬷嬷说得不错，皇祖母虽然年事高了，反是越闲着越要胡思乱想，把你的孩子放在她膝下养着，你也时常过来伺候，可以替朕尽孝，也能照顾孩子。”

玄烨说着时，回眸看她，却瞧见她眼中有泪，唤了小太监拿过一盏灯笼把她的脸照得透亮，人家却别过头揉了揉眼睛。

“怎么了？”玄烨问。

“臣妾是高兴。”岚琪应着。

“高兴什……”玄烨再想问，不等话说完心里已经有了答案，不禁将岚琪拢在身边说，“那份委屈，朕不愿你承受，哪怕你不说，你想什么，朕也明白。”

岚琪心里的欢喜难以言喻，她竟不觉得自己何德何能享受皇帝这份眷顾，而是认定只有自己好好的，才不辜负玄烨这样爱她。

玄烨笑着说：“你这点儿小心思，比起朝廷江山太微不足道，朕若连这些都不能满足，怎么担当家国天下？”不禁想起岚琪当日对自己说，堂堂皇帝担得起江山，背一次黑锅又算什么，眼中笑意更浓，想拥抱岚琪，却被她隆起的肚子顶住，吓了一跳忙松开，欣喜地摸了摸，“怎么就这么大了，你穿着衣服晃晃荡荡的，还看不清。”

“还不算大呢，布贵人那会儿后几个月里，腰都弯不下了。”两人继续朝前走，夜风徐徐很惬意，两人说说笑笑往钟粹宫来。才要走近时，前头也过来一行人，两边都亮着彼此看不清，皇帝这边的人已上前呵斥，待那边的人到跟前，灯笼聚拢两边都看得清，竟是温妃带着冬云几人在这里，咸福宫在西边，温妃怎么晃悠，也不该走到这里来。

却听她说：“臣妾在钟粹宫和端嫔、布贵人用了晚膳，正要回去，没想到遇见皇上和德贵人了。”

岚琪心里说不出的味道，端着尊卑，朝她行了礼，玄烨则说：“夜深了，往后该早些回去。”

却见温妃含笑走上来，娇然对玄烨说：“臣妾与端嫔姐姐素来走得近，只怪皇上将端嫔姐姐迁来钟粹宫，和臣妾的咸福宫一东一西相隔，所以每每来坐，就舍不得走了。”

岚琪立在边上，温妃渐渐将她和皇帝隔开，突兀地插在中间，又很自然地对皇帝说笑，完全不是她姐姐从前高贵冷傲的模样，兴许是仗着年纪小，认定了皇帝不会和她计较，这才有恃无恐。

而岚琪，不过是一个贵人，在皇帝面前，怎敢和一个妃位的娘娘争位置。

“皇上这会儿还要回乾清宫吧，臣妾能和您一起走一段路吗？”温妃灿烂地笑着，相邀皇帝同行，而钟粹宫就在眼前，她笃定玄烨不会进去，也不说让皇帝送她，只说要一同走，若是拒绝，便未免显得太无情。

众人都听见这些话，原以为德贵人会谦和一些，主动说离开，想来这也是她素昔低调温和的性子，这会儿皇上正尴尬，她这个时时处处都为皇帝着想的人，一定会给皇帝找台阶下。可大家却发现德贵人杵在边上，不说话也不挪动，神情淡淡的，看不出什么心思。

玄烨看着两人，岚琪平静淡然，温妃温柔乖巧，干咳了一声才要开口，温妃竟又先说：“德贵人，本宫才从钟粹宫出来，宫门兴许还没关上呢，你赶紧回去吧，时辰不早了，安着胎晚睡可不好。”

皇帝微微蹙眉，终于也开了口，吩咐岚琪：“你回去吧，朕这就走了。”

岚琪看他，四目相对，彼此的情绪也不知能否互相感知，匆匆就收回了目光，周正地福一福，向皇帝和温妃告辞。

“总还有几步路，德贵人怀着龙嗣贵重，冬云，你提着灯笼，把路照得亮亮的，好好送德贵人回去。”温妃这样吩咐，回身对玄烨笑道，“皇上，臣妾陪您走几步吧。”

岚琪似乎没理会什么冬云什么灯笼，已经带着人走开了，玄烨目光掠过几眼，并没有细细看，温妃这样与他说，便应了，两人慢步走回去。

可不知玄烨是不是故意，没有走他和岚琪来时的路，绕开别的路走，一直走着。等岚琪这边回到寝殿，洗漱妥当预备安寝时，听见外头香月和紫玉在嘀咕，说端嫔身边的小太监来回禀，皇帝今晚宿在咸福宫了。

环春也听见，想出去提醒她们少嘀咕这些话，岚琪却拦下说："你去说了，显得我怪在意的，我可没那么小气，宫里那么多妃嫔，我计较得过来吗？"可是这一开话匣子，竟絮絮叨叨坐在榻上说了好久，最后环春屈膝在榻边笑她："主子这样还不在意？"

岚琪瞥她一眼，竟是红了眼睛，兴许是孕妇易多愁，素昔大方看淡这些事的人，今晚被当路截走了玄烨，她真是放不下咽不下了，撅着嘴轻声说："换作佟贵妃，她还敢抢吗？"

环春也叹："看不出来，温妃娘娘竟是这样的人，宫里头娘娘主子邀宠的不少，各有各的法子，但当面去抢人，哪怕佟贵妃娘娘呢，也不见有过，真是一山还有一山高，人不可貌相。"

这一晚的事，却翻开了宫内新气象，也不知是不是温妃邀宠勾引得大家都蠢蠢欲动，原本为了钮祜禄皇后持服，各宫都安生低调，以为皇帝这段日子不会太近女色，可温妃竟然半路从最得宠的德贵人身边抢走皇帝，而且她还是钮祜禄皇后的亲妹妹，亲妹妹都不在乎，旁人还瞎起劲什么。

且算算日子，德贵人元宵以来不曾侍寝，皇帝也好久没翻牌子，乾清宫的龙榻空虚那么久，果然该是好好珍惜德贵人怀孕的这段日子，不知不觉各宫各殿都热闹起来。皇城内大行皇后薨逝的悲伤随着天气转暖越来越淡，上头几位尊贵的没有太大的动静，底下一些小答应小常在，变着法儿地想在皇帝面前露脸。

那之后的日子，皇帝翻牌子比年头上勤了许多，隔三差五有妃嫔侍寝。只是不管是自己想法儿邀宠的，还是皇帝想起来召见的，不见有谁专宠，也不是人人侍寝都会记档。皇帝节制着夜里的事，又不冷落了谁，看似热热闹闹平分春色，可真正沾得雨露的仍旧是极少几个。

转眼六月盛夏，天气热得人人都懒怠挪动，似乎因盯着吴三桂那边的动静，皇帝今年没有请太皇太后和太后往行宫避暑，最热的几天熬过来，人人都闷在屋子里憋坏了。

这日惠嫔生辰，碍着钮祜禄皇后未满周年，不过是在殿阁里请几位相熟的姐妹喝茶，各宫低调地送来赏赐或贺礼。这会儿惠嫔正谢恩佟贵妃的赏赐，给青莲塞了些碎银子，等她走了才回来落座。身边荣嫔径自将赏赐拆开看，里头一对翡翠镯子，不禁啧啧道："贵妃娘娘出手就是阔绰。"

座下安贵人却笑道："当初要抱走大阿哥时，可毫不客气。"

惠嫔嗔她道："你这张嘴，等吃了大苦头才要安生吗？如今宫里的光景再不是从前那样了，你可要好好管管自己。"

安贵人悻悻，想来她的确过得不怎么样，皇帝那儿不怎么见了，自己又无所出，家世背景也就这点儿出息，当初几位贵人都晋了嫔位，连彼时的布答应都和自己平起平坐，人家膝下还有个女儿，自己呢，大概是要老死在这贵人之位上了。

想想便觉愤慨，但佟贵妃的确不是能胡乱在背后嘀咕的人，可数落那些小答应常在还是成的，不服气地继续道："内务府没来和二位姐姐抱怨吗，这些日子宫里脂粉是不是比往年多消耗些？那些小妖精们可折腾了，成天花枝招展地在宫里晃悠，大热天的也不怕晒着，就盼着能和皇上撞见，一个两个都学得那么狐媚，可狐媚有什么用，有本事像温妃那样，半路上抢人去啊。"

话音才落，吉芯来禀告荣嫔，说那拉常在身边的宫女来请荣嫔派太医。荣嫔一边答应着，一边问是不是中暑了，来的小宫女也不明白。

之后太医去了，过了大半个时辰，那太医竟亲自来向荣嫔和惠嫔禀告，说那拉常在有了身孕。安贵人之辈自然气得脸绿，荣嫔和惠嫔则喊来内务府的人算日子，果然是五月头上侍寝一晚，可那拉氏就是这么好命，一年到头零星几次，这一次又怀上了。

皇嗣贵重，荣嫔和惠嫔都不敢大意，惠嫔换了衣裳，将众姐妹遣散，荣嫔往慈宁宫去禀告，惠嫔则来那拉氏的住处。小常在正窝在榻上，方才太医也说了，有中暑的迹象，让她卧床休息。

"你就是好福气，这一胎也好好养着。"惠嫔絮絮说些体面客气的话，哄得那拉氏很高兴。不久荣嫔就从慈宁宫来了，带了太皇太后的赏赐。她们俩说话的工夫，惠嫔便示意边上的觉禅答应出去，两人在阴凉的风口站着，风吹过发髻上的钗子，叮叮清脆，她轻声道："这些日子宫里很热闹，也不见你出来走走。"

觉禅答应自不再做宫女，身子比从前丰润些，眼眉长开了，个子也高了些，自己又会做针线，身上的衣服别致清雅，这会儿静静地站着，数日不见，惠嫔竟有几分惊艳感，果然天生的美人坯子。

"臣妾怕热。"觉禅氏含笑应答，"而且太后秋日的新衣裳已经在准备了，嫔妾正慢慢做着。"

“你费心，可惜皇后不在了，哪怕太后高兴，上头也未必想得起你来。”惠嫔轻叹，“那拉常在生养过阿哥，总有人会提起，而且她的福气也好。”

“是。”

“不过这些日子，外头乱七八糟的人都在现眼，皇上未必真喜欢，也不着急这一时半刻的，你好好在这里陪着那拉常在，帮她安胎生养。”惠嫔悉心叮嘱，“德贵人你也知道吧，她和你一样从宫女来的，当年悉心照顾布贵人的事，太皇太后至今还念叨，太皇太后喜欢这样的人，那拉常在再生养，太皇太后那里少不得留心，也就渐渐能知道你了。”

惠嫔这样悉心为她设想，觉禅氏的眼眸却如一潭死水，明明是一双漂亮的眼睛，此刻毫无生气，显然对这番话完全不过心。

“妹妹，该走了。”那边荣嫔从那拉常在的寝屋出来，瞧见两人在这里说话，唤了一声，待她们一起离了此处，荣嫔才问她，“你和那孩子说什么呢，你们家容若近来忙得没时间入宫，倒也是好事。”

惠嫔左右瞧一瞧没不相干的人，才轻声对荣嫔说：“姐姐，咱们总该找个年轻的在皇上跟前支应吧，不为自己，为了儿子们的前程呢？”

说这话时，前头圣驾正好走过，因离得远，两人也不必跟上前去，只听见身后几个宫女嘀咕：“来时瞧见张答应就等在那路口呢，不晓得现在还在不在了，不然可算叫她等着万岁爷了。”

听见这句，荣嫔又想惠嫔刚才的话，她禁不住苦笑：“咱们这是熬不住了吗？”

这一边，圣驾慢悠悠来到钟粹宫外，早有人前来通报，端嫔和布贵人都候在门前了。与她们寒暄几句，便知岚琪在歇觉，近来越来越懒，吃了饭能睡到傍晚，还不耽误她夜里继续睡，每天只有上午清醒着，害喜倒是不见了，就是胃口不好，从来不苦夏的人，吃得越来越少。

玄烨听着这些话，径自踱步到岚琪的寝殿。屋子里搁了许多冰，一进门就觉沁凉，榻上又支着一床碧水绿的纱帐，烈日炎炎的时候看见这光景，叫人很是惬意。走近了便看到岚琪歪在里头躺着，隆起的肚子上搭了一角薄毯子，安安逸逸睡得香甜，也不晓得梦见什么，眼眉弯弯看起来很高兴。

掀起帐子，一股清香扑鼻，玄烨怔了怔，再看睡着的人，竟觉得比那日在慈宁宫瞧见瘦了些，肚子是越来越大，但脸颊却不那么圆润了，果然还是苦夏没胃口吃得少，竟然怀着孩子越来越瘦，玄烨又心疼又生气，可还是舍不得叫醒她。

帐子里的香气很清甜，不知是什么味道，玄烨觉得新鲜又喜欢，在她床边坐下，稍稍有些动静，梦里的人呢喃几声，稍稍动了动身子，掀起纤长的睫毛，忽闪忽闪睁开了眼，瞧见皇帝坐在床边，岚琪幸福地一笑，玄烨正要与她讲话，可人家旋即又睡过去了，好像她睁开眼，还以为自己在梦里。

这样想着，玄烨不禁笑了，难道在梦里，她原就是梦见自己了？

禁不住伸手去摸她的脸颊，手臂碰到了胸前春光，松垮垮的衣衫遮盖了春色盎然，脸颊越来越瘦的人，这一处倒不见小，指尖碰到肌肤，不知是否因为孕中，岚琪的肌肤比从前更柔嫩，微微出汗的黏腻勾着几分暧昧，可惜这样秀色可餐的小人儿在面前，她肚子里那个小家伙碍手碍脚，不得一亲芳泽。

玄烨的手没有停留太久，生怕吵醒岚琪，不过摸了一下脸庞就松开，静静坐着看她睡得香甜，心里想着皇祖母让他来瞧瞧，来了人家却在睡，又要怎么哄？

可一个能每天踏实睡这么久的人，怎么看也不像会心事重重，忍不住凑上来，在她香软的脸颊上亲了一下，梦里的人毫无反应，玄烨又欢喜又无奈，替她将毯子盖好，放下纱帐退了出来。

外头环春诸人侍立着，玄烨问了几声岚琪近日的饮食作息，叮嘱好好照顾。之后去端嫔那里坐了坐，和布贵人还有两个女儿说说话，问起纯禧德贵人肚子里是弟弟还是妹妹，纯禧毫不犹豫地说是弟弟，玄烨欣喜说：“若是弟弟，皇阿玛就赏你一件最想要的东西。”

第十章

贵妃欲夺子

这一个夏天，盯着吴三桂之余，皇帝也不清闲，督促南怀仁著成颁布《康熙永年历》，又制《御制诗集》赏赐大臣，开经筵进讲，忙忙碌碌直至入秋。

而每每朝廷有什么大事，后宫都会知道，岚琪也不例外，但那天皇帝来过的事，她始终觉得环春联合端嫔、布贵人一起哄她，可她也不说自己那天梦见了玄烨，怕说出来会被人笑话。

入了秋，天气渐渐凉爽，人的心思也冷静下来，回想这大半年的光景，钮祜禄皇后没了，温婉宁静的温妃会博宠了，众答应常东施效颦地在皇帝面前出洋相，那拉常在算是运气最好，其他人都白忙一场。

秋渐深，岚琪的肚子也越来越大。这日端嫔从荣嫔那里归来，说起置办中秋宴的事，问岚琪是否能赴宴，她闷在屋子里一整个夏天，而且好久没见过玄烨，早就十分想念，连忙就答应了。

可内务府做的秋日吉服没赶上她肚子又大一圈，新做的衣裳没几天就上不了身，惠嫔那里听说，就把觉禅氏唤来帮着改一改。果然手巧的人做什么都像样，半天工夫，原先还绷在肚子上的衣裳就宽裕了，但岚琪对觉禅氏还心有顾忌，只当面谢了谢，没多说什么话。

本以为不过是觉禅氏的举手之劳，可中秋宴上不知谁提起这件事，惠嫔笑盈盈将觉禅答应推出来，太后那里也连连夸赞，对皇帝和太皇太后说如今只穿她做的衣裳，玄烨不免多看了几眼这个只一夜恩宠过的答应，就是想不起来自己身边还有这么一个人。

而中秋月圆之夜，往昔都该是皇帝与皇后同寝之日，而今宫内只有佟贵妃一人为尊，宴席上悉心打扮的贵妃实可谓艳压群芳。可她怎么也没想到，玄烨为了避免今夜与佟贵妃或温妃同寝而引起大臣猜忌皇帝立新后的意向，刻意翻了近日多宠的郭贵人的牌子，但在贵妃看来，就变成皇帝喜欢新宠，故意冷落她让她难堪。

宴席散后，满心安养一整个夏天，盼着中秋这日能和皇帝同寝承恩雨露的佟贵妃，周身腾腾的怒意杀气，直叫人不敢靠近。

翊坤宫宜嫔姐妹近来多宠，宫人皆知，至少钟粹宫里三位不会觉得不自在，而且太皇太后今日喊了岚琪过去，她近近地见过玄烨，两人眉目传情，彼此的心意都明白。岚琪心满意足，和端嫔、布贵人散步归来，夜风徐徐好不惬意。正要进钟粹宫的门，前头承乾宫突起吵闹声，大门轰隆隆开了，哭喊声听得人心惊肉跳，端嫔蹙眉说："这又闹什么？"

三人自行先回来，不多久端嫔的小太监打听了消息来说，竟是佟贵妃要对觉禅答应动家法，已经传了大力太监和板子。众人不解那觉禅氏大晚上跑去承乾宫干什么，布贵人想起来说，好像太后夸赞觉禅答应针线好那会儿，贵妃就玩笑说让她去给自己也做一身衣裳。

听着这些话，岚琪心头掠过的，却是当日那拉常在说，这个觉禅氏几番有求死的心，顿时浑身不安，她会不会真的被贵妃打死？

布贵人在一旁轻声嘀咕："咱们还是不要管，承乾宫的事儿从来也不是谁能管得着的。"

端嫔则暗下思忖，她从荣嫔那里听说过，这觉禅氏是惠嫔挑了预备将来能得到皇帝宠爱，好为几个阿哥在皇帝面前说说话的人，但荣嫔说觉禅氏背后不干不净，又是罪籍出身，她并不想和觉禅氏牵扯什么关系。惠嫔膝下是大阿哥，心气自然不同，而荣嫔连失那么多孩子，现下唯一盼的，只有孩子健康长大，前程未来这么遥远的事，想多了怕折福。

"是管不了，那是承乾宫的事。"

一语出，端嫔呆呆看着岚琪，她才张口要附和布贵人，谁想到岚琪比她还先说，更道："今晚贵妃脸上不好看，谁都明白，做衣裳什么时辰不好，非赶在今晚？而郭贵人才占了中秋月圆夜，她又去给贵妃做衣裳穿给谁看？自讨没趣的，活该挨打。"

端嫔觉得好奇，笑一声："可听你这样说，还是在意的。"

岚琪也不否认，起身福了福要告辞，一边应着："嫔妾是可怜她，但嫔妾有什么法子。"

"可不是如此。"端嫔应着，唤绿珠香月把主子搀扶好了，嘱咐岚琪早些睡，布贵人一时也散了。她们都走后，端嫔才派人去告诉荣嫔一声，顺道再看看前头现在是什么光景。

得令的小太监出了钟粹宫，不远不近地路过承乾宫的门，就听见板子拍打的闷响，静谧的夜里这声音格外刺耳，吓得他赶紧往荣嫔处去。

而承乾宫殿里，觉禅答应被摁在长凳上，大力太监一板子一板子往她身上招呼，好歹也是皇帝的女人，这些年宫里几乎没出过这样的事儿，可太监们碍于贵妃淫威不敢手软，结结实实地打着。

长凳上的觉禅氏已经挨得满头虚汗，可一声也不吭也不喊，刚刚尖叫求饶惊动了外头的宫女已经被打蒙了，面目红肿地瘫坐在地上，吓得连哭都不会。

正殿门前屋檐下，佟贵妃站在那里直直地看着这一切，可在她眼里挨打的似乎并不是什么名不见经传的觉禅氏，而是那个娇娇俏俏勾引了皇帝的郭贵人，一想到那个小丫头今晚和皇帝在一起，娇言软语承欢示爱，她就浑身颤抖满腹恶心。

平日就算了，今天什么日子？作为后妃中如今最尊贵的女人，玄烨为什么不给她脸面，一定是那些小贱人太狐媚，就和眼前这个一样，没想到整个夏天不出宫门，竟是个个都长得花儿似的好看。

青莲在边上满面愁云，眼看着挨了二十多下的觉禅答应不行了，真怕主子在大好节日里闹出人命，转身相劝，竟见贵妃双目发直，仿佛要引出癔症来，吓得推醒她，好声劝道："娘娘，可以了，这一顿打她几个月都下不了床了，不要闹出人命。"

可贵妃只是满面怒意地瞪着她，不知是不是真的魔怔了，青莲也管不了那么多，冲出来让太监停手，摁着人的太监一松手，觉禅答应就从春凳上翻下来，已然昏厥不省人事。

"快弄回去，小心点，她那里住着那拉常在，人家怀着身孕别吓坏了。"青莲嘱咐几个得力的宫女太监，再回过来看贵妃，依旧怔怔呆呆不知陷在什么情绪里她不敢耽搁，又派人去请来太医，搀扶着主子回去揉捏顺气。再后来太医来，贵妃又闹了一场，最后好说歹说灌下一碗安神药，大半夜终于昏昏沉沉睡过去。

太医对青莲说："姑娘平日里要少让贵妃娘娘动气，年纪轻轻肝火虚旺，不是好事。"

青莲无奈，也不敢对太医多说，只等第二天清早趁主子还在昏睡时，悄悄来了慈宁宫，与苏麻喇嬷嬷私下将这些话说了，嬷嬷只叹："没闹出人命就好，其他的事你周全着，太皇太后近日高兴，这样的事暂时不要提了。"

等青莲再回来，佟贵妃已经起了，她才到跟前，贵妃就冷笑："你去慈宁宫告状了？"

“奴婢不敢。”青莲屈膝在地，撒谎说，“奴婢去太医院拿药了。”

“这种事何须劳动你？”贵妃冷笑，虽只一身寝衣未及梳妆，横眉怒目依旧气势逼人，但她没有为难青莲，只说，“你对我好我知道，你身不由己我也知道，咱们就等着吧，看看是我活得长，还是你正经主子活得长。”

青莲心颤不已，又听佟贵妃似自言自语道：“反正我怎么做，都不讨人喜欢……”

两三日后，玄烨与大臣陈廷敬等在南书房进讲，半天下来收获颇丰心情甚好。午后大臣们散了，回暖阁时，李总管已打点好了午膳。没有铺张一桌子的菜肴，可几样东西却都是另一个人爱吃的，玄烨嗔他：“你这又动什么脑筋，这些东西是岚琪爱吃的。”

李公公笑着说：“皇上下午赋闲，何不请德贵人来坐坐。”

“她怎么了？”玄烨眉头微动，本来因中秋晚上他翻了郭贵人的牌子，惹得佟贵妃发脾气作践宫嫔的事，玄烨这几天都不打算再见后宫任何一个人，虽然也念着岚琪，但想她会比谁都明白自己的心意或为难之处，而李公公也从不会乱巴结什么人，他这样殷勤，必然有缘故。

果然听李公公絮絮说起环春传来的话，笑着劝皇帝：“德贵人怀着龙嗣，您多心疼些，旁人还说什么。”

“朕怎会介意别人说什么。”玄烨看着桌上的菜不动，半晌吩咐李公公，“你让环春引她去御花园，她去了后就别让其他人再进去，朕过会儿就去。”

李总管欣喜不已，忙派人去准备。而钟粹宫这边，环春几人得到消息，恰好端嫔和布贵人领着公主去惠嫔那里串门子，大好的机会，便不由分说就把要懒着午睡的主子弄起来。岚琪哼哼唧唧地撒娇说不想出门，几人哄了好半天，更吓唬她说：“嬷嬷可讲了，后几个月里只管躺着，要生不动的，孩子和您都要吃苦头，每天好好走走才行。”

岚琪其实是心里烦闷，身子一直挺好，被她们簇拥着摇摇摆摆往御花园来。满园秋菊争艳，饱满怒放的盛景，直让人观之心潮澎湃，果然秋日看这样的光景，才能免悲春伤秋之感。

岚琪脸上渐渐有了笑容，便在湖畔秋阳绚烂处拿厚厚的褥子铺在大石头上坐了，御花园里打点的嬷嬷宫女们殷勤地来请安，奉上鱼食给德贵人投喂打趣。

将鱼食一点点撒入湖中，看着五彩斑斓丰润富贵的鱼儿们聚拢相争，岚琪起先还玩得高兴，可突然不知想着什么，手里便停了。

环春已将闲杂人等遣散，只自己侍立身后等着皇帝来，可皇帝还没来，主子心情又见低落，不免担心，关切地问："是冷了吗？"

岚琪摇摇头，面色凝重地说："只是看着鱼群争食，心里怪怪的，觉得人和鲤鱼也并无差别，特别是这宫里的人。"

身后玄烨独自一人慢步走过来，岚琪和环春都不曾察觉，他走近了听见岚琪在自言自语，正说着："无欲无求，多简单的四个字，可哪儿那么容易做到，这些天心思越来越重，我就困惑，到底是在为自己着想，还是只为皇上想，到底想要满足的是私欲，还是一心只念着他，你说愁不愁……"

却是此刻，玄烨身后有急匆匆的脚步声传来，动静很大，连岚琪和环春都听见了，两人转身乍见皇帝在身后，可等不及她们俩惊讶，只见来者跑到皇帝面前，跪地说有急报，双手奉上了信函。

玄烨眉头紧蹙，伸手接过信函拆看，岚琪和环春也紧张地站在他身后，岚琪忍不住探出脑袋想看清皇帝的脸，忽然见他脸上紧蹙的眉头渐渐舒展，心下一松。不等自己收回身子，玄烨已经转身找她的身影，瞧见了岚琪立刻就跑过来，隔着她硕大的肚子将她抱住说："吴三桂死了，岚琪，朕实在太高兴了，那只老狐狸终于死了。"

岚琪也欢喜不已，她晓得这件事对玄烨有多重要，一时把自己刚才说的话也忘了。可眼前的人却还很冷静，回身吩咐召集大臣后，一边亲自收了信函，一边再抬头就严肃地问她："你刚刚嘀咕那些话做什么？"

岚琪不知该怎么回答，抿着嘴不言语，玄烨轻轻触碰她隆起的肚子，腹中孩儿突然动了动，玄烨一惊，露出欣喜之色："他动了，力气还不小，你会不会不舒服？"

"这孩子很乖。"岚琪低头喜滋滋地看着自己的肚子，可皇帝的问话还在心头，又抬起头问玄烨，"皇上怎么一个人来了？"

玄烨伸手捋顺她发髻上钩住了珠花的流苏，温和地笑着说："本想在这里陪你赏花说话，朕想你了，就让环春引你来，只是现在有这样大的事，又不能陪你。"

"总还有空闲，皇上国事要紧。"岚琪欢喜地笑着说，"三藩大定就在眼前，皇上不要惦记臣妾。"

"刚才那些话，朕听见了。"玄烨却低下头与岚琪的脸凑得很近，几乎鼻尖相触，轻声笑着说，"你哪儿来的什么私欲？从那年元宵起，你就只能想着朕了。"

"可是……"

“可是朕没有要你担的烦恼，朕的江山多美，你的笑容就要多美。”玄烨温和地说着，“朕不会在乎所有人，不在乎的人自然就伤不到朕，可是朕在乎你，而你又为何要为不相干的人烦恼？”

岚琪心里暖暖的，点了点头说：“臣妾不乱想了，臣妾就是……”

“想朕了？”

“是，就是想见您，见了心里就踏实。”岚琪幸福地笑着，抬头见李公公来，知道该催皇上走了，朝后退了两步福了福，“大臣们等着了，皇上快请。”

皇帝带着喜气匆匆离去，玄烨交代让岚琪去皇祖母那里报喜，岚琪之后也离了御花园一路往慈宁宫来，因不曾坐轿子，大腹便便走得很慢。仿佛冤家路窄，行至半路就见贵妃的肩舆从前头过来，环春几人都暗呼不好，忙搀扶主子侍立在侧。

这一边，佟贵妃精神倦怠地坐在肩舆上，不比前头的人远远就看到自己，她直等走近了才发现乌雅氏在路边，入目便是她高高隆起的肚子。

方才在慈宁宫请安，被太皇太后教训了好一顿，她自入宫以来，太皇太后每每见她都是耳提面命的训话，教导她这个能做那个不能做。今日为她打了一个低贱的小答应，就硬是陪着在佛龛前跪了半个时辰听她絮叨，老人家那儿盘膝坐着不觉辛苦，可知她在后头跪着多疼。这会儿眼见福气满满的乌雅氏，怒从心生。

“停。”佟贵妃一声令下，边上青莲皱眉，轻轻劝了声，“娘娘，咱们回吧，您累了。”她心想着主子才被太皇太后教训，怎么又要惹是生非。

可肩舆还是落下了，佟贵妃慢步走来，见环春几人搀扶着乌雅氏就要行礼，冷笑说：“德贵人不必多礼，前些日子太皇太后不是免了你行礼吗？本宫固然比你尊贵，可皇嗣更尊贵，本宫可担当不起。”

“嫔妾惶恐。”岚琪欠身应着，目不敢正视。

佟贵妃却越走越近，边上绿珠下意识地搀扶岚琪往后退了一步，贵妃大怒，呵斥绿珠：“往后退做什么？本宫是恶狼猛虎，要吃了你家主子不成？”

岚琪轻轻推开了绿珠的搀扶，稍稍将她挡在身后，和气地问贵妃：“娘娘可有吩咐？”

“吩咐你？如今你是这宫里头金贵的人，本宫敢吩咐你什么，回头闪了肚子里的孩子……”佟贵妃冷幽幽的话语刚说出口，可脑中突然一个激灵，想起钮祜禄氏曾经对她说的话，皇后说，她和皇帝商量好，要让她抱养一个新生的孩子，那么巧，乌雅氏就上赶着要生了？

宫女出身的女人在贵妃眼里固然低贱，可皇帝喜欢她，太皇太后也喜欢她，若能抱她的孩子，不说让六宫从此更加敬畏自己，要紧的是，恐怕眼前这个女人，连同太皇太后和皇上，心里都会硌硬得很，而他们一个个不痛快了，她可就痛快了。

伸手摸摸岚琪的肚子，贵妃笑悠悠："就快生了吧，你真是好福气，钟粹宫里风水好吧，布贵人头胎就能生，你也好好的，承乾宫明明就在前头，本宫那里怎么就没这样好的福气。"

"娘娘凤体贵重，将养时日，一定还能为皇上诞育子嗣。"岚琪很恭敬地说着，任凭她抚摸自己的肚子，不躲不让。她知道佟贵妃哪怕恨不得自己立刻就死了，也不会大庭广众之下伤害她和孩子，这个女人跋扈霸道，但不傻。

抚摸着圆滚滚的肚子，佟贵妃不禁出神，冷不丁听青莲喊她，才恍然醒来眨了眨眼睛问："德贵人这是要去慈宁宫？那赶紧走吧，别叫太皇太后等候了，才跟本宫说了好半天的话，等你泡茶去呢。"

岚琪不提什么吴三桂死了的事，怕勾起她知道刚才玄烨和自己单独在御花园，福身答应。只等佟贵妃坐了肩舆离开，她才抬起头，淡淡朝她的背影望了眼，便扶着绿珠、环春的手往慈宁宫走，之后一路都没说话，将近宫阁时绿珠忍不住说："主子，奴婢瞧着贵妃娘娘看您的肚子出神呢，她不会是打什么歪主意吧。"

岚琪没说什么，待进了殿内，告知太皇太后喜讯。听闻吴三桂死了，太皇太后先是为玄烨高兴，但免不了感慨当年岁月，吴三桂引清军入关，那时候多尔衮还在，如今连吴三桂也死了，他们这一辈的人是都该走了。

看着太皇太后的情绪起伏，岚琪明白玄烨的为难，玄烨满腔热情平定三藩稳固江山，可对祖母而言，却是要一遍遍翻出当年的事当年的人，还是自己这个毫不相干的人来报喜的好，不论老人家是喜是忧，她都能理解接受。

"瞧瞧这肚子。"太皇太后总算将自己从往昔中抽回，轻轻摸了岚琪的肚子，"一定是个小阿哥，我怀福临时肚子也长这样。"又叮嘱再过些日子不要随便让人摸肚子，姐妹间如此，皇帝更是，怕摸多了肚子引得胎动早产，要让孩子踏踏实实地在娘胎里养足了日子才好。

闲话半日，太皇太后便打发她早些回去休息，让苏麻喇嬷嬷用轿子送，自己进了佛堂去诵经。兴许是还惦记着几十年前的事，众人不敢多嘴，侍奉她入佛堂后，苏麻喇嬷嬷便来送德贵人。

岚琪挽着苏麻喇嬷嬷走到宫门前，看着小太监们压轿子，心下一横不想再犹豫，拉着苏麻喇嬷嬷到边上说："有一件事想求太皇太后，可刚才那情形实在开不了口，嬷嬷您帮我听听，看是不是能在太皇太后面前说的事。"

苏麻喇嬷嬷笑问："您这样紧张，是什么要紧事？"

岚琪喉间蠕动，眼神怯然更满是期盼，轻声道："皇上曾说，希望太皇太后能替我养这个孩子，大概还没向太皇太后提起来，又或者皇上忘记了，但我还想自己求太皇太后，不论日后这孩子养在哪里谁来养，嬷嬷，我只不愿让佟贵妃碰他。"

苏麻喇嬷嬷想起佟贵妃和德贵人几乎前后脚来去的，不禁问："是不是路上碰见了？佟贵妃又对您做什么了？"

岚琪摇头，真诚地看着苏麻喇嬷嬷："说一句不敬的话，佟贵妃厌恶我，可我也讨厌她，刚才她摸着我的肚子若有所思，那眼神都是直的，我不怕她会对我做什么，可我怕、我怕她会想尽一切办法要这个孩子。嬷嬷，我若对太皇太后说，她会不会恼我不懂事，要坏了宫里的规矩？"

"没有的事儿，过几日您再来，自己跟主子好好说说，主子不就是喜欢您实诚率真？"苏麻喇嬷嬷爱怜不已，哄着岚琪，"再者皇上既然亲口对您说过了，您也大可放心，咱们万岁爷金口玉言，没谱儿的事绝不轻易开口，您还不了解皇上吗？"

岚琪面颊绯红，心头阴云一扫而空，挽着苏麻喇嬷嬷亲昵地说："有嬷嬷这句话，我就安心了。"

但苏麻喇嬷嬷嘴上虽说让岚琪过几天自己来求太皇太后，但转身夜里侍奉时，就将此事说了。太皇太后也不觉得新奇，把孩子送去承乾宫，被如此骄纵跋扈的女人抚养，换谁都不乐意，只不过乌雅岚琪说出口了而已。

"有了孩子，人总还要变一变，我挺想看看岚琪会变成什么样，眼下这个请求是一件，往后的日子，不知还会不会再有别的事。"太皇太后笃然笑着，完全没把这些事放在眼里，嘱咐苏麻喇嬷嬷，"总想着她怎么就真能无欲无求，在我身边从来不开口要什么，人太完美了看久了容易恍惚容易厌，我这样玄烨也一定是，现在听这些，才觉得她有血有肉呢。下回她再找你商量什么，你就立刻把她推到我面前来。"

苏麻喇嬷嬷则放下帐子笑："说到底，您就是偏心贵人，换作旁人未必是这番说辞，您说呢。"

夜色越见深浓，各宫落锁的声响，锵锵回荡在皇城内。宫阁之间，有侍卫巡视而过，皇城一隅，两队侍卫相向而行，到了跟前看清彼此，这一边来的人纷纷抱拳行礼，称呼："纳兰大人吉祥，今夜怎么是您当值？"

纳兰容若淡然道："才回京，听说内侍卫改了编制，亲自来看一看，并不当值。你们且去巡逻，身上刀剑绑好了，勿惹声响扰各宫主子休息。"

侍卫们应了，从他身边而过，纳兰容若身后一个侍卫道："大人，此处住了那拉常在和觉禅答应，那拉常在刚有了身孕，上头吩咐要多加小心。"

正说话，殿阁门忽然洞开，一个小宫女从里头出来，乍见外头的侍卫，吓了一跳，有人上前问她做什么大半夜跑出来，那宫女战战兢兢说："我家答应又高烧不退，奴婢……想去请太医。"

容若闻言眉头紧蹙，心中怦怦直跳。

"大人，您看是不是放行？"有侍卫来问容若，更说，"只怕要先回过惠嫔或荣嫔娘娘，但这个时辰，二位娘娘必然已经安寝。"

容若沉了沉心，说道："两位娘娘安寝不得惊扰，答应有疾也不能耽误，就先去太医院请太医来瞧瞧，明日我去惠嫔娘娘处解释，派两个人跟这位宫女去。"

手下应诺，领着那战战兢兢的小宫女走，容若也不便在这里久留，但细想宫女的话，似不经意地问身边人："听这宫女所说，那位答应身体很不好吗，怎么是说又高烧？"

侍卫便道："回大人，属下只听说这位答应中秋节上遭贵妃娘娘重责，据说伤得不轻，恐怕是这个缘故。"

容若心头揪紧，竟无人告诉他这件事，家中额娘必然该知道，就连自己的亲信也瞒过了，真真是要杜绝自己和宫里一切往来？

殿阁之内，那拉常在因害喜而夜不能寐，听说觉禅答应又高烧时，未免人家觉得是她仗着有身孕而诸多琐事一概不理，便让宫人推说自己已经睡了不理会，没多久宫女却来说觉禅氏身旁的宫女出去了。

那拉常在很厌恶，怨怼道："若在外头遇见什么人可怎么办，她真是太折腾，我还是要想法儿回了几位娘娘，给她另找一处去住。"

小半个时辰后，听说太医竟然真的来了，那拉常在又奇怪不已，派宫女去打听，才知道是遇见了侍卫，舒口气又不免愤愤："就数她最多事，病死了才好。"

这般那般地抱怨，那拉常在显然已经忘了自己曾经也是默默无闻可怜的小答应，对觉禅氏毫无怜悯之心。而觉禅答应自己，似乎也无求生之意，太医来了也不配合，好容易搭了脉开了方子，大半夜折腾喝下两碗药，但她臀上的伤仍未痊愈，长久趴卧肠胃不适，喝下去的药没多久又吐了，伺候她的小宫女最后都坐在地上哭，求她不要再折腾。

可觉禅氏却恹恹地伏在床上，唇边有一丝蔑视所有的轻笑，仿佛满足于生命正在一点点耗尽，臀上的疼痛何足挂齿，她的心早已痛得麻木所有感知。

奈何上天有好生之德，她明明吐光了药，却又在第二天早晨退了烧，以为就将殆尽的生命顽强地持续着。她绝食拒药，硬是不想苟活下去，小宫女劝她要为家人想一想，觉禅答应却凄惨一笑："父母皆戴罪，我还能累及谁？"

但这一天，纳兰容若忙完公务，便约了妻子一同入宫向惠嫔请安，正好妻子有了身孕，算是来报喜。惠嫔看在明珠的面上见了他们夫妻，可果然容若另有私事，没多久就借故支开了妻子，惠嫔见他这架势，就冷笑："我一直等你几时来问我她的事，你果然还是来了，你阿玛若知道，一定乱棍打死你，现今你阿玛在朝廷如日中天，你非要给他脚下使绊子吗？"

容若却不在乎，反慢慢将昨晚的事说了，惠嫔怒问："你大半夜在宫里游荡，就为了找她？纳兰容若你不要命了？"

"娘娘。"事到如今他还有什么放不下，人已经是皇帝的，他一辈子也得不到了，为什么还要阻止他关心，容若竟硬气地对着惠嫔说，"您最好去看看她，给她一条活命的路，不然臣只能自己插手干涉，哪怕求到皇上面前。"

惠嫔大怒，逼近他冷声问："你威胁我？"

"臣不敢威胁娘娘，只求娘娘可怜她在宫里孤立无助。"容若单膝屈地，恳求说，"臣没有非分之想，只求她好好活着。"

惠嫔沉沉咽下这口气，挥挥手："她的命没那么脆弱，我会让她好好活着，走吧，再纠缠，我当下就要她的命。"

十来年深宫岁月，一直端得贤惠温婉的女人，竟也有索人性命的狠劲。惠嫔并非特例，在这个扭曲倾轧的世界，想要存活就已不易，再想要立足，更是难上加难。

纳兰容若终究还是走了。惠嫔一个人闷在屋子里好久，只等大阿哥从慈宁宫回来，她才缓过些精神，午膳后终究还是想来看一看觉禅氏。

那拉常在和觉禅氏所住的院落并不大，两间寝屋对门开，那拉氏自然住采光较好的一处，觉禅氏这里虽非风水宝地，毕竟是宫闱殿阁，也不会差太多。可惠嫔入门时，却只觉得屋内潮闷压抑，浓重的药味不知混杂着什么气息，令人胸前压郁。

"你们答应身子可好些了？"惠嫔嫌弃这地方，也不升座，唤了小宫女跪在膝下问，那小宫女说着说着竟哭哭啼啼起来，惠嫔好不厌恶。待入寝殿，但见病榻上趴卧着病得几乎脱形的女人，哪里还是从前水灵灵的模样，她心下暗恨，这般光景还指望什么将来。

支开了随身的宫女，惠嫔冷然道："你还是想死？"

觉禅氏不应答，恹恹侧过脸，面上竟浮现几分清冷的傲气。

惠嫔也不生气，只是冷笑："今日本宫才见了他，他跪在地上求本宫，若不让你好好活下去，他就要去求皇帝，你可知道昨晚谁给你找来的太医，他可就在这门外头站着呢。"

病榻上的人浑身一抽搐，侧过去的脸又转了回来，灰暗皴裂的嘴唇慢慢蠕动，沙哑地说："他何苦。"

"你若死了，他一定不会苟活，你们可真是痴情，赔上身家性命的痴情，就不怕欺君罔上罪连九族？"惠嫔恨意顿生，却又无可奈何，"所以你必须活下去。"

一语罢，唤宫女进来，让她们去将那拉常在喊来，人到了跟前，惠嫔肃然质问那拉氏为何不照拂身边的人。那拉常在好生委屈，辩驳几句见惠嫔不原谅她，便装死装活地说肚子不舒服，惠嫔顺势说："你有身孕，的确不该身边留这样一个病人，过几天会另选了地方让她去，你就安生了。"

转眼已是八月末，温妃在宁寿宫向太后请安时昏厥，太医把脉一查，竟是有了身孕。想她自半路从德贵人手里抢走皇帝后，一直多宠，有喜也理所当然，可温妃有喜，若因此晋升贵妃甚至皇贵妃，佟贵妃的地位便岌岌可危。

那之后，秋雨绵绵不绝，一场秋雨一阵凉。

九月初的日子，这天岚琪立在屋檐下看雨滴一片片将枯叶砸落，环春去咸福宫送贺礼尚未归来，端嫔带着布贵人和孩子去了荣嫔那里，身边只有玉葵、紫玉几人陪着。

此刻正被劝说回屋子里去，门前进来许多人，雨伞收起，佟贵妃被拥簇着出现在了眼前，她一眼就看到站在廊下的乌雅氏，媚眼含笑："德贵人，好雅兴。"

绿珠几人都吃了一惊，不免慌张，连该有的礼数也忘了，反是岚琪很镇定，带着她们往门前走，到贵妃面前行了礼，也不问她为何来，只是道了安。

而贵妃果然径直就朝她的寝殿去，嘴里笑着说："本宫从没来过你的寝殿，听说就跟状元郎的屋子似的，都是书本笔墨。"岚琪不远不近地跟着，贵妃倏然又停下，似乎是听钟粹宫里异常安静，将四处瞧了瞧问，"只有你在？"

“端嫔娘娘和布贵人去荣嫔娘娘处小聚，下了几天的雨，孩子们都闷坏了。”岚琪应着，但话说完心里就一紧，她好端端，提什么“孩子”两字。

贵妃眉间有笑意，又指着绿珠几人问：“平素跟着你的环春怎么也不在？”

“环春……”岚琪心里略略打鼓，本不想提温妃有喜的事，可怕环春半途回来，贵妃问她环春或照实说，或也有心隐瞒但和自己说的不一样，都是麻烦，遂坦白，“环春去咸福宫替嫔妾送贺礼，贺喜温妃娘娘有了身孕。”

“是啊，该贺喜。”贵妃脸色果然不好看，转身问青莲，“咱们贺喜过了吗？”

青莲怎好说主子不让去恭喜，屈膝道是她疏忽了有罪，贵妃便笑：“去吧，现在去准备像样的东西，赶紧替本宫送过去，不要失礼于人前，别人还当是本宫心胸狭窄，见不得温妃好。”

“奴……奴婢……这就去。”青莲蹙眉，显然贵妃是故意打发她走，可她也想不明白主子留下究竟要和德贵人说什么，若说要害她肚子里的胎是断然不可能，若自己猜得不错，贵妃是惦记上这个孩子了。

青莲离去，岚琪已将贵妃引入东配殿上座，让绿珠她们奉茶，可绿珠、紫玉和玉葵却不动，差遣最胆小的香月去打点茶水，她们三人似乎笃定了要寸步不离自家主子，防备贵妃随时为难她。

等香月来奉茶，贵妃早看透她们几个的心思，喝了茶冷笑：“都下去吧，你们一个个插蜡烛似的站在这里，本宫还怎么和你家主子说话，我们说体己话呢，不想叫你们听见，本宫的人都退出去了，你们怎么还不走？”

玉葵应道：“奴婢们伺候娘娘和德贵人茶水，不敢怠慢。”

“本宫喝够了。”贵妃冷目瞪着她们，幽幽又瞥了德贵人一眼，“也未听说你是伶牙俐齿的人，怎么调教的宫女，这么爱顶嘴，本宫不过是让她们去外面候着，这都喊不动了？”

岚琪欠身致歉，温和地吩咐自己的人：“去吧，这里不必你们在了。”

“主子……”绿珠着急，岚琪深深看她们几眼，转过身只对着贵妃，几人终究也不敢太坚持，不安地离开了。

殿阁的门被关上，外头噼噼啪啪的雨声轻了许多，岚琪进门前，院子里树上还有几片枯叶没有落地，此刻眼前还有那枯叶摇曳在雨中挣扎的情景，不知为何心中有笑意，亦在唇边泛起笑容。

“德贵人心情看着不赖。”贵妃幽幽开口，“方才见你立在屋檐下望着雨水凝神的模样，难怪皇上喜欢你了，实在是美丽，难得你肚子都这么大了，也没见发胖丑陋。”

岚琪欠身：“娘娘谬赞，嫔妾不敢当。”

“几时生？”贵妃毫无征兆地突然问起这句，直直地看着岚琪，“听说太医看着，该是个男胎。”

岚琪心头微颤，面上努力镇定着应答，说起十月下旬是生的日子，贵妃则笑：“本宫生辰正在十月。”

“贺喜娘娘。”岚琪垂首，生怕被她看见自己微微扭曲的眉毛。

“那德贵人打算送什么贺礼给本宫？”贵妃一手撑着脸，笑意里满是令人生畏的威吓之意，眼角流转着不容拒绝的骄傲，一声声问岚琪，“本宫想到一件，只怕再没有比那更好的贺礼。”

岚琪心中说，难道你是说孩子？而她觉得，佟贵妃这样总还不算最坏，直来直去地说清楚，哪怕她当面问自己要孩子呢，总比背后耍手段的阴毒来得强，咽了咽喉间的不适：“娘娘想要什么贺礼？不知嫔妾是不是力所能及。”

“呶。”贵妃伸出纤纤玉指，嫣红的指甲刺目耀眼，岚琪恍惚看着她指向自己的肚子说，“这个孩子，本宫想要这个孩子。”

贵妃收回手指，朝后靠在椅背上，自在地说：“德贵人你该明白，你的身份地位，不足以自己抚养皇嗣，凭你的出身门楣，皇上将你封在贵人已是殊宠，再升嫔位，前朝大臣们也未必答应了。算算日子，下一回宫里大封，不知是几时，这些年孩子养在哪里你能放心？不如咱们前后头住着，把孩子放在承乾宫里，你过来瞧瞧也容易，你看呢？”

岚琪记得早前，彼时的佟妃娘娘就半路拦住自己，半哄半威胁地让自己和她站在一起，拒绝后就被警告不许也不能帮着彼时的昭妃，没想到过去这么久，佟贵妃的性子仍旧一点儿也没变，可她这么直接地跑来问自己要孩子，也算坦荡荡了。

“不愿意？”贵妃冷然，目色冰冷，她显然已经说完最客气的话，此刻一旦被拒绝，之后就不知会说出什么厉害的狠话来。

岚琪深吸一口气，缓缓说：“娘娘恕罪，并非嫔妾……”

贵妃却厉声打断她，悍然说：“你不是最后守在钮祜禄皇后身边的人吗，她没对你说什么？但钮祜禄皇后可对本宫说了，说皇上早就和她商议好，等宫里再有新出生的阿哥公主，就让本宫选一个养在承乾宫，那么巧啊，就是你的孩子。”

岚琪皱眉，她也记得玄烨对自己说的话，他说不愿自己受那份委屈，看来皇后没有骗贵妃，而玄烨也不曾忘记，所以才早早给自己吃了定心丸吗？既然如此，岚琪将心一横，直接说道：“娘娘恕罪，并非嫔妾不愿意，只是皇上一早许诺，要将这孩子送入慈宁宫抚养，太皇太后那里也已知晓，只等临盆之日。娘娘的好意，嫔妾感激不尽。”

佟贵妃闻言呆坐，皇帝竟然为了这个女人想得如此周到，可见钮祜禄氏真的没有骗自己，玄烨一定是惦记着这件事，才急匆匆答应孩子的去向。心里有窸窸窣窣的声响，仿佛什么东西碎了，没来由的刺痛也一阵阵扎在那里，她捧住了胸口，缓缓喘息半晌，才又问：“你刚才说什么？”

岚琪正视着她，一字一字说得清晰：“嫔妾不能满足娘娘的愿望，这个孩子落地就要被送去慈宁宫，嫔妾连嘴上答应您的资格也没有，还请娘娘恕罪。”

说完起身，周周正正地行礼，哪怕肚子高耸行动不便，还是虔诚地跪了下去，膝下屈辱根本不算什么，自己的地位本来就在贵妃之下，跪下来的委屈比起失去孩子的痛苦，前者实在微不足道。

“当真？乌雅岚琪，你可知道谎传圣旨的罪过？”佟贵妃压抑心中怒火，慢慢站了起来，跪着的岚琪矮了许多，她便有几分居高临下的味道，忽而扑过来伸手捏住了岚琪的下巴，长眉狰狞目色凶戾，也一字一字地问得清楚，“乌雅氏你可想好了，本宫这就去慈宁宫问太皇太后，若没有这件事，你可就有好果子吃了。”

岚琪的确发慌，这件事她只对苏麻喇嬷嬷说过，嬷嬷让她相信玄烨，所以没再对太皇太后提起，如果佟贵妃真的冲过去问，如果苏麻喇嬷嬷不在边上支应……

“来人，去慈宁宫！”不等岚琪多想，佟贵妃甩开了她的下巴，力气之大让岚琪朝后跪坐了下去，赶紧捧着肚子不敢乱动，就听见外头嘈杂的脚步声，一阵喧闹后静了，跪在门外的绿珠几人立刻冲进来，看到主子也跪在地上都吓得慌张不已，七手八脚把她搀扶到内殿暖炕上，问着要不要宣太医。

岚琪的心怦怦直跳，完全无法预知慈宁宫会有怎样的结果，玄烨的确答应过，她并不是谎传圣旨，但太皇太后已知晓，真是她随口冲动就说出来的，佟贵妃是笃定了要闹一场，怎么闹她不在乎，在乎的是能不能达成心愿的结果。

“我没事，环春还没回来？”

玉葵说：“大概是被温妃娘娘留下了。”

岚琪喘息着，吩咐她：“你去咸福宫找她，不管是不是给温妃留下了，让她直接去慈宁宫，她去了就该知道做什么。”玉葵不敢耽搁，留下众人照顾主子，打着伞就出去了。

岚琪靠在炕上护着肚子，孩子在腹中微微动了动，似乎要让母亲明白他还好好的，没有随着母亲的心情一起浮躁，没有让她承受半分不适。

时间点点滴滴过去，外头的雨一直下不停，忽而一阵狂风摧残花草，只听得树枝在空中抽舞的呼啸声。一片湿漉漉的枯叶从窗口乘风而落，紫玉立刻来收拾，赶忙要关窗时，岚琪拦住她，慢慢挪到窗前，昂首望着那棵树，先前还残存的几片枯叶此刻已完全凋零，干干净净的树枝指向天空，不仅不见凄凉落寞，竟比枝叶繁盛时，更有几分傲然挺立的气势。

她的心，莫名安定了。

玉葵很快回来，说是半路上就遇见环春，她已经去慈宁宫了，自己就提了提贵妃来了的事，环春似乎就明白了。

岚琪颔首不语，等渐渐平静下来，竟吩咐绿珠弄点心给她吃，不晓得之后还会发生什么，养足精神吃饱了有力气，才能和孩子一起应对所有的事。

大半个时辰后，环春终于回来了，路上走得急，裙摆鞋袜都湿透了，等不及去换就先来复命，满面得意地告诉主子："贵妃娘娘是气急败坏离开的，奴婢等到嬷嬷问了，嬷嬷只让奴婢对您说，请您安心。"

可紫玉却在边上问："你回来路上，没遇见贵妃？"

环春皱眉点头，寻思道："的确没遇见，贵妃是走得急了，还是去了别处？"

"前头没有动静，不见回来，该是去了别处。"紫玉说道，问岚琪，"娘娘会不会去找皇上？"

岚琪却已笃然，松了口气似的靠下去，软软地说："她若去找皇上，我就更安心了。"之后又转头看窗外雨幕，吩咐她们，"等雨停了，就送我去慈宁宫，端嫔娘娘和姐姐若回来，就说我睡了，现在我要歇会儿。"

她很疲倦，与佟贵妃虽不曾有言语相激，却真正考验了太皇太后对自己的喜爱，兴许是苏麻喇嬷嬷已经转达过自己的话，又或者是太皇太后很自然地偏帮了自己。可她这样毫无顾忌地把老人家推出来挡在面前，太皇太后心里会怎么想？

才淡定的心，又为这件事纠结，昏昏沉沉睡过去，只等雨停了好亲自去慈宁宫。至于佟贵妃，她从慈宁宫气急败坏地出来后，径直就去了乾清宫，可玄烨不是不见她，而是正和亲王大臣们商议要紧的事，李公公无论如何也不让她进去相见。

这一日的雨，绵绵直到傍晚才停，夕阳西下时放晴，此刻的天色竟比白天还敞亮一些。岚琪歇过一觉养了精神，起身穿戴洗漱，端嫔听说她要去慈宁宫，好心让她坐自己的软轿去。岚琪也不推辞，身后跟了两拨小太监，生怕路上有闪失，待安安稳稳来了慈宁宫，门前小太监殷勤地说："太皇太后在后面大佛堂，苏麻喇嬷嬷说了，您来了就直接把轿子抬过去。"

"我走过去吧，去大佛堂怎么好坐轿子。"岚琪应着，扶着环春的手下来，待走近了，就见苏麻喇嬷嬷坐在门外，瞧她过来起身相迎，温和地说："主子在诵经。"

"我等一等。"岚琪道，可苏麻喇嬷嬷却扶她往门里走，轻声说："别人是不能见的，但主子是特地在这里等您的。"

岚琪心中惴惴，果然是来对了，平了平情绪，跟着苏麻喇嬷嬷恭恭敬敬往佛堂里来。佛堂内檀香幽静深远，心也随之安宁，太皇太后盘膝坐在佛龛前，身后另摆了一张蒲团，听见了脚步声，温和地说："小心坐下，你挺着肚子不必拘泥怎么坐，舒服一些就好。"

苏麻喇嬷嬷将岚琪搀扶着在蒲团上落座，便悄然退下，佛堂大门缓缓合上，轰隆一声间，仿佛隔离了红尘之界。

岚琪扭头看了眼，再回过来，就见太皇太后慢慢起身，虽有了年纪，行止动作依旧稳健，亲自上了一炷香，手指间轮转佛珠，轻微的摩擦声竟也影响了心跳，岚琪才要静下来，便听太皇太后说："将来怎么办？有一日我不在了，你要怎么办？"

岚琪昂首看太皇太后：她宛若佛龛上的佛像一般，慈祥温和中透着不可侵犯的神圣威严，用广阔的胸怀包容一切，同时分寸不让地守着不可逾越触碰的底线。

"今日我在，你可以把我推在人前，可我还能活多久？"太皇太后温和地笑着，说出来的话，却字字直击岚琪的肺腑，"而今佟贵妃高于你，你无力反抗，但兴许十几二十年后，会有年纪比你小，地位没你高的新人做同样的事。玄烨若能像现在这般爱惜你一辈子，就是你的福气，可这是奢望，对于后宫的女人而言，这是世上最大的奢望。"

岚琪的目光缓缓坠落，太皇太后却肃然说："看着我。"她慌忙又将目光落在老人家的脸上，只听太皇太后慢声道，"这一胎若是公主，养在我这里也没什么要紧，可若是个小阿哥，养在慈宁宫，比起惠嫔、荣嫔的阿哥们，可就金贵多了，对往后他的人生也一定会有影响。你是亲额娘，你若愿意他经历这样不同于兄弟姐妹的人生，我这个太祖母自然乐意照顾他。但这些事，你想过吗？”

肤色莹润的脸庞上露出茫然的神情，岚琪无语应对，玄烨只提过一两句，而她也没往心里去，只以为孩子太皇太后来抚养是盛宠，自己会遭人侧目，并未想对孩子的将来，也会有所影响。

“而你呢，估摸着玄烨十几二十年是放不下你的，兴许更是一辈子，你是有福气的孩子。”太皇太后慢慢坐到了一旁座椅上，看着盘膝在蒲团上的岚琪说，“你这个额娘本就与众不同，你所生养的孩子必然也集万千宠爱于一身，先帝董鄂氏产子后，先帝他说了什么你可知晓？”

岚琪摇了摇头，又点了点头，她记得家里人闲话时说过，先帝盛宠董鄂妃，说她所生的小阿哥，是皇室第一子，册封太子不果，硬是襁褓之龄封了亲王，只可惜那个孩子没福气。

“玄烨不会像先帝那般荒唐，可他也会有私心，当年的事错虽不在董鄂氏，但她不阻拦不劝说，任凭皇帝为她做尽招惹朝野耻笑的荒唐事，她就活该福薄命短。”太皇太后说起这些，不禁眼眉泛红，也许在她心里始终觉得，董鄂氏的存在就已经是错。

但老人家很快就转圜心情，继续教导岚琪：“玄烨这两年才学会如何真正爱惜你心疼你，最初的委屈你要牢牢记在心里，那一鞭子一鞭子的疼痛更要刻骨铭心。不要得意忘形，不要让玄烨为了你做破坏祖宗规矩、破坏朝臣关系的事，不要让自己背负红颜祸水的恶名，那些道貌岸然的文臣武将们，最会做的事，就是把他们的无能，推罪在女人的身上。历朝历代，从来都是如此。”

腹中的孩儿突然动了动，仿佛肯定太祖母的话似的，岚琪不安地看着肚子，但孩子很快又平静了，只听太皇太后又说：“平常百姓家，妇人若说一句我是为了孩子才如何如何，那也罢了，小门小户还能闹出天？可你身在皇宫，是帝王的女人，你的孩子是皇子龙孙，他们的前程本来就不是你能左右的。既然是为了孩子，该做的事就绝不在孩子身上，只有你的丈夫健在安乐，朝廷稳固江山繁盛，才有他们的将来，当你真正一心一意都系挂在玄烨的身上，才是在为你的孩子谋划将来。”

岚琪茫然的神情渐渐散去，那日她坐在湖畔喂鱼时说的一番话，玄烨哄了她没有深究，原来答案都在这里，她不明白自己究竟是私欲还是为了玄烨，原来并非是两件事，她时时刻刻想着玄烨，本来就是一种私欲。

“玄烨既然答应了你，这个孩子不论公主还是阿哥，就先养在慈宁宫。”太皇太后要走了，却似乎不打算让岚琪离开，一边说着，“可我年纪大了难免病痛，万一皇室亲贵们找这孩子的麻烦，只怕也住不长，岚琪，你自己再好好想一想。”

太皇太后慢步离去，开启的佛堂大门从岚琪身后投来绚烂的夕阳，但随着关门的轰隆声，佛堂又陷入幽静，檀香淡淡，与暗下的光芒一起，沉静岚琪的心。

她抬眸仰望至高无上的佛祖，双手抚在隆起的肚子上，她的人生也许就要从这第一个降生的孩子开始有了最大的变化，她再不能是那个娇娇俏俏的小常在岚琪，她就要做额娘了，从今往后，守护丈夫守护孩子，还要守护自己。

苏麻喇嬷嬷不见德贵人出来，又见主子神情凝重，一时不敢多嘴相问，送回寝殿侍奉茶水，当小宫女来捶腿有小半个时辰后，才听见佛堂那里有动静，苏麻喇嬷嬷忍不住迎出来。

岚琪面上安逸祥和，似乎想通了纠结已久的事似的，暖暖地冲她笑着，亲热地挽了手，一起往太皇太后面前来，苏麻喇嬷嬷说笑：“瞧见主子出来的架势，奴婢还以为您把贵人留在佛堂罚跪。”

岚琪笑道：“太祖母可舍不得我肚子里小孙孙。”说着走到太皇太后面前，缓缓屈膝福下身子，昂首含笑对老人家说，“太皇太后，臣妾腹中的孩儿，还请您辛劳一回，替臣妾照顾他。”

“你静思了半天，还是坚持要把孩子留在慈宁宫？”太皇太后不喜不怒，认真地看着岚琪，“我还以为你会放弃。”

岚琪恬然笑道：“本也不是臣妾的意思，是皇上先说的，既然皇上这样说了，臣妾就好好接受，您说的那些话……”她捂住了自己的心口，眼中倏然晶莹含泪，“岚琪会一生一世记在心里，也会告诉孩子，太祖母对他额娘的好。”

“傻丫头。”太皇太后欣然笑道，伸手将她拢在膝头，轻轻拍哄道说，“你才多大年纪，好好享受现在的年轻日子，我那些大道理，不过是怕自己来不及告诉你，才一股脑倒出来罢了。我对你好，还不是指望你能一辈子，好好对我的玄烨？”

第十一章

四阿哥降生

孩子的去留，在太皇太后的偏袒下，岚琪遂了心愿。九月到了下旬，天渐渐寒冷，布贵人和端嫔的屋子里榻上炕上都铺了褥子，布贵人孱弱更已经将旧年积攒的炭拿来烧火取暖。只有岚琪每天燥热不已，弄得布贵人都不愿来她的屋子，时常是岚琪在院子里散步，才走在姐姐的窗下和她说几句话。

这日两人又隔着窗户说话，端嫔出来瞧见，笑她们傻，正要拉岚琪进去坐坐，外头有小太监奔来，说皇帝下旨宴请西洋使臣，今晚就在乾清宫摆宴，请各宫娘娘贵人主子都去赴宴，荣嫔娘娘和惠嫔娘娘已经在张罗，让端嫔夜里带两位公主和贵人同往。

“真是热闹啊，才说重阳节太皇太后和太后不让操办，总觉得缺了点什么，这就又有热闹的事。”端嫔唤环春来搀扶岚琪去梳妆，笑着说，“我从前跟着皇上见过一次西洋使臣，长得和咱们很不一样，大胡子高鼻梁，眼珠子碧蓝碧蓝的，你今天也去瞧瞧，开开眼界也好。”

说着话已听见前头承乾宫的动静，看来贵妃已经动身，很快有人来请端嫔，三人也前往。路上陆续见各宫各殿的妃嫔拥来，皇帝没有厚此薄彼，该来的都来了。

玄烨有洋人大臣，如南怀仁之辈，岚琪见过一两次，可南怀仁他们长得又和这些人很不一样，他们带来的舞娘妖娆奔放，大庭广众起舞，露胳膊露腿毫不遮掩，一众朝臣亲贵看得眼睛发直，女眷们都觉得很尴尬。

岚琪对这异域风情备感新奇，而最让她意外和敬佩的，是温妃娘娘小小年纪，竟然能和他们很好地交流说话，谁也不知道她几时学的这洋话，只看她笑盈盈坐在太后身边，使臣夫人坐在下手，两人时不时说笑几句，连太皇太后问起这异域文化，也是她一句句将使臣夫人的话转述给老人家听。

岚琪便听见身后几位福晋在说：“现在八旗教养女儿往宫里送，可都是变着花样地教，怪不得出来的个个儿都是小人精，从前说钮祜禄家的小女儿难成气候，不及皇后一手指头，如今看着，她可比钮祜禄皇后强多了。”

这些话布贵人也听见，她轻轻推岚琪，低声说：“你瞧对面的佟贵妃娘娘，脸黑沉沉的，比那个西洋使臣身后的奴才还要黑了。”

“姐姐也会胡说了。”岚琪嗔笑她，两人只是打趣，不过她还是好奇地去看了眼贵妃，彼时贵妃正掩袖饮酒，许是见温妃抢走了她的锋芒而不悦。岚琪不敢逗留目光，朝后一转，不经意瞧见一张熟悉的脸，再定睛看，竟是觉禅氏也来敷衍，正随宜嫔和郭贵人坐着。

布贵人在边上轻声说：“你是不是瞧见那个觉禅答应了？”岚琪颔首，听姐姐继续说，“搬去翊坤宫后就好好的了，不知道自己开窍了，还是宜嫔娘娘和郭贵人照顾得好，病好了伤也好了，你瞧宜嫔身上的衣裳，都是她亲手做的，多好看。”

岚琪知道，布贵人如今常随端嫔去荣嫔或惠嫔处相聚，知道的事也比从前多，反是自己安于养胎，外头的事知道甚少，此刻见觉禅氏好好在那里，比起听见她寻死觅活的事，心情好许多。

才想收回目光好低头夹菜吃，突然见那边郭贵人身子一晃软软地跌在身后宫女怀里，只是没有昏厥，很快清醒，但脸色极差似生病一般，宜嫔匆匆让人搀扶回去，而这一下所有人都看着，岚琪就听身后几个福晋说：“郭贵人不会是有了吧，她不是新来最得宠的吗？”

岚琪没说什么，只是抬头无意中落在贵妃身上，她又愤愤饮下一杯酒。

相形之下，坐在太后身边的温妃则谈笑风生从容大方，想来她腹中有子，别人如何碍不着她，今日又因精通洋话在太皇太后和皇帝面前都占尽风光，饶是皇帝近来时常在承乾宫休息，佟贵妃在这一场宴会上注定黯淡无光。

且从前皇帝因有意立钮祜禄氏为皇后，立后前那些日子，凡有大宴，昭贵妃都陪圣驾而坐，俨然皇后之尊。但今日佟贵妃只是坐在众妃之首，尚不如太后身边的温妃离玄烨近，皇帝的意思很明白，再无立后之意。

皇帝坚决，谁也无法改变，那副后之位，同样独一无二的皇贵妃就势在必得，她佟贵妃距离皇贵妃已然一步之遥，可温妃先有了身孕，眼瞧着要和她比肩，前途一片迷茫，不知要如何才能冲出雾阵，这一杯杯酒饮下的，是恨是怨，还是不甘心？又有谁知道她的心思。

“总觉得很可怜。”岚琪自言自语，低头夹菜吃，边上布贵人听见，轻声问她：“你在说谁？”

“我没说什么呀？”

布贵人却说："你猜郭贵人是不是有喜了，宜嫔娘娘会不会不高兴，妹妹才来多久，就比她抢先了。"

岚琪抬头望了眼宜嫔，她正乐呵呵地与下手的安贵人说话，丝毫不见不悦或紧张，让人觉得若是郭贵人真有喜了，她兴许是早就知道，碍着诸多事没报而已。

半个时辰后，西洋舞姬们献舞罢，太后正下赏赐，有翊坤宫的人来禀告，宜嫔灿烂地一笑，起身到了上座前，福身行礼说："臣妾恭喜皇上，郭贵人有喜了。"

有了子嗣总是高兴的事，玄烨面有喜色，向太皇太后贺喜，一场宴会宾主尽欢。

姑且不论郭贵人的喜事，岚琪是被异域风情引得兴致高昂，与端嫔、布贵人回宫路上，还叽叽喳喳说不停，嬉笑间，忽见前头停着一行人，一乘轿子停在路边，这里的小太监跑上前去看，迅疾回来说："是温妃娘娘在前头。"

"娘娘不是先回去了吗？"三人惊讶，快走几步上前行礼。温妃端坐在轿子里，柔柔道一声："端嫔和布贵人先行吧，本宫有些话和德贵人说，一会儿本宫会派人送她回去。"

端嫔蹙眉，欠身道："娘娘和德贵人有孕，还请早些休息，有什么话不如明日白天再讲也不迟，眼下更深露重……"

"端嫔，你回去吧。"温妃却打断了人家的话，那不冷不热的语调，分明透着几许威严。

端嫔和岚琪互看一眼，岚琪点了点头，端嫔只能与布贵人先行离开，她们一走远，温妃就从轿子上下来，冲岚琪笑："咱们走走？"

"是。"岚琪心内尴尬，因为自己一直借口不舒服，未赴温妃邀请她去宫里坐坐的约定，今晚却神采奕奕地参加宴会，显然是故意躲着人，也不知温妃此刻要说什么，心想着能避开的，就绝不要被卷进去。

慢慢前行，周遭宫女太监都隔开十来步路听不见说话声的距离，环春、绿珠几人见状也不敢贴身跟随，由着两个孕妇走在前头。岚琪早就不穿花盆底子，但温妃还穿着，只是穿着了身量还不及岚琪高，此刻夜风一过，团花锦绣的领巾飘起，温妃笑着问她："德贵人冷吗？"

岚琪摇头说："嫔妾穿得很暖和。"

温妃满眼羡慕，问她："听说孕妇易燥热，果然你瞧着穿得比我们单薄一些。"

岚琪笑道："娘娘过几个月也会如此，冬日里兴许会好些。"

"不会了，我不会再燥热。"温妃停下脚步，双眸分明含笑，却叫人看出里头无尽的惆怅，她红唇微动，"德贵人，我腹中的胎儿没了。"

岚琪浑身一紧，肚子也发紧，扶着腹部很不舒服地朝后退了几步。怎么回事，宫里可什么风声都没听见，是她闭门不出的日子太久了吗？怪不得前些日子听说温妃害喜十分严重，宴席上却不见她有任何不适，她难以置信地看着温妃："娘娘……说真的？"

"那日让冬云请你来，就想对你说这件事儿，重阳节前就没了，我借口害喜，不过是在屋子里养身体。"温妃小小的身子里，透出与她不相匹配的气势，扶着岚琪继续朝前走，"除了冬云和我亲信的太医，眼下这件事，只有德贵人你知道。"

这一句话里字字透着让人不安的气氛，岚琪脚下慢慢挪走，心头沉沉跳动，果然温妃开口："德贵人，帮我一次也帮你自己一次，如何？"

"娘娘的话，嫔妾不明白。"岚琪想躲，她恨不得立刻离开这个深不可测的小钮祜禄氏。

"很简单，佟贵妃一心要你的孩子，你以为她会善罢甘休？不如来个痛快的。"温妃眼眉弯弯对她说，"绝了她的前程，我得利，你保住自己的孩子。姐姐曾说，当初你帮过惠嫔和荣嫔，那时候她们纯粹是利用你，现在你也从中得利，不是很好吗？"

岚琪个子高一些，视线从上而下看钮祜禄氏的脸，越发显得她下巴尖细，本该清纯秀美的姿色，无端透着凶戾之气，再想刚才在宴会上落寞饮酒而满面通红的贵妃，此刻的温妃看起来，才让她觉得无比厌恶。

为什么，总要来纠缠自己？

"我给你两天时间考虑，佟贵妃就要生辰了，机不可失。"温妃笑悠悠地对岚琪说，笑容里满满的寒意比这深秋夜风更凉人心，岚琪浑身战栗，摇头说："嫔妾不能这么做。"

温妃笑："可我都告诉你了，德贵人，你觉得自己还脱得了干系？好好想想。"她傲然一笑，这是她从不在人前表露的神情，岚琪都快记不得当初那个在坤宁宫日日垂泪的小温妃是什么模样，究竟在她身上发生了什么，才让她如此脱胎换骨地变化？

温妃转身不再往前，朝她的奴才们走去，冬云赶紧让轿子上前，等温妃一行人扬长而去，环春几个才敢过来主子身边，扶着岚琪直觉得她身上在颤抖，着急地问怎么了，岚琪只是软软地说："送我回去。"

两日后，因皇帝下旨说给佟贵妃庆贺生辰，在承乾宫里摆宴唱戏，只请宫里妃嫔和宗室女眷，太皇太后和太后也下了赏赐，但说宴席就不参加了，好让年轻人们自己放开了玩乐一回。

端嫔、布贵人当然要赏光，但岚琪十月里就要生了，没人敢强求她参加，意外的是，她主动要求赴宴。众人只当她有心贪玩，谁会想到是因为温妃那晚说的话，而太医也说德贵人身子很好，多出去散散有助生产，便也无人理论，只等贵妃生辰到来。

岚琪本以为温妃会再来找她，可一直等到了佟贵妃的生辰，她都没再见过温妃的面，之前说只给她两天时间考虑，如今瞧着，似乎是放弃了，可她心里总不踏实，这才挺着肚子也要来赴宴。

荣嫔和惠嫔亲自给贵妃操办的生辰宴，本以为钮祜禄皇后丧期未满一年，宫里不会有这些事，但夏天以来各种热闹的事儿一件没落下。皇帝不似当年赫舍里皇后去世后那般重视，该有的哀悼在春天里都做尽了，这大半年给人留下的印象，一是再无立后之意，二便是不必太过悲伤，要侍奉太皇太后和太后，皇后大丧的事，就算过去了。

佟贵妃也没想到自己会被皇帝点名庆祝生辰，平日侍寝陪伴娇言软语中并不曾提起，那一日突然下圣旨，接着荣嫔和惠嫔来请命，都让她很意外。唯恐自己这样被嫌铺张，不等答应荣嫔、惠嫔，先去慈宁宫谢恩相邀，但太皇太后和颜悦色，不仅不怪她庆祝生辰铺张，更另有赏赐给她，不比从前见了面就是训斥教导，让佟贵妃受宠若惊。

青莲则提醒贵妃，十月里也是那拉常在生的小阿哥万黼的生辰，那日她若多照顾一些，不说要抱养这个小阿哥，至少皇上知道佟贵妃对皇子们有爱心，连常在生的阿哥的生辰都记在心里，往后不论有什么事，在皇帝心里总留下过好印象。

佟贵妃虽然不屑一个低贱的常在生的儿子，但她记得钮祜禄皇后对她说过，阿哥的亲额娘再低贱，也都是皇上的儿子，便应了青莲的话。果然到这一日生辰，众人聚拢玩笑看戏时，她说也是万黼的生辰，让小阿哥随她坐在一起。

玄烨是半程中才来的，见她领着万黼很亲热，问起缘故，才知这个小阿哥默默无闻地也长到三岁了，且连小女儿端静都跟了端嫔，只有他一个人孤零零地在阿哥所里，玄烨倒起了几分身为父亲的愧疚之心，不免赞叹佟贵妃有心。贵妃心内感激青莲的提醒，面上有光很是欢喜。

岚琪随布贵人坐在席下，心里惦记着温妃当日的话，不比那日宴请西洋使臣时她专注看舞娘表演或品尝美味佳肴，今日一门心思都盯着温妃，看着她的一举一动，不知道她哪一刻，就要把恶名加在佟贵妃的身上。

起先玄烨还未来她就很紧张，此刻看到他来了，虽然和佟贵妃在一起说笑都不曾看过她，可心里多少还踏实些，盼着玄烨时时刻刻跟在佟贵妃身边，不要让温妃有机可乘，她没了胎儿过几月肯定瞒不住，躲过了今日，温妃早晚不得不公之于众。

心里曾想过，是不是直接就上报温妃没了孩子，免得她动心思把脏水泼在别人身上，自己也不必再提心吊胆。可岚琪只是听温妃这样一说，她心里怎能不为自己防备些，万一温妃肚子里的孩子还好好的在呢，她跑去乱说一气，太皇太后和皇上又要怎么看她?

温妃虽曾亲口说她不会害自己，可她曾经还那样柔弱不经事，现在不也变得让人刮目相看，一句话的承诺，岚琪不能轻信。

而她从无害人之心，实在也想象不出要怎么算计到那一步才能坑害佟贵妃，当初荣嫔和惠嫔步步为营设计她看到佟贵妃独自跑进三阿哥的屋子，如今温妃又要怎么做，才能把矛头指向贵妃?

她出神地想着，又想起宜嫔当初没了孩子，各宫妃嫔都搜出佟贵妃下赏的荷包里有虎狼之药，佟贵妃辩驳不是她的错，倘若真不是她的错，她从进宫至今，虽然嚣张霸道心狠手辣，但时时刻刻都被人算计着坑害着，还真是很不容易。

“端静，你干什么？”岚琪正出神，瞧见布贵人过来拉端静，小公主正悄悄拿自己桌上的点心。她和温妃还有郭贵人的膳食都是佟贵妃有心让小厨房另做的，比起旁人的大鱼大肉要清淡一些，点心果子都被有心地做得漂亮精致，说是怕孕妇胃口不好，做得好看些勾食欲。端静嘴馋眼热了好久，此刻见岚琪发呆，就偷偷来拿，被布贵人看到，伸手拦住了。

可岚琪最疼端静，把小丫头搂在怀里挠痒痒，哄她要吃什么自己拿，她今天晨起多吃了环春做的点心撑住了，至今没动过桌上的东西。端静指着一碟用模子压成莲瓣模样的点心，岚琪给她拿了一块，她努嘴还要，布贵人嗔她吃多了要撑着，小公主却娇滴滴说要给姐姐哥哥拿，竟捧起一整碟点心转身就跑。

佟贵妃爱热闹的戏，之后一场武戏，敲锣打鼓吵得整座承乾宫热闹不已，就连布贵人跟岚琪说话，都要凑近了才听得见。岚琪见温妃一直安安静静坐着吃饭喝茶，渐渐也放下了心思，这会儿正听布贵人抱怨武戏太吵，突然那边温妃滑了手里的茶碗。

锣鼓声太响，茶碗落地都没听见声响，可随着温妃从椅子上坠地，那一边顿时骚动起来，台上的戏立马就停了。又不等众人回过神，就听见小孩子的啼哭，众人再循声看过去，方才阿哥公主们还聚在一起玩闹，这会子个个儿都在乳母怀里哭，万黼头一个吐了出来，小小的身子浑身抽搐。

大家手忙脚乱惊慌失措，玄烨在上座蹙眉，佟贵妃更是莫名其妙，荣嫔和惠嫔见自己的孩子都啼哭不止，慌得根本顾不得宴席上的事。承乾宫里乱作一团，奔走喊太医的，忙着遣散众人的，侍卫很快就来护驾保护皇帝。

玄烨和佟贵妃不得已退入内殿，阿哥公主们有太医赶来医治，温妃被送回咸福宫，郭贵人和岚琪因有身孕也被遣回，其他人则被要求留在了原地。

岚琪被送回钟粹宫后，很快也有太医来看她，看过后见她毫无异状立刻就要回禀，环春送出去后回来，脸色苍白地说："听说温妃娘娘滑胎了，阿哥和公主们也是吃了不好的东西，疑似中毒，乳母们说他们是一起吃了端静公主从您这儿拿走的点心才不舒服的，只有太子一直在皇上身边，没过来吃东西才躲过一劫。"

岚琪的心几乎跳出嗓子眼，如果她不是因为早晨吃撑了才没动桌上的食物，现在她是不是已经和腹中的孩子一起归西了？

绿珠、紫玉也很快打听了消息来，说郭贵人吃过半块点心，眼下暂无不适，可她桌上的点心也查出有毒，温妃和德贵人桌前的都如此，那拉常在若非害喜没有来赴宴，说不定也和温妃娘娘一样的结果。

紫玉恨恨地说："贵妃娘娘太恶毒，怪不得特地给您几位做另外的膳食，可她傻不傻，这样子做，谁不怀疑是她。"

"她才不会这么傻。"岚琪呼吸沉重，心促难平，满心满眼都是温妃的嘴脸和那些话，这个女人竟然这么恶毒，连自己和郭贵人也要害吗，那拉常在若赴宴，也是同样的结果吗？她不是只要坑害佟贵妃一人，为何将所有人一网打尽，而她又怎么知道佟贵妃会给孕妇另作膳食？没有害人之心的岚琪，如何也想不通，这一切究竟要怎么做手脚，而现在的佟贵妃，一定百口莫辩。

"给我拿衣裳，我要去承乾宫。"岚琪从炕上笨重地挪动身子，环春几人问她去干什么，让她在这里等消息就好，此刻香月却跑进来，吓得脸色惨白哭着说："承乾宫里拖了死人出去呢，是贵妃娘娘小厨房里的太监厨子，一头撞死的，浑身是血，奴婢看个正着，奴婢吓死了。"

岚琪匆匆赶到承乾宫，正遇玄烨从里头出来，年轻的皇帝满面怒气，径直走出来，见岚琪在门前，更加生气，到面前劈头盖脸就训斥："你来做什么，立刻回宫，不许再在外头晃悠，即日起到分娩之前，再不许出钟粹宫的门。"

岚琪知道玄烨不是故意这么凶，眼下他的孩子都生死未卜，他怎么会有好脸色。不敢多说什么，只见侍卫们护送皇帝离去，听讲是去咸福宫看望温妃，而温妃虽滑胎但命保住了，那些毒药并不伤人性命，小孩子吃了呕吐腹痛，孕妇吃了就是她现在这个结果。

其他人被允许离开，众人渐渐散去，岚琪却往正殿走去，环春跟上来，岚琪伸手让她等在门外。她一步步走进内殿，果然见佟贵妃瘫坐在地上，花容失色泪流满面，身体颤抖着，抬眼看到岚琪进来，眼底露出恨意和鄙视，狰狞地骂："你肚子里的没事？既然没事，你来干什么，你也要来指责我吗？"

"贵妃娘娘，您可有亲信的太医在这宫里？"岚琪不答反问，走近她，面色凝重地说，"太医院里，有没有值得您信任的人？"

佟贵妃冷笑，凶狠地指着岚琪说："你说本宫伙同太医害你们，现在那个做饭的厨子都撞死了，所以要再找太医来垫背，来指证我？乌雅岚琪，你凑的什么热闹，你就不为肚子里的孩子积德吗？"

"娘娘，您若有太医，请他和我们一起去咸福宫，看看温妃娘娘到底有没有滑胎。"岚琪不为所惧，反朝佟贵妃伸出手，"您快起来吧，坐在这里哭，没有办法替自己洗清冤枉。"

"什么意思？"贵妃眼底竟露出几分希望，这件事玄烨已经跟她说了，如果没有人能证明她的清白，哪怕皇帝力排众议保她，这个恶名也难再去掉，而玄烨此刻也还没清除对她的怀疑，方才一番痛心疾首的话，听得她心都碎了。

"温妃娘娘亲口对嫔妾说过，她的胎在重阳节前就没有了，是不是现在滑胎，太医一看就知道，若是如此，眼下她身边的太医就都不可信，哪怕不是如此，嫔妾也能为您在皇上面前说几句话，当日温妃要嫔妾和她联手，将滑胎的罪恶加在您身上，哪怕温妃娘娘真的是今日滑胎，这药也未必不是她自己下的。"

岚琪一字一句说得清楚，佟贵妃眼底的希望越来越强烈，她茫然地看着岚琪，怔怔地问："你在帮我？"

"嫔妾只是不想您被冤枉，没什么帮不帮的。"岚琪淡然，见佟贵妃起身，又请她敛一敛衣容，自己转身等在了门前。之后佟贵妃出来，青莲和环春都来搀扶自家主子，两人一前一后往外走，配殿里惠嫔和荣嫔正好看到，彼此莫名对视，不知道这两个人怎么走在一起，也不知她们要去哪里，荣嫔立刻让吉芯跟去看看是什么事。

佟贵妃的张太医是佟国维安排在太医院的人，从孝康皇后起就侍奉在大内，孝康皇后怀玄烨时就是他安的胎，如今年事已高，在太医院的地位举足轻重，只是钮祜禄家另有人安排，彼此互不干涉也算安生。今日突发这样的事，张太医就有所怀疑，此刻佟贵妃急召他来，听说要去给温妃看病，张太医说一定尽心查看。

到了咸福宫，太后已经在，而玄烨见佟贵妃和岚琪一起带着太医来，满腹莫名，更恼怒岚琪多管闲事，但岚琪因为怕看他生气的眼神，索性根本不正眼瞧皇帝，只站在佟贵妃身后，听她一如往日骄纵地说："张太医是当年给孝康皇后安胎的人，皇上还信不过吗？臣妾只求清白，此刻也不能害什么人，还请您让张太医给温妃娘娘瞧瞧，瞧过后太医怎么说，臣妾自有道理。"

这些话玄烨只零星听了几个字，一直就瞪着站在贵妃身后的岚琪，她挺着个肚子看起来就艰难，做什么还要东奔西走地闹腾这些事，心下恼怒，一时不说话，贵妃就趁机当他默认，强行让张太医给温妃看病，太医都进去了，玄烨也不想在太后面前闹得太难看，没有再阻拦。

太后恼佟贵妃狠毒，冷幽幽地说："你的太医能说出什么话，你又有什么道理，贵妃啊，阿哥公主们但凡有个好歹，你是要灭了皇上的外祖家吗？"

玄烨眼神一晃，太后的话似乎让他不太舒服，但不能反驳，默默忍下，可佟贵妃素来不把太后放在眼里，此刻也直言顶撞，傲然说："太后娘娘要怪罪臣妾，还请等太医出来后再说。"结果却被玄烨呵斥闭嘴，弄得殿内气氛很压抑。

不多久张太医从里头出来，屈膝在太后和皇帝的面前，恭恭敬敬地说："臣以项上人头担保，温妃娘娘今日并没有滑胎。"

太后一惊，又冷笑："老太医你糊涂了吗？什么叫没有滑胎，你是没看见才换干净的床褥吗？要不要让这里的奴才领你去看看那些血迹？"

张太医镇定地说："温妃娘娘的血从哪里来，老臣不知，可太后娘娘若不信，可请太医院所有太医来看，温妃娘娘今日断没有滑胎的迹象，并且温妃娘娘也没有了喜脉，到底是根本没有怀孕，还是早就滑胎，老臣尚不能断定。"

太后大怒，指着玄烨说："她的喜脉是在宁寿宫，由我的太医看出来的，还能有假？"

玄烨面色凝重，似乎意识到了什么，才要开口，却见岚琪走上前，笨拙地屈膝在地，太后惊得叫人搀扶她，她却开口说："还请太后和皇上屏退左右，臣妾有话说。"

这一边，几个公主阿哥的病症都稳定下来，孩子们呕吐干净了吃下去的东西后，都缓过了精神各自被送回去。荣嫔和惠嫔要离开时，看到吉芯赶回来，说咸福宫的人都被赶出了正殿，只有太后、皇上和佟贵妃、德贵人在里头说话，不知道说什么，等她赶回来时还没散，因为出来的人多了，她怕自己在那里扎眼就先离开了。

“德贵人从来不是惹是生非的人，她突然和佟贵妃走得近，难道是知道什么？”惠嫔满腹狐疑，荣嫔则只记挂孩子说等等总会知道。两人散了后，惠嫔便派身边的人去打听，可这一去好半天才回来，却是告诉她说，太后留着没走，皇帝则带着德贵人去乾清宫，佟贵妃自己回承乾宫，说是模样很得意，不知发生了什么。

惠嫔蹙眉，再问：“你说皇上带德贵人去乾清宫，这会儿带她去那里干什么？”

乾清宫里，德贵人被安置在当日她和玄烨初涉云雨的暖阁，一个人孤零零地坐在炕上，玄烨在另一处不知忙什么，进了宫门就嘱咐小太监领她来这里，屋子里暖烘烘的，炕桌上茶点齐全，只是没个人来与她说话。

而刚才在咸福宫的事儿，此刻想起来，仍旧一阵恍惚觉得不真实，何种情形下说出当日种种，她到底哪儿这么大的胆子？彼时太后震怒地斥责她胡言乱语，但当太后进去问过温妃后再出来，就对皇帝说：“算了吧。”

算了吧，简单而沉重的三个字，谁也不用再追究什么，也许玄烨日后还会再问温妃为什么，可当时当刻，他似乎只想散了所有人，结束这一场闹剧。

佟贵妃成了最大的赢家，她小厨房里的厨子太监死了，外头的人自有办法去查着小厨子的来龙去脉，但凡查到钮祜禄一族，她的冤屈自然就被涤荡干净，玄烨当时也对她说：“朕委屈你了，搅了你的生辰，来年再好好给你过。”

贵妃傲然离开，岚琪也要走，才转身就被皇帝喝住：“去哪里，跟朕回乾清宫。”

一路过来时，想象着该如何应对，该说什么样的话，可进了宫门，人家把自己撂在这里不管不问，都半个多时辰了。

终于有小太监来，却是将她桌上放冷的茶水换成热的，岚琪拉住他们问话，小太监却一副哀求的模样，似乎跟她说话就是犯大不韪，麻溜儿地就逃走了，谁也不理睬她。若要往外头去，门前冷冰冰的侍卫拦住，也只管拦住不和她讲话，岚琪又不敢在乾清宫大声喧哗，这里随时都有大臣出入，再委屈也不能给玄烨丢脸，于是又退回炕上，赌气地把一碟一碟点心掰碎戳烂，时间越久就越没耐心，皇帝要她怎么样？

等待的时间难磨煎熬，而岚琪折腾那大半天早就累了，渐渐坐不动就歪下去，歪下去便抵不住犯困，渐渐听着外头的脚步声，想着今天的事，不知不觉迷糊上了。

梦里头似乎瞧见香月所说的那小厨房撞死的尸体，似乎看到温妃狰狞的笑容，孩子们的啼哭也盘旋在耳边不肯散，承乾宫乱糟糟的情景一幕一幕又如身临其境，岚琪正彷徨不知所措，娇小的太子突然哭着跑来，指着她的肚子号啕大哭，她紧张地朝后退，嘴里一直说着："不要哭不要哭……"

"岚琪，醒醒。"玄烨的声音在耳畔响起，猛地睁开眼睛，眼泪却蒙起一层水雾挡住了视线，长睫忽闪水雾消失，看清玄烨的脸，脸上有忧心的神情，在这里几个时辰了就想着皇帝第一眼见自己会说什么，此刻他在问，"怎么哭了，做噩梦？"

自己被抱起来，肚子大行动笨拙，玄烨也小心翼翼，给她挪个地方就气喘吁吁了。岚琪羞于将如此狼狈的模样露在皇帝面前，又才睡醒一脸憨傻，便情不自禁捂住了脸。玄烨嗔笑："你变了丑八怪朕也不会嫌弃你，可今天说那些话的乌雅岚琪，若不是你有身孕，朕一定会传家法重重责罚你。"

岚琪心头一紧，她晓得玄烨没在玩笑，下意识地撇着嘴瞪他，玄烨见状气道："你还敢瞪着朕？"

岚琪更理直气壮地说："皇上您倒是说，臣妾做错什么了？"

"你！"玄烨生气，可怒意早在这几个时辰的政务里化解许多，在他心里，后宫再大的事也没有江山社稷来得大，每每被琐事所缠生气恼怒，他就会把自己扔进奏折堆里，看看能臣的功勋，看看庸臣的谄媚，看看贫瘠之地的辛苦，皇帝烦躁的心就会冷静下来。

"皇上不要生气，可以听臣妾说说吗？"见皇帝不言语，便一五一十将前后的事说了，说起为何不提前来告诉玄烨，她很坦白地告诉皇帝，自己也有私心，害怕温妃要算计的人，其实是自己，怕自己太冲动上了人家的圈套。

玄烨的心一点一点沉下来，他怎能奢望岚琪永远是那个，为了留住自己而不惜掀开被子露出身体的小宫女？既然想要她永远留在身边，好好地留在身边，她就必须融入这个世界，沾染后宫的气息，成为一个后宫女人，而自己并非厌恶，只是舍不得，只是心疼。

"实在不明白温妃娘娘为什么要先告诉臣妾，她不怕有今天，不怕臣妾会向您坦白？"原是玄烨问她话，岚琪现在反过来问玄烨，"臣妾不是想帮贵妃娘娘，就是觉得这样的事不好，后宫里的正义太模糊，也许能让不该受冤屈的人清清白白，就算是正义了。”

“正义？”玄烨苦笑，爱怜地将岚琪的脑袋拢在自己的肩头，“真是不该让你看那么多书，你都来与朕辩讲何为正义了，是不是再过些年，朕就能领着你登堂入室地和大臣进讲？”

“臣妾说正经……”

“你做得没错，朕是恼怒自己无能，一个帝王载于史册的何止千秋江山，他背后的女人会跟着他一起留存于世，朕到底会留下些什么？眼下想一想，实在可笑。”玄烨侧脸垂目看岚琪，眉间笑容稍见和缓，“你能留下什么？”

岚琪仰着脑袋笑道：“臣妾留在皇上心里就好。”

千年历史改朝换代，皇帝有数而后宫无数，这些女人的名声留存于世，贤后贤妃屈指可数，被众口相传的仍旧多是红颜祸水妖女误国，家中教导子女，通常一褒一贬并驾齐驱，一方面要女孩儿们贤惠淑德，一方面又要她们牢记褒姒妲己。

可世上究竟有多少女人可以真正翻手为云覆手为雨？武周媚娘旷古绝今，褒姒妲己却仿佛历代辈出，终究如太皇太后所说，是活着的男人们将祸水罪孽推在死了的女人身上，以逃避他们祸国殃民的过失。

苏麻喇嬷嬷就曾告诉她，太皇太后心里明白，耽误了先帝，并非董鄂妃之过，可不论朝野大臣，还是她自己，都拿这个女人挡在前头。

岚琪心想，她做不到什么一代贤妃，既然无法如此名垂青史，就要好好记着太皇太后的话，绝不做无能男人们口中的祸水红颜。此刻玄烨问她能留下什么，死后的留存究竟有什么意义，她能在活着的时候留在他心里，足矣。

这一整天的消息点点滴滴传到慈宁宫，太皇太后要安寝时，玄烨竟顶着夜色匆匆来，仿佛突然想起什么事要来禀告，太皇太后却是先问他：“你责备岚琪了？”

玄烨摇头，笑着说：“就怕她回去胡思乱想，才留在乾清宫一起和孙儿冷静一下，之后听她说些缘故，更不愿意责怪了，要怪只怪孙儿无能。”

太皇太后欣慰，这才问皇帝来做什么，玄烨则道：“温妃的事，孙儿想饶过她，孩子们也都没事，皇祖母能不能饶她这一回？”

“饶她？”太皇太后冷然一笑，“怎么个饶法？她几乎害死所有的阿哥公主，你要我怎么饶她？”

玄烨垂目，缓缓说：“皇祖母，孙儿保证不会再让后宫发生这样的事，您看在孙儿的面子上，饶恕她。”

太皇太后长长地一叹：“玄烨，其实现在好些事我已经不再插手，你还看不出来吗？你长大了，是顶天立地的君主，皇祖母只想颐养天年，不想再卷入朝廷后宫的纷争，往后你做什么决定，不必来看慈宁宫的脸色，皇祖母不会再对你绊手绊脚，你放开了去做，我总要离开你的。”

玄烨微微皱眉，苏麻喇嬷嬷忙在旁解释：“主子的意思万岁爷可不要曲解了，您皇祖母的意思，是答应了。”

“朕明白。”玄烨微笑，拉了祖母的手，宛若幼时撒娇的模样，“可皇祖母再不要对朕说离开的话。”

太皇太后无奈地笑道：“你和岚琪一样，就会哄人。”

如此，佟贵妃生辰上发生的闹剧，罪责全推在了承乾宫那个撞死的奴才身上，皇帝只说还在查这奴才背后的主子是谁，但一边又让李公公在宫里放出话去，让妃嫔宫人甚至外头的大臣都知道，这个人是钮祜禄一族派来安插在佟贵妃身边的。因死无对证，只是传言，佟府不能因此发难，钮祜禄一族也不能上赶着来辩驳，两厢都沉默缄口，只等这件事查无果，好渐渐被时间冲淡。

且因两大家族相争，不相干的人不敢在这时候跳出来胡说什么，再者皇子公主们都已平安无事，外头看起来唯一损失的是温妃的胎儿，但谣言里已说她早就因身体不好滑胎，如此种种，这件几乎灭了皇帝所有子嗣的大事，有惊无险，最终变成了人们茶余饭后的闲话。

深宫里，皇帝虽未重责任何一个人，但因为太后以温妃滑胎悲伤的名义，责令各宫闭门思过，几时太后心情好转几时才能出门。自玄烨登基大婚以来，后宫从未有过这样的事，都明白皇帝是动了大怒，而见佟贵妃和温妃都无事，也知皇帝有心偏袒二妃，惠嫔、荣嫔这些孩子遭了罪的额娘们也不敢随便向皇帝讨什么公道，只人人闭门自省。十月入冬时分，后宫静得连初雪飘落的声音都能听见。

初雪这日岚琪自己先趴在窗上看见的，星星点点的雪花从空中打着转落下，前几天突然冷得人骨头都要碎了，都说是要下雪，所以她天天趴在窗口等，终于叫她等到了，欣喜地拍拍肚子说：“好孩子，下了雪，不干不净的东西都要冻死了，肮脏不好的也被雪掩盖了，你生下来的时候，这个世界干净洁白，额娘就放心了。”

太医院早已经来布置好产房，稳婆乳母都齐备，苏麻喇嬷嬷来看过两回，李公公更是隔几天就来问怎么样。因这些日子后宫全都闭门思过，皇帝也不往后宫来，她和玄烨之间，就靠着几个乾清宫的小太监维系着。那日李公公还传来好消息，说云南大捷，三藩气数就要尽了，盼着德贵人顺利安产，给皇室再添喜讯。

太医诊断岚琪在十月下旬生，可日子一天天过去，直到连太后下懿旨为她积福解了后宫禁足，岚琪的肚子还是不见动静。眼看着十月都要过去了，拖得越久孩子危险越大，钟粹宫里每天有太医候命，因德贵人气色精神都很好，可推断胎儿在腹中也健康，故而也不能催产，只能数着日子，一天天等她分娩。

这日荣嫔和惠嫔结伴来，荣嫔先到，进门时见岚琪立在镜子前，端嫔和布贵人坐在边上看她，见她们来了，也说："你们也瞧瞧，她的肚子是不是坠下去了？"

"昨天早晨起来觉得肚子掉下去了，本来在这儿。"岚琪比画着自己的肚子，荣嫔忙道："可不敢再乱动了，孩子入盆就快了。"

钟粹宫里喜气洋洋，时不时有笑声传出来，再不是前些日子各宫禁足思过，死气沉沉的模样。而前头承乾宫，静默了大半个月，佟贵妃终日无所事事，也惦记起后头待产的那个人，当日她走进内殿来喊自己起来，说坐着哭于事无补的话还清楚地记着，心里总觉得怪怪的，似乎想要去致谢，又抹不开面子放不下架子，总觉得亲近这些低贱的妃嫔，不该是她做的事。

这会儿青莲进来，说几位娘娘都在钟粹宫陪德贵人说话，佟贵妃耸了耸眉毛，好像不耐烦地说："她们怎么天天都去，吵死了。"

青莲不语，自太后令各宫不必再禁足后，她照主子的吩咐准备过一份礼物，似乎贵妃挑着日子想要去一趟钟粹宫，可那里如今是香饽饽，各宫各院没事儿都来道声喜，她总是插不进空儿，今天大概又想去，可荣嫔、惠嫔都在那儿，这才又发脾气了。

"她们几时走？"佟贵妃恹恹地问，随手掐着那只她亲手缝的布老虎，已不是当初给大阿哥的，是闭门思过那几日没事倒腾的，这几天一直把玩拿捏在手里。

青莲笑说道："咱们住得这么近，夜里过去坐坐也成啊，比不得其他娘娘老远的路走过来呢，主子想去，多少会儿都成，择日不如撞日，就今晚吧，奴婢去和环春说一声。"

佟贵妃扬着下巴看她，眼珠子悠悠一转："你去吧。"

青莲暗喜，若主子真能与德贵人交好，对她将来是万万有好处的，做什么非要和皇上喜欢的人对立，还动不动闹得鸡飞狗跳，要是自此改了性子，往后她也不必总慈宁宫、承乾宫两头跑了。

过来时荣嫔几人正要离开，瞧见青莲都很新鲜，她恭恭敬敬地行礼没多说什么，只等二位娘娘走远了，才进来找环春，说夜里贵妃要来看望德贵人，环春有些尴尬，青莲说了好些好话才离去。

环春转述给岚琪听，布贵人正在边上，蹙眉嘀咕这个人不来最太平，岚琪却不以为意地说："她又不会来害我，你们不要草木皆兵。"

见她如此，别人多说无益，只等夜里用了晚膳，而今岚琪即将临盆，太医要她吃去胎毒的东西，比不得从前她想吃什么就能吃什么，众人只能哄她说生了就什么都能吃。岚琪还自己感慨，若是生在寻常百姓家用不起奶娘，做额娘的就要自己辛苦喂养，仍旧是什么好吃的都不能碰，但说着说着又羡慕那些可以自己喂养的女人，做额娘连一口奶都不能给孩子吃，生养生养，只生不养吗？

可惜没人理会她多愁善感，盼她分娩都急死了，谁来管她心里想什么。这会儿布贵人刚领端静和纯禧回端嫔那儿，贵妃就大驾光临，端嫔不得已又出来行礼，贵妃让她们自己歇着，领着青莲来了东配殿，比不得以往出门浩浩荡荡十几人拥簇，今天只一主一仆两人来。青莲将厚重的礼物放下说："娘娘送给德贵人，祝祷安产的。"说着打开匣子，露出送子玉观音笑，"是咱们家大人从永安寺请来的。"

岚琪起身要谢恩，佟贵妃慌张地站起来，冲她说："你别乱动，万一有什么事，本宫可担当不起，就是她们都来看过你，本宫若不来显得小气似的，没什么事的话这就走了。"

见贵妃要走，岚琪觉得她们本来也没什么话可说的，走就走吧，扶着环春的手往门前送，佟贵妃却好像躲瘟神似的躲着她，离得远远地说："你小心些，肚子怎么这么大……"

贵妃话还没说完，只见德贵人身子一紧，皱眉捂着肚子，边上的人都呆住了，她紧张地说着："好像……好像羊水破了……"

一语闹翻了钟粹宫，小太监们私下奔走去两宫和乾清宫禀告，太医稳婆来把孕妇按回了床上，乳母嬷嬷们都待命在殿外，端嫔和布贵人帮不上忙，一起在她正殿的佛像前给岚琪祝祷念经，苏麻喇嬷嬷很快从慈宁宫过来，外头看似乱糟糟，实则井然有序，宫里都出生过多少孩子了，也不差德贵人这一个。

岚琪倒是很淡定，不疼的时候她还能和嬷嬷玩笑，疼的时候就眼泪直流。稳婆看过说一时半会儿还生不出来，这罪是要受一阵子了，岚琪这才突然哭了，害怕得抓着苏麻喇嬷嬷的手，说她想家里额娘了。

苏麻喇嬷嬷自己没有生育的经验，但从太皇太后到孝康皇后到赫舍里皇后等，她帮着接生过太多的皇子皇孙，每一个产妇都不一样，岚琪这样已经算很坚强，还是头一胎，比当年主子初产还强一些。

“嬷嬷，皇上来了。”环春突然跑进来说，似乎故意大声讲给岚琪听的，“皇上就在外头，您快去劝劝。”

岚琪的目光直直地看着窗外，明明连一抹身影都看不见，可知道玄烨来了就站在外头，止不住眼泪的同时，心里又十分踏实，含泪笑着对苏麻喇嬷嬷说：“我不怕了，嬷嬷您快去劝皇上回去，夜深了。”

“奴婢这就去。”苏麻喇喇嬷嬷让诸人照顾好德贵人，自己匆匆出来，这里能劝得动皇帝的，只有她了。果然见玄烨立在廊下，院子里钦天监的大人正领人选了风水好的地方刨喜坑，苏麻喇嬷嬷才走近，玄烨就心虚地说：“朕来看他们刨喜坑，好了朕就回去。”还怪苏麻喇嬷嬷，“您不陪着岚琪，出来做什么？”

苏麻喇嬷嬷只能笑：“德贵人让奴婢来劝您赶紧回乾清宫去，您在这儿贵人惦记着要分心呢，皇上听贵人的话，赶紧回去吧。”说着招呼李总管，让他们送皇帝走，玄烨欲走还留，犹犹豫豫许久，走到宫门前了又折回来，拉着苏麻喇嬷嬷轻声说：“之前的话，您还记着吧。”

“阿弥陀佛，盼着母子平安呢，皇上不能这样子。”苏麻喇嬷嬷嗔笑不已，亲自把皇帝推了出去，转身见青莲站在廊下，诧异地问她，“你在这里做什么？”

“奴……奴婢……”青莲支支吾吾，她素来怕苏麻喇嬷嬷，不过还是双手伸出来，捧着一只布老虎说，“贵妃娘娘要送给德贵人的，晚上来的时候忘记带来了，这会儿让奴婢送……送过来，嬷嬷，您能替奴婢送进去吗？”

青莲在这里都站了半个时辰了，她折返时来得晚了一步，被苏麻喇嬷嬷先到了，弄得她不敢进去，而钟粹宫里人来人往也没人注意她，等她横下心要进去，皇帝又来了。眼下终于被苏麻喇嬷嬷看见，话说完了，又害怕被苏麻喇嬷嬷拒绝，她只是不敢出言劝，因为此刻若拒绝了，贵妃一定会伤心。

“我替贵人谢过了，你去告诉贵妃娘娘，谢谢她。”苏麻喇嬷嬷何等睿智，断不会做这种伤人心的事，哪怕转身就把布老虎扔了呢，也不能当着面做这些事，笑着接过来，打发了青莲回去。

灯光下看清了布老虎的样子，憨态可掬可惜针脚太烂，一看就是从来都不做针黹女红的人，老嬷嬷心善，走到床榻边把布老虎递给岚琪："青莲说贵妃娘娘前些日子亲手做的，特地来送给您。"

岚琪正被阵痛折磨，伸手捏过抓在手里软硬适中，也顾不得看是什么样子，但那之后也不曾放手。苏麻喇嬷嬷跟他说了玄烨的事，岚琪心里安慰，便少了几分恐惧，哪怕之后一阵阵盆骨撕裂的剧痛袭来，也咬牙硬忍着，虽然止不住流泪，却不吵不闹也不呻吟，坚强得苏麻喇嬷嬷心都软了。

可是初产辛苦，一个时辰一个时辰过去，钟粹宫里仍旧没有好消息传来，端嫔和布贵人在佛龛前都跪得累坏了。前头承乾宫也还没熄灯火，慈宁宫、乾清宫更不用提一夜灯火通明，似乎上回宫里这架势等待孕妇分娩，已经是四年多前赫舍里皇后生太子的时候。

很快过了子时，已是十月三十，因夜里突然飘雪，狂风大雪遮天蔽月，丑时才过，整座皇宫就被白雪覆盖。

狂风渐停，雪仍绵绵不绝，乾清宫里玄烨伏案醒转，身上有李公公披的厚毯子，好似闻见清冷的气息，他裹着毯子走到门前，院子里已厚厚铺了一层绒毯似的雪，他刚开口想唤李公公，突然一道惊雷炸响，玄烨浑身一震。

嘹亮的婴儿啼哭伴着惊雷在钟粹宫响起，折腾了一整夜，德贵人终于分娩，气若游丝的产妇在看过一眼皱巴巴灰红色的婴儿后，就昏厥了过去。乳母嬷嬷忙忙碌碌为新生儿擦拭清理，苏麻喇嬷嬷朗声唤人来："快去报喜，德贵人生了小阿哥。"转身看一眼沉睡的岚琪气色平稳，又补一句，"母子平安。"

钟粹宫的喜讯立刻四处传开，承乾宫里佟贵妃已困得东倒西歪，听青莲来说生了小阿哥母子平安，突然就有精神了，莫名欢喜地拉着青莲问："那只布老虎，你送去了是吗？"

见青莲点头答应，佟贵妃脸上久违地露出灿烂的笑容，简简单单的笑容，就是开心而已。

乾清宫里，玄烨已经准备换衣裳，要上早朝。他也不晓得怎么突然变得气定神闲，只等听见李公公冲进来报喜时，才突然又心慌意乱，不知是欢喜还是心疼，眼底热热的湿润，但还是按捺住了情绪说："预备早朝吧，把朕的赏赐送去钟粹宫，告诉岚琪，过些日子我就去看她。"

李公公应诺，吩咐小太监们准备好东西，这边派妥帖的人伺候皇帝准备上朝，他则亲自送贺礼去钟粹宫，但才要走到门口，外头一阵风刮过眯了眼，再睁开眼睛，就听见宫里有人慌张，转身瞧见那边伺候太子的嬷嬷慌慌张张跑出来，看到李公公在这里，奔过来跪地说："公……公公……不好了，太子……

太子好像出痘了。”

“什么？”李公公眼睛瞪得溜圆，天大喜事的当口，怎么闹出这样的事，片刻不敢耽搁，一边派人把太医找来，一边回去禀告皇帝，玄烨幼年出过痘疹不怕传染，亲自过来看太子，心里已明白几分，等太医再来诊断，太子的确是出痘疹。

玄烨立刻下旨封宫十二日，令后宫之人不得随意出入，阿哥公主都安居住所避痘，停朝十二日，各部院衙门奏折皆直接送入乾清宫批阅，他要亲自照顾太子。

半个时辰的工夫，皇城之内又换了另一种气象，就连才出生的小阿哥也变得不重要，被留在钟粹宫暂时不挪动，苏麻喇嬷嬷赶回慈宁宫后也不再出门，十二天里，只盼着太子度过最危险的日子。

岚琪分娩后，昏睡到这天中午才醒来，意识清醒还未睁开眼睛时，就想到孩子应该已经去了慈宁宫，她要出了月子才能再看到，顿时悲伤难耐，可耳边突然听见婴儿啼哭，就有人脚步匆匆，很小声地说着：“是不是饿了？”

岚琪立即睁开眼，撑着软绵绵的身体坐起来，就看到奶娘袒胸露乳地怀抱着小婴儿，众人见她自己坐起来了，赶紧过来伺候，岚琪则茫然地问：“孩子怎么还在这里？”又四下瞧瞧，“苏麻喇嬷嬷呢？”

这才有人说了太子出痘的事，岚琪听得心惊肉跳，也不晓得这十二天是不是自己捡了便宜，因为小阿哥会留在这里，等太子痊愈后再送去慈宁宫。她一边担心太子的身体，知道玄烨对太子的看重，一边又沉浸在生了儿子的喜悦中，乳母喂饱了孩子后，就将小阿哥放在了她的怀里。

不是第一次抱软绵绵的婴儿，但只有这个婴儿是自己掉下的肉，是自己怀胎十月的骨血，是她和玄烨的孩子，岚琪抱着的时候，心跳得比任何时候都快，孩子闭着眼睛皱着眉头，和他阿玛生气时特别像，环春伏在床下说：“苏麻喇嬷嬷讲咱们小阿哥和万岁爷生下来的时候，一模一样。”

“我也没见过皇上小时候啊，不过这样瞧着就挺像的，皇上冲我发脾气时就这模样。”岚琪嘟着嘴，好像也变成小孩子似的，欢喜地说，“你说他这么点儿大，弄出一副忧国忧民的样子做什么，傻孩子，快给额娘笑一个。”

此时香月和紫玉抱着晒得蓬松柔软的干净被褥进来，说天气又要冷了，要给主子加一床褥子和被子，岚琪不经意地回头看，从她们抖落的被子里滚出一只布老虎，岚琪让环春去捡起来给自己，拍了拍灰尘，就放到儿子身边，绿珠阻拦说：“掉地上了，主子也不怕脏？”

环春则好奇地说：“这只布老虎哪儿来的？奴婢没瞧过。”

“是佟贵妃送来的，那天嬷嬷给我拿进来的。”岚琪的眼底温和宁静，看不腻似的盯着儿子，一边笑着说，“那天抓着这只布老虎可管用了，我疼得都要死过去，抓着它很借力。这只小老虎陪着我安产，等小阿哥抱去慈宁宫，也让这只小老虎陪他去太皇太后身边，这小老虎很吉祥。”

“听青莲说，贵妃娘娘从前也给大阿哥做过一只，可惜大阿哥不喜欢，走的那天还扔在门口，被青莲捡回去了。”绿珠还是不放心似的，拿布老虎去外头好好拍了拍，再放回小阿哥身边，继续说，“青莲说贵妃娘娘连绣花要劈线都不知道，还是她一点一点教的，贵妃娘娘这个人还真奇怪，总做一些叫人看不明白的事，什么都随心所欲。”

紫玉抱着换下来的被子过来，说：“主子生小阿哥那天，外头炸雷，奴婢们震得耳朵都要聋了，刚吓得发抖，就听见小阿哥哭，您说咱们小阿哥是不是有些来头？”

几人都附和说那天惊雷很吓人，岚琪当时痛得要死要活根本没听见，这会儿见她们都这样说，不免心里乐滋滋的，想着自己的儿子一定不平凡，但心中又一紧，深知这种话可说不得，立刻叮嘱说，不管外头会不会传说这件事，让她们从此把这件事忘了，别人提起来也只许敷衍，低调一些不是非要显得卑微，而是不要折了自己的福气。

但宫里其他各处，那一晚也听到惊雷，惦记得宠的德贵人分娩生男生女是否平安，许多人都没睡，哪怕是睡了的也被惊雷炸醒。再者小阿哥才出生，太子就出痘疹，少不得暗下传言，说太子虽然接连克死了生母养母，这一回竟被才出生的弟弟克制住，若是所谓一物降一物，那太子的尊贵该怎么算？

好在因各宫避痘，宫里少有人走动，这些话没能成风传开，等日子一天天过去，太子身体渐好，也就淡了。

十二天不长不短，对照顾太子不能见岚琪和新生儿的皇帝来说漫长难熬，但对于可以跟儿子日夜在一起的德贵人而言，实在太过短暂。

封宫结束的这天，苏麻喇嬷嬷亲自来接小阿哥，岚琪虽然舍不得，可想再过十几天出了月子就能天天见，而且是太皇太后养着，她心里很踏实。苏麻喇嬷嬷也说太皇太后天天念叨见小孙孙，才一刻不等地让自己来抱走，更安抚岚琪不要胡思乱想，往后出了月子总还能相见。

至于玄烨这边，太子虽过了最危险的时刻，但身子羸弱还在静养，玄烨怕自己身上还有什么不干净的，依旧不往后宫来，也不去两宫请安，预备再避上十来天方好。

可不能见岚琪也不能见孩子，当年为了破除立后的谣言，两人被迫分离，岚琪被打得重伤时他都没觉得日子这样煎熬，而今好端端的不能相见，才日日磨得玄烨心痒，不过是听李公公偶尔传些话来，知道母子都平安健康，才宽解几分安慰。

只是小皇子才出生，太子就出痘遇险，宫里人传闲话，朝廷上也有不好听的，玄烨知道是有人兴风作浪，只管冷着不理会。

且说南方捷报频传，就在小阿哥出生那天还赢了一场大胜仗，而今吴世璠节节败退，大将军察尼取岳州，克辰龙关，安亲王岳乐攻长沙，将军喇布复取衡州，傅宏烈等部收复桂林，甘陕清军攻克汉中、重庆等地，清军横扫叛军，势如破竹。如此好事，小阿哥的出身岂能有什么不祥。

这日裕亲王进宫议事，说起南边大捷，兄弟俩高兴起来，玄烨就预备于正月午门宣捷，让天下老百姓都知道，爱新觉罗稳稳坐着这瑰丽江山，必然千秋万代。

喜事传入后宫，众人皆为皇帝高兴。只有一件事，眼看着德贵人平安生了皇子，又出了月子，本盼着在她有孕时能在皇帝面前分得一杯羹的妃嫔们，似乎又要落空了博宠的念头，每日莺莺燕燕闹出不少笑话，如今正主儿可要重新回到皇帝身旁，眼瞧着德贵人一天天养好，乾清宫的龙榻，又该没有旁人的位子了。

那日玄烨到慈宁宫请安，提起德贵人坐月子的事，太皇太后问皇帝为何迟迟不去钟粹宫相见，玄烨笑道："腊月二十一是封印的日子，这些天朕打算多往后宫去逛逛，但等封了印她也出了月子，就接岚琪去园子里住几天，天冷路不好走，皇祖母不要介怀，这一回孙儿就不侍奉您去了。"

太皇太后微睨他一眼，冲苏麻喇嬷嬷笑道："开始嫌我麻烦了，咱们不如趁早回盛京老家去。"

玄烨急了，笑着哄祖母："您这话叫她听见，是死也不肯跟孙儿去的。"

太皇太后叹道："可要难为你这些日子哄着后宫里的几个，放着贵妃几位不带，光带一个小贵人去逛园子，人家一定有闲话，可你既然不怕我也不多心，先去好好玩几天，回来的事回来再说，好歹人家生了小阿哥，多宠一些也是应该的。"

玄烨却笑道："回来也说不上，赶着过除夕，元日朕要去午门宣捷，那日还请皇祖母着了朝服，与孙儿一同去看看大清的江山和子民。"

苏麻喇嬷嬷忙笑道："主子您瞧，要紧的事还是不忘记带着祖母呢，咱们皇上最孝顺了。"

说话的工夫，摇篮里小阿哥咿咿呀呀，似乎和着苏麻喇嬷嬷的话。玄烨过去抱他起来，小家伙乐呵呵冲父皇一笑，还是个奶娃娃的小东西，却特别会讨人喜欢，发脾气撒气都冲乳母宫女们来，但凡太皇太后或苏麻喇嬷嬷抱，从来只会笑，这会儿被玄烨抱着，也是傻乐。

“这孩子好养。”太皇太后感慨，“你非要磨我做些事，弄这个小东西来养，你心尖儿上那个，不定怎么舍不得呢，你且再好好疼她，再生个一男半女，早早封了嫔位，让她自己养去。”

玄烨微微脸红，只抱着儿子哄，不应祖母的话，这会儿门前却有宫女进来，说佟贵妃求见，皇帝和太皇太后彼此看了眼，想着她近来安分，上回又受那样的委屈冤枉，还是让她进来了。

佟贵妃也不是故意要来凑热闹，而是佟国维送了东西进宫，她立时立刻要先来孝敬慈宁宫。到了门前才见皇帝的銮驾在，心里也更高兴，这会儿喜滋滋地进来，临近年节穿得红彤彤很喜庆，太皇太后看着也是眼前一亮，瞧见她脸上笑容真诚，心里也少些芥蒂。

佟贵妃欢欢喜喜地将家里的事说了，把佟国维孝敬来的东西呈送给太皇太后。彼时玄烨已经把小阿哥放下，坐着一起听她说话，她交代好了事情，说还要去宁寿宫给太后献礼，转身要走时，摇篮里的婴儿大声啼哭起来。

众宫女嬷嬷都围过去，哄了半天不见好，玄烨说让抱来，不经意抬眼，看到佟贵妃满目期待和欣喜之色，不禁可怜她连失两胎，随口便说：“让贵妃抱抱。”

佟贵妃一惊，双手已捧起，嘴里却说不知怎么才好，只等乳母把小阿哥塞入她怀里，软绵绵的小人儿暖暖地入了怀，依旧闭着眼睛扯着嗓子哭，佟贵妃学着家里女人哄孩子的模样哄他，微微晃动着身体，轻轻喊他，小家伙渐渐止住了哭泣，就听太皇太后吩咐：“把他放回摇篮里吧，你不是还要去宁寿宫？”

佟贵妃点了点头，也不敢留恋什么，随宫女乳母一同过来，小心翼翼地把孩子放回摇篮，手里拿了被子要给他盖上，角落里忽然滚出熟悉的布老虎，她心里诧异，见外头太皇太后和皇帝在说话，便轻声问乳母：“这只布老虎从钟粹宫来的？”

乳母应道：“德贵人让带来的，说这只布老虎吉祥，一直守着小阿哥呢。”

佟贵妃心里热热的，可莫名又觉得不自在，转身就往外头去，行礼辞了太皇太后和皇帝，带了青莲就往宁寿宫去。这一路上也不坐肩舆了，春风满面心情甚好，周遭的人习惯了她喜怒无常，不过高兴成这样，无缘无故的，该不会只是因为抱了抱小阿哥？

第十二章

愿以真受福

腊八这日，佟贵妃领旨在承乾宫熬粥宴请各宫妃嫔，太皇太后那里也赏赐了永安寺的腊八粥。端嫔和布贵人不得不领着公主去承乾宫凑热闹，盼夏被岚琪留了下来，人都走后，就喊她进屋子，把自己那份太皇太后赏下来永安寺的腊八粥给她喝。

"从前你总说想吃永安寺的腊八粥，怪那些老和尚不多做一些，现在他们可多做了，知道宫里娘娘多了，分不过来怕打起来。"岚琪心情甚好地陪着盼夏坐，盼夏也不客气，大口吃了粥，让给她也吃了几口。恰好环春从承乾宫拿了赏赐回来，瞧见她们躲在这里，故意撒娇说岚琪偏心，岚琪让她也吃，环春却说佟贵妃赏的吃过了。

"各宫都去了？"岚琪引颈望着窗外，她不喜欢去承乾宫，也不怎么喜欢佟贵妃，可对见不到玄烨也见不到孩子，被生生关了几十天的人来说，对于热闹之处的向往，还真是从前不敢想的。

环春打开匣子，各色点心攒了满满一盒，说是佟贵妃特地让御膳房研制的新花样，各宫都送一盒，几位嫔主娘娘们再多得了一串香珠。

盼夏咽下满嘴的粥，见岚琪抓了一块点心给她，说吃饱了又放回去，好奇问起来："温妃娘娘也来了？"

岚琪眼神一晃，却听环春说："只派了冬云来，说病着不下床。"她出神想了会儿，叹息道，"总不能一直病着，老实说，往后真见了我也尴尬。"

盼夏不知那次的事，环春略知一二，见盼夏好奇追问，岔开话敷衍了过去。不久盼夏离了回殿阁去看着炉子，环春将东西收拾好后，坐到岚琪身边讲："前几日去内务府领东西，路上遇见冬云，闲话了几句，才知道之前阿灵阿大人进宫，被温妃一顿讥讽给撵出去了。"

岚琪眼睛瞪得大大的，环春继续道："贵妃娘娘和温妃娘娘都不是善主儿，您的心思可比不过，往后咱们还是离得远一些好。"

话音才落，突然听外头有人喊话，问东配殿有没有人支应。前面承乾宫里搭戏台，玉葵几人都跟着去凑热闹了，环春赶紧出来，却见乾清宫李公公的小徒弟在门前，见了环春好客气，笑着说：“姐姐赶紧给德贵人拾掇拾掇，奴才外头停着暖轿，万岁爷等着接贵人去前头。”

环春好惊讶，说还没到腊月十五，太皇太后不让出门，那小公公笑说：“万岁爷还能不从上头求了恩典再来接人吗？姐姐赶紧给德贵人打扮，奴才就等在门口，眼下各宫都在承乾宫聚着，等久了怕扎眼呢。”

环春让他在廊下喝口热茶，喊了盼夏过来一起帮忙，里头岚琪趴在窗口都听见了，欢喜得无以言表，等环春进来，她已经翻出新做还没穿过的新袄子、褂子和氅衣，笑嘻嘻得意地看着俩人：“你们倒是再关着我呀？”

“不敢不敢。”环春也高兴，和盼夏一起帮岚琪打扮齐整。好些日子不梳头，多戴一支钗子岚琪就喊沉，她们俩也不理会她，照着规矩打扮好，氅衣风帽都戴严实了，扶着往门外走，这院子里的路岚琪都走好几回了，可钟粹宫门外的路，她已经几十天不曾踏足。

“真实在。”岚琪站在宫门口，听见前头锣鼓喧嚣，舒心地叹一声，“这才是脚踏实地，等春暖花开了，我要光着脚去泥地里踩一踩才好。”

不等她再感慨，小公公迎着上了暖轿，之后一路朝前头去，岚琪也不问去哪儿，心想左不过是乾清宫或慈宁宫，她现在连承乾宫都愿意去，只要能出门就成。

暖轿远行，这边众妃嫔陪着佟贵妃看戏，自她生辰那天的闹剧后，承乾宫许久没这么热闹。兴许座下没一个人心甘情愿来，但佟贵妃如今后宫独大，俨然副后之尊，暗下不屑是一回事。这样大的场面，连宗室女眷也在的场合，公然不给脸就说不过去了。而且佟贵妃素来出手阔绰，来她这里看戏喝茶，比宫里平时的规格更奢华更享受。

此时钟粹宫的小宫女来向端嫔禀告德贵人出门的事，端嫔好讶异，但听说是皇帝接走的，心里也懂轻重，转过身惠嫔和荣嫔问她怎么了，听说岚琪被皇帝接走，惠嫔脸上一阵黯然，但立刻强打精神笑：“到底不一样呢，咱们只管看戏吧。”

可她话音才落，对座就有人哎哟出声，但见那拉常在眉头紧蹙，捂着硕大的肚子喊不舒服，她是二月里要临盆的人，今天明明可以不来，人家郭贵人就没来，她非要来露个脸，这下又不舒服，被人七手八脚地抬走。果然贵妃脸上很不好看，冷冷对众人说：“今天这里所有的东西，可都让太医院的人查过的，你们且放心吃，但也别吃撑了回头不舒服，又赖上本宫下毒害你们。”

众人纷纷屈膝安抚贵妃，她还是很不高兴，敷衍了一声“看戏”，之后的气氛便急转直下。荣嫔几人坐在下手也都苦笑，贵妃娘娘您怎么就绷不住到最后一刻，今天一直好好的，还都以为佟贵妃转性，果然不是。

那拉常在被搀扶出去后，青莲好心跟出来，让用暖轿抬回去。几个小太监走着近路往她的住处赶，一边另有人去请太医，这边急着赶路，而岚琪那里慢悠悠走，前后差不了什么时刻，那么巧就在远处的岔路口遇见，两边都要走一条道，乾清宫来的小公公听说抬的是个常在，一时心急也没细想是哪个，便厉声呵斥：“皇上派的轿子接德贵人，你们着急赶投胎吗？没眼力的狗奴才，一边儿让着。”

不由分说抬着岚琪往前走，岚琪听见斥骂声，便问什么事，小公公和颜悦色说遇见几个太监宫女挡道儿，岚琪就没多在意，只喜滋滋等着见玄烨。

而这边轿子停下来等，那拉常在在轿子里听得真真切切，她肚子疼得紧，可人家还咒她赶投胎，气得脸一阵儿红一阵儿绿的，肚子越发难受，之后再匆匆送回殿阁，幸好没有大碍，但这份恨，是结在心里了。

对此浑然不知的德贵人被轿子抬着一路往南走，可走了好久都不见停下来，打起帘子见都过了太和殿，本来不去乾清宫，还以为皇帝又要带她去看太和殿前的积雪，但这一回连太和殿都过了，再过了金水河，可就到午门了。

果然，当岚琪被轿子颠得都快晕时，终于停在了午门处，德贵人被搀扶着下了轿子，心里惴惴不安，谨慎地问那小公公：“再往外头，可就出宫城了。”

小太监笑道：“万岁爷在城楼等您呢，元旦万岁爷要在这里宣捷，今日几位王爷一起来勘察，此刻王爷们都散了，万岁爷一人等您也去瞧瞧。”

岚琪这才释然，被小太监引着拾级而上登城楼，她久歇不动，爬几级楼梯就累得直喘气，好容易到上头，就听见睽违许久的玄烨在说她：“这么没用？”

岚琪立定，见皇帝一身白氅如圭如璧，城楼上风大，飒飒将氅衣吹起，里头露出明黄团龙袍子，日头下一晒便觉炫目耀眼。她恍惚看着，都不及去看他的脸，才要朝他走近，脚下一虚膝盖就软了，幸好身边的人搀扶，而玄烨很快就过来抱起她，蹙眉说：“怎么回事？这点儿路就走不动了。”

等在避风处放下，扶着她站稳，那边小太监搬凳子来，岚琪摆手说不要，退后几步稳着身体周周正正朝玄烨行了礼，玄烨不耐烦，等不及就亲自拉她起来，嘀咕着：“朕才不稀罕受你的礼。”

岚琪却笑得很高兴，远眺皇城风光，直觉心胸舒畅，再看玄烨时便说：

“可臣妾稀罕，在这里给您行礼，无上荣耀。”腰上却被人家紧紧一抱，大概自己说了什么人家也没听见，只有暖暖的气息扑面而来，玄烨温和地说：“朕想你，想极了。”

岚琪微微撅嘴，无奈地说：“钟粹宫的门天天开着，您就是不来，还说想？臣妾可是想得哭了好几回，自己也知道没用，可是忍不住。”

玄烨欣然，问她：“真的？”

“假的呢。”岚琪玩笑着，可又挣扎了一下从玄烨怀里脱身，郑重地说，“这里是庄严肃穆之地，臣妾和皇上好好说话。”

玄烨很高兴，拉着她朝前走，指着皇城风光给她看，告诉她三藩初定，元日要和皇祖母一起在此向全天下宣捷，帝王气盛傲然于世，可回过头却又对岚琪温柔地说：“朕有高兴的事，就想让喜欢的人也高兴，这里朕不能在要紧日子领你来，平日里不打紧，皇祖母也应了。岚琪你可知，你生小阿哥那天，南方打了大胜仗？”

岚琪茫然地摇头，冷不丁听见婴儿咿呀，倏然回眸寻找，便见乳母也裹着氅衣，怀抱着襁褓严实的小阿哥出来，身边有两个宫女搀扶，她抱着孩子徐徐拜下说小阿哥给皇阿玛和额娘请安，岚琪看得欣喜万状，玄烨轻轻推她一把：“快去把儿子给朕抱过来。”

看见孩子，爬楼梯的腿也不酸了，岚琪一路跑着到乳母面前，花盆底子踩得金砖铿铿响，却被乳母劝：“贵人小心些，可要抱稳了。”

她乐呵呵地笑着，稳稳地把儿子抱在怀里，在乳母、宫女的护送下到了皇帝身边，只等把儿子给了玄烨，乳母们才退下，玄烨抱着小儿子，转身让他瞧瞧皇城风光，笑着说：“赶紧长大了，好让皇阿玛早早给你出宫开府建牙。”

岚琪没仔细计较这些话，只是笑着立在边上看，可看着看着，没来由地想起曾经的梦境，那时候小阿哥还在肚子里，她梦见太子……指着自己的肚子号啕大哭。

“发什么呆？”玄烨见她出神，笑着问。

岚琪回过神，自然不敢说出心事，只笑着敷衍玄烨：“臣妾还是头一回见皇上这样抱着小阿哥，看得痴迷了。”

“都做额娘的人了，还傻乎乎的。”玄烨爱嗔道，转身示意乳母们上来，让他们把小阿哥抱回慈宁宫，自己则挽着岚琪在城楼上逛了逛，再一起下来分坐暖轿回了乾清宫。只是才进宫门外头就有折子递进来，有上书房大臣等着见皇帝，一时闲暇也没有，岚琪独坐在暖阁里等了好些时候，再后来李公公便来请她，说皇上这边忙不过来，请德贵人先回去。

两人终究是没能好好说上话，不过在午门城楼上也说了不少，虽然几十天没见面，皇帝对自己的一切却了如指掌，连她发脾气哭闹的事也知道得一清二楚，岚琪才晓得自己在人家心坎里好好窝着，是玄烨真的太忙。

“德贵人，封印的日子已经定了，奴才已经派人去园子里打点，就等着皇上和您过去住几天呢。”李公公安抚着德贵人，将她送到门外，一边让小太监压轿，一边亲手搀扶德贵人上轿子。岚琪感慨时光匆匆，她还清楚地记得自己还是宫女那会儿和李公公说过的几句话，转眼她连小阿哥都生了，是做额娘的人了，而李公公年岁也渐渐长了，瞧着两鬓越来越多的白发，不禁心疼地说：“公公也要保重身子，皇上身边离不开你呢。”

李公公笑道：“奴才没有别的才干，就是身子骨还很硬朗。”

“我那儿有家里送来的野山参，我还年轻不敢大补，回头让环春给你送来，闲来泡茶喝也好。”岚琪说着进了轿子，暖轿缓缓离了乾清宫，岚琪坐在里头身子一软，想起方才种种，心里满满的。

本以为再见玄烨会满腹感慨，可两人宛若十几年老夫老妻似的，一点没有久别重逢的味道，嬉笑说话还是从前的模样。但他又对自己身上一丝一点的变化都看在眼里，捏着手说皮肤更细嫩了，挽着腰问怎么缠了又硬又厚的东西，还比了比身高说她怎么又长高了，岚琪才笑说孕中穿软鞋显得矮一些，如今穿回花盆底子才看着高了。

皇帝很忙，可细心的事儿又让人觉得不可思议，他甚至知道小阿哥一天要吃几回，知道他几时醒着几时贪睡。岚琪依稀记得佟贵妃生辰那天，皇帝还自责对孩子们疏忽，也不晓得如今他是对每个孩子都关心了，还是只看重自己的小阿哥，而方才皇帝抱着儿子在城楼君临天下的模样，此刻想起来心里还是突突地跳。

她晃了晃脑袋，叮嘱自己：“不要胡思乱想，孩子能平安健康，就是天大的福气。”

轿子一晃一晃，也不知走到何处，突然听见热闹的动静，晓得是近承乾宫了，便觉轿子停了下来，边上有小太监说：“德贵人，前头承乾宫里几位娘娘散了，您且等一等。”

岚琪心头一动，忙道：“让我出去，娘娘们过来，我岂能坐在轿子里等。”

便有小太监来打起门帷，搀扶她下轿子，还不等压轿，前头乌泱泱从承乾宫散出许多人，荣嫔、惠嫔几位走在前头，其余贵人、常在一并答应、宫女拥簇在身后，几经大选，如今后宫充盈兴旺，妃嫔们莺莺燕燕地走出来，好些人岚琪都对不上名号。

默默无闻的宫嫔自然没什么人认得，可圣宠不倦的德贵人谁不认识，众人瞧见她等在路边，身边几个小太监又像是乾清宫模样的，一时都明白德贵人打哪儿回来。可人人都知道她还奉旨在坐月子，不免都心生不平，心下发酸，想想夏日里那般争奇斗艳地博宠，还是比不过眼前这个人。

岚琪上前给荣嫔几位请安，宜嫔是直来直去的人，笑着问："这是从乾清宫回来？不是还在坐月子吗？"

岚琪也觉尴尬，早知道让小太监绕路从后头走了，不得不照实说："皇上召见嫔妾说几句话，这就要回去的。"

宜嫔笑说："没什么，只是里头……"她朝身后指了指，"你都出门了，也不来问候一声，怕贵妃娘娘不高兴呢，不如现在进去请个安，你再回去不迟，年节上热热闹闹哪有过门不入的道理。"

边上安贵人"哎哟"一声，凑在宜嫔身边说："娘娘是好心提醒，可德贵人奉旨坐月子，又奉旨去乾清宫，贵妃娘娘再尊贵，也比不得上头，别您出了这个主意，贵妃娘娘觉得不自在，贵人又心里不乐意，反弄得您里外不是人。"

她说这句，身后几位常在、答应都上来向德贵人行礼，而后各自散了去，似乎怕趟这浑水，而宜嫔已经瞪了安贵人一眼不理睬她，径自走近岚琪说："要不要我陪你进去，到了门前不进门总不太好，咱们端得礼数周全，总没错的。"

岚琪欠身称是，也不必宜嫔相陪，自己带着小太监要进门去，不过未及走入门内，青莲就迎出来，满面堆笑说："娘娘看了大半天戏累了歇下了，听说贵人来了，让奴婢迎了您，说不必去请安，等您养好了身子再聚聚才好，小年里承乾宫还搭戏台，请您再来看戏，喜欢哪一折子戏，回头让环春写了送来娘娘知道就成。"

青莲的话说得客气又周到，岚琪顺着台阶下，在门前行了礼，转身再回来，就瞧见安贵人挤眉弄眼地不自在。宜嫔别过众人要走，转身喊上觉禅氏同行，却被惠嫔留下说："妹妹让她为我们走一趟吧，那拉常在还不知道怎么样，她总是在那里住过受过照拂的，让她去瞧瞧好来回话，我和妹妹一同去翊坤宫瞧瞧郭贵人。"

岚琪立在一旁不语，看着几人分散离去，荣嫔领着荣宪公主要和端嫔去钟粹宫坐坐，几个小公主便来腻歪着岚琪一起走，众人这才从承乾宫挪回钟粹宫，都聚在东配殿，问她去了何处，因李公公交代皇帝让她只说在乾清宫就好，就以此敷衍了。

这一边，觉禅答应奉命往从前的住处去，她身份低微没有暖轿可坐，路上难免积雪薄冰，那拉常在住得又偏，比不得她如今随宜嫔居翊坤宫，走了大半个时辰才近，拐过路口刚要进门，前头步伐整齐地过来一队侍卫。

侍卫遇见宫嫔大多要先避让，可觉禅氏瞧见为首的那个人，而走在队伍前头的那一个也清楚看到了她，两边目光火辣辣地互相注视着，觉禅氏只听身后宫女说："主子，咱们该进去了。"她随口应一声，转身拾级，却一脚踩在台阶角落上，花盆底子一别，整个人扑在台阶下，边上宫女没来得及搀扶，才沾着手结果跟着一起滚下去。

那边的侍卫急匆匆过来，将一干人从地上搀扶起来，觉禅答应抬头看清眼前的人，顿时心酸难耐，推开了他的手，稍稍欠身道："纳兰大人有礼。"

容若怔怔地看着她，今天他当值来巡视宫闱，因着年节上宫里往来人多，防护更要比从前严谨。虽然心里一直想着哪天能在路上遇见她，又知她深居宫中甚少出门，屡屡失望后也不敢多想，哪知今天竟见到了。

觉禅氏自上一回寻死觅活，被惠嫔想法儿挪到了翊坤宫后，宜嫔、郭贵人还算照拂，虽然只居翊坤宫后院的小屋子里，胜在整洁清静。宜嫔、郭贵人时常又送东西给她，或喊去前头闲话家常，终日忙着给几位娘娘做好看新式的衣裳，日子充实不再胡思乱想，惠嫔隔天就来串门瞧瞧她，比起在这里随着那拉常在时好多了。

增了年龄，眉眼越发长开，每日膳饮丰富，宫女伺候周到，身上再不见羸弱之气，渐渐有宫嫔气质，且天生的美人坯子。宜嫔、郭贵人只算中上姿色，连贵妃那等上乘的娇媚，在她身边也几乎要被比下去，幸而还只是答应，穿着打扮上简单低调，才不至于真的在人前扎眼。

这一切容若也看在眼里，表妹已然成了个女人，不再是从前的孩子，可这个女人如今是高不可攀的宫嫔，莫说从前青梅竹马亲昵嬉闹，如今好好说句话，都成了奢侈。前些日子她过得不好，容若每日也跟着煎熬，近来听说她好些了，才安心。

此刻瞧见表妹好端端在眼前，心下难忍，忍不住说："答应可安好？时下天气寒冷，您久有哮症，还望保重身体。"

觉禅氏眼神一晃，堂堂侍卫外臣，岂能知宫嫔旧疾，这一句话便道尽他们从前的千丝万缕，各种心酸涌上心头，别过脸道一声：“我很好，多谢纳兰大人。”说罢扶了宫女的手重新拾级而上，头也不回地入了门去，她心里是明白的，再多说几句，哪怕这里再偏僻，也照样能传出闲话弄得人尽皆知。

进了门，就见大腹便便的那拉常在歪在炕上，那拉常在也有几分姿色，不然也不能两次怀胎，但若说皇帝喜欢她，不如说她运气好肚子争气，上头几位盛宠的都不见这么好运，她统共侍寝那么几回，就都遇上了。但那拉常在自己似乎不这么想，觉禅答应一直知道，她心气儿高着呢，时常说，等阿哥们长大了，她就有指望了。

此刻瞧见觉禅氏来，唉声叹气说：“偏是年节上，都没个人来瞧瞧我，还是妹妹你有心，本以为去了翊坤宫，眼价儿高了，再瞧不起我们这偏僻地方。”

觉禅答应不说什么，只问好不好，说惠嫔、宜嫔几位娘娘担心，差遣她来瞧瞧，立时就要回话，不能多陪。可那拉氏却似没听见，喋喋不休说个不停，一会儿拉着她问有没有被皇帝召见过，一会儿说她们好歹姐妹一场，往后要互相扶持，还巴结着问能不能想法儿也让她迁入正经宫阁里去住，这里太偏僻叫个太医都好半天，觉禅答应只能一味敷衍说：“嫔妾回头帮您问问。”

说话时，小宫女捧着礼盒进来，说钟粹宫端嫔连同德贵人、布贵人一起下的赏赐，因敬着太皇太后和太后及贵妃、温妃两宫，只等她们派完了这才送过来。那拉氏让来瞧瞧是什么东西，见不过是寻常物件，似乎很失望，恹恹道：“三人合在一起，都只这些？”

那拉氏生万黼阿哥时，还是挺好的性子，但眼瞧着人人都过得比她好，自己生了阿哥也好像不存在似的，到如今都第二胎预备临盆了，依旧没人高看她，像是她怀的不是龙种一样，对比着德贵人万千宠爱在一身的境遇，心中越来越不平，渐渐就生了恨。

“我还算好命，太医来瞧说没事，妹妹你可知道，我赶回来的路上遇见德贵人到前头去，你猜那些奴才怎么说我，怎么逼着我让路？”她提起前头路上的事，就满肚子火气和委屈，又拉着觉禅氏喋喋不休说了好半天，后来更是嘤嘤哭泣起来，抽泣着说，“我怎么就不如人了？我肚子里的不是龙种吗？”

觉禅氏听得耳朵嗡嗡直响，要紧不要紧的话都只听得只字片语，她并不关心那拉常在的境遇，对德贵人的隆宠也不羡慕嫉妒，她的心还系在刚才遇见的那个人身上。

宫里的女人如何，她不在乎，大概唯一明白的，是惠嫔把她当垫脚石这件事，而这也是她唯一能好好活下去的途径。她如今想好好活着，为的是外头那个人，也能好好活着。

腊八的这晚，皇帝去了宜嫔那里，众人都背地里嘲笑贵妃和温妃如今黯淡无光，却不知玄烨早派人来知会贵妃，说她今日宴请六宫和宗亲女眷辛苦了，要她好好歇息一天，明后几日都要来承乾宫小住。所以外头的人还在笑话时，贵妃早就高高兴兴地让青莲打点准备，盼着皇帝来时能高兴。

这会儿宫里最多等着收拾的，是各宫和宗亲女眷们的节日贺礼，青莲带着小宫女分门别类地摆放着，佟贵妃闲不住，也过来瞧瞧，一般的东西她不入眼，看着看着，突然问："后头送了什么？"

青莲知道她问钟粹宫，便找出来，也不过是寻常的点心茶叶，毫无新意，不过随礼的纸笺很精致，上头一手秀气的字，佟贵妃拿在手里看着，似自言自语般："她写的吗？"

"娘娘问谁？"青莲道。

佟贵妃回过神，随手扔下说："没什么，瞧见这字挺好看的，不是说钟粹宫里都是读书人吗？"

青莲笑道："是说德贵人吧，也就她爱看书，端嫔娘娘和布贵人照顾公主们还忙不过来呢。"

佟贵妃想起来纯禧大公主，想起来那天恭亲王侧福晋的眼泪，心头沉甸甸的，将心比心，若是自己的女儿被过继抱养走，她也一定痛苦。怪不得当初惠嫔拼着鱼死网破也要抢回大阿哥，此一时彼一时，那天她冷着脸说侧福晋不好，可回过头心里就打战，胸前堵着不愿承认的后悔，总觉得规矩是规矩，人情是人情。

最可笑的是，她还曾经跑去问乌雅氏要未出生的孩子，言辞凿凿威逼利诱。自入宫以来针对这个岚琪，折磨也好羞辱也罢，怎么都没压住她的光芒，春笋般一个劲儿地往上蹿，眼看着要成竹成林了，反观自己，除了贵妃的头衔，空荡荡的承乾宫，一无所有。

贵妃神情渐渐黯淡，呆呆地坐到炕上明窗下，外头的光线越来越弱，她脸上的神情也越来越淡，每次想起乌雅氏，就会想起那天她走进来对自己说的话，到底这个女人要有怎样的心胸，才能不计前嫌地去帮一个屡屡欺负自己的"恶人"。

"我是个恶人吧。"佟贵妃喃喃自语，打从钮祜禄皇后死，她心里就空荡荡的，好像没了可以针对顶角的人，一下子不知道该怎么过日子，等再静下来想一想时，才发现自己根本从来都不晓得怎么过日子。

进宫时阿玛说，你要帮着皇上对付钮祜禄氏的人；进了宫阿玛又说，佟家没出过正经的皇后，你要为了佟家争一口气……到如今钮祜禄皇后死了，温妃自绝后路，阿玛就让她别争别抢，安心等，等水涨船高封后的日子。

可这一切，到底与她自己有什么相干，是不是等有封后的那一天，往后她的死活也再没人理了？

那一次千夫所指，所有人等着看佟贵妃被拉下马时，站出来帮自己说话的，是谁？

青莲捧着一方精致的匣子走过来，瞧见佟贵妃发呆出神，心里叹了叹，走近后说："娘娘，这是咸福宫温妃娘娘送来的礼物，您要看一看吗？"

贵妃微微皱眉，嫌恶地说："她还有心思送东西给我？"

"您毕竟是贵妃娘娘，皇上身边最尊贵的人，温妃不懂，她身边的人还有钮祜禄家的人总是懂礼数的。"青莲打开匣子，里头卧了一柄翡翠如意，莹亮通透的水头，用整块翠玉雕琢而成，又拿真金白银镶的底座，这样阔绰的节礼，不愧是满洲旧贵，家里的确富庶非凡。

但佟贵妃娘家是辽东大族，几代富贵殷实，再值钱的东西她也不稀罕，更不用说区区一柄翡翠如意。她从懂事起，就晓得自己是比宫里的公主娘娘都不差的千金小姐，宫里头最富贵的殿阁等着她去住，那时候还有赫舍里皇后在，家里没敢多想什么中宫之位，可等不及她长成入宫，赫舍里皇后就西归瑶池，贵妃是耳听着说佟家要出正正经经的皇后的话进了宫门。

可这一头扎进来，迷迷糊糊到今天，连钮祜禄皇后都死了，她才发现自己除了与人争与人抢，还会做什么？

"娘娘，娘娘？"青莲轻轻唤主子，笑着问，"怎么今天总是发呆？"

"大概是白天的戏太吵了，现在脑袋里空荡荡的，你们收拾东西去吧，不必都拿给我看，我也没稀罕的。"佟贵妃不在意地说，"赶紧收拾好了，把琴拿出来擦一擦，我练练琴，明儿皇上来喜欢听。"

青莲答应着，转身正要走，佟贵妃突然又喊住她，眼底不知泛起什么光芒，突然说："不要拿琴出来，皇上明日来，我不弹琴了。"

"可是……"

"我又不喜欢。"佟贵妃说出这三个字，心头竟是一松，更继续道，"明天就算他问起来，我也照实说，我喜欢的事做不成，为什么还要总做不喜欢的事，把琴扔了吧，我再也不想碰了。"

青莲唏嘘，念着主子总想一出是一出，这琴是断不能扔的，只去吩咐小宫女好好藏起来，之后收拾完了东西，准备来问几时摆膳，却见贵妃蜷缩在炕上，脸色苍白一头的虚汗，吓得问怎么回事，她只呻吟着说肚子疼。

承乾宫请太医，几乎随叫随到，太医看过说是绞肠痧，指尖放了血，服了沉香丸，不久贵妃便昏昏睡去。太医私下又与青莲说，绞肠痧源系心肝，贵妃年纪轻轻肝火旺盛，长久以往不是好事，宜舒心养性为佳。

青莲哪里不知道这里头的门道，向苏麻喇嬷嬷都禀告过两回，但贵妃的肝火岂是旁人能控制的。太皇太后已然不像从前那样见了面就训诫教导，大概也是念着她的身体，可她总没事给自己添烦恼，谁拦得住。

送走太医不久，乾清宫和慈宁宫来了两拨人问怎么回事，之后再有人来，竟是说皇帝今夜过来，让收拾一下预备迎驾。但贵妃好容易才睡下，青莲决定做主不喊她起来，静静候着圣驾来临，想着能让皇帝瞧瞧，她家主子也有可怜柔弱的模样。

夜色降临，承乾宫里灯火齐明，佟贵妃昏沉一觉醒来，瞧见外头亮得白昼似的，还以为一夜过去了。只等青莲到身边，才晓得是皇帝来了，本是来看望自己，谁知突然有军情，径直把折子送来，又召见了几位大臣，直接在承乾宫里办朝务，都过了大半个时辰，眼瞧着是该散了。

贵妃听得目瞪口呆，青莲只管哄她："皇上听说您病了，翊坤宫也不去，赶着过来瞧瞧，见您睡得沉也不舍得叫醒，坐了没多会儿李公公就来传军务，一刻不耽搁地就在偏殿做事了，外头灯火一路亮到乾清门，各宫闭门落锁不得走动。"

"弄得人心惶惶，人家又该说我蛊惑君心，霸占着皇帝不让回乾清宫。"佟贵妃冷笑一声，话虽如此，可见玄烨待自己这样好，她还是很安慰。回想当日温妃下毒时玄烨起先还怀疑她，那一句句击碎心扉的话，至今想起来还隐隐作痛。

"去泡参茶给皇上，我这里好好的。"贵妃推青莲出去，青莲却笑道："乾清宫的人伺候着呢，奴婢插不上手的。"

贵妃此刻身上轻松了许多，那病是急症，来得急去得也快，可到底病一场，只怕今晚都不能和皇帝同床，她摸了摸自己的肚子，这就是命吧。

又过半个时辰，外头渐渐静了，小宫女来通报说大臣都已离开，一路往乾清门的灯火也熄了，应该不会再有人来，贵妃也已穿戴整齐，便扶着青莲往偏殿来，想亲自迎玄烨去正殿休息，可才走到门边上，未及转身进来，就听见皇帝在说话。

"园子里去不成了，封印的日子里要盯着南方前线，吴世璠也惦记朕元日宣捷的事，还想反扑一下，大军严阵以待，朕去了园子也不踏实。你且想想在宫里还有别的什么有趣的事做，总要弥补一下岚琪，才说好领她去园子里逛逛，言而无信总是朕不好。"玄烨那里心情甚好地说着，"你明日先去回了皇祖母，说朕瞧着德贵人养得极好，不必等腊月十五，明日就让她自行出门走动，去慈宁宫帮着照顾小阿哥，她前些日子心情总不好，都是闲出来的毛病。"

这些话字字句句透着宠溺心疼，佟贵妃听着很不是滋味，才想振作精神进门去，又听玄烨说："你去瞧瞧贵妃醒了没有，若还是没醒，朕回乾清宫去了。"

贵妃心头一抽搐，连忙跨进门来，满脸堆笑："皇上，臣妾好了。"

玄烨闻声见贵妃进来，她脸上气色并不好，胜在笑容明媚，心知此刻若离去必然惹人伤心，本也是来看望她陪伴她的，既然醒了自然不必再走，起身绕过桌案来挽着贵妃的手说："你又出来做什么，太医不是要你静养。"

一边说着，就领贵妃回寝殿，她一路言笑，也直率地说听见皇帝讲要回乾清宫的事，自谦地希望皇帝能回去好好休息，玄烨则说要陪她，而又听贵妃提起听见说不带德贵人去园子里的事，贵妃笑着宽解皇帝："今天的戏码很热闹，可惜德贵人没在，小年里臣妾也要请戏，正好皇上不去园子里了，不如就让德贵人来承乾宫看戏。"

玄烨略有些尴尬，但见她大方从容，不论是真心还是敷衍，眼下拂了面子大家都不好看，怪自己不该在这里提什么乌雅岚琪，只能笑着随口应几句，之后便将话题带开，不愿在岚琪身上绕。

腊月十五转瞬就在眼前，德贵人终于可以出门，天蒙蒙亮就装扮齐整往慈宁宫来。来时太皇太后都还没起身，她就和宫女们等在外头，虽然心痒痒想去小阿哥的屋子瞧瞧，可不敢坏了规矩，老老实实等候太皇太后起身好先伺候这边。正等得百无聊赖，小婴儿的啼哭声突然传来，之后就是乳母拍哄的声音，她才抬头循声找传来的方向，寝殿里就有动静，太皇太后起身了。

许久不见老人家，岚琪周周正正行了大礼，太皇太后也不要她忙什么，一直拉着手说话，让她转着圈儿地给仔细打量，老人家笑悠悠说："养得很好，看来我要三年抱俩是不愁的了。"

说得岚琪赧然脸红，正要回话，外头进来一群人，乳母抱着小阿哥被簇拥在中间，之后有宫女扶着行礼，说小阿哥给太祖母请安，太皇太后见岚琪眼里泛光，笑着推她说："快去抱抱，让孩子认认你，别只记得奶娘。"

因腊八那天在城楼上见过，岚琪还不至于想念得心里发慌，这会儿抱过儿子，只觉得臂上一沉，乳母笑着说：“小阿哥又长个儿了呢。”

岚琪抱过来，与乳母道声辛苦，就将孩子抱到太皇太后跟前，老人家每天见当然不稀奇，让她去小阿哥屋子里。之后大半天也没过来，只等摆午膳时小阿哥睡着了才来跟前伺候，太皇太后问她可过足瘾了，岚琪坦率地摇头，说天天见也不会腻烦。

“让玄烨多疼你些，早些再怀上一个，等晋了嫔位就能自己养，省得天天来吵我，你且耐心等等。”太皇太后从前绝不会对妃嫔直白地说这些话，便是早年想利用彼时的惠贵人来平衡妃嫔间的关系，让她多照拂一些钟粹宫时，也是假借苏麻喇嬷嬷的口说的许诺。如今却毫不顾忌地对岚琪说这几句，苏麻喇嬷嬷在边上听着，也感慨主子年岁渐长，好些事都不顾忌了。

午后伺候老人家歇了觉，岚琪又往小阿哥的屋子来，才坐下痴痴看了会儿摇篮，苏麻喇嬷嬷就进来，笑着翻了一本名册给她，指着一个名字说：“皇上前些日子和太皇太后拟定，要给皇子阿哥和宗亲子弟们排字辈，皇子和宗亲子弟们之后都要改名字。小阿哥这一辈儿开始从‘胤’字，咱们小阿哥的名字，是太皇太后亲自选的，叫胤禛。”

“胤禛？”岚琪瞧着这一对字眼，知道是儿子的名字，就没来由地瞧着好看。

苏麻喇嬷嬷笑道：“‘禛’，以真受福，说的可不是贵人您这个额娘吗？”

“我？”岚琪不解，嬷嬷却笑道：“贵人以真待人，一步步赢得今日的福气，想想您若不拼尽全力照顾当初的布常在，哪儿还有后面的一桩桩一件件，若说您的福气是上天给的，是太皇太后给的，不如说是您自己挣来，应当应分的。”

“您这样夸，我可要飘飘然了。”岚琪已被说得双颊绯红，转身轻轻点了点儿子肉乎乎的脸颊，“胤禛啊，可不要辜负了太祖母的好意。”

第十三章

江山帝王心

腊月二十一，玄烨在交泰殿封了印，一年里数得过来的几日清闲。二十三过小年祭灶神，已经下旨宴请皇室宗亲，算算日子也不得闲，故而二十一这天上午才封了印。午膳来慈宁宫蹭了顿，下午就把德贵人从太皇太后跟前领走了。

因去不得园子里，玄烨带着岚琪在皇城内逛一逛。紫禁城之大，宫嫔行止所限，若非皇帝领引，好些地方岚琪一生也未必能去，这会儿就被一乘软轿抬到外朝文华殿，岚琪下轿时很惊愕，皇城之内竟还有如此落魄残败之处。

皇帝领着她进门，各处狼藉荒废的景象，看得岚琪目瞪口呆，玄烨却冷然说："当年李自成率兵攻入紫禁城，将这一处文华殿悉数焚毁。待我爱新觉罗做了汉人的主，先帝便让留着这片狼藉，说要让后世后代警醒，君子之泽五世而斩，不要我爱新觉罗家的子孙，来日也落得这个下场。"

岚琪听得心惊，看着满目疮痍，才明白玄烨为何总说，后宫里的家常琐事在他眼里微不足道，自己的心愿再大，也比不过江山社稷。真是该把女人们都领来这里瞧一瞧，看看断壁残垣，看看灰烬涂炭，还争什么斗什么，真是如皇帝时常骂自己闹脾气时说的话，都是闲出来的毛病。

"可朕打算过两年重建。"玄烨转眸见岚琪神色凝重，不觉好笑，伸手在她脸上掐了一把，欣然笑道，"朕带你来瞧瞧，可不是吓唬你用的，朕是想，我大清皇城里，留着前朝冤孽做什么，不如推干净重新建起来。武英殿尚在，怎能荒废了文华殿，咱们满人马上得天下，可泱泱国土才有多少满人？治汉人还是要用汉学，朕既要尚武，更要崇文，汉人推崇什么，朕也推崇什么，博学鸿儒开科取士，朕要赢尽天下汉人的心，让他们好好和朕一起守着国土。"

岚琪满目崇敬之色，眼中熠熠生光，玄烨乐不可支，推她说："又傻乎乎的了，朕说这些话你可用心听了？"

"听了听了。"岚琪忙不迭答应。

"那往后记得把这些话告诉儿子，教导他好好念书习武，做朕的左右臂膀。”玄烨这样说着，轻轻将岚琪勾到身边，“一个小阿哥怎么够，这么大的江山，朕要有好多儿子才成。”

岚琪心里热热的，可不敢在这严肃的地方放肆，轻声说：“皇上不要闹，等回了乾清宫再玩笑。”她知道，玄烨想她，她自己何尝不想玄烨。

皇帝故意逗她的，又岂会真的在这里造次，拉着岚琪离了文华殿，又坐了软轿入内庭，走过奉先殿，在斋宫前，一座新修葺的殿阁即将落地而起，碍着封印过年，工程也暂时停了。岚琪晓得是太子出痘疹后，玄烨下旨修建，建成后此处即为太子东宫，往后太子就不住在乾清宫了。

“赫舍里皇后与朕结发情深，太子可怜生而无母，朕不愿将来有人轻贱了他，轻贱了太子就是轻贱了皇后，朕容不得。”玄烨望着已然结实的地基，情意深深地说，“朕待荣嫔、端嫔好，也是念着当年的情分。大婚后朕虽亲政，可四大辅臣依旧妄图左右朕，鳌拜嚣张，班布尔善觊觎皇权，吴三桂又在南方划疆圈地，彼时朕年少无能，那些日子的辛苦艰难，只有赫舍里皇后陪在朕的身边，却从未帮着她的家族为难朕。这是她和昭妃最大的不同，赫舍里皇后把朕当丈夫，而不是皇帝。”

岚琪听得出神，见玄烨转过来看着她，立刻醒过神，疑惑地看着他，不知道要问什么，但听玄烨说：“在你心里，朕是什么？皇帝，还是丈夫？”

“臣妾不敢比赫舍里皇后，而此刻您这样问，臣妾说什么都有讨好皇上的嫌疑，但这样的话太皇太后早就问过臣妾。”岚琪朝后退了两步，福了福身子说，“在岚琪心里，皇上是天是帝王，也是臣妾的丈夫和孩子的阿玛，但臣妾不能只把您当丈夫，若只把您当丈夫，可就容不得别的娘娘、贵人近在您身边了。想着您是九五之尊的皇上，心里就明白自己是谁，就晓得什么才是该得的。皇上，欲望是无底的深渊，到底了也就摔死了，臣妾可不想跳下去。”

玄烨欣然，朝她近了两步，将额头抵在她的额头上，笑意深浓地说：“到底是做额娘的人了，朕也放心将来把儿子交给你抚养，一直担心啊，教出来傻乎乎的儿子可怎么好。”

岚琪伸手将玄烨朝后推：“皇上不正经，人家在掏心掏肺说话呢。”

玄烨大笑：“还掏心掏肺呢，你最没心肝的人，出了月子多少天了，怎么不来乾清宫瞧瞧朕，非要朕去找你才成吗？一心只扑在慈宁宫，从前还能说你孝敬皇祖母，如今呢，眼里只有儿子了吧，朕就该把他送去阿哥所，看你眼巴巴地去看谁。”

岚琪看了他一眼，心里的醋坛子也打翻了，转身朝外头走去，嘀嘀咕咕道："翊坤宫、咸福宫都忙不过来，还惦记人家去乾清……"

话没说完，就被玄烨从后头拦腰抱住，她已经脱了束腹带，胜在年轻底子好，短短几十天腰腹上的皮肉就收紧了，被玄烨这一掐，浑身都要酥了似的。皇帝也有些惊讶，摸着纤腰丰臀，竟又和从前不一样，岚琪赶紧挣扎着跳开，轻声责怪："青天白日的，皇上就会欺负人。"

玄烨却上来挽了她的手，径直就往乾清宫走，笑悠悠霸道地说："青天白日又如何？他们一双双眼睛还敢看不成？"

岚琪娇娇软软地被领走，回了乾清宫自是温词软语无限春色。之后两日，德贵人连着在乾清宫侍奉，内务府更是记下夜夜春宵，后宫人人都看在眼里，是酸是涩，如人饮水。

只等小年祭灶神，三院辅臣学士，以及部、院、卿、寺、堂上官、国子监祭酒、六科都给事中等皆聚在坤宁宫，朝夕二祭，严肃庄重，玄烨忙碌一天也无暇来后宫。

此刻众人在承乾宫陪佟贵妃看了戏，懒洋洋地散了归来，要换衣裳准备夜里赴宴，才进门未落座，却听门前人来禀告："觉禅答应来了，说要见德贵人。"

端嫔没好气："什么时辰了，她来做什么？"

"年节里有客来，不能不周到，嫔妾去见见她，娘娘且宽心，我不让她来叨扰您。"岚琪知道端嫔不愿与麻烦的人往来，便与环春出来，瞧见觉禅氏领着宫女立在门下，就让环春请她进来坐。

在东配殿落座，见她行了礼，岚琪客气地说："端嫔娘娘和布贵人都乏了，就不见你了。"

觉禅答应颔首道："嫔妾是来见您的，端嫔娘娘和布贵人日后也好去请安。"

"有事？"岚琪也没精神多客气寒暄，想着觉禅氏素日闷在屋子里大门不出二门不迈的人，除非不得已的应酬，不然宫里几乎见不到她的身影。自己碍着那些事，也一直对她冷冷的，见了面都极少说话，她不像是会特意来祝贺节日。

但岚琪问这句话，觉禅答应却不急着回答，反是先吩咐宫女下去，她的宫女一走，环春几人立在边上就显得尴尬，见主子不反对，也一同离开了。

殿门轻悠悠合上，岚琪将目光转回到觉禅氏的身上，直接问："有要紧的事与我相关？"

"嫔妾也不晓得该不该说这些话，虽然觉得多一事不如少一事，可又想，不论如何，让您心里有个提防也好。"觉禅氏面色平和，缓缓地说，"那拉常在曾和嫔妾抱怨，腊八那天您坐着软轿和她争道，彼时她是肚子不舒服，被贵妃娘娘派人送回去的，可她说您的轿子不仅拦了她的去路，身边的小太监，还骂她赶着去投胎。”

一字一句勾起岚琪腊八那天的回忆，玄烨派人接她去午门城楼看风光，路上的确听见小太监骂骂咧咧的，彼时问了只说是宫女太监。她坐在暖轿里也没看外头，怎么会想到是那拉氏，而那些小太监再如何拜高踩低，如今那拉氏怀着身孕，也不敢不敬，兴许他们也不晓得是那拉常在坐在轿子里。

眼下不是为谁开脱，岚琪倒是惦记着那天小太监骂人的话，“赶着投胎”这一句她也听见了，那拉氏并没添油加醋，她怀着孩子本来就敏感娇弱，哪里经得起这么一句晦气话，更何况万黼阿哥一直都不好。

“德贵人？”觉禅答应见岚琪发呆，轻轻出声。

岚琪缓过神，抬眸见觉禅氏的脸，好些日子没留心瞧，这会儿仔细看，竟恍然觉得陌生。当初寻死觅活形同枯槁的人，虽然依旧纤瘦，但胜在妩媚多姿，眼波流转如一汪秋水，红唇腻鼻肤若凝脂，人说的天生丽质，当如是。

常听端嫔和布贵人嘀咕，说惠嫔对觉禅答应别有用心。岚琪心下叹一叹，这样的美人，皇帝看上眼了也不奇怪，他本来就不属于自己一个人，虽然心里也渴望独占玄烨，但生了那样的心思，后宫也就待不下去了。只是这会儿看着觉禅氏如此姿色，一面心里酸溜溜吃醋不愿玄烨喜欢她，一面又想从前那些事，不晓得这女人到底怎么想。

不过就几句话的工夫，她心里就翻腾出这么多念头，等冷静下来，便惊觉现在的自己和从前的不同。情爱之上，无宽容大度可言，苏麻喇嬷嬷曾说，人一旦动了心，就再由不得自己，她也终于开始，不由自主地容不得别人了。

“您没事吧？”觉禅氏见德贵人瞧了自己一眼后，又继续发呆，再出声发问，才见德贵人终于似缓过神般，应了句：“没事。”

觉禅氏略感无措，不知道自己来说这些话，是不是触怒了别人，心里又掂量几下，定下心神问：“嫔妾是不是多嘴了？”

“没有，谢谢你来告诉我。”岚琪客气地笑道，“只是我不明白，你为什么要特地来告诉我，算起来这宫里的人，我就没对谁说过重话、不好听的话，倒是对你红过脸，你却还有这样的好心。”

觉禅氏抿着嘴，半晌才说：“可是也只有德贵人您说那些话，是真正想让嫔妾好好活下去的，旁的人，不过是为了他们自己。”

“谁不为己？你不必高看我，当日那些话想必你也没忘记，我还是那几句，也算是你我之间的默契。”岚琪不冷不热地说，依旧和觉禅氏保持着距离不愿亲近，“你好好活下去，大家都太平。”

觉禅氏眼底有些失意，但又听德贵人说：“今日的好意，我记在心里了，除了那不相干的事，往后有什么我能帮你的地方，钟粹宫门一直开着呢。平日里倒也不必往来，你是住在翊坤宫的，总要顾忌些主位娘娘。”

“多谢您提点，嫔妾谨记。”觉禅氏这才似乎有些高兴，起身福了福说，“没有别的事，嫔妾就先告退，今日晚宴因郭贵人不列席，嫔妾要在翊坤宫照顾贵人，晚上就不向您问安了。”

岚琪颔首不语，其实她也不过是个贵人，觉禅氏太谦卑客气。而见她离去时，窈窕背影瑰丽多姿，未及生养的女人已然生得如此体态，想她自己才到玄烨身旁时，还只是个干干瘦瘦的小丫头。

夜里去赴宴，乾清宫灯火通明，又见其他妃嫔女眷，相比之下，端嫔才觉得岚琪今晚打扮很鲜亮，打趣问她怎么突然有性子打扮，岚琪嘴上敷衍说过节要喜庆些，心里则想着：女为悦己者容。

今日摆宴用的都是上等佳酿，凶猛得很，岚琪只觉甜甜糯糯好喝，心中情绪纠葛，不知不觉多饮了几杯，并不知酒劲儿之大，待端嫔察觉她满脸通红眼神涣散时，已经醉了。

可岚琪生来头一回醉酒，自己也不知究竟怎么才算醉了，等她软绵绵地被带走时，还问端嫔为什么要送她走。只等退出乾清宫，外头清冷的风一吹，浑身一紧才觉脑壳胀裂般疼痛，身子软软往下坠，根本站不住，吓得环春几个手忙脚乱。

李公公陪在上首早看在眼里，不用等皇帝示意，就已经吩咐手下小太监来支应，一乘软轿准备在殿阁外，可才把人塞进去抬不远，昏睡过去不省人事的岚琪竟然直接从里头座椅上滚下来，若非边上小太监机灵，眼明手快地挡住，她大概就要从里头直接滚到地上去了。

环春几人从未见她如此狼狈过，在乾清宫的人面前都很不好意思，最后只能环春陪着一起坐轿子，把她搀扶住了才送回钟粹宫。

酒醉的岚琪不吐不闹，总还算好伺候。环春和玉葵守在床边，玉葵问是不是主子有不高兴的事才喝闷酒，环春却分明记得她出门前还春风满面的，哪儿能有什么不高兴的，两人只能傻傻地守着。

好半天前头宴席才散了，端嫔和布贵人匆匆赶回来，端嫔进门就先来看她，皱着眉头苦笑：“临走皇上还让李公公来给我传话，让好好照顾她，她是怎么了，好端端的怎么就喝醉了？”

环春也奇怪：“出门前可高兴了，您也瞧见了。”

说话时，前头承乾宫有动静，众人便知道是御驾过来了。

贵妃回宫后，本以为玄烨要去慈宁宫，还想着洗漱一番才准备接驾，衣裳还没换，外头就说皇帝到了，惊讶地迎出来，问怎么不去慈宁宫，玄烨说太皇太后留了几个重孙女在身边住几日，他不便过去。

因玄烨也吃了酒，贵妃让青莲去做醒酒汤，玄烨没说什么，似乎也喝了不少，只管歪在炕上眯眼假寐。佟贵妃便先去换衣裳，一身的酒肉脂粉气，怎能侍驾。可等她洗漱干净回来，却见玄烨没在炕上，竟是坐在古琴前，漂亮的大手看似缓缓拂过琴弦，但并没触碰，自然也不会有什么声音。

贵妃心头略酸，当日她让青莲扔了古琴，但隔天玄烨就扔下她去了温妃那里，心里不好受，就又拿琴出来，乱弹一气后挣断了两根琴弦，如今在人前她右手总戴着长长的护甲，只为了遮盖指尖的伤痕。

“醒酒汤快好了，臣妾去端来。”贵妃微微一笑，转身出去，才将到门口时，却听外头小太监在说话，似乎是在向李公公禀告，说什么“德贵人睡得很沉，一时半会儿醒不了，端嫔娘娘说不必请太医，免得闹出动静惹什么麻烦，今天钟粹宫够热闹的了”。

贵妃立定在门里，心一点点往下沉，只听李公公说：“你们再去盯着些，万一皇上问起来，别都不知道。德贵人身子弱，就当是给大公主看伤的，别人不会说什么，让太医院留心点。”

“你去吧。”贵妃示意青莲出去拿醒酒汤，自己又折回玄烨身边，他还在古琴前坐着，似乎是在思考什么事，看着似醉又像清醒的，贵妃平素最会娇言软语地承欢，今日竟是不晓得怎么做才好。

玄烨抬头看她，似乎也没听见刚才说什么要去拿醒酒汤的事，反而问：“今晚瞧见你也没少喝酒，你身子弱，太医叮嘱要静养的，往后还是不许再喝酒了，朕会叮嘱青莲她们看好你。”

几乎和外头李公公一模一样的话，贵妃一时发蒙，不晓得玄烨这话到底是真心对自己说，还是心里惦记着后头那个乌雅氏，好在他说的是青莲不是环春，好在他还看得清眼前的人是自己，不是德贵人。

“这琴是额娘用过的？”玄烨忽然问。

佟贵妃心头一颤，怎么提起这些来，但也不得不应：“阿玛说是姑母用过的，可惜臣妾记事起姑母已经不在了，阿玛说是，臣妾就记着了。”

玄烨略见凄然地一笑，终于伸手拂过琴弦，醇醇的音调飘入夜空，他嘴边似不经意地说："我从来没听过额娘弹琴。"

静澜夜色，琴声悠悠，从醉梦中醒转，入耳的韵律和以往不同，声声慢慢里透着惆怅，岚琪睁开眼，屋内烛光摇曳，不明不暗，她张嘴想喊人拿水来喝，又念夜深不愿折腾她们，自己忍耐下了。

翻个身，琴声戛然而止，心中想着：今夜是谁在抚琴？

承乾宫里，玄烨从琴前起身，笑着说："许久不碰，生疏得很，还是你弹得好，夜深了，不然一定要你弹一曲。"

"臣妾不喜欢弹琴。"佟贵妃端坐一旁，方才一声声听着玄烨抚琴，就笃定要对他说这句话，"皇上，往后您再来承乾宫，咱们做些别的乐子吧。臣妾不喜欢弹琴，是阿玛说您喜欢才让臣妾学，让臣妾弹给您听，虽然每次讨得您喜欢，可每一下每一声都不是出自肺腑，臣妾一点儿也不快活。"

她起身离座，在玄烨面前稳稳屈膝，声音哽咽着："皇上不要生气，往后臣妾再也不想弹琴，您若一定要问缘故，臣妾也说不上来，就是……再也不想弹琴了。"

玄烨淡然笑道："你每次弹琴，就想着，是舅舅让你这样做，你这样做只是为了讨好朕，你只有讨好朕，朕才会对你好，所以才越来越难受。"

佟贵妃抬起头，双眸已然泪水晶莹，一点头便有泪珠子滚落，她才要伸手去擦眼泪，玄烨的手就伸过来，亲自将她搀扶起来，稳稳地扶着肩膀说："琴你还是要弹才好，琴声传出去，旁人就知道朕在你这里，就知道咱们还好好的。你若不弹琴了，舅舅他们就该着急了，更麻烦的就还在后头。你的心意朕明白，朕对你好，不是因为你弹琴，所以这琴，也还要弹才好。"

"皇上……"

"今晚的酒太烈，都醉了。"玄烨意味绵长地一笑，轻轻推她一起往榻上去，"早些睡吧，不要胡思乱想，明早起来就好了。"

佟贵妃被推到床榻边，皇帝朗声唤人进来，这边侍奉贵妃脱衣裳，那边侍奉皇帝更衣，等两人并肩卧在床上，玄烨已然疲倦，慵懒地合了眼睛，耳听得贵妃似乎喊了声表哥，他轻轻嗯了一声，再没出声。

贵妃翻过身，眼泪沾湿枕头，她倔强地闭上眼睛，身子微微颤抖着，可玄烨的手忽然搭在了她的腰上，纤弱的身体立时僵滞，身后的人没说话，她也不敢再哭泣，这样静谧无声地，迷迷糊糊进入梦里。

翌日天未亮，狂风四作，天亮后下了雪，狂风卷着雪粒子钻入皇城每一个角落，各宫各院都将门窗堵得严严实实的，不叫好容易烧炭暖起来的屋子再被风吹冷了。

岚琪从醉梦里醒来时，早过了平日她去慈宁宫的时辰，傻乎乎地愣在床上，脑袋里一片空白，直觉得浑身发烫干燥，嘴唇也皱皱地起了一层皮，她稍稍一动，帐子就被掀起来，瞧见环春心里便踏实了，声音嘶哑地喊要水喝。

绿珠、玉葵都来伺候，洗洗漱漱收拾停当，喝了水进了粥，宿醉不醒的岚琪缓过一口气，只是身子还软绵绵，就听环春笑话她："主子醉酒还是很老实的，安安静静睡觉，不哭不闹也不吐，就是睡得太踏实了，差些就从轿子里滚下去，奴婢也受用一回，和您坐了软轿回来呢。"

岚琪软乎乎地笑着说："回头去慈宁宫一定要挨骂了，那会儿还跟着太皇太后吃补药时，太医叮嘱过不能饮酒。"她挪动一下身子，懒洋洋地舒展筋骨，回味着昨夜琼浆玉露的美妙，"那酒实在好喝，又甜又香，我哪儿知道会醉呢。"

此刻却有人来禀告要紧的事，说万黼阿哥不好，太医院已派了好几个太医去阿哥所会诊，岚琪听得心慌，赶紧洗漱穿戴，预备着要过去。

果然端嫔就先过来了，问岚琪："你身上好不好？咱们去瞧瞧吧，万黼我也抱过，心里舍不得。我曾奢望也能抱养他，只是皇上一直没上心，连端静都送来了，把那孩子一个人留在阿哥所。"

岚琪自然应从，两人拥着氅衣戴着雪帽往阿哥所来，来得不算早，宜嫔领着觉禅答应已先到了，坐在外头等太医的结果，见她们俩来，都是叹："好好的日子，出这种事。"

岚琪侍立在端嫔的身旁，不多久几个太医从里头出来，个个都垂头丧气地说："臣无能，阿哥怕是就这几天了，娘娘们稍坐，臣等还要去向皇上复命。"

"各位太医，皇上那儿不必去了。"但见李总管落了一身的雪从外头进来，边上有眼色的小太监上去掸雪，他厌弃地推开，先来向宜嫔、端嫔几人行礼，说，"万岁爷早晨起来有些头疼，怕是风邪所欺，要在承乾宫静养两日，这边的事一时顾不上了，刚才奴才禀告时，皇上说，若是真留不住，让几位娘娘做主，瞧瞧那拉常在那里可有什么心愿。"

岚琪瞧见端嫔脸色暗沉，眼中亦流露出悲伤惆怅，猜想是想念她的小公主。当时玄烨一定疏忽了什么，等她紧赶慢赶赶来时，小公主已经没了，此刻难免勾起她的伤痛，而且听她刚才在钟粹宫时说的话，多半有些怨皇帝把这个儿子扔在这里不管。

宜嫔叹一声，便与端嫔商议几句，岚琪不明白为什么这件事是宜嫔领着觉禅答应来，相反如今做主宫里事的荣嫔和惠嫔却不见动静，只等两人商议出了结果，便派人去把那拉常在接来。

岚琪跟着端嫔进去看了万黼，三岁多的孩子，小小的人痛苦地闭着双眼，脸上眉毛拧曲，时不时会哼出声，她看了两眼没敢再多看，总希望自己能记着贵妃生辰那天他还活蹦乱跳的样子。虽然阿哥是隐疾所致，但心里总觉得，温妃当初若没算计那一场，未必勾出隐疾，她终归脱不了干系。

那拉常在挺着肚子被送来时，未进门已听见哭声，宜嫔喝住她说："阿哥还好好的，你哭什么，叫你来是想让你哄哄孩子，你再哭可别进去了。"

那拉常在抽抽搭搭的，半天才颤颤巍巍地进来，一眼瞧见岚琪跟着端嫔，狠毒地瞪着岚琪。端嫔看见也十分莫名，两人到外头，还是听见那拉常在哭哭啼啼，这里还有李总管和太医在，宜嫔看不过去，让人把她架出来了，才要规劝，外头嘈杂人声，只听通报说："贵妃娘娘驾到。"

众人赶紧迎在门前，佟贵妃一身貂绒雪衣雪帽进来，雍容华贵，一边解了氅衣一边对李总管说："本宫瞧见皇上不放心，还是替他来看看好。"见那拉氏也在跟前，便说，"万岁爷有些头疼，一时不能过来，你心里别多想。皇上说了，若是留不住……"

"娘娘。"那拉氏竟突然崩溃了似的，挺着肚子朝贵妃跪下去，边上人都吃一惊，她却哭着说，"求娘娘做主。"

众人面面相觑，便听那拉氏哭哭啼啼将腊八那日的事说了，话头指向德贵人，哭着说："若非德贵人让奴才那样诅咒，怎么会祸及小阿哥。"更不顾尊卑用手指着岚琪，"德贵人，嫔妾和您无冤无仇的，不过是您怀孕时被皇上翻了一次牌子，您就这样记恨嫔妾吗？"

"那日的事我并不知道，若是知道岂容奴才放肆？"岚琪正色，不为所动，"阿哥的病十月里就有了，怎么算到腊八去了？那拉常在，你心里难受我明白，可往我身上泼脏水，又能换回什么？"

边上几人听见德贵人说这几句，都愣住了，平素温柔和蔼，对谁都客客气气的岚琪，竟也有这样厉害的一面，可见人不可貌相。他们却不知道，岚琪满心觉得那拉氏这是在亵渎玄烨对她的喜欢，怎么玄烨对她的好，就成了别人眼里的恶，所以才容不得。

佟贵妃在边上坐着，静幽幽看着这场戏，与往日不同的何止德贵人，贵妃娘娘也似变了个人一样，从前走到哪儿都带一阵风似的张扬不见了，从刚才雍容华贵地走进门起，仿佛就不再是从前那个小佟妃。

那拉常在却不依不饶，不顾肚子高高隆起，涨红着脸只问："嫔妾怎么敢往您身上泼脏水，嫔妾只想问您，那天有没有听见奴才说这句赶着投胎的话？"

岚琪心里堵了一口气，没想到那拉氏还挺聪明，咬着这句话，自己还真不能否认，她仗着大腹便便撒泼撒痴，连端嫔也不便出面呵斥，再者贵妃在上，也不好僭越。

"贵妃娘娘，求您给嫔妾做主。"那拉常在又哭又笑地，曾经她也被终日咋咋呼呼的安贵人欺负过，眨眼间她自己也染了这样一身脾气。岚琪看着心生可怜，正叹气时，又见玄烨身边的小太监跑来，与正一脸苦笑的李公公耳语几句。

李总管脸上的苦笑变成了尴尬，皱了皱眉头，躬身到贵妃面前说："娘娘，太皇太后下懿旨，说您身子骨也弱，怕是照顾皇上太辛苦，才好些的身体别又病了，所以才刚下令把皇上送回乾清宫了。"

李公公说着，又朝岚琪看了眼，依旧尴尬地笑："太皇太后请德贵人去乾清宫侍疾，说万岁爷除夕元日诸多大事等着主持，这几日务必养好了，是严令。"

岚琪闻言一愣，但心头紧跟着就松了，知道此刻当着贵妃的面被喊走，在座谁的脸上都不会好看，可她不走就是抗旨，也顾不得别人，再有那拉氏撒泼纠缠，心头一股股火冒起来，离了才干净。

"嫔妾告退。"她周正地向贵妃和宜嫔、端嫔行礼，见贵妃点了点头，才退身出去，李公公也跟着她走，到了外头苦笑一声："贵人受委屈了，那拉常在也忒胡闹了。"

岚琪没说什么，坐了暖轿急急往乾清宫赶去，听说玄烨头疼脑热本来就心急，刚才那一吵更心烦，总算可以清清净净去照顾他，别的事都不愿再想。

此刻阿哥所里，佟贵妃进去看了眼万黼，再出来也预备走了，瞧见那拉常在失魂落魄狼狈地在边上，忽而哼笑一声，冷幽幽说："你这样哭丧，岂不比那奴才一句话更晦气？万黼还活着呢。"

那拉常在捂着嘴不敢哭，众人行礼相送，只等贵妃也走了才松口气，宜嫔脸上满是失意，不知为了什么，又见那拉氏这般模样，没好气地说："你何苦呢，说话长点心，你和德贵人争执，怎么把旁人都拖下水？什么叫趁她怀孕被皇上翻了牌子，你把贵妃娘娘和我们的脸面放哪儿了？"

这几句责备的话，稍后就会被李公公留下的小太监回去禀告，但到不到得了玄烨和岚琪面前就另当别论，这会儿岚琪急匆匆赶来乾清宫，已经有太医来给皇上瞧过，说皇上只是着凉，不要再吹风受冷，发身汗就能好。

岚琪等太医走了才进寝殿，玄烨懒洋洋地歪在床上，他整年整年地辛苦，难得清闲几日，松了弦的确容易生病，加之今年还盯着西南的事儿，今天一大早又传来那么多坏消息，难怪他头疼。

“皇上，要不要臣妾揉一揉？”坐到床边，见玄烨自己揉着脑袋，岚琪伸出手，玄烨看她一眼，握了一只手在掌心，摇摇头说：“朕没事，心烦而已，装着头疼，就不必理会那些琐事。”

“万黼还好，太医说会尽力。”岚琪垂目说了这几句违心的话，也不管玄烨知不知道孩子没几天了，只听玄烨叹道：“是朕疏忽。”

“皇上别多想了。”岚琪还是伸手要替他揉额头，玄烨却笑道：“你去拿镜子瞧瞧自己的脸色，宿醉一夜，眼下都是发青呢，我们谁也别照顾谁了，歪着坐会儿。”

岚琪靠在玄烨身边，心里没来由地突突直跳，忽然想起昨夜半梦半醒时听见的琴声，不知是不是想要带开话题让他散散心，笑着问：“皇上昨晚，是不是在承乾宫弹琴了？”

玄烨不解，问是不是李公公说的，岚琪摇头：“一直听贵妃娘娘弹琴，昨晚很不一样，就想着会不会是皇上。”她笑意浓浓，本想哄玄烨高兴，有心撒了个谎说，“昨晚头疼得要裂开了，听着皇上的琴声才睡着的，原来皇上也会弹琴？”

可玄烨脸上却不好看，蓦然沉下脸色：“往后不要再提。”

那一句话之后，玄烨便阖目休息，相处至今第一次看他这样的眼神，若说是生气，不如说是伤感，没有让人畏惧的怒意，仅仅眼底的哀愁，就让她看得心惊。

胸前聚了一口气咽不下去，哪怕之后一直被握着手坐着，岚琪也始终没能安下心，她的不安，多多少少影响了玄烨，小憩半刻后，终于睁眼松了手说：“朕一会儿还要约见大臣，这里有人照顾，朕也没大病，回去歇着吧，宿醉一夜的酒还没全醒吧？”

平日说这些，岚琪一定会撒个娇纠缠不肯走，可今天仿佛有人推着她往外头去，皇帝一说让走，她半句想要留下的话都没有，立时下了龙榻行礼，再起身时，却又被玄烨握住了手，似要挽留。

但两人只是这样静了须臾，皇帝还是放手，淡淡说：“朕今日精神很不好，没得叫你在这里受委屈，回去吧。”

若不说这一句，岚琪还觉得自己有些委屈，却是这些话，让她没来由地觉得皇帝委屈，本想头也不回就离开的人，变得犹豫踌躇，几乎一步一回头地挪动到门前，而回眸每每瞧见的，仍旧是阖目靠在床上的玄烨，他到底，为了什么伤感？

外头风雪呼啸，岚琪一出门就被呛了一口风，她竟没穿氅衣没戴风帽，就这么傻乎乎地走出来了，惊得外头一众人手忙脚乱给她围上，李公公更是一脸不解地问："贵人怎么出来了？"

岚琪看他一眼，似乎想问皇帝怎么了，但没说出口，只是道："皇上说一会儿有大臣要来，我在这里也不方便。"

李公公眉头动一动，今日并未说要哪位大臣入宫，而平日就算有大臣来，也只管叫德贵人等在别处屋子里就好，特地要她回去，显然有什么缘故，心里便暗暗记下，备着之后不要在御前有什么差池。

一乘软轿匆匆又从乾清宫被抬回去，顶着风雪一路走得辛苦，风雪也将这光景随风送入各宫各院，一众人本还为了太皇太后过分偏心乌雅氏而泛酸，没想到人家凳子都没坐热的工夫，就又被送了回去，但不论是什么缘故，都巴不得乌雅氏得罪了皇帝。

慈宁宫这边，太皇太后心情很不好，这会儿又听苏麻喇嬷嬷说皇帝把岚琪赶回去了，明明是她亲自下令要岚琪侍疾，皇帝这又是闹的什么脾气，一时生气说："让他们别扭去吧，一个个都没轻没重，要我操碎了心才好？"

如此，皇帝心情不好，太皇太后也不高兴，向来最能讨两宫欢心的德贵人也无能为力。前日还过小年祭灶神热热闹闹的宫廷，一场风雪后竟清冷起来。皇帝在乾清宫独自待了两天，除了几位上书房大臣和近身侍卫，谁也没见。

外头说皇帝是养病，可养病却无妃嫔侍疾，猜想着一定是有什么缘故。那一天皇帝从承乾宫走的，最后见的是德贵人，加上万黼阿哥的病，都揣摩着圣心，不知究竟哪件事哪个人，才真正触怒了皇帝。

这日已是二十八，裕亲王福全进宫来，意气风发步履生风，一入乾清宫暖阁就对玄烨说："皇上，吴世璠又吃瘪了。"

玄烨精神一凛，笑着问："他不是想反扑吗？"

福全笑呵呵道："那畜生能有什么能耐，不得军心又无将帅之才，西南叛军早就散沙一盘。"他摩拳擦掌说，"等过了年，皇上派我去西南吧，将来论功行赏臣也要讨一杯酒喝。"

玄烨搁下笔，拿了茶来喝，气定神闲地说："皇兄你要什么朕都给得，只有这件事不成，他们那么些年浴血奋战熬下来，好容易要有结果了，让你过去分一杯羹捡现成的功劳，朕岂不是也要做吴世璠，失了军心？”

福全面色一紧，赶紧屈膝道：“臣愚钝无知，还请皇上恕罪。”

“皇兄起来。”玄烨则笑，似乎心情见好，“朕和你兄弟间，还有什么话说不得，你一心求胜而已，难道还真在乎什么论功行赏？”

福全见玄烨如此，也哈哈一笑释怀，才从小太监手里拿了茶吃，李总管来禀告，说恭亲王求见。

且说玄烨午门宣捷，看似不过是登楼一呼的简单，却从皇帝和太皇太后几时出门几时登楼，文武百官几时午门候驾，如何站列，最最要紧各门各处侍卫安全，没有一处是省心的。前后兴许个把时辰的事儿，关乎了成百上千人的职责，而这些事又全担在恭亲王一人身上。

外头因此传言，说皇帝对弟弟太严苛，向来留心宫内外口舌传言的皇帝，又怎会听不到这些话，他有他的主意。

此刻见了常宁，见弟弟满面憔悴，神情紧张地禀告过午门宣捷安排的事宜，玄烨正色道：“宗亲里，朝臣里，总说你年轻不堪大任，不配在亲王位，可朕知道你能行。皇阿玛走得早，留下我们兄弟几个守着这江山，朱元璋说胡人无百年运，咱们夺了他子孙的江山，就更要堵了他这句话，爱新觉罗要想世世代代传下去，打从咱们这儿起，就要奠下基石。如今北边沙俄虎视眈眈，蒙古各部异心动摇，西南大捷后只盼长治久安，江南江北又有四季天灾接连不断，朕肩上的担子很重，要有你们和我分担，才能扛起巍巍江山。”

福全闻言已离了炕，和常宁一起屈膝，誓言效忠皇帝，玄烨亲手将一兄一弟搀扶起来，握着他们的手臂说：“这江山是皇阿玛留给咱们的，最要不得兄弟阋墙，咱们之间不和睦，朝臣就该看笑话了。不论外头传什么话，你们但凡心里不自在了，就来和朕说清楚，再不济还有皇祖母在，千万不要道听途说，心生怨怼，坏了我们兄弟的情分。”

二人又要屈膝，被玄烨拉住说：“朕现在是你们的兄弟，我们兄弟间说几句肺腑的话，不要动不动就行礼。”

屋外头，李公公满面笑意看着立在门前的德贵人，苏麻喇嬷嬷新做的龙靴刚让她送来，这会儿捧着立在门前，那么巧听见一两句，李公公已然感慨，德贵人何尝不动容。

“公公，我还是走吧。”岚琪要把靴子递给李公公，她知道这会儿工夫，自己绝不该进门。

李公公连忙摆手，躬身引了岚琪到别处，轻声说：“德贵人请在这屋子里等一等吧，几位王爷不会久留，嬷嬷让您送来，自然是不愿让奴才经手的，您心里明白。”

岚琪是明白，这几天去慈宁宫伺候，太皇太后总叨咕她为什么惹玄烨生气，她心里不痛快难免也有脾气，虽然不顶嘴不解释，可也不服软，祖孙俩竟还头一回杠上了。苏麻喇嬷嬷看着无奈，正好元日皇帝登楼时穿的龙靴是她在做，这会儿弄好了，便让岚琪送来，岚琪起先还不肯，太皇太后生气说不肯往后也不许去慈宁宫看小阿哥，这才把她轰了出来。

本是心里毛毛躁躁地来，想着送好靴子就回去，谁知来时两位王爷早在了，李公公又似乎故意领她到门口，听见玄烨这几句江山为重兄弟情深的话，心里的不自在顿时烟消云散。太皇太后常教导她要体贴皇帝的孤独，彼时她不懂皇帝为何会孤独，如今才知孤独二字真正的含义。

看明白想透彻了，她反生出些愧疚和自责，满心觉得自己没脸去见玄烨，更没资格去分担他的心事。那一日他那么悲伤忧愁，明明伸手希望自己留下，可自己却浑身透着拒人于千里之外的气息，玄烨他一定是感觉到了。

“公公，我不进去了。”岚琪还是把托着一双明晃晃龙纹长靴的朱漆盘塞给李总管，扭身朝外走，说，“就传晚膳了，皇上指不定要和几位王爷喝酒谈天，太皇太后那里也不能没人伺候。”

花盆底子急急地朝外头走，李公公捧着一双靴子也疾步追出来劝：“贵人再等等吧。”

恰是此时，福全和常宁从书房出来，两人瞧见这架势，福全是最不拘小节的人，瞧见了不禁笑道：“德贵人来了？好巧好巧，我们兄弟正要走了。”

被撞见了，岚琪只能端着礼节，两厢行了礼，也不好再说什么，就见福全笑着重重拍了拍弟弟的肩膀说：“老五跟我走，既然德贵人来了这里，咱们就去慈宁宫瞧瞧皇祖母。”

李公公则已经麻利儿地前去通报皇帝德贵人到了，容不得她推托，等李公公再来面前时，已和蔼地笑着说：“德贵人请吧，皇上请您进去呢。”

岚琪局促又尴尬，进了门瞧见玄烨坐在炕上正端详苏麻喇嬷嬷给他做的靴子，抬头见她来，极自然地招手说：“来给朕穿上。”

岚琪赶紧走近了，脱了玄烨脚上的靴子，小心翼翼将新靴子给他换上，玄烨起身来回踱了几步，步履稳健又舒服，心情甚好地说：“嬷嬷有年纪了，不舍得劳烦她费眼神做这些，可朕是穿着嬷嬷做的鞋子长大的，近些年穿着内务府督造的，虽然也合脚舒服，总还想着小时候那种感觉。”

玄烨又坐回来，岚琪帮着又要给换上原先那双，可才脱了新靴子，玄烨就收脚盘膝到了炕上，一把把她拉过来，岚琪跌坐下来，只能匆匆踢了自己的鞋子爬上来，被玄烨搂在怀里问："说你送了鞋子就要走，就那么不想见到朕？是那天朕给你脸色看，你记恨了？"

岚琪的头摇得拨浪鼓似的，钗子上金珠子叮叮作响，玄烨却说："朕都伸手想留你，你还是走，走了也不再来，为什么总是朕哄着你，几时你也能哄一哄朕？"

"皇上……"岚琪迷茫地看着皇帝，刚刚还对着兄弟说那番撼动肺腑的话，怎么现在突然变得小孩子似的？

玄烨埋首在她的颈间，气息软软地说："那天瞧见你走，朕心里更难过，往后哪怕朕冲你发脾气，你也不要走，留下来让朕说几句，就算你听不懂受委屈也听着成不成？朕想有个人能随便说什么话，想说什么就能说什么。"

"您怎么了？"问着，轻轻推开了玄烨，瞧见他眼睛通红，满面一个帝王不该有的孩子气息，全然不见那个在朝臣面前不怒而威盛气凌人的年轻帝王，也不见平日里欺负自己时的霸道，看得乌雅岚琪心内一片柔软，禁不住伸手捧了玄烨的脸颊，颔首应道，"臣妾答应皇上，往后不论您说什么，发脾气也好骂人也好，都死乞白赖地不走，除非您找人把臣妾架出去。"

玄烨这才似笑了，搂着软绵绵的枕头似的抱住她，心中沉甸甸的包袱被放下，岚琪听见他在耳边说："那天朕想起小时候的事，想起额娘，想起皇阿玛临终时的模样，想起登基后那段日子。"

"皇上……"

"那时候朕什么也不懂，以为可以躲在皇祖母身后，可皇祖母却把我推在人前。"玄烨长长舒口气，"但朕知道皇祖母会时时刻刻在背后支持我，一步一步走到今日，等朕终于自己站稳，回首去看时，皇祖母却老了。"

"太皇太后很康健，皇上不要担心。"岚琪想要安抚玄烨，却渐渐听他说话，似乎根源又不在太皇太后的身上，只听玄烨说，"朕幼年离宫，若非皇祖母派人悉心照顾，莫说继承皇位，兴许还会死在宫外。先帝不喜欢朕和朕的额娘，亏待我们母子，朕心里一直暗暗以此为恨，可如今万黼病重，朕想到自己从来没为这个孩子做过什么，想着曾经失去过的那些孩子，朕何尝没有重走先帝的老路，朕和他一样，都不是一个好父亲。"

岚琪该怎么说？该说什么？她明白了玄烨为何让她不管什么都听着，原来不是每一次都能出言安抚，或许在她心里，也觉得玄烨不是一个好阿玛，可她又深知帝王的无可奈何和身不由己，对于皇子们，他亦父亦君，玄烨现在担心和惆怅的，也许就是将来孩子们对他，也会有他对先帝的那份“恨”。

“一会儿你回慈宁宫，替朕告诉皇祖母，朕想请她出面，让阿哥所的人把万黼送去他亲额娘那里，孩子最后的日子里，就不要顾忌那么多了。”玄烨似乎一吐心中不悦，心情渐好，拉着岚琪的手说，“朕又吓着你了，但说出来有个人听听，实在舒畅。”

岚琪笑着摇头，缓缓爬到他身后去，轻轻揉捏他的额头。玄烨舒心地闭起双眼，可忽而又想起那天的话，他撂下一句让岚琪不自在的话，却和孩子们的事没有关系，心头忽然一紧。岚琪感觉到他身体的颤动，手里也停下了，问玄烨怎么了，玄烨却静了片刻，挪动了身子又把她拉到身前。

皇帝面色凝肃，问她：“那天你说听贵妃弹琴的事，朕让你不要再提，你可还记着？”

岚琪见皇帝翻脸就跟翻书似的，心里一阵惶恐，老老实实说记着，一面更解释自己撒了个谎，可没想到皇帝在乎的不是这个谎言，反而正正经经地对她说：“朕不让你提贵妃弹琴的事，是因为心里梗着结，朕知道，温妃屡次纠缠你，该说的不该说的话，你大概听了不少。而贵妃和她一模一样，她们都是被家族送进宫里的棋子，朕不让你提的，不是贵妃弹琴不弹琴，朕会冲口而出那句话，是希望你永远是简简单单的乌雅岚琪，不要被任何人利用。”

“可是……”岚琪心里突突直跳，不自觉地低下头。

玄烨伸手抬起她的下巴，微微蹙眉问：“可是什么？”

岚琪咬着唇，将乱跳的心沉下去，抬起眼帘直视着玄烨，往日娇憨柔软的气质不见，宛若当日在阿哥所呵斥那拉常在的锐利目光，认真地说：“皇上若不想臣妾被任何人利用，那就要容许臣妾也多长一些心眼，没有心机城府，臣妾还会一次次被人卷进去。”

她坚强而严肃，虽然经不住眼眉泛红，但没有让晶莹之物占据眼眶，很镇定地告诉玄烨：“太皇太后曾问臣妾，有一天她不在了，臣妾该怎么办。皇上，您说呢？”

“朕明白。”

“臣妾会把小宫女乌雅岚琪藏在这里。”岚琪捧起玄烨的手捂在自己的胸口上，放下严肃的神情，含笑说，“皇上想她的时候，就摸摸这里，可臣妾一定也要变得和从前不一样才成，那样才能长长久久地守在您身边，还有我们的孩子身边。”

玄烨欣然，捂在她胸口的手稍稍用劲儿一捏，岚琪惊慌地要推开，却被玄烨欺身压在炕上，暖暖的气息扑在脸颊，他温柔地说：“往后这一刻就把小宫女放出来，平日里朕也要见到坚强果敢的乌雅岚琪，你还记不记得朕说过，为什么要你念书识字？”

岚琪心头一惊，当日说这些话后，她受了一顿鞭打，和玄烨生生分开了好久好久，那些话……

“后位不过是个头衔，朕已经不稀罕了。”玄烨伸手在她脸颊边轻轻挑逗，嘴角有深浓的笑意，俯首亲了一口，轻声说，“可后宫这个家，朕只放心交给你一个人。”

“交给臣妾？”岚琪眉头微微一紧，不知是惶恐还是抵触，玄烨看在眼里，略担心地问：“你不愿意？”

“愿意，为皇上做什么都愿意，可臣妾想……”岚琪抿了抿嘴，虔心而言，“那日臣妾与恭亲王福晋起争执，若臣妾贵在妃位，福晋必然不会当面翻脸，甚至于出手打侧福晋。臣妾并不是抱怨自己身份低微，祖宗规矩如此，皇上和臣妾都不能僭越，臣妾也心满意足。但臣妾出身不如几位娘娘，年纪也比荣嫔几位小，这是不能改变的事实，能哄得您和太皇太后高兴喜欢，是性子好是嘴甜，真正做事能不能做好，臣妾自己也不知道。您想把这个家交付给臣妾，眼下恐怕不行，三五年后能不能，也要再掂量掂量。您的心愿臣妾记在心里，会留心学着几位娘娘如何料理宫闱之事，但皇上能不能答应岚琪，这样的话，咱们只放在心里，再不要说出口？说多了，就不稀罕了。”

玄烨怎不记得当日一句闺阁玩笑，被有心人传得满城风雨，害他心爱的人遭受鞭笞之苦，而今每每触及她那一片娇嫩肌肤时，都会在心里浮起点点愧疚，也会惊讶于曾经的自己如此鲁莽冲动，看似不长不短的几年光景，彼此心智的改变，都让人惊喜而感慨。

“朕知道，这仅是朕现在的心愿。”玄烨轻轻在她唇上一啄，“朕会给你该有的荣耀和尊贵，让那些亲王福晋再不敢轻看了你，岚琪，你不只是嘴甜会哄朕高兴，这宫里哪一个人的嘴不甜？你比从前聪明了，朕也比从前更冷静，朕守着江山，从儿皇帝到现在，你要守着后宫，朕也等得起你成长，心智是你自己的，但地位是朕可以给你的。”

“嗯。”岚琪含笑点头，心里热乎乎的，身上的人气息越来越沉，果然他俯下身来，从蜻蜓点水的吻变成甜腻温柔的缠绵，再松开让她喘口气时，只听见皇帝暧昧地笑着说：“真是很甜？甜在朕心里了。”

岚琪伸手推他："皇上胡闹，青天白日的。"

玄烨扬眉道："外头天都要黑了，什么青天白日？"

"那……那也该传晚膳了，臣妾要回去伺候太皇……"可一语未完就被亲吻封了嘴，直吻得她娇躯酥软，如缎子般任凭揉捏，耳边听见玄烨说："晚膳吃什么，这里才有更甜的吃。"说得她心里怦怦直跳，身子火辣辣地烧起来，也顾不得那么许多，腾起腰肢缠上来，逗得玄烨欢喜大笑。

外头李公公早把人都支开，晚膳随时都不着急，难得皇帝终于展颜，闷了这几天，连飞过乾清宫的鸟都不敢啼鸣。德贵人果然是玲珑剔透的人，一来皇帝就高兴，她为人又客气和善，想想当初在太医院遇见她时，自己但凡糊涂些，真不知如今又是什么光景。

李公公正暗自高兴，瞧见那边儿太子晃晃悠悠走来，身后跟着乳母，他才一个激灵，下午皇帝让传话，说夜里和太子一起进晚膳，忙迎上去打千儿说："太子殿下，这是要给皇阿玛请安？"

太子已有四岁半，本该活泼胡闹不懂事的年纪，奈何打小性子就闷，年头上又遭遇钮祜禄皇后薨逝的悲伤，丁点儿大的年纪，已经有一脸不相宜的深沉，看得李公公都时常心里打战。这会儿听他奶声奶气的声音合着不相匹配的严肃神情说："皇阿玛说夜里与我一同进膳，李公公快去通报。"

李公公眼珠子一转，忙说："皇上正忙着，刚才二位皇伯皇叔来，已经去了慈宁宫，说请太子殿下也过去，和太祖母一起进膳，您瞧奴才正等您出来呢。"

太子到底年纪小，几句话就信了，且福全皇伯他很喜欢，听李公公这样说，转身就吩咐乳母："拿我的氅衣来，要去慈宁宫。"

李公公舒了口气，乳母几个抱着太子回去给换出门的衣裳，小太子坐在炕上等，一时不耐烦跑来，瞧见乳母和嬷嬷在柜子里拿衣裳，嘀咕道："什么去太皇太后那儿，嬷嬷您没瞧见呢，是德贵人来了，皇上要紧陪着美人，哪里还顾得上咱们太子。"

小家伙仰着脑袋听见，似懂非懂地皱着眉头，嬷嬷转身瞧见吓了一跳，赶紧把小主子又抱回去，和乳母一起给穿戴衣裳，就听太子问："你们讲什么？德贵人来了？"

两个女人一脸尴尬，赶紧胡说八道敷衍几句，将太子裹严实了往慈宁宫送去。李公公已经派了亲信的徒弟先一步去知会苏麻喇嬷嬷，等太皇太后再见到太子时，也不显奇怪。而福全和常宁本是瞧见过德贵人，自然猜得到其中的蹊跷，只管陪着祖母逗着皇侄，乐呵呵用了晚膳。

第十四章

无端生祸事

转眼就是春节，元旦这日皇帝与太皇太后一起登午门城楼，向文武百官、黎民百姓宣告西南大捷之事，后宫妃嫔皆按品大妆等在乾清门后，待太皇太后和皇帝归来时齐齐贺喜拜年。

一切礼仪作罢，已是正午，慈宁宫这边预备午膳，可太皇太后昨晚除夕宴吃了酒，子夜又与太后诸妃一同在英华殿上香礼佛，睡不过几个时辰就起来梳妆穿戴，一清早吹着风上了城楼。到底是有年纪了，这般折腾一下，精神虽好，耐不住身子乏累，回来就歪着不想动，岚琪跪在榻上给松筋骨，捏得她十指都软了，太皇太后安然睡过去，谁都不想叫醒。

“贵人先去用膳，奴婢这里派人看着呢，主子早膳进得不少，昨晚也没少吃，不怕饿一顿，还是踏踏实实睡一觉好。”苏麻喇嬷嬷来劝岚琪去吃午饭，说在小阿哥屋子里摆了席面，岚琪也不推托，径自过来。乳母抱了胤禛来给她请安，她摆手说：“手指头软乎乎的，怕是筷子也拿不动了，你们抱着吧。”

如此岚琪在热炕上盘膝坐了，将席面上几样喜欢的小菜端在炕桌上，乳母抱着胤禛坐在对面。小阿哥才吃了奶，精神头很足，睁着圆溜溜的眼睛盯着额娘看，也不晓得认不认得人了，但不似刚出生那会儿总爱皱眉头，现在瞧见岚琪也爱笑了。

“要尝尝吗？”岚琪面前有酒，科尔沁博尔济吉特部赶着年前送来的马奶酒，是太皇太后爱用的酒。这些年玄烨总让草原送东西来，隔三差五都有新鲜的，为的就是解祖母乡愁。岚琪跟着一起吃喝，这马奶酒她也喜欢，这会儿拿筷子沾了送到儿子嘴边，乳母笑着说：“贵人可不敢，太皇太后知道了，要骂奴婢呢。”

岚琪却玩心大起，硬是让儿子舔了舔筷子，胤禛咂了咂嘴，一脸憧憬地望着岚琪，小嘴咕嘟咕嘟的，似乎要再尝一尝，岚琪笑着又要送，乳母不答应了，求着说：“小阿哥金贵得很，德贵人您自己喝吧。”

“你比我这个亲额娘还疼他。”岚琪也不为难乳母，知道她一直尽心尽力地照顾着，也感恩当初让自己给儿子喂过几口奶。胤禛则咿咿呀呀起来，似乎在讨酒吃，边上丫头嬷嬷来说笑，结果却逗得小皇子号啕大哭，乳母抱去哄了好一阵，岚琪手上没劲儿，拿筷子都打战，就没跟过去。

乳母哄好了胤禛后，让其他嬷嬷照顾着，回过来与岚琪行了礼，岚琪让她继续坐着说话，乳母见四下无人，便对她说：“奴婢不该多管闲事，可奴婢是贴身照顾小阿哥的，再明白不过了。德贵人您听了，可别不高兴。”

岚琪放下筷子，揉搓着自己的手说：“什么事，我为什么要不高兴？”

乳母恭恭敬敬地说：“小阿哥近来夜里时常哭闹，小阿哥一哭闹，正殿那头灯火就亮了，太皇太后偶尔会过来，便是不过来，也要派人来问问，奴婢想着，若总是夜里吵着太皇太后睡觉，时日久了恐怕不太好，太皇太后可有年纪了呢。”

岚琪眉头一震，没想到乳母还能如此细心，这个乳母是苏麻喇嬷嬷挑选的，果然是不错的人。她说的话自己曾经担心过，可因不在慈宁宫住着，听不见哭声也就想不到了，小婴儿没轻没重，哭起来都是撕心裂肺的，哄得好就好，哄不好半个时辰一个时辰也照哭不误。她心里一下沉甸甸起来，难怪总觉得太皇太后近日白天懒洋洋的。

“奴婢知道，若是小阿哥不在慈宁宫，往后就要回阿哥所去，德贵人您就不能天天看见了。”乳母垂着眼帘，战战兢兢地说，“但长久住在慈宁宫里，太皇太后睡不好，早晚会被人诟病，您若信得过奴婢，不如还是让小阿哥去阿哥所，奴婢一定竭尽全力照顾，也不让小阿哥被人指指点点，您也不会被人说三道四的。”

岚琪感慨不已：“你是拿他当亲儿子疼呢。”

乳母慌道：“奴婢不敢，奴婢怎敢拿皇子当亲儿子看，奴婢是想着，既然伺候了小主子，就要一辈子忠心才好，如今小主子还不会说话，奴婢就要替他好好看着身边的事。”

“你在宫外头的孩子，我会派人多去照拂，小阿哥可就交给你了。”岚琪拉了乳母的手，顺着将自己腕子上的金钏滑到她的手腕里，诚心诚意地说，“我会去回话，过了年还是让小阿哥去阿哥所，你说的不错，等太皇太后累出病了再走，说的话就不一样了。我自己没所谓，时常请了旨也能去瞧，太皇太后的身体更重要。你是细心的人，你跟着小阿哥我放心。”

乳母忙离了座叩首行礼，誓言效忠小皇子，岚琪喊她起来，要给她也喝一杯马奶酒，乳母推手笑着：“奴婢还要奶小阿哥呢，酒是断不能碰的。”

说话的工夫，外头有了动静，想是有人来拜年请安了，岚琪便又叮嘱乳母：“这几天宫里娘娘宫外福晋都会来这里，少不得胡乱走动的人过来瞧几眼，想来太皇太后是不会让谁过来的，可她们自己瞎走谁也拦不住，所以你们看紧些门户，别让人胡乱走进来，不是我多心防着谁，只是来来往往的人，不知打哪儿来，带着风带着尘的，怕小阿哥病了。”

乳母很机警，连连点头说：“奴婢知道。”

岚琪将一碗黄米粥喝了几口，漱口洗手，敛了妆容后便去前头支应，果然是几位亲王福晋来了，但太皇太后还没起身，她和苏麻喇嬷嬷引着在偏殿说话。再后来太皇太后起了，外头往来贺年的人越来越多，老人家厌烦了不想都见，让苏麻喇嬷嬷和她挡在前头，这一下午赔笑说话忙得喝口茶都没时间。

年头上连着几日都这么过，除了玄烨来请安的日子，两人见面时间也少。皇帝这几天都在承乾宫，每天晚上德贵人疲倦地回到钟粹宫时，都会听见琴声悠扬，就会让她想起玄烨说过的话，矛盾并好奇玄烨和佟贵妃到底是怎样地相处。可因为太疲倦，每每倒头就睡，哪里还有别的心思。

只是过了初三后，皇帝又转去咸福宫住了几天，那几天没再听见承乾宫的琴声，她就会想到绿珠曾说佟贵妃根本不喜欢弹琴。

直到初七初八，宫里往来的人渐渐少了，总算清闲下来，德贵人竟然还没和端嫔、布贵人好好一起吃顿饭。这天三人聚在一起，不久荣嫔领着阿哥公主来，钟粹宫里也总算过回年，几个孩子在殿阁里叽叽喳喳很热闹。

四人吃了饭正摸牌玩，荣嫔留在宫里的小太监赶来禀告，说万黼阿哥不行了。端嫔惊得手里的牌落了一地，荣嫔倒是很镇定，说这天早晚要来的，太医说没几天，这孩子熬得算久了。

“您要去吗？”布贵人问起，垂着眼帘说，“大过年的，恐怕这事儿也不能大操大办。”

“是不能大操大办。”荣嫔叹了一声，推了手里的牌，起身拉扯抚平衣裳，“还想再闲几天，都怪从前闲得太久了，如今没一刻闲工夫。”

岚琪在边上听着，想起玄烨曾说的话，也想起自己许诺会好好学着，而她还不懂如何料理宫里的红白事，便说要跟着一起去，布贵人怪她多事，端嫔则说她怕心里难受不想去，荣嫔一人不好说话，有人在边上也好，便让岚琪跟着。

两人分坐软轿急急赶来，未进门就瞧见外头已经停了两乘轿子，荣嫔认得一处是惠嫔那里的，还有一乘轿子眼生，等进了门才发现，是宜嫔已经到了。岚琪记得上回跟着端嫔去阿哥所时，宜嫔也先一步到，这回来这里，她又来得早，见了面就听惠嫔意有所指地笑着："宜嫔妹妹来得最早呢，咱们往后可要勤快些了。"

那边宜嫔正拉着哭得要死要活的那拉常在，倒也没听见这句话。荣嫔领着岚琪进来，问怎么样了，太医说还悬着最后一口气，怕是熬不过今晚。

但听宜嫔劝说："这个留不住，你肚子里的总还要顾忌，你这就要生了的人了，再哭下去可不好。"

荣嫔也劝说了几句，就带着岚琪出来坐，惠嫔凑在她身边轻声说："这个那拉氏可真会折腾，我听说万黼送回来后，她根本就不上心，且等着孩子咽气呢，看咱们来了才这样哭天抢地地装可怜。"

荣嫔也没好气地说："孩子可怜我也心疼，偏亲额娘不着调让人生厌，咱们等等吧，等孩子走了，好各处去回话，年节里也不能大操大办，只是上头伤心一回罢了。"

惠嫔见她这脸色，知道她曾经失了不少孩子，人情冷暖经历了无数回，如今已生得铁石心肠。想想自己早年曾对苏麻喇嬷嬷说"唇亡齿寒"四个字，彼时嬷嬷劝自己，有大阿哥在什么也不怕，但那回大阿哥险些被承乾宫抱走，自己拼力抢回来，又落得皇帝面前再没脸面。

嬷嬷劝说的话果然还是错的，她们这些女人，时运时高时低，兔死狗烹唇亡齿寒，一辈子就这样了。

万黼阿哥一时还走不了，那拉常在哭哭啼啼没个休，惠嫔和荣嫔都没耐心，倒是宜嫔这个平素也不见她们往来的人，在里头殷勤支应着，时不时问太医，时不时又出来与她们商量。

按说六宫的事如今还是荣嫔和惠嫔管着，上头佟贵妃和温妃固然尊贵，不过是闲来随便喊去问几句凑个数。倒是宜嫔一向不沾手六宫的事，但近来事事都冲在前头，翊坤宫里姐妹俩，一个安胎一个管事，不知不觉也在这宫里占几分脸面了。

此刻突然听那拉常在一声尖叫，之后里头哭声一片，众人都心头一紧，赶忙进来看，万黼已经没气了。

几人都是做娘的，不免伤心难过，而那拉常在已经昏厥过去，也不知真真假假，想她挺着九个月大的肚子，都不敢怠慢，抬去别的屋子里照拂，这边着人一应办理万黼的后事。

宫里早就知道万黼阿哥没几天，一应都已预备下了，只因过着年节诸事低调。这边处理好后，几人分头去上面回话，还不等荣嫔开口，宜嫔已抢先说：“我顺道回翊坤宫，乾清宫那里我去说吧，左不过皇上在见什么大臣，还是先告诉李公公的是。”

她说着就往外头去，抢着去皇帝面前表白似的，岚琪没觉得什么不自在，惠嫔已经嘀咕说：“小瞧她了，从前大大咧咧口无遮拦的小丫头片子，也长心眼了。”

这句话说得很轻，岚琪听得也不真切，就听荣嫔说她要去太后那里，惠嫔不愿去承乾宫、咸福宫回话，赶着前头要去慈宁宫，两人都急着走了，跟来的环春便说：“听说佟夫人几位今天下午在承乾宫坐，咱们过去说这些也没意思，不如先去咸福宫禀告一声，承乾宫就在门前头，也不着急，这种事儿贵妃娘娘应该不会计较什么先后吧。”

岚琪也没法子，是她自己要跟来的，虽然学得红白事上一些本事，可更多的是看清了人情冷暖。让环春将随身带的碎银子赏给那拉常在的宫女，要她们用心照顾，自己便离了往咸福宫来，算起来温妃一直让她去坐坐，可自己除了温妃刚进宫时去请安行礼，往后好像再没怎么去过了。

暖轿悠悠走着，岚琪心里还想着刚才万黼阿哥身边的哭声，心里堵得很不舒服，小小的生命就这么去了，想起玄烨的惆怅，满心期盼自己的孩子可以健健康康长大。

心里正烦恼，突然听见骂骂咧咧的声音，大过年的很少听见这样的责骂，而自己的轿子也停了停后又行，猛地想起上回和那拉常在的误会，算是吃一堑长一智，她出声喊轿子外的环春：“停一停，是谁在吵架？”

轿子稳稳落下，前头一时也噤声，环春扶着岚琪下了轿子，未及压轿，已看见前面的人。

正是兜着玫红氅衣的安贵人在那里，浓妆艳抹，节日里瞧着还算喜庆，但瞧岚琪从轿子上下来，便眼睛不是眼睛，鼻子不是鼻子的，斜着眼睛说：“德贵人有事儿尽管走便是了，还下来做什么？”

岚琪扶着环春的手走来，探头一瞧便见她身后的女人，也是一袭宫装，青绿色的团花衣裳很朴素，发髻上也不过斜插一支银簪子，大冷天的在风里，连氅衣也没有穿，乍一眼瞧着是宫女也信，但那么巧那天等在乾清门时跌下去的答应她瞧见了，正是这个人。

“后头是戴答应？”岚琪问，那日环春也去打听了，听说是跟在安贵人身边受欺负的答应，连布贵人都长吁短叹。

安贵人眼眉一瞪，冷冷朝一边侧了侧身子，酸溜溜地刻薄道：“还不快向德贵人请安？别叫人说你住在我那儿，学得没规矩。”

戴答应浑身一哆嗦，赶紧上前，周周正正地屈膝道：“嫔妾戴佳氏见过德贵人，德贵人万安。”

环春已上前搀扶起来，触手十指冰凉，惊得她蹙眉，便冲岚琪笑着说：“贵人轿子里还有一件袄子呢，奴婢怕您冷备着的，想来戴答应出门急了没顾得上多穿一件，身边的小宫女也不机灵。”

岚琪颔首说：“我身上暖着呢，拿来给答应身上搭一搭。”

后头的小太监已麻溜儿地从暖轿里拿出一件风毛夹袄送过来，环春给戴佳氏穿上，虽不及氅衣暖和，总比她身上这些好，戴佳氏很感激，可一想到身后凶悍的安贵人，脸上不免惶恐地尴尬着。

岚琪也知道，自己这一走，必然又恼得安贵人折腾她，自己反而又害了人，心里一算计，笑道：“我正要去咸福宫给温妃娘娘请安，万黼阿哥殁了，我这儿没人手回去禀告，戴答应忙不忙，能不能替我回钟粹宫一趟，告诉端嫔娘娘知道？”

戴佳氏和安贵人都吃了一惊，安贵人越过她来，绷着脸问：“万黼阿哥没了？”

岚琪点点头：“刚才太医说不好，荣嫔娘娘正在我那里，一起跟过去瞧，坐不过一个时辰就走了，那拉常在身上正不好，安贵人想要去看看她吗？”说着又看向戴佳氏，“戴答应这就去吧，总要有个人回端嫔娘娘一声才好。”

环春这里悄悄推了一把戴佳氏，可戴答应似乎被安贵人吓怕了，安贵人不点头她还不敢走，岚琪便笑道：“安贵人也有事让戴答应做？”

“还不快去？”安贵人冲戴佳氏撂下这句话，转过来又没好气地对岚琪说，“她不过是个常在，哪儿有我去慰问的道理？正准备去翊坤宫的。”

说话时便见戴佳氏来行礼告辞，直瞧她走远了，岚琪才回轿子上去，也不理会安贵人还要说什么，心里想着自己一冲动，惹下这件事，若不能给戴答应一个万全安置的法子，她回去还要被安贵人折腾，一时好心相助，反兴许要害了她一辈子。

才坐定，轿子正要走，却听安贵人在外头冷幽幽说：“别怪我没提醒，那小丫头片子眼眉里可像极了你的。”

“像我？”岚琪自问一句，但轿子已经走远，再等落定咸福宫门前，岚琪下来才问环春，“安贵人那句话，你听见了？”

环春只笑道：“哪儿有长得一样的人，方才戴答应在您面前，奴婢仔细瞧了，不过是眼睛长得像一些，其他都很不一样，您忘了旧年夏天宫里头争奇斗艳的事儿？想学您学不过来的，而戴答应眼睛像，自然就被别人容不得。”

岚琪颔首，叹一声：“都是人心作祟。”

话音落，咸福宫的门霍然打开，冬云满面热情地迎出来，似乎很乐意在这里见到岚琪，怎么想得到她是来通报万黼没了的消息，殷勤地将德贵人引进门，里头温妃已经出来，身上只一件松松垮垮的常衣，发髻上一点儿首饰也没有，虽然自己屋子里待着是不必太讲究，可这年节里，她不怕有客人来，又或者皇帝来?

“万岁爷住了几天早腻味了，不会再来的。”温妃察觉到岚琪对她这一身装扮的吃惊，自嘲道，“我这里门庭冷落，连一个巴结的人都没有，我每天假模假样地装扮着给谁看？”

说着要让岚琪进内屋坐坐，岚琪却屈膝行礼说：“嫔妾不是来和娘娘闲话的，是荣嫔娘娘指派嫔妾来向您禀告，万黼阿哥殁了，告诉您一声，看您有什么示下。”

温妃一怔，脸上也见哀愁：“可怜的孩子。”又说，“也是啊，我想你怎么肯赏光来了，再者你又是最忙的，慈宁宫面前还支应不过来，怎么有空来和我坐坐。”

岚琪已起身，垂首道：“嫔妾疏忽，本该多来向您请安才是。”

“这种话就不必说了。”温妃叹一声，吩咐冬云，“找些合适的东西出来，送去安慰一下那拉常在，没有白发人送黑发人的道理，我就不过去了。”

“嫔妾替那拉常在多谢娘娘。”岚琪福一福，待又要开口告辞时，却听温妃说：“那日从乾清门回来，我在路上遇见佟贵妃，不晓得娘娘要有什么示下，我却一时冲动说了好些不该说的话，可不该说也说得清清楚楚了。”

温妃脸上露出欣然之色，有着释怀了一切的自在洒脱，笑着说：“德贵人，从今往后那些事我再不会做，眼瞧着姐姐走了快一年，我心里也想通透了，听外头娘家人的话，我这日子一定过不好，想不叫姐姐失望，过得比她好，我就不能再和家里绑在一起。往后咸福宫里只过自己的日子，皇上来我好好伺候，皇上不来我好日子一天不差地过着。只是深宫大院难免寂寞，每天看着冬云几个，真真要腻烦，你若愿意，看在我姐姐的分上，得空儿来陪陪我。”

贵为妃子的人，颇有些低声下气地对自己说这些话，为的不过是能偶尔陪陪她解闷，为的不过是想和自己交个朋友，虽说宫里妃嫔都姐妹相称，面上都说是自家人，可人心隔肚皮，吃醋拈酸不打起来就很好了，要得一挚友比登天还难，她有布贵人同甘共苦一路走来，没敢想过，再和别的人做什么朋友。

而万黼阿哥才没了，多半原因也在她的身上，岚琪看得出来她的诚意，可自己良心过不去，至少立时立刻，做不到没事儿人似的和她要好。

“你先回去吧，往后日子还长着，你多瞧瞧我什么光景，自然就信了。”温妃却似看透了岚琪的犹豫，又或是有自知之明，善意温和地说，“我只想过好自己的日子，我姐姐一辈子为了家族，却落得这般下场，虽然风风光光以皇后之尊离开人世，可活着的时候除了受罪委屈，还有什么？死后荣光给谁看，人活一遭，要对得起自己才好。”

岚琪听得心内震动，温妃果然脱胎换骨似的变了，可她心里还有隐忧，想着她从前不阴不阳的笑容话语，天知道是不是转过脸又变了脸色，她才答应玄烨要多些心机城府，不能总被人欺负，总被卷入什么事端，眼下听温妃一番肺腑虽然动容，但还是狠心压下这份感动，面无表情地应了一声，不接话也不拒绝，退身出了正殿。

到了外头，环春来给她穿上氅衣，轻声在耳边说：“奴婢真担心呢。”

岚琪握一握她的手，知道环春冷眼旁观，要比自己冷静很多，她一直叮嘱自己贵妃和温妃都要敬而远之才好，刚才温妃那么诚恳真切，环春一定担心了，心下松口气说：“你放心。”

回到钟粹宫，外头的事自有荣嫔和惠嫔料理，眼下惠嫔在慈宁宫，她再过去显得太刻意，索性回来歇一歇，脱了氅衣往端嫔这里来，却瞧见太医出来，以为端嫔不舒服，进了门才知道，是为戴答应请的太医。

“怎么了？”岚琪问，却见戴答应已经睡在炕上，厚厚两床被子压着。

端嫔推她出来，布贵人领着孩子在西配殿，她这里一人照看着戴佳氏，到了外头坐下来才说：“进门说不过几句话就倒了，太医来说是风寒热症，身体虚得透透的，他还当是个宫女呢，问平日是不是吃饭少，你说安贵人都对她做了什么？”

岚琪听得心里揪紧，当初布贵人一个人在钟粹宫时，宫里虽然不短什么，可王嬷嬷狠毒，仗着是从前慧妃身边的人，对布贵人颐指气使，好吃好用的不给主子，都先到她屋子里，捡剩下的才给布贵人，直到后来布贵人有幸一夜承恩怀了龙嗣，日子才好过起来。

一个嬷嬷尚且如此折腾默默无名的答应，更何况安贵人。

“跟着的小宫女也精瘦精瘦的，我让人领着去吃饭休息，怪可怜的。”端嫔叹息说，“宫里竟有这样虐待的事，太皇太后知道了一定会气坏的。改日我要和荣嫔、惠嫔合计，昔日赫舍里皇后在时就容不得这样的事，钮祜禄皇后那会儿光顾着节省用度支援前线，就顾不得犄角旮旯里的黑暗，是经年遗留的毛病，不治一治后患无穷。”

岚琪心里默默记下，她答应要帮玄烨看着这个家，哪怕现在不能做主，一点一滴记着学着，日后总有用处。

端嫔又记起来说：“你怎么回来了，还以为你要去乾清宫。”

岚琪笑道：“乾清宫宜嫔娘娘去了，此刻荣嫔娘娘在宁寿宫，惠嫔娘娘在慈宁宫，嫔妾则走了一趟咸福宫和佟贵妃娘娘那儿。”

端嫔也记得那日在阿哥所宜嫔领着觉禅氏先到一步的事儿，听岚琪说起今天又是这光景，扶一扶发髻苦笑：“这日子又该热闹了，宫里的女人不就这样，不争长短不成活，一个个都该蹿起来了。”

这些话字字句句沉淀在岚琪的心头，她们同是玄烨的女人，是这后宫的妃嫔，深宫的日子，都一样。

往日在慈宁宫做针线闲话时，苏麻喇嬷嬷也曾跟她说过太皇太后年轻那会儿的事，那会儿还在盛京，彼时的日子也是如履薄冰。太皇太后的姐姐宸妃最得宠，就有人挑唆她们姐妹不和，而太皇太后和她一样，年轻时并不尊贵，崇德五宫里，彼时的庄妃居末次，只比一些无名无分的侍妾高贵些。

上头几位不得宠的就能欺负她，再有姐妹不和睦，明争暗斗，一道道鬼门关闯过来，直到太宗驾崩，一介女流力挽狂澜将儿子推上大位；之后入关做了皇太后，又做了太皇太后，先帝又独宠董鄂氏搅得六宫不宁，看尽了深宫冷暖，常对嬷嬷说，宫里的女人但凡有一点儿欲望，不争得头破血流，是不能够圆满的。

而苏麻喇嬷嬷，又把这些话都教给了岚琪。

“我和荣姐姐到皇上身边时，那会儿还没立皇后呢，偌大的后宫冷冷清清，其他宫女都羡慕我们俩能侍奉万岁爷。”端嫔忆往昔，面上满是感慨，“我们姐妹俩知根知底，旁人却故意来挑唆，我们俩年纪小，就都指望着嬷嬷教导，不理会。再后来皇后入宫，昭妃入宫，我们也有了名分，皇上念旧对我们俩亲热些，就有人挑唆到皇后面前，幸而赫舍里皇后是最和善宽仁的，和我们姐妹相称毫无敌意，昭妃素来傲气不肯亲近人，我们不能计较，也算相安无事。再往后慧妃、惠嫔几位入宫，人一多就热闹了，可也比不得如今明争暗斗，那会儿皇上年轻，虽然已经亲政，可依旧摇摇不稳，女人们只盼着万岁爷好，哪儿有心思斗啊。如今日子好过了，新来的年轻人都没吃过苦，瞧着眼前的好，谁不想独占鳌头？我刚进宫学本事，做得不好挨打挨骂，跪在石子路上哭时，就一心盼着有天能年满出宫，谁能想到，我会有今天？”

端嫔一番话，听得岚琪心酸，她们都是进宫来做宫女的，天生矮人一截，后天的尊贵自己挣来了，又都诚惶诚恐，伴君如伴虎，没有敬畏满足之心，这日子长久不了。偏偏如佟贵妃、温妃这样，含着金汤匙出生，养尊处优长大，没过过一天辛苦日子，反而欲求不满，她们的世界里，就是要高人一等，时时处处都不能屈居人下。

同样是人，同样是皇帝的女人，骨子里完全不一样。

此时门前帘子打起，布贵人进来，悄声说俩闺女都睡了，她来瞧瞧，问岚琪万黼阿哥的事，直听得泪眼婆娑。之后里头传来咳嗽声，几人都进来瞧，睡醒一觉的戴佳氏诚惶诚恐，要从被子里爬出来给三人行礼谢恩，端嫔按着说：“安心在这里住着，我去回了话，往后就在钟粹宫住下，后院好几间屋子空着，你不嫌弃我们这里人多就好。”

戴答应哭得哽咽难语，只等她静下来，众人问起怎么身体那么弱，见有人撑腰胆子也大了，就把在安贵人处受的虐待和委屈说出来。端嫔听得脸色发白，气哼哼地说：“只当她嘴碎些不着调，竟这样狠毒，你好歹也是有名有分的人，她不怕上头追究吗？”

布贵人也是被安贵人欺负过的，对戴佳氏说：“皇恩浩荡，你往后可要活出个样子来给她看。”

这日过后，戴佳氏就在钟粹宫后院住下，安置一个小答应，不必劳师动众，端嫔托荣嫔回了太后一句便妥当。宫里万黼阿哥的后事也有条有理地办着，两宫都下了抚恤，着宜嫔多多照拂。

到元宵，玄烨下旨，众皇子阿哥从太子这一辈起皆改名排辈，从“胤”字，因大臣奏议，为显皇子尊贵，宗亲子弟暂不改名，宫里已有的四位阿哥则序齿入玉牒，岚琪的小阿哥行四，自那日起，宫里宫外都喊四阿哥。

而正月一过，宫里就撤了年节张彩，开始忙钮祜禄皇后周年祭奠。佟贵妃抱病，温妃避世，荣嫔和惠嫔终日忙得脚不沾地。太皇太后因正月里见客太多劳累，才过完元宵就凤体违和，可岚琪劝说让四阿哥搬回阿哥所又被拒绝，她只能天天在跟前尽心照顾。这段日子里，皇帝身边伺候最多的，便是宜嫔几人。

二月中旬时，那拉常在顺利分娩，生下小阿哥胤禶。太皇太后欣喜皇帝又添子嗣，且念那拉氏才失了一个孩子，且眼下后宫高位妃嫔不少，不必再诸多顾忌，便下旨恩赐升了那拉氏为贵人，玄烨又下诸多赏赐，那拉贵人一时也颇有风光。

转眼春暖花开，今年暖得早，三月末宫里各处花卉已悉数绽放。太皇太后在德贵人的精心照料下凤体痊愈，那日还与玄烨、福全几人游幸御花园，一路走着都不用搀扶不用拐杖，玄烨很高兴，而瞧着岚琪因此瘦了一圈，又十分心疼。

之后为了让皇祖母散心，拟定入夏赴玉泉山行宫避暑，宫里宫外张罗起来，后宫妃嫔因知此行皆随扈，都兴奋不已，早早算计打点，盼着能出紫禁城散散心。

沙漏点滴，昼夜轮转，眨眼已是四月末，原拟定五月过了赫舍里皇后的祭奠，端阳之日就起程赴玉泉山，宫里宫外都一派要出门的气氛。岚琪打点好自己的东西，整日都在慈宁宫忙碌。

这几日连着阴雨，慈宁宫上下都防备太皇太后被雨水扑了着凉，可精心伺候下，竟疏忽了四阿哥，四阿哥的乳母着凉风寒，等察觉时已高烧不起，四阿哥大抵是吃了乳母的奶，这天啼哭不止，宣来太医瞧，才知道是病了。四阿哥出生至今还是头一回生病，太皇太后很担心，几乎把整个太医院的人都找了来。

可就因着连日阴雨，阿哥所这边也有事，小阿哥似乎先天不足，未满百日就好几次宣太医，这日又病着不好，上报到荣嫔那里，荣嫔让那拉氏去瞧瞧，她紧赶慢赶地跑来，却见阿哥所空荡荡的，只几个乳母嬷嬷和太监在，问太医怎么不来，半天才见一个小太监战战兢兢说："奴才去了两回，太医院正经一个人都不在，说是四阿哥病了，太医们都被太皇太后喊去慈宁宫了。"

那拉贵人脑袋一轰动，憋得脸颊通红，眼眶里泪水打转，恨得一脚踹在那太监身上骂："狗奴才，再去找啊，难道四阿哥是皇子，我的小阿哥就不是皇子了？狗眼看人低的东西，去找太医来，小阿哥有个三长两短，要你的命！"

众人劝说安抚，把那拉氏请到里头去，这边又派人去找，她的小皇子不知哪儿不好可劲儿地哭，哭得她心都碎了。半个时辰后才赶来一个年轻的太医，那太医也不擅长小儿科，瞧了半天不知所以，这天直闹到夜里天黑，才来了个老太医。

老太医一瞧就知道小阿哥先天不足，之前已经上禀了皇帝知道，那拉贵人怀孕时身体常常不好，胎儿在肚子里就不足，勉强临世，未必能活得久，因上头已报备知道，几位太医也就安心诊治，不怕担罪名。

可这些那拉贵人并不晓得，她只看到太医们不尽心，又哭又闹地让他们诊治，就差去乾清宫门前求。荣嫔、惠嫔被她缠了又缠，她们俩都因先天不足失去过皇子，知道小阿哥不能好，这种话又不能直接说出口，只能一次次满足她，敦促让太医日夜轮守。

然苦于回天无力，几日后，雨霁天晴，四阿哥又活蹦乱跳声如洪钟时，阿哥所里胤禶小阿哥却尽了阳寿。

太皇太后自然悲伤，玄烨亲自来安抚，劝她说自己一早知道，听闻是出生时就不好，拗不过天命。而老人家也不曾瞧过几眼，有四阿哥健康活泼在眼前，渐渐也就平息了悲伤。

但因这件事，再念郭贵人即将临盆，太皇太后本来不想再去，可玄烨执意要侍奉皇祖母去散散心，巡幸玉泉山的日子，便改在了六月。

五月末，郭贵人临盆产下白白胖胖的小公主。宫里许久没有女孩儿出生，太皇太后很高兴，小公主洗三时领着众妃嫔都来凑热闹。人人脸上都有喜色，唯独跟在人后的那拉氏一脸哀愁，眼瞧着她连失两子，都未在宫里引起重视，心中早已死灰一片，还未燃尽的，恐怕只有对德贵人的深深仇恨，满心认定她的孩子若非被诅咒被抢了太医，怎会如此不幸。

乌雅岚琪对此却浑然不觉，这天跟着太皇太后来给小公主洗三。郭贵人虽然生了女儿心里不怎么自在，但瞧着女孩子得老人家喜欢更亲自前来，也渐渐欢喜起来，又因亲姐姐宜嫔之尊公主直接养在她膝下，也解了自己隔着阿哥所不能见的辛苦，还在床榻安养的人，见了谁脸上都喜滋滋的。

人来人往间，宜嫔扶着那拉氏进来，推在妹妹面前坐着说话，转身时朝妹妹丢了个眼色，郭贵人心领神会，她们这儿还有一桩喜事没说呢。

等旁人退去，耳听得外头的热闹，郭贵人拉着那拉氏的手说："姐姐可怜见的，往后常来翊坤宫坐坐，当小公主是亲闺女疼吧。"

一语说得那拉氏泪水涟涟，郭贵人趁热打铁道："咱们姐姐妹妹都一样，哪里比得上德贵人，姐姐就瞧着我吧，别伤心了。如今贵妃娘娘抱病不出，温妃娘娘不理事儿，几位嫔主子都是好人好性，宫里头就数她独大了，哄得太皇太后那么喜欢，今日老人家亲自来，我慌得什么似的，真怕德贵人嫉妒我，往后给我小鞋穿，她在太皇太后面前说一句，我的日子可就不好过了。"

那拉氏恹恹道："她从前就闹得钮祜禄皇后在皇上面前撞柱子，多能耐啊。"

郭贵人眼珠子一转说："可不是嘛，那会儿要不是她劳师动众把太医都弄去慈宁宫围着四阿哥转，能耽误了小阿哥吗？还不是她一句话，太皇太后就着急了，咱们算什么？好姐姐，你再委屈，也千万别露在脸上，小心她在上头说一句话给咱们姐妹穿小鞋，往后连见面都难。”

那拉氏眉头一紧，旧仇新恨聚集起来，眸子里腾腾有怒意杀气，看得郭贵人心里只打战，抬眸一瞧，外头姐姐扶着乌雅氏进来了，忙笑一声：“德贵人来了，我这里不能起来给你见礼呢。”

岚琪只端着客气，笑说：“大家都是一样的，你太客气。”说着将手里的虎头鞋放下，“我给小公主做的鞋子。”

郭贵人心里“咯噔”一下，虽知乌雅氏也是盼自己能生个小皇子才做的虎头鞋贺喜，偏她生了个闺女，倒也知道不是存心来硌硬人的，但这会儿话赶话的有说头，张嘴便道：“都说小公主生得像个男娃娃，穿着这虎头鞋也合适，不然我就好好藏起来，往后再生个小阿哥在给他穿。不过我们闺女爱好看的，德贵人再给做双小鞋子，团花蝴蝶样儿的才好呢。”

小阿哥，穿小鞋，小阿哥……一声声摧残着那拉贵人的心，痴迷疯魔了的女人心火燃烧，眼睛里迷迷糊糊也看不清了，转头依稀瞧见床边绣篮里一把剪子闪闪发亮，伸手一把握住，转身就朝岚琪刺过来。

岚琪嘴上说笑着，正好扭头过来，突见危险袭来，本能地朝边上一闪，但胳膊却被宜嫔拽着，两个人一起滚在地上，而疯魔的那拉氏不等再扑过来，立刻就被她身后的桃红几人制住打掉了剪子，等岚琪转过神来时，宫女们已经叫叫嚷嚷地闹出去了。

外头荣嫔、惠嫔正陪着太皇太后和太后看小公主，听闻里头闹出这样的事，好好的气氛散了，一时静下来，就听见那拉氏鬼哭狼嚎似的骂着：“乌雅氏你这个贱人，还我小阿哥的命，还我孩子的命……”

太皇太后脸色暗沉，太后看得心惊，指了荣嫔说：“快去堵了她的嘴，送回去严加看管，疯魔了的人怎么随便往外头放？”

荣嫔一脸紧张，悻悻然去安排，心头一肚子火，便见岚琪被搀扶出来，她的手臂在地上蹭了半巴掌那么大一块皮，让她赶紧料理伤口。岚琪却到了太皇太后和太后面前说：“那拉贵人一定是伤心坏了，您看在没了的小阿哥面上，饶过她吧。小公主才出世，宫里不宜打打杀杀。”

太皇太后满腹怒气，怪岚琪不懂事，为一个疯子求情，当着众人的面又不想让她下不来台，等着回去再教训她，这会儿先点头了，沉沉说一句：“让太医也去瞧瞧那拉氏，是不是癔症了，好好调理调理，不要软禁着，传出去外头很难听，她本来也可怜。”

岚琪见老人家眉间怒意不散，也深知自己劝说这句惹她生气，但想着那拉氏的确可怜，深宫里罪孽不少，自己得宠引出的事够多了，哪怕这次仅仅为自己，也硬着头皮撑一次，又想太皇太后虽然吩咐不软禁，但荣嫔几人是断不会放她出来的，自己日后应当不会再受威胁。

此刻惠嫔最会看眼色，忙抱起小公主来逗老人家开心，一张巧嘴又能说，太皇太后顺着台阶下，也不愿弄得宫里人心惶惶。

殿内气氛渐渐缓和，翊坤宫的宫女送来药箱给岚琪擦伤口，却久不见这里的主人宜嫔出来，等众人问起时，才见她身边的桃红来，慌慌张张跪在太皇太后和太后面前说：“求太皇太后下旨请太医，奴婢该死，宜嫔娘娘其实已经有了两个月身孕，因从前失过一胎，这回怕张扬早了胎儿小气，所以一直没敢说，刚刚主子为了救德贵人，一跤跌得不轻，奴婢再不敢隐瞒了。”

众人闻言皆唏嘘不已。太后立刻派人宣太医，一边哄着太皇太后说宫里好事连连，就不要为了不相干的人生气。直到太医来，确诊宜嫔有二月余的身孕，老人家才展颜，说要六宫和睦，多给皇帝开枝散叶才是正经。

宜嫔自那年小产后又有好消息，且她素来也在皇帝面前得脸，翊坤宫从前谣传不祥，钮祜禄皇后住了大半辈子没好消息。而今郭贵人产女，宜嫔又有身孕，自然又变成了福地，郭络罗氏姐妹俩，更是有福之人。

太皇太后、太后皆下赏赐，皇帝百忙中也派李公公送来许多赏赐，众妃嫔散了后翊坤宫里仍旧喜气洋洋，因宜嫔和郭贵人都卧床，觉禅答应来帮忙料理琐事，正在宜嫔屋子里将赏赐之物分门别类时，桃红绷着脸进来。

宜嫔瞧见就笑着问：“皇上要来了？”

桃红一哆嗦，战战兢兢道：“皇上……大概不来了，奴婢才听说，李公公刚刚派人把德贵人接去乾清宫了。”

“啪”一声重响，觉禅答应吓了一跳，转身就看到宜嫔把手边的东西摔在了地上，脸涨得通红，牙关紧咬，已不是刚才喜滋滋的模样了。

桃红怯怯弱弱上前将地上的东西捡起来，觉禅答应自觉不该在这里多逗留，捧着拆下来的红纸、纸盒等要去外头收拾，可才走两步，就被宜嫔叫住问：“你就甘愿在我这里，一辈子主子不像主子，奴才不像奴才的？”

觉禅氏回眸看她，宜嫔一双猩红的眼，两颊涨得通红，更显出纤细尖锐的下巴。她没见过才入宫时的宜贵人，但也听说，从前翊坤宫的宜贵人生得圆圆脸蛋，性子爽朗，至少传说里漂亮可爱的宜贵人，绝不是眼前这个模样。

也是，而今哪还有什么宜贵人，早就是一宫主位，住着钮祜禄皇后曾经住过的殿阁的宜嫔了。

“太皇太后怕是上年纪了，听说从前不这样，近些年宠个乌雅氏当亲孙女一样。”宜嫔冷笑，“皇上喜欢她，多少也看着上头吧。”

觉禅氏不言语，边上桃红似乎要逃开，麻利地上来拿走她手里的东西走出去，屋子里只留下宜嫔和她，宜嫔又道：“你可知道自己生得多好看？这宫里我冷眼瞧着，就没有比你再好看的了，惠嫔那样亲近你，为了什么呀？觉禅妹妹，你就甘愿屈居在我这里一辈子？想你之前还是罪籍，就不想着为了家里人扬眉吐气？乌雅氏真正一个宫女来的，世代包衣，家里三代不出一个达官显贵的人，可你不同，你家里还和明珠府沾亲带故，你怎么就不如她了？”

“娘娘的好意嫔妾感激不尽，可是娘娘这样心思，郭贵人并不这么想。平日嫔妾多到前头来走动几下，郭贵人就要责备训斥，说嫔妾别有用心。”觉禅氏淡淡笑着说，“嫔妾若再敢于圣驾前走动，郭贵人怕是要吃了嫔妾的。”

宜嫔一愣，想着觉禅氏要么继续谦卑，怎想她会说出这番话，一时不知怎么回答，又听她继续说：“您问嫔妾是否心甘情愿，嫔妾也好好想过，还是那句话，您当日的搭救照拂，嫔妾一辈子记着。只是惠嫔娘娘用不到嫔妾什么，您也不必费心，若是像郭贵人一样看不惯嫔妾，嫔妾再回那拉贵人那里去也成，反正这宫里头，换再多的住处也走不出四面墙。”

宜嫔眉头紧蹙，这些话说得她心里憋着口气不顺畅。当初刚进宫，她逢人就说额娘的教导，记着在宫里该如何做个女人，可那些话真真只是说来简单做来不易。一天一天地熬过来，该有的没得到，不该有的不敢奢求，被彼时的昭妃一点点磨掉棱角耐性，终于熬出头时，才发现原来坐正主位守着空荡荡的殿阁，日子一样不好过。

“娘娘静心安胎才好。”觉禅氏福了福身子说，“您的福气长长久久呢。”

宜嫔一怔，瞧着娉娉袅袅的人走出去，天生的美人到哪儿都扎眼，她随便举手投足都跟一幅画儿似的，这样的人推到皇帝面前，哪怕比不过乌雅氏，也一定讨人喜欢，男人都喜欢漂亮的女人，皇帝更是个男人。

“桃红。”宜嫔唤了声，外头的人匆匆进来，她示意凑近，轻声说，“派人去瞧瞧那拉贵人怎么样，每日来告诉我知道，再去请惠嫔得空儿过来坐坐。”

桃红一应记下，匆匆出来办事，外头有小太监跑来说：“万岁爷今日断不来了，已经说留德贵人在乾清宫住。”

这边厢，几位大臣才离了乾清宫。自三月御试博学鸿儒，玄烨身边又多了能人奇才，日日与他们进讲辩学，商讨家国大事，宛遇知己一般。大臣们则时常惊讶于年轻皇帝的渊博和好学，不论汉臣满臣，都兢兢业业不敢有半分怠慢，倘若某日被皇帝问住了，玄烨即便一笑了之，也足够几位懊恼十天半个月，君臣之间教学相长，遗老旧势渐除，属于玄烨自己的羽翼臂膀正日益强大。

撂下手里的事，李公公奉茶来，笑着说："皇上可还有要紧事？若没有了，德贵人在那边暖阁里，等大半个时辰了。"

玄烨喝口茶润润嗓子，问："她手臂上的伤，处理了吗？"

"奴才让太医又来瞧过一回，没大碍。"李公公应道，又将翊坤宫的事说了一遍。提起了宜嫔，李公公说，"来人讲宜嫔娘娘从那拉贵人手里救下德贵人，跌伤了才说是有了身孕，怕不好，求太皇太后给请太医瞧瞧。"

玄烨听着，将手里的茶碗放下，似自言自语说："知道有了身孕，还扑过去救人，宜嫔倒是侠义心肠。"

李公公心里一紧，怕自己的话没能好好传达给皇帝，稍稍抬眉看一眼，见玄烨唇边的笑意稍嫌冷，心里才定了定，该说的不该说的都止于此，皇帝心里有数，就看一会儿德贵人怎么应答，那可就不该他操心了。

玄烨径自往暖阁来，进门前抬手示意众人远远候在外头，又想起酉时要大阿哥来背书，吩咐李公公："胤禔来前的时辰叫我，不耽误他的事儿，胤禔走后传晚膳，让德贵人张罗就好。"

皇帝说完这些，大步往暖阁走来。里头德贵人已经听见外头的动静，等在门前，才屈膝行礼，就被人拎起来，撩起袖子瞧伤口，纤白手臂上红彤彤一片肿在那里，因天热怕出汗感染未曾包扎。皇帝瞪她说："你哪日全须全尾的，朕要赏你些什么才好。"

岚琪笑道："那钟粹宫里要放不下了，臣妾哪一天不是全须全尾的？"

玄烨见她心情不坏，也不多担心，说起翊坤宫里的事，安抚她不要放在心上，深宫大院历朝历代都会逼疯什么人，前事不与她相干，而今玄烨说他自认问心无愧，那拉氏闹到这田地，全是咎由自取。

"荣嫔失了四个孩子，她闹过没有？"玄烨冷冷地说，"孩子本来就难养，宫里的孩子更难养，朕的弟弟好容易长到这岁数了也说不好，难道太妃也来找朕的麻烦？"

岚琪在意这句，轻声问："纯亲王不好？"

玄烨叹气："不大好，不敢告诉皇祖母，怕她忧心。纵然看尽了生死，皇祖母还是会心疼，一个个都是她的亲骨肉。"

说得岚琪心里也难受，玄烨很重兄弟情义，先帝统共留下这几个手足，他每一个都很珍惜，一时心情沉重，却被玄烨劝道："你何苦来的，朕心里已经好些了，还指望你之后哄着些皇祖母。"

岚琪忙点头："臣妾知道。"

"没事了吧？"玄烨突然凑过脸来，贴得很近，没头没脑问一句，"你心里若不自在，就跟朕说说，你说出来朕才晓得，你以为摸一摸就真什么都明白了？"

好好认真的一句话，又带着玩笑和挑逗，岚琪羞得脸红说："皇上不正经，臣妾也不说了。"只是拗不过玄烨哄她，两人坐着说会儿话，她心里其实至今还没放下，不过人前端得镇定，满脑子还是那拉氏抓着剪子扑过来，明晃晃白森森的样子。

又说自己之前求情，一定惹太皇太后不高兴了，回头指不定怎么训斥她，再求玄烨出面，不要将那拉氏怎么样，不然她有个三长两短，人家又都指着自己说话，轻轻拉着玄烨的袖子说："臣妾这回都为自己着想，都是私心，皇上成全一次可好？"

玄烨笑悠悠："多大的事儿？"心里想一想，又问，"宜嫔救了你，你好好谢过人家没有？"

岚琪眼神一晃，记忆转到那纷纷乱乱的一刻，她清晰地记得，自己闪开后，突然被宜嫔拉了一把才跌下去的，如果宜嫔不来拉自己，她不会跌下去也不一定会被刺伤，总觉得宜嫔那一把抓得莫名其妙。可又想想，人家到底不顾危险来救自己，万一自己受伤或伤了孩子怎么办，谁会拿孩子来冒险，更何况她要图什么?

看着岚琪发呆，玄烨唇际掠过一抹笑容，耐心等她回答，半晌就见她点头说："臣妾回头就去谢，还要恭喜宜嫔娘娘有喜呢。"突然想起来，忙起身离座，朝玄烨叩拜，恭喜他又要添一子。

玄烨静静看着她，停了一瞬才伸手，拉着起来轻声问："你就不吃醋？"

岚琪笑："哪能不吃醋，可是臣妾懂事啊。"

这清清爽爽的一笑，化了所有戾气，玄烨见她有如此开阔的心胸，自己也不计较什么了，大事化小小事化了，后宫里的事还能怎么样？旋即将她一把揽入怀里，气息暖暖地笑着说："这几日都不走了，去了慈宁宫也是挨骂，在这里伺候朕，帮朕打点出行的物件，皇祖母不会喊你去的。"

岚琪才点头，人家又在耳边暖暖吐息："你身子也养好了吧，胤禛怎么能没有同胞弟弟？”

腰上被掐得酥麻，身子都要软了，岚琪挣扎扭捏着：“皇上，很热呢，要腻歪出汗了，臣妾手臂疼。”

玄烨不勉强她，夜色清凉时，自有旖旎时光，之后与她一起回书房看折子，德贵人立在边上研墨，怎会知夜里无限春色在等着她。

之后大阿哥来背书，小家伙聪明伶俐很讨玄烨喜欢，岚琪不便在跟前，远远在对门看着，瞧着胤禔的背影，幻想她的胤禛也长到六七岁，就傅读书时，盼玄烨能给找个好师傅，盼着儿子能尽孝尽忠，做个皇家好子孙。

几天后，在翊坤宫受惊了的德贵人又得专房专宠，流连在乾清宫数日不出。但皇帝照旧每日上朝，白天里大臣时时刻刻都进出书房，也没人敢说她美人误朝，玄烨疼着，太皇太后护着，凭谁也撼动不得。

相形之下，郭络罗氏姐妹俩，哪怕生了公主有了身孕，似乎也不过是和后宫其他平凡女人一样，因为三宫六院无数，而德贵人乌雅岚琪，只有一个。

好在出行的日子就在眼前，宫里宫外都已预备妥当，此次赴玉泉山避暑，虽然晚了一些，但玄烨已决定在那里住到秋天才回来。皇帝侍奉太皇太后、太后，随扈妃嫔则上至佟贵妃，下至答应宫女，浩浩荡荡许多人，唯有翊坤宫姐妹俩，一个安胎一个坐月子，不能随行。

六月上旬，圣驾离宫，浩浩荡荡绵延数里的仪仗，德贵人一路侍奉在太皇太后身边，同行的还有裕亲王两位福晋。

太皇太后精神极好，一路没有疲乏晕车，到达玉泉山行宫，玄烨来侍奉她休息时，太皇太后反而劝他说：“岚琪前几日都在你那里，这次贵妃、温妃都随行，你不可太偏心了，大家高高兴兴出来一回，不要闹得不愉快。”

玄烨听命，且因前几日缠绵，他心中有数，这些日子断不会再纠缠她，而岚琪这边照顾着太皇太后，还要看着随行带来的四阿哥。不足岁的奶娃娃这次也跟着出远门，倒是一路相安不折腾，乳母嬷嬷都夸四阿哥是个好孩子。

这会儿玄烨来，她也正在孩子那里，之后皇帝亲自过来抱了会儿，告诉她之后的日子各处散住着，比不得宫里独门独院，要她自己小心谨慎些，二人说会儿悄悄话，玄烨才走了。

之后的日子，玉泉山清静安宁气候宜人，比不得紫禁城里规矩多，上上下下都过得轻松自在。太皇太后和太后都免了妃嫔晨昏定省，让大家各自好好散散心才是，妃嫔之间或串门或陪着皇帝，每日都忙得不亦乐乎。

不知不觉晃到七月，这日裕亲王从京城带了戏班子来，太皇太后清净久了也贪热闹，领着大家在园子里隔水看戏，老老少少聚坐一起，很是热闹。

佟贵妃向来最爱看戏，偏今日身上不自在诸多不便，戏唱了一半就腹痛难忍，正让青莲扶着往后头来，无意一抬头，却瞥见一道身影蹿进一间屋子，她驻足瞧了眼，边上青莲说：“主子看什么？”

“那里谁住着？”

“像是四阿哥的屋子。”

佟贵妃皱眉头，心里没来由地毛躁不自在，甩了青莲的手独自跟过来，进门就见一个女人扑在摇篮上，她大声问是谁，那边的人惊了一跳，转身来惊愕地看着佟贵妃，贵妃愣住：“那拉氏？”

那拉贵人浑身颤抖，眼睛一直，猛地就朝外头跑，不惜把贵妃撞倒在地上，佟贵妃踉跄着爬起来，再跑去摇篮边上，竟看到小阿哥被人用丝巾塞住了口鼻。

“四阿哥！”贵妃吓得浑身颤抖，慌慌张张地抽掉丝巾，小人儿已经憋得脸色发青，她拍着脸拼命喊着，突然身后听见皇帝的声音呵斥：“你在做什么？”

第十五章

送养四阿哥

佟贵妃赫然回身，瞧见玄烨进来，身后跟着一脸莫名的乌雅氏，只是一进一出的工夫，他们不可能看不到跑出去的那拉贵人，她正要张口解释，岚琪已跑来摇篮边，看到边上的丝巾，看到儿子憋得满脸发青，惊愕地瞪着贵妃："娘娘，您做什么？"

贵妃心里乱跳，发簪上宝石珠子叮叮作响，摇头摆手地说："不是，不是我！"

"怎么了？"

玄烨正要上来，未近摇篮，突然地动山摇，三人皆惊慌失措，眼瞧着摇篮后的花架子倒下来，岚琪不及扑过来，竟见佟贵妃横着挡在了摇篮上，花架子在摇篮旁坠地，一盆硕大的吊兰砸在她背上，纤弱的身子经不住往下一陷跌在地上。

而房屋还在震动，外头太监侍卫已经冲进来，玄烨箭步上来从摇篮里抱起胤禛，侍卫几人冲过来架起贵妃和德贵人，一行人迅速躲避到了外头空旷地，震动稍减后，玄烨把孩子塞给岚琪，立刻就带人往前头园子去。

园子这边空旷，太皇太后被簇拥着立在空地中央，妃嫔女眷阿哥公主们都各自抱团四散在一边，檐下落了几块瓦片，噼啪作响惊得人心颤动。

好一阵缓过劲儿了，就见玄烨带着侍卫从后头来，径直来问皇祖母如何，太皇太后却说："咱们这里这样晃，不知外头哪里遭了灾，你要赶紧回宫，我们这里慢几天再回去不迟。"

"皇祖母……"

"赶紧走，受灾的老百姓还指望着你指望着朝廷。"太皇太后镇定自若，转身喊福全，"送皇上回宫，只怕这几天还会摇，路上还有之后到了宫里，你务必保护皇帝周全。"

福全领命，来与玄烨商议几句，皇帝不敢再迟疑，见这边有可靠的人在，便留下李公公支应，与兄长匆匆而去，回銮归京。

皇帝一走，众妃嫔女眷也要散开，先簇拥太皇太后去安全的地方，老人家突然警醒，问左右：“四阿哥呢？”

苏麻喇嬷嬷实则等到皇帝来，就留下主子领着几个太监去后头找，太皇太后这一问，她已经抱着婴儿过来，太祖母亲手抱过去，又唤惠嫔几人：“你们都领着孩子随我在一起，这几日不要再散开了。”又将太子喊到身边贴身带着才安心。

如此，惠嫔、荣嫔几人都领着阿哥公主随太皇太后在一起，温妃被宫女扶着朝前走，往人群里看了又看，不见贵妃和乌雅氏。

后头这里比不得前头院子里，倒了一间房舍，之前四阿哥所在的屋子也歪了一根梁，苏麻喇嬷嬷来后岚琪就把胤禛交给了她，让环春跟着去，自己则随侍卫宫女抬着贵妃走。她亲眼看见贵妃为了保护胤禛被花盆砸在背心，内心的震动，早已抵消了进房时看到她在摇篮边的恐惧。

她和玄烨也看到一个女人慌慌张张跑出去，从另一头过来时瞧见青莲几个在外边，再闯进来就看到那一幕，彼时的惊愕的确难以言喻，但现在再想她极力否认说的话，她信了。

危险的那一刻，自己这个亲娘都还没来得及挡在孩子身前。

在空旷处的花厅里，贵妃被安置在榻上，随扈的太医匆匆赶来，验伤诊治后，说贵妃这一下伤得虽不轻，但没有断了肋骨脊椎，将养数日就会好，只是伤筋动骨必然疼痛难行，近些日子怕是不方便挪动身子了。

“德贵人，皇上已和裕亲王即刻回宫了，太皇太后和各位娘娘主子怕这几天也要走。”从前头来了太皇太后身边的宫女，要看了这边的情形回去回话，听太医说这句，便问道，“贵妃娘娘不能动了吗？”

贵妃伏在床榻上，意识尚清醒，只是背心疼得她直冒冷汗，听见宫女太医说这些，心里很不舒服，哼笑一声说：“你们伺候太皇太后先走就是了，玉泉山也不会塌，本宫在这里多养几日再走。”

岚琪不管她，只吩咐宫女：“你先去回话，说贵妃娘娘的伤要养，太皇太后再有什么旨意，我过会儿也到跟前去了，我自然有话回。”

宫女领命，匆匆离去，才走不久又是一阵晃动，岚琪诸人尚无碍，受伤的贵妃吃不住这样震动，疼得她倒抽着气，一脸苍白。

“娘娘……您要不要喝点迷药睡一觉？”岚琪心慌意乱的，说这句话，“大概睡着了，就不会那么疼。”渐渐眼眸晶莹，略哽咽说，“嫔妾替四阿哥叩谢娘娘救命之恩。"

贵妃撇过头，一张苍白无血色的脸，冷然笑道："谢本宫？你和皇上不是以为本宫要闷死四阿哥吗？"

岚琪摇头，可嘴里几声"不是"却毫无底气，当时当刻，她的确是这么想的。

"四阿哥好吗？"贵妃却又问，"他有没有受伤？缓过气了吗？"

做娘的人经不起这样的话，岚琪忍不住流泪，摇头说："四阿哥很好，缓过气了，已经被太皇太后抱走。"

贵妃高傲的眼眉里，柔柔露出几分欣然色，软绵绵地伏下去，大概是疼得意识也模糊了，只轻声呢喃着一句："没事就好。"

岚琪守在她边上，之后还时不时会有震动，人心惶惶不安，天色渐晚时，前头太皇太后又派人来，让德贵人过去。

岚琪正要走，后院东边那处突然吵吵嚷嚷，她皱眉等了会儿，果然有侍卫过来禀告，屈膝在地说："德贵人，那里倒了一堵墙，在墙下挖出来一个被压死的人，有小太监认得说是宫里的那拉贵人。"

"那拉贵人？"岚琪惊得一身冷汗，扶着身边绿珠、紫玉的手过来，倒塌处满地狼藉、尘土飞扬，灯笼凑近了往地上的尸体一照，紫玉尖叫，吓得躲在岚琪身后哆嗦："主子，是那拉贵人……"

岚琪没敢看，朝后退了几步，心里怦怦直跳，但晃过眼有些熟悉，再壮胆看了眼尸体，那拉氏身上的衣服，不就是自己和玄烨瞧见的那个女人？

刚才，是她在胤禛屋子里？

四阿哥身边，平日里奶娘嬷嬷都是寸步不离的，今天是她好心让她们去前头看戏，说自己来照顾孩子，听说玄烨要过来，自己就迎出去，里头的宫女兴许也一时贪玩跑走了，或是被那拉氏赶走都已死无对证，只是转身的工夫，她险些给自己酿出大祸。

想到这些，想到刚才乍见儿子脸色发青的模样，岚琪双腿一软坠下去，紫玉和绿珠死死搀扶着，等她缓过神，才往太皇太后这里来。

而说起胤禛差点被闷死，说起那拉贵人被压死，又遭地震大灾，一桩一桩惊心动魄的事接二连三，吓坏了的岚琪终于忍不住在苏麻喇嬷嬷怀里哭起来。

太皇太后却冷着脸骂她："昏了头了，把儿子一个人留下，怪我来了这里什么都疏忽，你到底还是年纪轻不经事。你啊你啊，回去到大佛堂里给我好好跪几个时辰，想想你都做了什么。"

岚琪似乎挨了几句骂心里反而好受些，外头惠嫔、荣嫔几个都领着阿哥公主在，太皇太后也不便太过训斥她，岚琪冷静后便问："听宫女说您这就要回宫，侍卫讲之后还有余震，只怕路上也不安全。"

太皇太后沉甸甸道："路上是不安全，可我在这里，你们和孩子都在这里，玄烨肯定不踏实。他那里还要顶着各处赈灾的事，身边再没了你我，如何是好。早些回去，他心里踏实，我们不过路上难走些，辛苦些。"

"贵妃娘娘伤得不轻，恐怕不能挪动。"岚琪怯然说，"贵妃娘娘说要在这里养几天再走。"

"这一次亏了她。"太皇太后叹息，与苏麻喇嬷嬷商议后，决定先将惠嫔、荣嫔等膝下有阿哥公主的几人和自己一起先回皇城，其余常在、答应等留在这里等候并伺候贵妃养伤，要紧的是把太子和阿哥公主们送回去，少带一半人，路上也好走。

岚琪当然也要随行，她固然感激贵妃，尚不至于抛下孩子和太皇太后不管，决定明日一早就动身。夜里岚琪安置下太皇太后休息，又往后头来看贵妃，彼时她已经醒转，正由青莲喂着喝粥。

岚琪立在一旁将太后的决定说罢，贵妃只是不屑地笑："本宫身边有青莲在，要她们伺候什么，自个儿躲着去吧，用不着。"又想起什么，问道，"青莲讲，那拉氏被压死了？"

"东边一堵墙倒了，大概那拉贵人是躲在那里，就被……"岚琪垂着眼帘，顿了顿后屈膝道，"嫔妾和皇上瞧见一个人从四阿哥屋子里跑出去，嫔妾认得身上的衣裳，该是那拉贵人不差，想必堵住四阿哥口鼻的，该是她。娘娘，嫔妾那会儿，是吓坏了，并没有……"

"行了。"贵妃不耐烦地打断她，瞥了眼说，"你回头去和皇上解释清楚就好，别一盆脏水泼在本宫身上。"

岚琪不敢多说什么，起身后就听贵妃很轻地嘀咕着："活该！"她想，该是在咒骂那拉氏，而孩子闷不闷死，兴许就是前后脚的事，胤禛福大命大，缓过了这口气。

这一次的事从头到尾，都是贵妃的功劳，自己这个亲额娘，就只没脑子地把孩子推在了危险边缘，太皇太后骂她糊涂，一句都不错。

等她离了贵妃这里，再回太皇太后跟前时，半路上遇见不睡觉在外游荡的温妃，心里很毛躁不想搭讪，温妃却迎上来说："那拉贵人的尸体处理掉了？"

"还等两宫示下。"岚琪应着，没有提什么跑去要闷死胤禛的事，可温妃却幽幽道："大家都在前头看戏，这个女人跑去后面干什么，听说挖她出来的地方，就在四阿哥屋子附近？"

岚琪一怔，敷衍着说大概是，温妃继续道："她之前刺伤你，疯疯癫癫的，怎么会被带出来？也不说好这次出来的人多就疏忽了，谁来谁不来一早就定好的，除了宜嫔是突然不来的。"

"娘娘的话，嫔妾不懂。"岚琪蹙眉，嘴上是这句，心里却一点点冷下来，似乎意识到了什么。

温妃若有所思地说："宜嫔近来很活泛，你心里留点儿神。"她又一笑，"别怪我多事，我虽然不爱理阿灵阿了，可他没少在宫里给我布眼线，你也知道从我姐姐那会儿起，这宫里可就有了。"

岚琪心头一震，温妃果然还是不阴不阳，这样的话让她不自觉地背上发凉。温妃却没事儿人似的，拍拍她说："听说四阿哥屋子里的房梁也歪了，真是有惊无险，大难不死必有后福，你且放宽心。"

说完这些温妃就走开了，显然是故意在半道上等自己的，刚才离远的绿珠、紫玉跟过来，都问什么事，岚琪只是叹："没什么，温妃娘娘也害怕，夜里睡不着。"

这一晚，岚琪和苏麻喇嬷嬷守着太皇太后、太子和四阿哥，外头惠嫔、荣嫔也彻夜不眠地守着太后和几个阿哥公主，夜里晃了几次动静不太大，可后半夜就开始下暴雨，翌日清晨也不见停歇。

众人都劝太皇太后不要起程，但老人家执意回宫，一行人顶着暴雨出发，幸有上苍庇佑，虽路上艰难，总算平平安安回到了紫禁城。

只是这样折腾一回，太皇太后的身体必然吃不住，但此次地震受灾极重，碍着玄烨忙赈灾之事，太皇太后染病的事未传出后宫。但老人家这一病不轻，玄烨不得已，在岚琪的请求下，把胤禛送去了阿哥所。

十几天后，震情终有所缓解，京畿近郊各处受灾地陆续得到救济，留在玉泉山的妃嫔也悉数回宫，八月十五中秋前，佟贵妃亦伤愈回宫。

为社稷，今秋宫内不设中秋宴，玄烨决定率王公大臣于天坛祭奠，诏发赈恤，下令灾地被震家舍，皆由官修。

一场京畿天子辇下的大灾难几经折腾，待逐渐平息，已入深秋。太皇太后凤体也终痊愈，玄烨大舒一口气，这日入宫来请安，见岚琪跪在皇祖母跟前垂泪，他不曾听李公公禀告什么事，不免担心，却听祖母说："你这德贵人，要把亲生儿子送去承乾宫养呢。"

“送去承乾宫？”玄烨惊异。他曾许诺岚琪，不愿她承受和孩子分离之苦，才请皇祖母抚养四阿哥，如今送去了阿哥所也是万不得已，本已打算过些日子再接出来，此刻突然听到这些话，皇帝心里弄不明白了。

岚琪伸手擦掉了面上的眼泪，方才说到动情处，一时难舍稚儿，才掉下泪，好在脸上脂粉薄，也未弄花了脸，依旧清清透透的肌肤，在泪痕下微微泛着光芒。她昂首看着玄烨，直起身子说：“臣妾愿意请贵妃娘娘抚养四阿哥，求皇上和太皇太后成全。”

“玄烨啊，你是不是该给她晋一晋位分，到了嫔位就能让她自己养，不用烦着我，也不用她费这些心思。”太皇太后脸色深沉，俯视着地上的岚琪，“你是不是觉得屈居在贵人一位，心里不自在了？”

岚琪惶恐地摇头，口中说着不是，太皇太后却冷声道：“好端端的日子过着，怎么就突发奇想闹这一出？皇帝为了你，才把孩子送来慈宁宫，你看看这宫里头的女人，就算上我年轻时，也不曾有这样的福气，你这是身在福中不知福！”

一语说得岚琪浑身颤抖，她不知太皇太后是真的无法理解自己，还是故意说这些刺激人的话，边上玄烨的脸色已经很不好看。她明白，为了自己皇帝想了多少周全的事，只怕入主永和宫也就在眼前，可哪怕自己进了永和宫，她还是希望把胤禛送去承乾宫，而真正在心底的原因，她说不出口。

“为什么？”玄烨终于开口，眸中有伤感，或许是觉得岚琪辜负了自己的用心，又或许是明白了她的心意而为自己无奈。

岚琪深深朝上座俯首叩头，一字一字道：“玉泉山行宫里的事，臣妾至今难以释怀，午夜梦回看见四阿哥发青的脸，就害怕得再也睡不着。太皇太后、皇上，有些话臣妾说不出口，也不能说，臣妾不在乎什么位分，能伺候主子已经是天大的福气，可臣妾还想求一份福气，求四阿哥健健康康，求他能平安长大。”

太皇太后微微眯起眼睛，眼角泛起岁月沉淀的皱纹，一道一道都是呕心沥血走来的人生，很快，皱纹渐渐松下来，老人家的眼神变得温和，轻声说：“玄烨，你做主吧。”

“皇祖母？”可玄烨知道，祖母这一句的意思，就是“我答应了”。

岚琪望着玄烨，皇帝竟被她渴求的目光逼得不敢直视，别过脸深深蹙眉后，才终于说：“就应了你的话，明日让贵妃来，把四阿哥领去。”

眼泪扑簌簌落下，迷蒙了双眸再看不清玄烨的脸，岚琪伏地谢恩哭得抽噎，她也舍不得，骨肉分离的痛，痛得她几乎要昏厥，可这一刀是她自己切下去的，现在流的泪流的血，可以让儿子平平安安成长，承受不住眼下的痛，将来的血就要从胤禛身上流走，做娘的女人，怎么能让孩子流血受伤。

“可是……为什么？”玄烨又问一句，似乎还是不能理解岚琪这奇怪的念头，哪怕想明白了，还是会痛心她质疑自己保护妻儿的能力，心内五味杂陈，不及向祖母行礼告辞，便转身拂袖而去。

可玄烨的龙靴还未踏出殿阁门槛，就听身后惊呼，他闻声看过来，见方才俯首叩头的岚琪已经瘫倒在地上，心里一紧，排开众人亲自抱起来，又听边上宫女惊叫了声“血”。

玄烨还在发蒙，太皇太后已喝令皇帝不要再碰，几个老嬷嬷上来把德贵人从皇帝手里抢走，七手八脚地抬出去，玄烨被推到后头，瞧见地上巴掌大的嫣红。

“皇祖母？”玄烨意识到了什么，转身亦见太皇太后眉头紧蹙：“这些日子她没日没夜地在这里伺候我，谁都疏忽了。”

时下已在九月末，巡幸玉泉山前的几天，德贵人天天在乾清宫侍驾，但之后到了行宫，终日照顾太皇太后和四阿哥，六月里只和玄烨在一起过两天。七月之后，地震、赈灾，还有太皇太后染病，她竭力照顾着老人家的身体，两三个月的光景里，所有人的心思都不会在她个人身上，连环春、玉葵都疏忽了。

太医赶来诊治后，竟说德贵人已有四个月身孕，上上下下都震惊地说不出话，这四个月里她什么辛苦的事都经历了，直到今天来求送养四阿哥，也没意识到自己有了身孕。

旧年产下四阿哥后，德贵人的月信一直没能调整好，因太医说这也是常有的状况，一年半载后会恢复过来，于是她自己也不在意，环春几人没留心，那几日在乾清宫回来后，紧跟着就出门，马不停蹄忙碌至今，竟是不知不觉已孕育了四个月的生命。

太医说虽然见了红，产妇也过度疲劳，但胎儿脉象尚平稳，将养得好，孩子能保住，只求德贵人再不能劳动辛苦，这一两个月必须卧床静养。

玄烨松口气，近到床边看岚琪，她正清醒着，两人一见面，皇帝本来很心疼，可看到她眼底还透着几分方才的倔强，没来由地就燃了心火，冲口而出责备：“你成天在想些什么，瞎操心这些可有可无的事，自己的身体也不知道当心，你要朕和皇祖母为你操碎了心才好吗？”

被劈头盖脸骂这一句，岚琪抿着嘴不敢开口，太皇太后嗔责孙儿不体贴，轰他回去忙他的事，玄烨竟真的头也不回地就走了。看见他怒气冲冲的背影，岚琪竟也倔强地抹掉了才要滑出的眼泪。

“你啊，真是要折磨死我了。”太皇太后爱怜不已，轻轻掐了岚琪的脸颊，眼中晶莹着，“若是为了照顾我这把老骨头，失了我的小孙儿，你叫我怎么能安心。”

岚琪稍稍坐起来，被太皇太后抱在怀里，俨然祖母与孙女一般，软软地说：“臣妾想了好久好久，胤禛留在臣妾身边不好，太皇太后……您能明白吗？”

老人家怎会不明白，那拉贵人会跟去玉泉山的事，让苏麻喇嬷嬷稍稍查一查就知道了。如今日子越来越好过，宫里妃嫔越来越多，公主阿哥也多，从前清清静静的日子是再不能有了。中宫虚悬，这些女人们为了自己为了孩子的前程，能不开始作乱？她这把老骨头还能管多久，曾经问岚琪自己不在了她怎么办的话，还记在心里呢。

“我答应了不是？”太皇太后哄着她，欢喜地说，“四阿哥送去给贵妃，肚子里这个，往后就自己好好养着。过几日我让皇帝下旨，就说为了安胎，封了你嫔位。好好再给皇上生个小阿哥，知道吗？”

岚琪点着头，但想起方才玄烨愤怒的身影，想着自己要被他厌恶，心里翻江倒海不是滋味，不敢在老人家面前流露，等被送回钟粹宫，避开了端嫔、布贵人几个，才在环春怀里痛痛快快哭了一场，而哭过这一次，就干净地收起眼泪，为了胤禛，为了腹中的小生命，她要做个坚强的额娘。

天灾之后，宫里终于传了件喜事，钟粹宫的德贵人有身孕，因德贵人照顾太皇太后凤体痊愈，侍疾有功，皇帝奉太皇太后旨意，晋封德贵人为德嫔，入主永和宫。然而这样的事，虽然比着宜嫔怀孕后就被扔在家里安胎，一家老小去玉泉山避暑，上头仿佛完全没当回事来看，德嫔的隆宠的确不得不让人心生嫉妒，可伴随一道恩旨更让人瞠目结舌的，是说四阿哥胤禛即日起由佟贵妃抚养。

两个消息同时游走在六宫，谁也不能理解，到底为什么升了嫔位还要把孩子送去承乾宫，有人说是贵妃太霸道强行夺走的，也有人说是德嫔为了永和宫的地位，不顾骨肉亲情，将儿子作礼物送走。众说纷纭流言蜚语间，倒是冲淡了宫里头灾难后人心惶惶的抑郁气氛。

十月十三是吉日，册封选了这日举行，在那之前岚琪一直还住在钟粹宫，为的是太医说尽量不要挪动，到册封这一天她的身子好些了，可太皇太后还是说免了繁文缛节，让她直接搬进永和宫就好。而此时，四阿哥已经抱去承乾宫半个月。

钟粹宫里的东西该拿的几乎都已经搬去永和宫，这些天都是荣嫔、端嫔在为她打点，岚琪只管躺着安胎，偶尔应付几句话，什么都不必她操心。

今天就是去永和宫的日子，外头忙忙碌碌，她一个人坐在里面，细细将屋子的角角落落看了一遍又一遍，抚摸着肚子温和地笑道："好孩子，哥哥他就在这里出生，虽然哥哥现在去了贵妃娘娘那里，长大了你们还能在一起玩儿，你若是个弟弟，要和哥哥一起读书习武将来好好给皇阿玛办差事，若是个小妹妹，哥哥他一定最最疼你。"

外头有脚步声，走进来，是布贵人和戴答应。戴佳氏跟着钟粹宫这些日子，身体好了人也漂亮了，都说她眼睛长得像自己，现在胖了一些，自有她自己的眼眉模样，选进宫的女孩子，果然都模样出挑。

两人行了礼，如今岚琪已是德嫔，曾经布贵人的宫女，现在已高高在上，幸好彼此姐妹真心相待，谁也没不自在，可布贵人近些天总是愁眉不展，这会儿说了几句话，戴答应见外头忙，就出去搭把手。布贵人扶着岚琪坐下说："往后不在同一屋檐下，娘娘在永和宫里自己要当心些。"

"姐姐和我就不必用什么尊称了，我们还是一样的。"岚琪娇滴滴拉着布贵人的手说。

布贵人却颔首："我知道，可我心里……"似乎犹豫纠结了一番，才定了心问，"为什么要送走四阿哥？我还是想不明白，我们曾经说，若有一日你做了主位，就把端静抱去，我能时常看看，现在有端嫔娘娘在固然也一样，可你连端静都替我舍不得，为什么舍得四阿哥？岚琪，皇上封你做嫔是风光，可我问你，打从你被抬回来到现在，你见过皇上吗？"

岚琪心头发紧，半个月了，她和玄烨再没见过彼此，哪怕赈灾最忙的日子里，他也会去慈宁宫和自己说几句话，她知道玄烨在生气，甚至生气得连承乾宫都没去过，半个月没再听见贵妃弹过琴，仿佛这附近地方，他都再不想来了。

"我和皇上没什么感情，皇上疼爱端静又看在你的面子上才对我和和气气，我心里已经很知足，也因为没有感情，或冷或热都无所谓。"

布贵人伸手将岚琪发髻上的钗子扶周正，又抚平她胸前绣工精致的领巾，笑容里掺了些许无奈，胜在平静又温和，语重心长地劝着岚琪："我冷眼瞧着，你和皇上的感情早胜过荣嫔、端嫔他们，皇上是天子，更是个男人。小时候在家总听我额娘和婶娌们凑在一起抱怨，说男人再长年岁也还跟个孩子似的，咱们女人家要人哄，自家主子自家男人更要哄。”

岚琪笑着说：“姐姐是想说，让我去万岁爷面前卖乖邀宠？”

布贵人一笑：“谁叫你说出来的？我是那个意思，可也不全是一回事。”她朝外头看看，转身来轻声道，“送去承乾宫是你的主意，没和皇上商量半句，他心里能好受吗？万岁那么疼你，事事周到，到头来你一句话求上去，白费皇上那么些苦心，换作谁都不高兴。你也别太倔了，难道还有主子来哄你的道理？过几日身体好了，就去见见皇上吧，我是弄不懂你的心思，皇上那么聪明，不会不明白的。”

岚琪靠在她肩头，软乎乎地说：“还是姐姐最疼我，你的话我记着了，我会好好想一想。”

“往后可不能这样撒娇，你都是德嫔娘娘了。”布贵人笑着，却还是抱住她说，“看着你越来越好，我心里才舒服，当年你对我好时，我就想你若是一直跟着我，我又不得意，该多委屈你。果然你的命数摆在这里，天生富贵。”

说话时盼夏进来，瞧见她们这样，也跟着开玩笑，布贵人嗔她没规矩，岚琪则嘱咐她往后自己不住这里了，要她好好照顾布贵人，再说一会儿话，外头就来迎接了。众人簇拥着岚琪出门，虽然只是几步路的距离，还是升轿抬过去，绕了一圈到永和宫门前。

永和宫一样是二进院的格局，前院正殿面阔五间，有东西配殿，后院有暖阁，和钟粹宫并无太大差异，只是钟粹宫里正殿东西两处并后院之前都塞得满满当当，从端嫔到戴答应，手下宫女太监就二三十号人，如今突然独自一人居永和宫，自然就觉得宽阔冷清。

而岚琪为人行事素来低调谦和，一并内饰家具也简简单单，不比承乾宫、咸福宫里富丽堂皇，她这个德嫔娘娘住在这里，的确少了些主子娘娘的霸气。

众人簇拥她入宫，扶在软垫上跪着听恩旨，但太皇太后免了她三跪九叩的大礼，一切都是走过场，让她尽早上床休息才是正经。至于六宫之中，更是免了她向佟贵妃、温妃行礼，荣嫔、惠嫔几人也不轻易尊大，早早就亲自来恭喜过她，说往后都是一样的，要更加和睦。

数一数如今宫里头，佟贵妃的地位不可撼动，温妃不和六宫亲近，荣嫔、端嫔、惠嫔三人早些时候起就淡了，宜嫔如今安胎，虽然也是进宫就尊贵，没出几年就封的嫔，但相比德嫔从一个宫女到如今的荣光，差别就不是一点半点。再回首看荣嫔和端嫔，同样的路，她们比德嫔整整多走了十年。

寝殿里，突然换到陌生地方，岚琪尚不能适应，好在环春最有心，她爱用的东西照着原样都搬过来，床上褥子被子也是原来的，本该都换新的更好的，但想着指望虚无缥缈的图吉利，还不如踏踏实实让她住得开心，所以求端嫔去请了旨，把原来的东西都搬过来了，也省了宫里一大笔开销

“这里明窗下采光比从前更好，炕头也更大，往后小阿哥在上头打滚都成。”玉葵在一边收拾东西笑嘻嘻说着，可却被绿珠在身后掐了一把屁股，拉出去后眼睛瞪得大大地骂她：“别提小阿哥什么的，不怕主子想起四阿哥伤心？”

岚琪见她们这样出去，又好笑又心疼，已经半个月没见过儿子，从一开始的不舍难过，到如今的淡定从容，她明白既然要把胤禛送给贵妃，就不能总去表白自己生母的身份。太皇太后说本来也瞒不住什么生母养母，虽然四阿哥往后要喊贵妃额娘，但各宫都不必规避这些事，她知道老人家是疼她，是顾忌她的心情，可她不能拿来当福气，为了儿子好，就必须让他好好和贵妃亲近，她这个亲额娘，看着儿子好就是了。

“太医院下午才来请脉，主子先歇一觉吧，各宫娘娘们碍着太皇太后让您安胎，都只差遣下人来送礼，承乾宫和咸福宫奴婢过会儿就去磕头，您不必担心。”环春来加一床被子，轻声问，“您有没有什么嘱咐？”

“嘱咐？”岚琪不懂。

环春道：“奴婢一会儿就要去承乾宫呀。”

岚琪这才明白，连忙摇头：“你就平平常常地去，如果贵妃娘娘让你做什么，你自己再看着办，其他的该怎么样就怎么样。环春你记着，也替我对宫里其他人说明白，现在小宫女、小太监也多了，我认不过来，但是你告诉他们，四阿哥是贵妃娘娘的儿子了，在外头一定都管好自己的嘴，不要胡说八道，不然闯祸惹了麻烦，我不保他们。”

这些话却说得环春眼睛都红了，她竟哽咽了一下说：“主子心真狠，奴婢……”

“环春，连你也不理解我？”

环春使劲地摇头说：“奴婢是照顾四阿哥有了感情，四阿哥在您肚子里时，奴婢就时常说将来要给他做好些好吃的，但是往后他只能吃承乾宫里的东西，也不知道是不是奴婢失言了。”

岚琪哄她：“我肚子里还有一个呢，你就不疼了？”忍不住又嘀咕，“你别这样子，合着就我铁石心肠呀，还是太皇太后最好，她就明白我，还有皇上也是……天底下最小气的。”

“皇上小气还给您这么多恩赏？”环春一一数着，说从前东配殿的书架太

小了，搬来这里显得很不协调，李公公亲自来过问，赶着日子照着永和宫正殿的规格弄来大书架，满满当当的书晒过后一本本搬过来，而且还另添了许多，说都是时兴的白话新书，给德嫔孕中解闷，自然这些都是皇帝的主意，李公公不过是办差事的。

"我可是德嫔娘娘了，你别老数落我。"岚琪瞪着环春，可一点架势都没有，环春也被逗笑了，蹲下扶着她的膝头说："好娘娘，您就别和皇上闹脾气了，您就不能服一次软？等身体好些了，奴婢陪您去一趟乾清宫吧，那里总有李公公支应着。"

"好啊……"岚琪总算点点头，又看似故意气呼呼地躺下不理环春，实则是一想到玄烨心里就怦怦直跳，她想念玄烨想得夜里偷偷掉眼泪没人知道，可就是觉得人家该理解自己，何况也没撕破脸皮地吵架，竟是不知哪儿长的脾气，抹不开脸面去见玄烨，每天想着明天明天，一拖就到现在了。好在太医嘱咐，让德嫔娘娘静卧安胎，她还有个不出门的借口。

想着这些时，环春已经让绿珠、紫玉来看着，她去承乾宫和咸福宫替主子谢恩了。如今两宫相邻，比从前更加低头不见抬头见，环春早早叮嘱手下的宫女太监要低调谦和，自己来到承乾宫门前，更是理了理衣容，才请人通报。

等她跨进宫门，走不过几步就听见熟悉的婴儿啼哭，里头似乎慌乱成一团，再走近正殿，就听贵妃骂骂咧咧："你们会不会哄孩子，是不是饿了？还是尿湿了？你们倒是讲话啊……"

四阿哥从前的乳母因为那次生病被换走了，新来的乳母才适应没多久，之后跟着去玉泉山，回来又进阿哥所，到如今跟来承乾宫，也的确不容易。环春站在外头想，贵妃脾气那么不好，伺候小的又要伺候大的，也难怪乳母忙不过来。

有宫女来领她进去，进门就见贵妃抱着孩子在晃悠，环春不敢多看，伏地叩头替德嫔谢过贵妃的赏赐，贵妃似乎有些忌惮，什么话也没说，就让青莲打发了。

青莲送环春出来，见她愁眉不展，拉着轻声说："你去回德嫔娘娘，贵妃娘娘很疼四阿哥的，刚才那几声你听见了吗？可别想错了，娘娘她不是发脾气，是着急。现在她每天除了自己睡觉那会儿，寸步不离守着摇篮，好几次李公公说皇上要来，你猜怎么着，她让李公公去回话，说没空，请万岁爷别处坐去。"

见环春睁大眼睛不相信，青莲说："我骗你做什么，你们之前也就在后头的，这些日子万岁爷来过没有？"

“我信你。”环春应着，心里想，原来皇帝最近不来承乾宫，不是因为一并连四阿哥都不想看到，而是佟贵妃挡驾？可佟贵妃也实在张扬，别的妃嫔巴不得皇帝见天去，她竟然为了一个奶娃娃连圣宠都不要了。但想到这些，心里就踏实了，一直害怕贵妃不喜欢四阿哥，没想到截然相反，若贵妃真能好好对四阿哥，也真是四阿哥的福气。

寝殿里，佟贵妃哄得胤禛不哭了，放他在摇篮里，学着孩子似的和他咿咿呀呀说几句，奶娃娃抓着布老虎自己玩起来，总算安静了。

“娘娘……”

“小点儿声。”佟贵妃听见青莲喊她，立刻嗔责，自己也颇有些腰酸背痛，扶着腰往外头来，等在炕上歪了，就让小宫女来揉一揉，皱着眉头歇了会儿，才想起来问，“永和宫里，已经搬过去了？”

“德嫔娘娘搬好了。”青莲送来一碗茶，贵妃不接，直接就着手喝了两口，似乎是很疲倦，懒懒的，不想动，接着又听青莲说，“礼物是之前照您吩咐准备的，德嫔娘娘也送来了回礼，奴婢收着了。”

“是什么？”贵妃这才略略有些兴趣，抬头莫名露出不屑，“小孩子的东西？”

青莲忙说：“不是不是，是手绣的袖笼，说是若娘娘不嫌弃的话，冬天里用。”

佟贵妃让她拿来瞧瞧，精致的袖笼柔软又厚实，面子上团花绣凤很富贵隆重，的确匹配贵妃的排场，可贵妃却鼓着腮帮子嘀咕：“她是想我把手捂暖了，好结结实实抱着她儿子吧。”

青莲笑道：“四阿哥来到现在，德嫔娘娘可是半句话都没说过呢，不管她心里乐意不乐意，四阿哥往后可只喊您额娘了。”

提起胤禛，贵妃脸上露出笑容，心情也见好了似的说：“四阿哥这几天能吐字了呢，月末就一周岁了，我盼着他喊我声额娘，眼下他冲我笑一笑我就找不见魂了，再听他喊声额娘，我骨头都怕要酥了。这孩子是我从鬼门关救下来的，虽然没十月怀胎生他，可我养得起他，这声额娘我更受得起。”

见贵妃笑，青莲心里松快，虽然最近为了照顾四阿哥总弄得承乾宫里鸡飞狗跳，但是贵妃天天心情都很好。那回四阿哥尿湿了她的衣服，不仅不气不恼，还乐呵了好半天，她一高兴底下奴才也跟着高兴，青莲觉得从她来承乾宫到现在，如今的日子算是过得最舒坦的。

“反正她明年又要生了，自己再生一个吧，四阿哥在我这里，就是我的命了，她乐意不乐意，我都管不着。”贵妃说着又略严肃起来，还似不甘心地说，“大阿哥那会儿的事若再有，她但凡敢像惠嫔她们那样对我，旧账新账我就通通都要算干净了，再去和皇上理论。”

青莲赶紧扯开话题，好端端的怕贵妃又发脾气，幸好之后没多久四阿哥又闹了，她现在一听四阿哥的声音就浑身是劲儿，围着孩子转也没心思想这些有的没的。青莲几人都满心盼着四阿哥健健康康长大，知道这承乾宫里只要有四阿哥在，她们就都有好日子过。

环春这边，去过咸福宫后就赶紧回来，把在承乾宫里的事告诉岚琪，岚琪听得出神，眼睛里湿漉漉的，半晌才缓过来，笑着说："四阿哥是有福气的孩子，贵妃和他也有缘分的我那会儿好久没动静，那么巧贵妃送的送子观音来时羊水破了，之后生得辛苦，也是抓着她给的布老虎，现在想想，天注定似的。”

环春嘀咕：“什么天注定的，还不是您让送去的。”

岚琪瞪她一眼，撅着嘴说：“你还怪我呢？我都说八百遍了，不送四阿哥去，玉泉山的事还会再有。”

“主子是觉得，宫里有人要害您和四阿哥？”环春紧张兮兮地凑过来，却被岚琪推开，“你别打听，我心里有数，要紧的时候，我自然会告诉你们。”又差遣环春去请端嫔几位来坐坐，太皇太后一道旨意让她安胎，结果谁都不敢来了，可她习惯了在钟粹宫里热闹，还有纯禧、端静的撒娇，在这里闷了半天就受不了，借口说“搬了新家，总要闹一闹才好”。

环春只能去请，端嫔几位本也惦记，自然就来了。

而慈宁宫里，德嫔安顿好的消息送来后没多久，皇帝就领着太子来请安了。太皇太后哄着太子说会儿话，让苏麻喇领去吃点心，见玄烨闲闲地在一旁，老人家嗔笑：“你在我这里插蜡烛做什么？永和宫那么宽敞，怎么不去坐坐？人家挪了新地儿，也不去贺一贺？”

玄烨满脸的不乐意，敷衍道：“孙儿来瞧瞧皇祖母，前头还有事忙，一会儿就要走。”

“你真当皇祖母老糊涂了？”太皇太后笑悠悠地说，半点儿没有不高兴，近来听太医说德嫔和胎儿都好，她一直担心这孩子因为照顾生病的自己而耽误了胎儿，如今松口气，又听说贵妃当四阿哥命根子似的，心情好瞧见什么都顺眼，哪怕玄烨从进门起就板着脸，还吓得太子唯唯诺诺的，她也没生气，这会儿见孙子敷衍自己，也好脾气地说，“可不是早些年了，别还都把自己当小孩子，你对着文武百官的气魄，皇祖母瞧着都震撼，偏是和岚琪一纠缠，都变小孩子了。”

玄烨终究是不知在别扭什么，但拗不过祖母相劝，便留下太子，自行领着李公公几人步行往永和宫走。不知是不是昔日习惯，或者玄烨正想别的事，直接拐进钟粹宫门前，李公公心想从后头绕过去也一样，还以为是要避开承乾宫，谁晓得皇帝径直就进钟粹宫了，吓得他们赶紧上来问怎么了。

而玄烨一头闯进钟粹宫，才醒过味儿来岚琪已经搬走了，但不等身后的人跟上来，就见东配殿出来几个人，两个宫女打着帘子，跟了一个宫嫔服色的女人出来，乍一眼瞧见有似曾相识感，让玄烨留住了目光，而那边的人抬头见圣驾，慌得什么似的，当即就跪下了。

玄烨道：“你们怎么在这里，这里换人进来住了？起来说话，你也是钟粹宫里的人？”

正是戴答应在跟前，她前头随端嫔、布贵人一起去永和宫，说话间德嫔说她藏在东配殿床底下的盒子没带来，戴答应就领着宫女来拿，可是找了半天也没看见，正退出来准备去回话，谁晓得皇帝会过来。

戴答应自从入宫后，就没和皇帝说过一句话，这么近的距离也是头一回。而玄烨已经很久没来过钟粹宫，之前每次见岚琪也都在乾清宫或别处，她们这里几时多了个答应，他也没在意。

“臣妾戴佳氏……臣妾是……”突遇圣驾，戴答应吓得话都说不出，反而是李公公知道这里的光景，将戴答应的来龙去脉说了，玄烨也不过听了只字片语，倒是问她：“你怎么在这里？其他人呢？”

戴答应等李公公说话的工夫，总算缓过神，虽然支支吾吾，倒也把话说清楚了，说她们聚在永和宫陪德嫔说话，说她是回来拿东西，等等。

“她精神不错，还能让你们去聚聚？”玄烨不知哪儿不对劲，就觉得岚琪不体贴，那样狠心地糟蹋了他的心意，不认错不服软，现在还乐呵呵地关门过自己的小日子，敢情他这个皇帝怎么样，人家根本就不在乎。

戴答应跪在地上一直没起来，等身后的宫女喊她时，才发现皇帝早不知走哪儿去了，她瘫坐在地上还在发抖，语无伦次地说：“皇上怎么来了？我……我刚才说些什么了？”

身边小宫女却嘀咕：“主子您胆子也忒小，别处的常在、答应们，还上赶着等在皇上路过的地方露脸呢，您难得见这一次，就一直在发抖，您好好说几句话该多好啊。”

戴答应却捂着心口说：“没惹怒圣驾就好，我还敢求什么呀？”

可戴佳氏不仅没有惹怒圣驾，更是她命运转折的一刻，布贵人曾说皇恩浩荡让她活出个样子来给安贵人看看，可她在钟粹宫里见不到圣驾，再者被安贵人折磨得够了，有如今太平日子过就很满足。

从来没想过这些心思，谁晓得命运造人，她好心来给德嫔取件东西，就在她原先的住处撞见了皇帝，而直到这一晚被裹着被子送上乾清宫龙榻时，戴答应也不晓得，是自己眼眉的神似，是从帘子出来时那一抹笑容，把她送来了这里。

钟粹宫里名不见经传的小答应突然得宠，甚至连着三天在乾清宫，虽然只有一夜记档，但各种传言赶不及就在宫里流转，说钟粹宫才是福地，德嫔才刚刚搬走，龙榻上就换新人了。

钟粹宫里，戴答应对着端嫔和布贵人仍旧怯弱谦卑，连她们让她搬去东配殿住都拒绝，说自己只是一时运气好，不想太张扬，更说她觉得自己有些对不起德嫔娘娘，心里愧疚又不敢去道歉。

端嫔尚可，布贵人心里很不舒服，但未在脸上表露，只是说："你若去道歉，反而让娘娘难堪，德嫔娘娘并不是那样的人，何况大家都是皇上的妃嫔，谁伺候有什么要紧？"

实则那天的事，戴答应再回永和宫后就告诉了几位，当时大家也没多想什么，直到夜里乾清宫来人接，才有些觉得尴尬。布贵人隔天去看过岚琪，人家好好地安着胎，提起来也说是戴答应的福分，可布贵人最知道她，心里哪怕难受也不会表露，心疼她背过人去难受，对戴佳氏难免不待见起来。

至于皇帝那里，戴佳氏之后再没见其他妃嫔，对戴答应似乎也不过是一夜雨露的恩情，并没有让她变成第二个当初的乌常在。皇帝照旧忙朝务忙国事，宫里头一时兴起的谣言渐渐就淡了，本满心等着看戴佳氏也得宠，让德嫔搬石头砸自己的脚，可她们就是想不明白，这宫里头乌雅岚琪，只有一个。

转眼在月末，四阿哥的周岁生辰，两宫赏赐自然必不可少，但如今四阿哥的额娘是佟贵妃，怎么给小阿哥过生日，贵妃娘娘说了算。佟贵妃说地震之灾才过，不易铺张浪费，所以小阿哥周岁不庆祝，她自己在承乾宫给过了就成，各宫各院都不相干。

谁都晓得贵妃得了四阿哥跟得了稀世珍宝一样，轻易不让别人碰一下，四阿哥去了承乾宫后，外头的人就没再见过几次，连慈宁宫那里也要太皇太后说想见了，贵妃才会万不得已地抱来，但念她是心疼呵护孩子，上头也没多计较。

至于挡驾不让皇帝来留宿，玄烨似乎都不在乎了，倒是这天四阿哥生辰，贵妃亲自来乾清宫请他去喝杯酒，他才无奈地说："朕以为往后你这承乾宫的门是进不了了。"

但帝妃二人往承乾宫来，才拐过门前，就看到岚琪扶着环春领着几个宫女太监站在门前，玄烨蹙眉，肩舆停下，他起身时贵妃已经走过来，笑着说："四阿哥周岁，总要请德嫔也来庆祝，不过也就这一回，再往后四阿哥有什么喜事，都和德嫔没关系了。臣妾知道皇上最疼德嫔，可是四阿哥已经是臣妾的孩子，什么事自然是额娘说了算。"

岚琪立在边上，被环春搀扶着朝二人行礼，见玄烨绷着脸，贵妃脸上笑得也不怎么自在，她自己更是万般莫名，贵妃一清早就派人去请她，说四阿哥生辰让她务必去承乾宫一起庆祝，岚琪犹豫的工夫，青莲再来一次相邀。她知道是躲不过，穿戴齐整地过来，却看到皇帝和贵妃一起从前面回来。

算算日子，她已经一整个月没见过玄烨。

"既然来了，就进去吧。"玄烨终于开口，而后也不理会两人，径自往门里去，贵妃紧随而上，青莲客气地过来和环春一起搀扶岚琪。

进门就听见奶声奶气的咿呀声，岚琪抬头看，正殿门前乳母正搀扶着小阿哥，逾月不见，孩子长大了许多，更已经能被搀着摇摇晃晃走几步了。

"胤禛，快瞧瞧，皇阿玛来了。"贵妃声音柔亮温和，扑过去扶着胤禛指给他看父亲的方向，一边乐呵呵地冲玄烨喊，"皇上快来抱抱儿子。"

环春扶着岚琪，感觉到主子身上轻微的颤动，那一刻青莲正好松了手跟贵妃过去，不然她一定还会牢牢稳住，但青莲松了手，她也绷不住了，环春在她耳边很轻地问："主子？"

岚琪听见，无声地点了点头，朝前走几步，看着玄烨把胤禛抱起来。小家伙比之前更胖了一些，岚琪最后一次见他，就是去慈宁宫求恩旨那天，彼时已经咿咿呀呀，能"嬷嬷妈妈"地发声，此刻她一步一步走近，心想着孩子还能不能认出她。

"皇上，咱们胤禛是不是很能干？嬷嬷们说周岁能这样走已经很好了，那天抱去慈宁宫，苏麻喇嬷嬷说皇上您小时候一岁半才会走路，儿子可比阿玛强多了呢。"贵妃娇语盈盈，眼波流转，围着玄烨和孩子叽叽喳喳，可岚琪才要走近些，贵妃突然挡在跟前，似乎故意将她和玄烨、孩子隔开。

边上青莲机灵，忙笑着说："皇上快进屋吧，德嫔娘娘怀着身孕，站在外头久了辛苦。"

玄烨怀抱孩子，越过贵妃的肩头看她一眼，见她脸上绷得紧，不禁蹙眉，更在眼中闪过不悦的神情，抱着胤禛便跨门进去。贵妃立刻随行，但到门前又突然停下，转身对环春说："好生搀扶你家主子，她肚子里的孩子金贵，今天是我们四阿哥的好日子，别闹出什么不高兴的来。"

岚琪垂首不语，环春连声答应，只等贵妃进门，才搀扶主子前行。跨过高高的门槛时，岚琪腿下一软，险些坠下去，幸有环春牢牢搀扶住，着急地在耳畔提醒她："主子可要好好的。"

"我知道。"岚琪点头，稳稳站立后，才重新往殿内走来。

殿内已经有摆好的席面，玄烨抱着儿子在上座，胤禛不知看见什么要拿，玄烨不得法，小家伙扯开嗓子就哭，贵妃赶紧接过去抱，指着桌上的东西问他要什么，胤禛也不会说，只可劲儿伸着手，贵妃耐心地一件一件拿给他，拿到蒸的寿桃包子，他才心满意足，捏在手里又揉又掐地当玩具玩儿。

岚琪坐在对面，贵妃每拿一件东西，她心里就震一下，巴不得伸手过去递，可她不能这样做，贵妃今天让她来，就是要她看看清楚，如今谁才是四阿哥的额娘。

佟贵妃抱着四阿哥摇啊摇的，一边让青莲给皇帝敬酒，自己毫不客气地笑说腾不开手，请玄烨不要见怪，又自顾自地说："皇上明年再开博学鸿儒，可要好好物色几个人才，咱们四阿哥转眼就要长大的，等着跟好师傅念书呢。"

玄烨睨她一眼："你也太着急了。"

"哪里是臣妾着急，三年五载不过眨眼工夫，臣妾进宫时大阿哥还是个小不点，那日惠嫔领他来请安，瞧着可已经是大孩子了。"佟贵妃一边说着，一边终于把孩子抱给乳母。岚琪的目光忍不住跟着孩子转开，就听见贵妃咳嗽了一声，她慌忙回过来，果然瞧见佟贵妃瞪过自己，才继续说，"虽不敢比太子，可我们胤禛一定是其他兄弟里最聪明的，皇上往后可要好好栽培。"

"你还没吃酒，话就这么多。"玄烨懒懒应道，"朕的儿子当然都聪明，跟师傅念书的事也不必你来操心，荣嫔、惠嫔都不见这样，你这个额娘还真新鲜。"

岚琪心头抽搐，听见"额娘"两个字，她真是快撑不住了。

贵妃亲自斟酒敬皇帝，见玄烨喝了，才笑着说："做额娘的不尽心，还指望别人吗？皇上日理万机，过些日子宜嫔、德嫔都再生，阿哥兄弟们一多，您顾得过来吗？自然是做额娘的费心一些，把儿子教导好也是做娘的责任，臣妾说话虽然不好听，可实实在在，您说是不是这个理？"

岚琪一字字听着，不由自主去握了面前的酒，正抬起手要喝，就听贵妃喊住："德嫔你的酒可不能喝，怀着孩子怎么能喝酒？放在那里是应个景的，谁叫你喝了？"说着唤青莲，"赶紧给德嫔娘娘上蜜茶。"

岚琪不得已将酒杯放下，青莲换了一杯蜜茶来，又殷勤地给德嫔布菜，桌上气氛尴尬又压抑。胤禛清亮的咿呀声突然打破了沉闷，众人循声看，他摇摇晃晃由乳母搀扶，一步步从边上走来，乳母笑悠悠哄着："四阿哥要去哪儿呀？"

胤禛却停下来，不知是走吃力了，还是在看桌边的人，突然欢喜地笑起来，笑得眼睛挤成缝，高兴得咿咿呀呀手舞足蹈，然后又迈开步子往前走，乳母只是搀扶，往哪儿走完全由着他，这一步步地，竟是朝德嫔坐的方向去，胤禛圆溜溜的眼睛更是闪烁着光芒，嘴里又"嬷嬷妈妈"地哼哼着，不知是胡乱叫的，还是想要喊人。

岚琪几乎要腾起身子扑过去，贵妃突然起身离座，赶过去一把将胤禛抱起来，小家伙先是愣住，而后就撅起嘴，又见被抱远了，不由分说咧嘴大哭。这一下下哭声委屈得什么似的，贵妃赶紧把他抱去别的屋子。

桌上只留玄烨和岚琪，两人都看着这一幕发呆，还是皇帝先缓过来，但一抬手碰倒了边上的酒杯，嫣红的酒汁洒了一桌，有宫女赶紧来擦拭，幸好没弄脏皇帝的龙袍，等贵妃回来已经收拾妥当。

岚琪一瞬不瞬地看着宫女忙碌，没有去看玄烨的脸，不是她不愿意，而是不敢。天知道那双漂亮的眼睛里要射出多少利箭直刺她的心房，就光这样坐着，已经感觉到那边蒸腾的怒气，说到底，他还是在怨自己。

一晃一年，当初分娩的痛岚琪已经记不清，可骨肉是自己的，眼瞧着在跟前不能碰一下，分娩的痛比起此刻，根本不算什么，但再痛她也要承受，痛在她的心里，怎么都好过让儿子受到伤害和威胁。

"孩子……"玄烨才开口，门前靓丽的身影又飘进来，贵妃笑意浓浓地进来说："四阿哥平日里挺乖的，今天一定是看见皇阿玛就兴奋了。"

皇帝似乎本要对岚琪说什么，贵妃这样打断后，他便接着话说："孩子你养得很好，朕本以为你年轻，不如荣嫔、端嫔她们稳重踏实，瞧着你得心应手，朕也就放心了。"

贵妃坐下来自斟一杯酒喝，红晕飞上脸颊，越发衬得姣好面容妩媚多姿，纤纤玉指握着酒杯，在自己杯中斟酒又递给玄烨，自信而得意的一句话从红唇里飘出："自己的孩子当然要尽心养，臣妾得心应手也是应该的，皇上可别不放……"

她话未说完，“咣当”一声重响，门外头不知摔了什么，众人都惊了一下，忙有宫女来禀告，说正要进火锅，但宫女失手摔了，不等皇帝开口宽恕，贵妃已道：“岁岁平安是好兆头，哪个宫女摔的，赏她银子看看烫伤了没有，不要责怪。”

殿内众人都松口气，若是平日贵妃一定发难，好在今天是四阿哥生辰，皇帝又在跟前，她怎么也要做出宽仁大度的模样，果然也得到皇帝一句夸赞，说她性子好多了。

至于酒席，不过三人对坐，吃了半天也没意思，岚琪害喜胃口不好几乎不动，面前青莲布的菜都快堆起来了，她也没动几下。大白天贵妃也不敢劝皇帝多喝酒，之后只听贵妃不停地说四阿哥如何如何。

岚琪已经两耳嗡嗡作响，也不知玄烨听进去几句，只等有太监来禀告，说是吉时到了请皇帝贵妃移驾去看小阿哥抓周，玄烨问做什么，贵妃欣然笑道：“听说汉人生孩子讲究这个，臣妾也想玩一把图个热闹，皇上若是不乐意也罢了，臣妾只是觉得有趣，想测测这孩子的前程。”

“随你吧。”玄烨没有异议。

三人分别漱口洗手后便被簇拥着往四阿哥的屋子来，进门就见厚厚的兽皮地毯上已经摆了许多物件，经书笔墨，算盘元宝，再有玩具食物，沉香珠串和短刀匕首等，总之不管拿了什么，都会有吉祥如意的说辞，不过是图个热闹的事情。玄烨也略略有了兴致，要解下随身小印，让李公公摆过去。

“万岁爷。”李公公很精明，深知御印不合适，皇帝恐怕一时没多想，他便有责任提醒，笑着说，“旧年万寿时太皇太后赏您一块红田寿山石，还未开印，您说要随身带着把玩，沁些人气，得了好的词眼再开，奴才一直都伺候着呢。”

他说着，就唤随行小太监跟上来，果然有人托着锦盒出现，打开锦盒，里头卧着一块鸡蛋大的天然红田石，的确是太皇太后赏赐之物，玄烨平日想起来时就会拿过来把玩，因是难得的好石头，一直没想好刻什么印。

“就用这一块，若是胤禛拿了，就赏赐给他，等他长大了再瞧瞧刻什么章好。”玄烨欣然，拿过寿山石把玩几下，便放到一堆物件里，不显眼地埋在几个荷包里头，然后退到一旁。抬眼再看岚琪，可她好像对地上的东西视若无睹，只直愣愣地瞧着那边乳母怀里的孩子，玄烨心里一沉，又不高兴起来。

贵妃一心只在孩子身上，没在意这些小事，过去亲自抱了四阿哥来，放在地上，柔声柔气地哄着：“胤禛乖，喜欢什么自己去拿。”又唤乳母，“过去引着些，把四阿哥哄过去。”

殿内一时热闹，乳母嬷嬷们摇着四阿哥喜欢的布老虎、拨浪鼓等，发出咚咚锵锵的声响吸引着孩子。小家伙手脚并用朝乳母爬去，嘴里咿呀着，可看到那么多东西在眼前，不仅不兴奋，反而一屁股坐下不动了，乳母几个赶紧又哄他，他才慢条斯理地爬起来，撅着嘴将面前的东西看了又看，推推这个拨动那个，几个荷包散开，露出那块寿山石，鸡蛋大小在孩子的手里还是很大的东西，他一只手伸过来摸了摸，紧跟着用两只手把这块石头捧起来，其实也没见要拿给谁，乳母却赶紧抢过去，边上宫女拿红绸子捧了，送到了帝妃面前。

贵妃高兴坏了，得意地听着边上人奉承夸赞，玄烨倒没见太惊喜，只笑着说："等他长大出宫，开牙建府时，就拿这块寿山石做印章，你替儿子先收好了。"

贵妃连忙应承，屈膝行了大礼，替四阿哥谢父皇隆恩，边上岚琪也由环春搀扶一起行礼，玄烨瞧在眼里，却又是没来由地一股子郁闷。

乳母也抱着四阿哥来谢恩，胤禛伏在她的肩头，岚琪起身时正好和儿子四目相对，小家伙笑眯眯地对着亲娘，不晓得在高兴什么。可等不及岚琪再多看一眼，贵妃的背影又挡在跟前，入目只有发髻后头晶莹耀眼的珠钗和背上华贵精致的衣袍，岚琪才亮一些的目光，再次黯然。

"朕下午还忙，不能久留。"玄烨起身要走，更叮嘱说，"等他起了午觉，你领去慈宁宫行礼，朕知道你疼孩子，可不要不懂宫里的规矩，太皇太后和太后也爱看看孙儿们，你总藏在屋子里做什么？"

贵妃嘻嘻笑着答应，即便心里不乐意也不表露，一边要送皇帝出去，一边说岚琪："德嫔也回去歇着吧，本宫这里没空招呼你了。"

岚琪福身称是，跟在后头出来，到了门前玄烨升舆的工夫，贵妃似乎刻意要让玄烨听见，又大声叮嘱她："皇上既然让本宫来抚养四阿哥，德嫔往后就不要再惦记，本宫念你旧年分娩不容易，今日才想你也来凑个热闹，但往后再没有你的事。外头嘴碎的人多，芝麻点大的事也能闹得满城风雨，为了四阿哥好，也为了德嫔你自己好，将来人前人后说话做事都要有分寸，本宫是四阿哥的额娘，容不得任何人往四阿哥眼里揉沙子。"

佟贵妃如今六宫独大，教导妃嫔也是她的责任之一，哪怕此刻这些话在岚琪在玄烨听着都不舒服，皇帝也不能责怪她多事，不过面无表情地听了，动了动手指头示意起驾。

李公公赶紧让人抬起肩舆离开，走时回身瞧了眼贵妃和德嫔，心里无奈地叹一声，立刻就跟上了队伍。

贵妃说完这些话，见皇帝不吱声，越发自信得意，目送玄烨走开后，立时就吩咐宫人回去，承乾宫的大门轰隆隆关上。岚琪站在风里，听着轰隆声，眼看着皇帝的背影从眼前消失，脑袋空白一片，早已不知身在何处。

“主子，咱们回吧。”环春很心疼，搀扶她要挪动，岚琪身子晃了晃似要跌到，但很快就自己站稳了，深深一呼吸，稳稳迈开步子往永和宫走。

回到永和宫，拾级而上，跨过门槛，再要下台阶往正殿走，在门外还稳稳当当的人突然身子往下坠，不管环春怎么拉她，还是边上玉葵、绿珠来搀扶，她就是往下坠，只等坐在了台阶上，她们再要搀扶时才摆手说：“我就……坐一会儿。”

众人劝说：“主子，石阶太凉……”

“就一会儿。”岚琪憋着一口气似的，再说这四个字，眼泪倏然决堤，可又自己折腾自己不让哭，一口气一口气喘得急促沉重，玉葵几人早忍不住跟着落泪，环春更无奈至极，生怕她坐着着凉动了胎气。

“娘娘咱们回屋子里去吧。”绿珠几人又劝说，可岚琪就是不肯动，好像脱力似的没劲道再站起来。环春正打算让大家合力把她抱回去，一转身瞧见后头走进来的人，吓得伸手捂住嘴，但进来的人却摆手，让她们噤声。

环春赶紧推推绿珠几人，示意她们往后看，然后不声不响地拉着同样吃惊的大家，从边上绕着走开。门前宽阔的石阶上，就只留下哭不出声的乌雅岚琪，而她这一通发泄后，似乎也渐渐平静，却浑然不觉背后，玄烨站在了那里。

且说御驾离开承乾宫不久，拐过门前才走不远，承乾宫大门关上的声音仿佛还缭绕耳畔，李公公突然就听见皇帝喊“停下”，众人不敢耽误，放下肩舆，就见皇帝径自往回走。李公公示意众人留守原地，他远远跟在了后面，只等见皇帝往永和宫去，才松了口气，又让后头的人随时准备着，他再悄悄带了两个人等在外面。

此刻玄烨站在门槛里，石阶下娇弱的背影颤动着，听不见她的哭声，可眼泪却好像流进自己心里似的，咸咸涩涩浸得人生疼。他一步一步走过去，蹲下身子扶住了她，眼前的人猛地颤动，从他的手心传过来，震得玄烨心都碎了。

“为什么，你不信朕？”

岚琪正伤心时，身子被熟悉的力道扶住，耳边又听见她最喜欢的声音，茫然回过那张哭得花了妆容的脸，瞧见玄烨满面的心疼，心底的一切都瞬然瓦解，朝他肩头一靠，身子一下一下抽搐得更猛烈。

“你曾说朕扛得起江山，不怕背一次黑锅，为什么如今却不信了？难道朕守得住泱泱国土，还守不住自己的妻儿？”玄烨一声声问着，可在他心里，答案早就有了。

“这一次是你伤了朕，为什么还是朕来哄你？”

“你若开口，朕立刻把胤禛抱回来，谁也抢不走你的孩子，谁也不能再伤害我们的孩子。”

玄烨一句一句，一口气全部说完，轻轻推开怀里的人，凝肃地问她：“朕现在就去承乾宫，把他抱回来，你是不是不信朕？”

她摇头，发髻上的簪子都被晃松了，可好容易说句话，却道：“臣妾不要四阿哥，不要四阿哥……”

玄烨脸上一片暗沉，霍然松开了她的肩膀，转身就朝后走，台阶上的岚琪顿时蒙了，可不等回过神，身子已经本能地站起来，方才还羸弱无力的人，竟迅速冲过来拦住了皇帝，玄烨倒是被她这样子怔住。岚琪直挺挺地站在他跟前，一伸手扯住了袖口。

两人无语对视，岚琪抿着嘴也不哭了，好半天玄烨伸手要推开她，她却更用力地双手紧紧握住，脸上憋得通红，玄烨皱眉瞪着她，终于说：“想要朕留下？”

他知道，岚琪不会要孩子回来，他也明白，为什么舍得送走亲骨肉。自己的确担得起江山天下，可他没有三头六臂，管不住犄角旮旯的人心险恶，眼前的人是一边伤了他的心，一边又比任何人都体贴着自己，那些话他说不出口，岚琪也说不出。

从门前到寝殿的路，岚琪被抱着进了门，才被放下就又拉着玄烨的袖子，玄烨无奈地笑道：“朕不走了，你别总这样拽着。”

图书在版编目（CIP）数据

有种后宫叫德妃 / 阿琐著. — 北京 : 北京联合出版公司, 2015.1
ISBN 978-7-5502-4418-4

Ⅰ. ①有… Ⅱ. ①阿… Ⅲ. ①长篇小说—中国—当代 Ⅳ. ①I247.5

中国版本图书馆CIP数据核字（2014）第302965号

有种后宫叫德妃

作　　者：阿　琐
选题策划：北京磨铁图书有限公司
责任编辑：王　巍　李艳芬
封面设计：粉粉猫
版式设计：刘珍珍

北京联合出版公司出版
（北京市西城区德外大街83号楼9层　100088）
北京慧美印刷有限公司印刷　新华书店经销
字数328千字　700毫米×980毫米　1/16　20印张
2015年1月第1版　2015年1月第1次印刷

ISBN 978-7-5502-4418-4
定价：32.80元
